Publication du journal LA PATRIE.

LA CHASSE AUX COSAQUES

PAR

GABRIEL FERRY.

Paris,
IMPRIMERIE DE SCHILLER AINÉ,
FAUBOURG MONTMARTRE, 11.

1853.

LA CHASSE

AUX COSAQUES

PAR

GABRIEL FERRY.

PARIS,
IMPRIMERIE DE SCHILLER AINÉ,
FAUB. MONTMARTRE, 11.

—

1853

LA

CHASSE AUX COSAQUES.

PROLOGUE.

CHAPITRE Ier.

Loups et Cosaques.

J'ai d'un géant vu le fantôme immense
Sur nos bivouacs fixer un œil ardent;
Il s'écriait : Mon règne recommence!
Et de sa hache il montrait l'Occident.
Du roi des Huns c'était l'ombre immortelle...
(*Le Chant du Cosaque.* — BÉRANGER.)

Le romancier aurait mauvaise grâce à afficher les allures de l'historien ; toutefois il est certains faits peu connus d'une époque, il est quelques types que l'histoire a relégués dans l'ombre, et que le conteur peut ramasser, comme fait le glaneur des épis que le moissonneur a dédaignés. Dans le crépuscule du soir d'une société qui finit, dans le crépuscule matinal d'une société qui commence; au milieu des débris vivaces encore du passé, et des aspirations nouvelles vers l'avenir ; au milieu des ténèbres qui couvrent encore le monde depuis soixante ans, réunir ces faits, éclairer ces types d'un jour éclatant et véritable, est encore une assez belle tâche que l'histoire laisse au romancier.

Moscou fumait encore; la retraite était commencée ; la grande armée, ainsi qu'un vaisseau battu par le vent et la lame qui le brise pièce à pièce et jonche la mer de ses épaves, la Grande-Armée, décimée par le froid et la faim, semait chaque jour de ses débris la mer de neige qu'elle traversait. Officiers et soldats se répandaient dans toutes les directions à la recherche de quelques vivres ou de provisions de bois. Mais de tous ces innombrables maraudeurs, le plus petit nombre parvenait seul, après des fatigues inouïes, à rejoindre le gros de l'armée; la plupart, dans ces excursions entreprises au hasard, trouvaient la mort sous la lance des Cosaques ou succombaient sous les cruelles atteintes d'un hiver exceptionnel.

C'était dans les premiers jours de décembre 1812. Une des plaines qui s'étendait en deçà de la Bérésina, présentait un affreux aspect de misère et de désolation. La neige tombait à flocons pressés ; un vent d'ouest soulevait et agitait comme un linceul la nappe blanche étendue sur la terre durcie. Des débris informes jonchaient le sol de tous côtés ; et dans ces débris, à peine reconnaissait-on, sous la neige qui s'amoncelait d'instant en instant, des cadavres d'hommes et de chevaux, des canons sans affût et des ferremens de caissons.

La plaine n'était cependant pas encore déserte ; au milieu des rafales neigeuses, erraient des soldats qui n'avaient plus forme humaine. C'était comme une procession de fantômes, marchant à la suite les uns des autres, à travers la brume opaque de l'atmosphère.

Parmi ces pâles vivans qui cherchaient un asile et du pain, deux personnages se remarquaient par l'impassibilité ou l'abattement qu'ils montraient devant la souffrance. La nuit commençait à obscurcir l'horizon. Etendus tous les deux sur la terre, à l'abri d'un mur à moitié écroulé, au pied duquel s'élevait un sapin, et à quelques pas des ruines noircies d'une masure, ils semblaient ne pas se préoccuper du surcroît de dangers qu'allaient leur apporter les ténèbres, en amenant des bandes de loups dans la plaine.

Les branches du sapin ployaient sous le poids de la neige qui retombait en cascade sur les deux hommes immobiles, sans qu'ils parussent s'en apercevoir. Des lambeaux d'uniforme laissaient deviner qu'ils appartenaient à une arme différente, mais ne permettaient pas de préciser le corps dont ils faisaient partie. Le seul point de ressemblance qui leur fût commun consistait, malgré la différence de leur taille et de leur âge, dans un air de famille qui trahissait en eux deux hommes issus d'un même sang. C'étaient en effet deux frères : l'aîné, âgé d'environ trente-cinq ans, était taillé en Hercule; le second, plus jeune de dix ans, offrait dans sa stature la même disproportion que dans son âge.

Le premier, disons-le tout d'abord, servait dans les grenadiers à cheval de la garde impériale ; c'était un de ces soldats éprouvés qui semblent se rire de la fureur des hommes et de l'intempérie des climats ; le second faisait, dans les vélites de la jeune garde, le rude apprentissage de la carrière militaire. Par dessus les lambeaux de leurs uniformes, les deux frères étaient couverts de peaux de mouton noires, provenant du harnachement de chevaux de hussards.

La figure bronzée par le soleil d'Egypte et d'Italie du grenadier de la garde conservait encore sous le givre et les glaçons dont sa longue moustache et sa barbe épaisse étaient hérissées, la fierté de ces rudes conquérans qui avaient fait le tour de l'Europe et campé dans toutes ses capitales. Le jeune vélite, les yeux hagards et la figure amaigrie, paraissait prêt à succomber à l'asphyxie par le froid.

L'état de fatigue et d'épuisement des deux infortunés frères était tel, que ni l'un ni l'autre ne s'apercevaient que peu à peu la neige les enveloppait comme un suaire.

L'aîné des deux frères, toujours maître de sa volonté, feignait une immobilité voisine de la mort, pour ne pas attirer sur lui l'attention de ces soldats-fantômes errant encore dans le voisinage et qui n'étaient pas moins à craindre parfois que les Russes eux-mêmes, car il avait un trésor à dérober à tous les regards.

Quant au vélite de la jeune garde, il dormait en réalité, et cette nuit-là, précisément, il rêvait du foyer maternel.

Les derniers des rôdeurs attardés regardaient, en passant, les deux frères immobiles. Le désir de s'emparer des chaudes chabraques dont ils étaient recouverts brillait dans leurs yeux; mais l'un d'eux s'écria, d'une voix rauque :

— C'est le colonel de Vauvrecy qui a retrouvé son frère! passons : ce géant, s'il est vivant encore, nous tuerait si nous osions toucher à l'enfant.

Tous passèrent, et quand le dernier de ces spectres eut disparu dans l'ombre du crépuscule, le colonel se dressa lentement comme un gigantesque trépassé qui se lèverait de sa couche froide. Après s'être assuré qu'il était bien seul, il secoua la neige amoncelée sur lui, puis, avant que la nuit n'amenât ses ténèbres, il se hâta de jeter un regard sur son frère pour s'assurer s'il ne dormait pas de ce sommeil léthargique, précurseur de la mort, quand on s'y abandonne sur la neige. Aux yeux fermés du jeune homme, à sa respiration lente et pénible, le colonel comprit qu'il était réellement endormi du sommeil qu'il redoutait pour lui.

Un regard, empreint d'un indicible sentiment de tendresse paternelle jaillit de ses yeux. Un lourd silence régnait dans ces solitudes où la bise glaciale modulait seule des notes lugubres à travers le branchage des sapins. Les lèvres du grenadier laissaient échapper des mots entrecoupés :

— Cinq jours, cinq longs jours, murmurait-il, sans feu, presque sans vêtemens!... verrons-nous le sixième se lever? Oh! ma mère, si votre pauvre André n'était pas avec moi... je voudrais mourir ici. André, répéta-t-il, en secouant son frère, nous sommes seuls, nous allons pouvoir enfin manger et nous chauffer.

André ne répondit pas ; alors le colonel le prit dans ses bras, et l'adossa contre le tronc de l'arbre ; mais la vie semblait avoir abandonné le jeune vélite. Cependant, une rafale de neige vint frapper son visage de ses pointes aigues, et André entr'ouvrit enfin les yeux.

— Ah! dit-il à son frère, pourquoi m'avoir éveillé? Je rêvais de ma mère.

—C'est justement pour que tu puisses encore dormir sous son toit que je t'arrache maintenant aux dangers du sommeil...

Le vélite suivit d'un air troublé les mouvemens de son frère : il devinait plutôt qu'il ne distinguait ce que faisait le grenadier. Il le vit écarter la couche de neige qui couvrait le sol, en retirer quelques débris de planches arrachées aux ruines de la cabane voisine, ainsi qu'un peu de paille humide; puis il entendit le grincement d'un briquet contre la pierre à feu et aperçut une gerbe d'étincelles.

Pendant ces préparatifs, la nuit était close, sombre et lugubre ; le vent d'ouest faisait rage ; les sapins craquaient et semblaient hurler comme une bande de loups. Les deux fugitifs prirent, quelques secondes, ces bruits étranges pour l'harmonie nocturne de ces déserts.

—Sont-ce les loups qui hurlent ainsi ? dit enfin à voix basse André, qui retrouva devant le danger sa présence d'esprit.

—Non, répondit le colonel, pour ne point effrayer son frère, et tout en portant sa main à un poignard caché dans sa ceinture, ce sont les modulations du vent d'orage qui font cet horrible vacarme.

—C'est étrange !... Je crois que tu te trompes !...

C'étaient, en effet, les loups qui faisaient sur les champs de neige une large curée des cadavres qui s'y trouvaient à moitié ensevelis. Bientôt le doute ne fut plus possible aux fugitifs ; ils entendirent les griffes des voraces animaux grattant le manteau blanc et dur dont la terre était couverte, et ils aperçurent leurs prunelles ardentes luire dans les ténèbres.

—J'aime mieux les loups que les Cosaques, s'écria le colonel, renonçant à tromper plus longtemps son frère. Ceux-là, du moins, n'en veulent qu'aux morts.

En disant ces mots, il continua à faire jaillir des gerbes d'étincelles à l'aide de son briquet ; mais l'amadou, dont un heureux hasard l'avait rendu possesseur, imprégné d'humidité, subissait sans s'allumer le contact du feu.

— Le pauvre diable de soldat du train, dont je me suis trouvé légataire universel, m'a fait dans ce briquet et ces ustensiles un triste cadeau, — continua-t-il avec une gaîté feinte et bien éloignée de son cœur; — j'aurais dû n'accepter cette succession que sous bénéfice d'inventaire.

André essaya de sourire; mais outre le froid qui le torturait, il avait pour le moment un terrible sujet d'appréhension. Malgré l'obscurité du ciel, le tapis de neige renvoyait une terne clarté qui lui avait permis d'apercevoir une demi-douzaine de loups s'avancer près du sapin contre lequel il était adossé.

Vauvrecy, tout absorbé par ses efforts pour enflammer l'amadou qu'il tenait en main, ne prêtait nulle attention à ce qui se passait autour de lui.

Cependant un loup d'une taille démesurée, qui précédait les autres, s'approcha assez pour qu'on pût distinguer le feu sinistre de ses yeux, et entendre le souffle de ses naseaux qui flairaient la neige. De tous les points de la plaine des hurlemens plaintifs arrivaient par bouffées sur les aîles du vent.

—C'est comme à Eylau, murmura le colonel, toute la nuit les loups ont hurlé sur le champ de bataille.

— Ils sont là, dit André d'une voix étouffée. Regarde.

Le colonel cessa de battre le briquet, et n'eut pas besoin de chercher longtemps des yeux pour voir l'animal, dont la formidable stature se détachait sur la blancheur de la neige.

— Diable, dit Pierre à voix basse, celui-ci préfère peut-être les vivans aux morts.— Tâche d'être plus heureux que moi, continua-t-il en remettant entre les mains d'André le briquet et l'amadou, pendant ce temps je vais faire la garde. Aie soin de te tourner du côté de cette bête féroce pour l'effrayer, s'il est possible, par la lueur des étincelles.

Le grenadier tira de dessous sa peau de mouton noire un poignard affilé suspendu à une corde.

— Ce poignard, qui ne me quitte jamais, dit-il à son frère, est ce que nos ancêtres appelaient le poignard de merci. L'un de nos aïeux le portait à la bataille de Poitiers.

Le colonel, entourant son bras gauche de la chabraque, s'avança de quelques pas vers l'animal; le loup ne bougea pas, et fit entendre un grognement de colère, suivi du bruit de ses mâchoires qu'il faisait retentir l'une contre l'autre.

André, lui, essayait de battre le briquet ; mais ses mains engourdies par le froid, lui refusaient presque service. Néanmoins quelques rares étincelles jaillirent dans les ténèbres. Le loup était toujours à la même place, roulant ses prunelles flamboyantes, de droite et de gauche, et André entendit Pierre murmurer :

—Il faut en finir avec cette bête qui sert probablement d'éclaireur à une bande. Un quart-d'heure de plus passé sans feu, et peut-être sera-t-il trop tard pour sauver André !...

— Pierre ! cria le vélite, je t'en conjure, reviens, je ferai la garde pour nous deux...

Mais Pierre n'écouta pas la voix de son frère, il n'écouta que son désir de réchauffer au plus vite le corps glacé du pauvre enfant et il continua d'avancer vers le monstrueux animal. Celui-ci reculait à mesure que le grenadier gagnait du terrain ; mais tout en reculant, il ne fuyait pas.

André perdit presque de vue la haute taille de son frère, qui marchait le poignard à la main droite et le bras gauche en avant.

Au moment où il lui criait de nouveau de revenir, un long hurlement couvrit sa voix. Pierre se courba presque jusqu'à terre et se releva portant le terrible animal cramponné à son bras gauche.

Un instant après, un hurlement de douleur se mêla aux sifflemens du vent, et une masse noire retomba sur le tapis de neige; presqu'aussitôt des cris lointains retentirent, tandis que l'animal agonisant se tordait sur le sol blanchi. C'était la voix des loups fuyant épouvantés de la mort de celui qui les guidait.

Pierre ne tarda pas à rejoindre son frère; d'une main il tenait son poignard rougi de sang, et de l'autre l'animal qu'il venait d'achever.

— Pierre, Pierre, es-tu blessé? s'écrie André.

— Pas le moins du monde; les crocs de l'animal se sont enfoncés dans l'épaisse toison qui couvrait mon bras gauche, dont ils ont à peine entamé la chair. Voici, grâce à Dieu, dans ma chasse de quoi remplacer avantageusement le quartier de cheval gelé que j'ai enterré sous la neige. Tiens, mon pauvre André, réchauffe-toi un peu au contact de ce qui reste de chaleur à la bête que voici.

Le colonel, tout en parlant ainsi, étendit comme un édredon, sur les pieds endoloris de son frère, le corps de l'animal encore chaud, et André, sans penser que le colonel souffrait autant que lui, goûta seul un léger soulagement que son généreux frère eût pu payer de sa vie.

Cependant, après des efforts inouïs pour combattre l'humidité de l'amadou d'abord et de la paille ensuite, le colonel finit par allumer le feu qu'il désirait si fort.

Dans cet intervalle, le froid avait gagné des pieds du vélite jusqu'à son cœur; sa vue se troublait, et, au moment où une légère clarté du soir brilla au milieu de l'obscurité, il se sentit défaillir.

— Pierre, dit-il d'une voix presque inintelligible, cette fois... tout est fini... je me meurs!...

Le grenadier trembla de tous ses membres aux paroles d'André; alors il le saisit comme une mère prend son enfant, et l'exposa peu à peu au voisinage du foyer, tout en massant vigoureusement de la paume de sa main ses membres inertes.

Le jeune homme poussa un soupir de satisfaction et de bien-être, mais le colonel ne put se refuser à une terrible évidence: c'est que le froid, la fatigue et les privations avaient brisé presque sans retour le corps si frêle et si délicat de son frère.

Le grenadier le considéra pendant quelques secondes avec l'expression d'un navrant désespoir, puis tout à coup prenant son parti, et obéissant à une pensée de dévouement sublime, quand les liens du sang et de l'amitié étaient brisés entre tous les malheureux qui disputaient leurs jours aux neiges de la Russie, le colonel se dépouilla de la peau de mouton qui l'abritait, l'ajouta à celle qui déjà couvrait son frère, et resta frémissant sous la bise glaciale qui secouait les lambeaux de sa chemise et ouvrait dans sa peau nue de saignantes crevasses. Sa mâle et rude figure se leva résignée vers le ciel qui s'assombrissait de plus en plus: il pria pour André.

Pendant que des deux frères, l'un invoquait la bonté divine et l'autre mourait lentement, une vapeur sombre et glacée paraissait joindre le ciel et la terre. L'immense nappe neigeuse était déserte, et les rafales impétueuses du vent sifflaient lugubrement dans les sapins. Après avoir prié en silence, le colonel jeta un morne coup-d'œil sur cet océan aux vagues éblouissantes; quant à André, une espèce de vertige lui montait au cerveau et le sauvait des tortures de l'agonie.

Le grenadier avait enseveli sous la neige un lambeau de chair de cheval, et c'était pour conserver ce précieux trésor qu'il avait feint de dormir pendant que ses compagnons, hâves et décharnés, erraient autour de lui. Le loup qu'il venait de tuer remplaçait alors avec avantage sa hideuse réserve. A l'aide de son poignard, il détacha un quartier de l'animal, dont le froid commençait à roidir le corps, et en jeta sur les charbons un morceau tout saignant.

Quand la chair eut pétillé quelque temps au contact du feu, et qu'elle offrit enfin l'aspect d'une cuisson imparfaite, le colonel, avant d'en porter à ses lèvres un seul morceau, songea de nouveau à son frère.

— Allons, André lui dit-il, voici, grâce à Dieu, de quoi nous refaire pour cette nuit; prends et mange, tes forces ne tarderont pas à revenir.

Le jeune vélite fit un mouvement pour obéir, mais sa tête retomba contre le tronc de sapin.

— Je n'ai plus besoin de rien, murmura-t-il; je n'irai pas plus loin, je veux mourir ici.

— Corbleu! je veux mourir ici! c'est bientôt dit, reprit le grenadier d'un ton d'affectueux reproche. Un soldat n'a pas le droit de disposer ainsi de lui, il appartient à son drapeau.

Allons! du courage, voici une grillade de loup comme peu en auront mangé dans leur vie, et qui nous donnera des forces pour rejoindre l'armée.

Le grenadier, donnant l'exemple à son frère, avala un morceau de chair calcinée; puis il essaya d'en introduire dans la bouche d'André.

Le jeune vélite écarta sa main.

— Je n'ai qu'envie de dormir, dit-il d'un ton douloureux. Ah! comme je m'étendrais bien sur cette neige!

— Pour ne plus te relever, malheureux! Cette faiblesse équivaudrait à une désertion et te déshonorerait!...

André fit un geste de dédain.

— Mais ton drapeau c'est la vie, s'écria énergiquement le grenadier; sous son ombre nous retrouverons le feu du bivouac, des vivres, de la gloire! Tiens, vois-tu, André, j'ai visité en vainqueur Rome, Berlin, Vienne et Moscou; je ne crois pas que Moscou soit la dernière de mes triomphantes étapes!.. n'y a-t-il pas encore Londres qui nous reste à voir?

Mais l'enthousiasme du soldat vainqueur de l'Europe ne suffit pas pour rappeler chez son frère la vie qui s'éteignait. Un faible sourire, pâle comme le soleil de ces affreux climats, et un frisson d'angoisse furent son unique réponse.

CHAPITRE II.

Le serment de vengeance.

La neige tombait toujours à flocons pressés, et le vent dont le souffle dispersait une armée naguère si puissante, rasait avec des sifflemens tantôt sourds, tantôt aigus, la plaine déserte et glacée.

Le grenadier approcha de nouveau son frère du triste foyer qui ne projetait déjà plus qu'une lueur mourante.

Pour rendre aux membres du jeune vélite la circulation du sang que le froid figeait dans ses veines, il frappa du fourreau de cuir de son sabre, doucement d'abord, puis bientôt plus rudement, ses jambes, sa poitrine et ses bras. Cet exercice, tout en entretenant la chaleur qui commençait à s'épuiser aussi dans le corps presque nu du colonel, rendit quelque vigueur au jeune soldat que la mort envahissait graduellement. Alors le grenadier lui présenta de nouveau un lambeau de la chair du loup. Le vélite essaya d'obéir à la volonté de son frère, mais ses muscles roidis se refusèrent à le servir.

— André, André, tu ne reverras plus ta mère, si tu ne manges pas, dit le colonel d'une voix lente. Que lui répondrai-je quand elle me demandera : Pierre, qu'avez-vous fait de votre frère, que vous aviez promis de ramener? Pourquoi êtes-vous revenu sans lui?

— Ma mère! murmura André avec émotion. Pauvre mère!... Eh bien! tu lui diras que j'ai voulu mourir ici!... Oh! je t'en conjure, laisse-moi dormir!... c'est une si bonne chose que le sommeil!

— André, reprit le colonel, ta mère n'aura plus de fils, car je ne compte pas à ses yeux. Depuis quinze ans n'a-t-elle pas fait son deuil de l'aîné de ses enfans? Elle sait bien qu'un jour ou l'autre, il doit tomber sur un champ de bataille! André, n'entends-tu pas la voix de ta mère qui t'appelle!

— Je n'entends que les rugissemens du vent qui me tue, répondit le jeune soldat.

— Tu veux mourir! reprit le colonel. Eh bien! soit; mourons ensemble!...

Le colonel, après avoir dit ces mots, s'étendit sur la neige, à côté d'André, et resta immobile comme un cadavre.

Ce spectacle rendit au jeune vélite une fugitive énergie : il essaya de se lever, et tendant à son frère sa main glacée :

— Marchons, lui dit-il.

— Bien, André, reprit le grenadier, — il y a souvent plus de courage à fuir la mort qu'à l'attendre. Je savais bien que tu n'étais pas un lâche. Mais pour reprendre les forces nécessaires, il faut manger. Si tu le voulais nous pourrions faire bien du chemin d'ici au jour.

Tandis que ranimé par les paroles de son frère, André prenait un peu de nourriture et que le colonel battait de ses bras sa robuste poitrine pour rappeler la chaleur qui le fuyait, les nuages en s'écartant laissèrent tomber quelques rayons de la lune sur la plaine blanchie.

Tout à coup des ombres noires et lointaines se dessinèrent sur la nappe éblouissante de neige qui s'étendait en longues ondulations.

—Les Cosaques! dit le colonel d'une voix sourde et en se jetant précipitamment sur le brasier à moitié consumé qu'il acheva d'éteindre sous le poids de son corps.

En effet, à la vitesse désordonnée avec laquelle trois cavaliers, coiffés de bonnets pointus et montés sur de petits chevaux, se mouvaient sur la surface de la plaine, aux éclairs que la lune laissait tomber sur le fer de leurs lances, il était impossible de ne pas reconnaître en eux des maraudeurs Cosaques, plus redoutables que les loups.

Couchés à plat-ventre derrière le tronc du sapin, le grenadier et le vélite observaient avec une anxiété croissante les mouvemens de ces impitoyables ennemis. Ils les virent fouiller de la pointe de leurs lances les monceaux de neige qui leur paraissaient suspects; descendre plusieurs fois de leur selle, s'accroupir, comme les loups, sur les cadavres pour les dépouiller, s'éloigner, revenir sur leurs pas, puis enfin disparaître derrière un pli de terrain. Quelque temps encore le vent apporta aux oreilles des fugitifs le bruit de leurs voix et les hennissements de leurs chevaux.

Le peu de force qu'avait reconquis le jeune homme s'était dissipé pendant les mortels instans qu'avait durés cette scène, lorsque, tout à coup, les trois cavaliers surgirent de nouveau au sommet d'une éminence. Cette fois, ils semblaient se diriger du côté de Pierre et d'André.

Cette nouvelle émotion acheva de briser le vélite, qui retomba dans l'état d'hallucination dont son frère avait eu tant de peine à le retirer. Toutefois, le pauvre enfant conservait le sentiment du danger qu'il courait.

— André, m'entends-tu? dit le grenadier.

André fit un signe d'affirmation.

— Jette tes bras autour de mon cou, reprit Pierre en s'agenouillant.

Le vélite obéit machinalement. Alors le colonel passa ses bras sous les jambes de son frère, et l'enlevant de terre il s'éloigna du bivouac le plus rapidement qu'il lui fut possible ; il espérait, à la faveur des troncs espacés des sapins, parvenir à s'éloigner sans être aperçu. La lune qui de nouveau s'était voilée, laissait une chance de succès à cette tentative.

Le colonel, après avoir marché pendant quelques minutes, tourna la tête; il ne vit rien dans l'allure des trois cavaliers qui fût de nature à lui faire craindre d'avoir été découvert ; ils semblaient poursuivre insoucieusement leur marche. Un instant rassuré, le grenadier redoubla de vitesse et d'efforts. Le poids même dont il était chargé, en réchauffant ses membres roidis, leur donnait une vigueur nouvelle.

André de son côté, ranimé par les secousses que le pas saccadé de son frère communiquait à tout son corps, retrouva la parole ; seulement, il était évident, aux mots entrecoupés qu'il laissait tomber de sa bouche, que la conscience de sa position lui échappait en partie.

Tout à coup, les trois cavaliers s'arrêtèrent et parurent se consulter. Quoique séparés par une assez grande distance des deux fugitifs, ils venaient, grâce à leur vue perçante, de distinguer sur le tapis de neige une masse noire qui se mouvait rapidement. Un des Cosaques se dirigea vers les deux frères !

— Pierre, disait en ce moment le jeune vélite, tu me conduis vers ma mère, n'est-ce pas? Tu me conduis aussi vers *celle* que j'aime !...

André comprit confusément qu'il aurait dû retenir les cruelles paroles qui faisaient allusion à des événemens passés ; mais une force irrésistible le poussait. Au nom qu'il ajouta tout bas, il sentit son frère tressaillir sous lui.

— Elle ne m'aimait pas, moi, continua-t-il, car elle n'aimait que la gloire... c'est pour elle que j'ai voulu en acquérir aussi ! Dois-je donc mourir... oublié... inconnu ? Dieu me punirait-il d'avoir voulu supplanter mon frère dans le cœur d'Alexandrine... car elle te préférait... Pierre !... l'œil de la jalousie voit tout.

A cette révélation inattendue, une lueur terrible brilla subitement dans les yeux du colonel. Un instant le puissant colosse chancela. Mais c'était une de ces nobles natures que les sacrifices les plus pénibles trouvent toujours prêtes à les accepter.

— Ne crains rien, André, s'écria-t-il, tu échapperas à cet affreux désastre, tu seras de ceux que les femmes admireront à leur retour, car les vaincus de Moscou reviendront chargés de plus de gloire que jamais n'en acquirent des vainqueurs. Elle t'aimera. Allons, du courage !

Pierre n'acheva pas ; il venait d'apercevoir les Cosaques. La neige durcie craquait derrière eux, l'ennemi s'avançait : André, obéissant à l'hallucination qui le dominait, chantait à voix basse une de ces mélopées plaintives à l'aide desquelles les mères ont l'habitude de bercer leurs nourrissons.

En ce moment les deux frères atteignaient un taillis de jeunes sapins qui s'étendait le long d'un ravin.

Devant eux la nappe blanche de la neige se déroulait à leurs yeux comme un vaste linceul tendu par la main de Dieu pour y ensevelir la grande armée tout entière.

Le grenadier cotoyait alors les bords du précipice, cherchant un endroit pour le franchir, quand tout à coup une voix rude gronda derrière lui, un choc violent le jeta sur la terre, et André lâchant les bras dont il l'entourait, glissa dans le ravin dont la neige se referma sans bruit au-dessus de sa tête.

Le choc violent qui achevait de terrasser le colonel, était produit par le cheval d'un des Cosaques lancé sur lui à toute vitesse.

Avant que Vauvrecy, dont le front heurta

la neige durcie, eût pu se reconnaître, les trois Cosaques s'étaient précipités sur lui, et quand il se releva il était seul, prisonnier et désarmé. Pierre, au milieu des impitoyables ennemis qui venaient de le surprendre, jeta autour de lui un coup-d'œil désespéré. André n'était plus là, il comprit que son frère dormait à jamais dans son cercueil de neige. De grosses larmes roulèrent sur sa figure, et il resta un instant immobile comme s'il eût été atteint par la foudre !

— Marche ! cria brutalement un Cosaque placé derrière lui.

Dans toute autre circonstance, Vauvrecy eût deviné cet ordre, au geste impérieux qui l'accompagna ; mais l'infortuné était en ce moment accablé par la mort de son frère, et il n'avait plus pour ainsi dire la conscience de son être.

Alors, comme si le malheureux devait épuiser à la fois toutes les douleurs, le fouet que tenait à la main l'un des cavaliers cosaques s'abattit en sifflant sur les épaules du colonel, et un sillon sanglant se dessina sur sa chair nue. Un second coup répéta bientôt sur son front le stigmate imprimé à ses épaules.

Le knout d'un vil Cosaque outrager ainsi l'un des guerriers vainqueurs de l'Europe ! l'un de ceux que l'on voyait souvent traiter d'égal à égal avec les rois, s'asseoir même sur leurs trônes! On eût pu s'attendre à une colère de lui, il n'en fut rien ! le visage du colonel resta impassible ; seulement, ses yeux exprimèrent une haine si implacable, qu'ils eussent fait pâlir ceux qui l'outrageaient s'ils en avaient surpris le regard. Un vague espoir soutenait Vauvrecy. Il comprit qu'il valait mieux obéir que se faire tuer sans espérance de se venger jamais, et il ne se retourna même pas vers le ravin qui avait englouti son frère bien aimé.

Le grenadier marcha comme un esclave devant les chevaux des Cosaques ; il n'avait plus faim, il n'avait plus froid. Le front baissé, les flancs haletans et les pieds déchirés, le soldat continua, pendant une heure à peu près, d'avancer en silence. De temps en temps seulement, il levait vers le ciel son mâle visage. Il enregistrait dans sa mémoire un effroyable serment.

Quelques feux visibles dans l'éloignement indiquèrent la présence d'un groupe de pauvres huttes perdues dans ce désert de neige. Les cavaliers et le fugitif ne tardèrent pas à atteindre cet endroit : les Cosaques mirent pied à terre devant une misérable cabane.

Le colonel exténué de faim, de fatigue et de froid, espéra trouver enfin quelque adoucissement momentané à ses cruelles souffrances : car des chaudières bouillantes placées sur des brasiers ardens laissaient échapper une vapeur aromatique de viandes.

Vain espoir ! A peine les Cosaques furent-ils descendus de cheval qu'ils lièrent fortement les bras de Vauvrecy le long de son corps, puis après l'avoir ainsi garrotté, ils l'attachèrent par l'extrémité de la corde à l'un des poteaux qui s'élevaient devant la cabane. Cette corde était suffisamment longue pour permettre au prisonnier de s'approcher du foyer de l'intérieur.

Mais quand, succombant aux atteintes du froid, il voulut entrer dans la cabane, le sifflement du fouet, placé dans les mains de l'un des cavaliers qui se chauffaient et mangeaient, repoussa impitoyablement le gentilhomme français, comme un chien importun que l'on chasse.

Enfin, lorsqu'une heure plus tard les Cosaques eurent fini leur repas, une consultation parut s'engager entre eux au sujet du prisonnier ; Vauvrecy en jugea, du reste, ainsi, aux gestes par lesquels on le désignait ; après quoi ils sortirent de la cabane pour remonter à cheval.

Avant de se mettre en selle, l'un des Cosaques détacha les liens du colonel, pour qu'il pût reprendre rapidement *sa marche*.

La tourmente n'avait pas cessé. Le vent d'ouest arrachait aux branches des sapins des avalanches de neige et de lugubres soupirs.

Après environ trois quarts d'heure de route, les cavaliers s'arrêtèrent un instant et tinrent un nouveau conseil. Enfin deux se séparèrent du troisième, qui resta seul avec le colonel ; à leur avis, un homme suffisait et au delà pour maintenir un soldat français que le fouet avait dégradé.

Ce Cosaque resté gardien du captif était précisément celui qui avait deux fois outragé le colonel. Malheureusement pour lui il ne vit pas, lorsque ses deux compagnons s'éloignèrent, le sourire de joie du captif.

Vauvrecy avait été dépouillé en un clin d'œil, pendant sa chute, de ses plus précieux trésors : son briquet, sa pierre à feu et le poignard de *merci* qui, jusqu'alors, ne l'avait jamais quitté ; mais il lui restait pour armes offensives son courage surhumain et sa force herculéenne.

Semblable au lion que le dompteur croit avoir soumis, et qui étouffe ses rugissemens de colère, le grenadier marcha docilement devant le Cosaque ; le fils de l'Ukraine le suivait en sifflant.

Vauvrecy sentait cependant ses forces s'épuiser. Il prêta plus attentivement l'oreille. Pendant longtemps, les deux Cosaques avaient suivi la même direction que leur camarade, en laissant toutefois s'augmenter, petit à petit, l'espace de terrain qui les séparait de lui. Bientôt, le colonel n'entendit plus le bruit des fers de leurs chevaux frappant la terre durcie.

C'était, ou jamais, le moment d'agir, car les jambes de Vauvrecy commençaient à se dérober sous lui.

L'haleine chaude du cheval de son gardien caressait le cou du captif; la vapeur que lançaient les naseaux de l'animal tourbillonnaient en flocons condensés autour de lui ; le grenadier retourna lentement la tête, comme pour implorer un instant de repos.

— Marche, chien ! dit brutalement le Cosaque en levant sa cravache plombée.

Vauvrecy étendit la main comme pour faire un nouvel appel à l'humanité du Cosaque. Une troisième fois encore le fouet siffla sur les épaules du grenadier. Ce devait être le dernier outrage que le barbare infligeait au Français vaincu.

Les doigts de fer du colonel s'enfoncèrent dans les naseaux fumans de l'animal qui hennit de douleur et voulut se cabrer. Trop près de son prisonnier pour le percer du fer de sa lance, le Cosaque le frappa violemment du bois de son arme : il était trop tard !

Le grenadier serra dans une étreinte plus violente encore les naseaux endoloris du cheval, puis poussa un hurlement aigu et lâcha prise. Débarrassé de la main de fer qui le dominait en le meurtrissant, effrayé du cri de Vauvrecy, l'animal, hennissant et superbe de douleur et d'effroi, se dressa presque debout sur les jambes de derrière. Le colonel, rappelant ses forces épuisées, se jeta alors sous le ventre du cheval ; de ses épaules d'Hercule il l'enleva du sol, lui fit perdre l'équilibre et le renversa sur le dos.

Le Cosaque, la jambe encore engagée sous la selle, qu'il n'avait pu vider à temps, fit entendre un dernier et inutile cri d'appel ; ses compagnons étaient hors de portée de la voix. Alors Vauvrecy saisit la bride du cheval qui se relevait, de l'autre il maintint le Cosaque sur la neige. La lutte entre les deux adversaires ne fut pas longue. Le cavalier se débattit un instant sous les doigts qui pressaient sa gorge, frissonna une seconde d'une courte agonie, et bientôt ne fut plus qu'une masse inerte et sans vie.

Le Français ramassa la lance échappée au Cosaque, et le cloua contre le sol.

— Et d'un ! dit-il avec une joie terrible. C'était la première victime de son serment.

Puis, contenant par la bride le cheval effrayé, Vauvrecy appuya le pied sur le corps de son vil ennemi, dont le sang fondait et rougissait la neige; et prit le ciel à témoin de son serment qu'il répéta tout haut.

Alors le grenadier sauta en selle, et lâchant la bride à sa monture, qui partit comme un trait, il s'élança au milieu des tourbillons de neige qui couvraient la terre.

C'était une horrible nuit que celle où Vauvrecy galopait ainsi à l'aventure.

Parmi les bruits de la tourmente, le grenadier croyait distinguer parfois la voix de son frère qui l'appelait à l'aide, ou entendre encore résonner à ses oreilles les dernières notes de sa chanson plaintive. Il s'arrêtait involontairement, le cœur palpitant, comme s'il n'eût pas su qu'André dormait pour toujours dans sa couche glacée.

Après une course furieuse et haletante, le cheval de Vauvrecy s'abattit mort entre ses jambes. Le colonel épuisé, malgré sa constitution athlétique, par les fatigues, les souffrances et les émotions de la journée, resta évanoui sur le sol glacé du désert.

CHAPITRE III.

Les deux fils de l'émigré.

Il est certainement fâcheux d'arrêter brusquement la série d'événemens qui se déroulent devant le lecteur pour y mêler des explications rétrospectives. On aime à suivre le cours d'un récit comme on suit le cours d'un fleuve qui, entre deux rives alternativement boisées ou fleuries, escarpées ou en pente douce, roule, sans s'arrêter, ses eaux limpides vers son embouchure. Au milieu du paysage varié qu'il parcourt, qui s'inquiète de sa source ou des pays qu'il a visités ?

L'homme, entre le passé qui ne lui appartient plus, et l'avenir qui ne lui appartient pas encore, n'hésite jamais : c'est l'avenir qu'il interroge de préférence. Nous demandons donc de nouveau pardon au lecteur d'entrer dans un ordre de faits rétrospectifs ; les explications qui vont suivre sont indispensables à la clarté de notre histoire.

En 1812, il y avait au fond des plaines de la Champagne, entre B*** et V***, deux petites maisons contiguës, ensevelies, pour ainsi dire, au milieu d'un massif de verdure.

Un jardin séparé par un mur mitoyen s'étendait devant chacune d'elles.

Quoique ces deux maisons fussent peu éloignées de la grande route, la grille qui parait leur façade supportait, pendant la belle saison, une végétation si touffue de houblon, de vigne vierge, d'aristoloches et de chèvrefeuille, que le rideau formé par ces plantes grimpantes, les dérobait complètement à la vue des passans!

Deux familles habitaient ces fraîches et charmantes demeures : l'une de ces deux familles se composait de la veuve du marquis de Vauvrecy, mort pendant l'émigration, de son fils, âgé de vingt ans à l'époque dont nous parlons, c'est à dire en 1812, et de sa fille, plus jeune de trois ans. La veuve d'un autre gentilhomme, également mort à l'étranger, et sa fille occupaient l'autre maison. L'histoire de la comtesse de la Roche Lannoy était, à peu de chose près, celle de la marquise de Vauvrecy, et quand nous aurons raconté, en peu de mots, la première, nous aurons presque dit la seconde.

Il est certaines positions politiques si nettement tranchées, qu'il ne faut pas être doué d'un esprit supérieur pour en deviner le dénouement inévitable.

Tout, en 1789, révélait en France une crise dont l'explosion devait être terrible. Tandis que les écrits des philosophes et des encyclopédistes préparaient les esprits à tous les changemens sociaux et religieux, les prodigalités des deux prédécesseurs de Louis XVI avaient creusé le gouffre où devaient s'engloutir la vieille monarchie.

Une guerre ruineuse, un traité de paix non moins ruineux que la guerre ; la théorie de la souveraineté du peuple, dont les publicistes s'étaient faits les champions, des idées de liberté rapportées d'au-delà des mers : tout, en un mot, proclamait hautement l'approche d'une immense catastrophe.

Le marquis de Vauvrecy, gentilhomme dauphinois, à qui ses relations avec la cour de Versailles ne laissaient rien ignorer de ce qui se passait à Paris, n'avait pu fermer les yeux aux clartés sinistres qui jaillissaient de tous côtés. Possesseur d'une grande fortune territoriale, il crut prudent d'en réaliser en argent une forte partie, que le comte de la Roche-Lannoy, son ami, chargé d'une mission en Angleterre, porta à Londres.

Qu'on ne croie pas cependant que le marquis de Vauvrecy fût un homme timide ; il n'était que prudent, et les événemens ne justifièrent que trop ses prévisions.

Le gentilhomme dauphinois, pour l'énergie morale et la vigueur physique, paraissait avoir été taillé dans le granit de ses montagnes natales. Sur lui, l'habit de soie à paillettes semblait un anachronisme choquant : le vieux chevalier était évidemment né pour vivre et mourir sous le harnais de fer.

Loin de n'avoir obéi, dans ses prévisions de l'avenir, qu'à un instinct d'égoïste timidité, le marquis avait suivi l'impulsion d'un héroïque sentiment. C'était pour mettre sa femme et ses trois enfans à l'abri des orages qu'il redoutait ; c'était afin de pouvoir, libre du souci de sa famille, faire le sacrifice de sa vie à la monarchie menacée, qu'il avait pris les mesures de prudence que nous venons de dire.

Faible et délicate comme une fleur, la marquise n'eût pas été de force à supporter sans mourir le vent de l'adversité. Des trois enfans qu'elle avait eus de son mariage, un seul, Pierre, l'aîné, ressemblait par sa vigueur au marquis. Les deux autres, André, plus jeune de dix ans que son frère, et sa sœur Marie avaient hérité de la délicatesse de constitution de leur mère.

Ici nous noterons un des contrastes les plus frappans dans les harmonies de la nature, qui se plaît à marier le fort avec le faible, la vigne souple avec l'ormeau robuste. Pierre, quoique le chef futur de la famille de Vauvrecy, quoique reproduisant la stature herculéenne et le caractère du marquis, était certes celui de ses enfans qu'il aimait le moins. Ces deux caractères si entiers ne sympathisaient nullement entr'eux : deux chênes ne s'entrelacent pas l'un avec l'autre. L'indomptable et quelque peu sauvage héritier du nom de Vauvrecy supportait impatiemment la discipline paternelle. Un orage était toujours à la veille d'éclater ; du frottement du fer et du silex doit au moindre choc jaillir l'étincelle qui embrase.

Une divergence profonde d'opinion et de sentiment contribuait encore à creuser l'abîme qui séparait le fils du père.

Le marquis était de cette génération trop dure à entamer pour que les idées nouvelles eussent pu même laisser la plus légère empreinte sur sa surface. Pierre, au contraire, avait accepté avec d'autant plus d'empressement, presque d'enthousiasme, les idées philosophiques de libéralisme alors en vogue, que ces idées enflammaient le sang batailleur qui coulait dans ses veines. Elles lui avaient désappris le respect de la royauté, non pas dans le sens absolu du mot, mais de la royauté bourbonienne. Pierre ne rêvant que luttes et batailles, Pierre amoureux de gloire militaire et regrettant les temps de la féodalité guerrière, ne professait qu'une très médiocre estime pour Louis XV le débauché et pour l'honnête et pacifique Louis XVI. Il avait osé dire une fois, devant le marquis, qu'il se regardait comme peu tenu de respecter ces deux pâles descendans de Robert-le-Fort, qui lui au moins avait su conquérir sa couronne l'épée à la main.

De ce moment le vieux gentilhomme, dévoué de corps et d'âme à ses rois, sentit son cœur se fermer pour l'auteur d'un pareil blasphême.

Les évènemens ne tardèrent pas, hélas! à donner raison aux prévisions du marquis. L'orage qu'il prévoyait éclata, avec plus de violence encore qu'il n'avait osé le craindre. Le gentilhomme s'empressa de faire émigrer en Angleterre sa femme, son fils cadet et sa fille; puis il resta pour défendre dans la personne de Louis XVI la monarchie menacée. Quant à Pierre, ses instincts guerriers le retinrent avec son père près du monarque que le malheur revêtait désormais à ses yeux de tout le prestige d'une lutte héroïque et sanglante à soutenir.

Le vieux gentilhomme, fidèle à ses sentimens chevaleresques d'abnégation et de loyauté, demeura à son poste près du roi jusqu'à la journée du 10 août 1792, qui fut la dernière de la royauté de Louis XVI.

Désormais inutile défenseur d'une cause perdue, convaincu qu'il n'y avait plus de patrie là où il n'y avait plus de rois, et voyant le pays dans la tente des princes fugitifs — car il ne prévoyait que trop le sort du malheureux captif du Temple, — le marquis céda aux sollicitations pressantes de sa famille, et se résolut de l'aller rejoindre à Londres.

Nous n'avons pas besoin de raconter comment il parvint à gagner la côte de Bretagne, ni comment il se trouva un soir avec son fils sur la grève où un canot les attendait pour les porter à bord d'un navire anglais croisant au large. Le vieux gentilhomme allait mettre le pied dans l'embarcation, lorsque Pierre s'agenouilla devant lui :

— Que faites-vous, Monsieur? lui demanda le marquis étonné.

— Je m'incline devant mon père, pour qu'au moment de me séparer de lui, il me donne sa bénédiction.

— Nous séparer! et pourquoi?

— Permettez-moi de le taire, monsieur.

— Je veux le savoir! s'écria impérieusement le vieux gentilhomme.

— Je n'irai jamais, reprit Pierre d'une voix ferme quoique respectueuse, que comme ennemi chez les Anglais, et je ne leur demanderai jamais non plus d'autre hospitalité que celle que le vainqueur impose au vaincu.

— Ah! vraiment!... s'écria le marquis d'une voix ironique et menaçante.

— Ce sol, reprit Pierre, en montrant du doigt la grève, est celui de mon pays; ce sol est menacé de toutes parts, je ne sais pas fuir au moment du danger.

— Je suis donc un lâche, moi! dit impétueusement le vieillard.

— Un Vauvrecy ne peut jamais l'être, mais...

Le vieux gentilhomme coupa la parole à son fils :

—Réfléchissez, monsieur, lui dit-il; jamais je ne donnerai la bénédiction paternelle à un fils traître à son roi et renégat envers son Dieu.

Pierre resta la tête inclinée, immobile, comme les saints de bronze qui prient à l'angle des tombeaux, et le rude gentilhomme, après une hésitation à peine visible, sauta silencieux dans le canot et poussa au large.

Ce fut ainsi que se quittèrent, pour ne plus se revoir, le fils au cœur de silex, le père au cœur d'acier.

Pierre n'avait plus d'autre ressource que de s'engager comme volontaire dans les armées que la République mettait sur pied.

Il fut l'un des premiers dans Paris à s'armer pour courir au secours de Verdun menacé par les Prussiens. Déjà il était en marche quand il apprit la prise de Verdun; il ne voulut pas abandonner pour cela sa nouvelle carrière.

Le général comte de Custine venait d'être appelé au commandement de l'armée du Rhin. Pierre résolut de servir sous les ordres d'un général, gentilhomme comme lui. Il fit donc sous Custine la campagne du Palatinat, et ne quitta les rangs de l'armée que lorsque son général dut venir à Paris se défendre à la barre de la Convention. Pierre comptait alors à peine seize ans; sa force et sa stature accusaient au moins la vingtaine.

Le jeune volontaire aimait tendrement sa mère, sa sœur, et surtout son frère André. Il saisit toutes les occasions qu'il put trouver pour leur faire parvenir de ses nouvelles; ses lettres arrivèrent bien à leur adresse, mais l'inexorable sévérité de son père ne permit pas plus à la marquise d'y répondre, que de lui en lire à lui-même le contenu.

A ses yeux, Pierre n'était qu'un renégat, un traître. — Qui abandonne son roi, avait-il coutume de dire, n'est pas loin de renier son Dieu.

Cependant, Pierre blessé de ce long et injuste silence, renferma au plus profond de son cœur son chagrin et ses secrètes affections, et n'écrivit plus.

Plus tard, la renommée du général Bonaparte vint tout à coup éclairer le monde, ainsi qu'un brillant météore. Pierre pressentit que le Robert-le-Fort qu'il avait rêvé pour s'attacher à sa fortune, apparaissait à l'horizon, et il obtint d'entrer comme lieutenant à l'armée d'Italie, qui allait faire sous le jeune général son immortelle campagne.

Les pressentimens de Pierre ne l'avaient pas trompé. Les prodiges qu'il vit s'accomplir sous ses yeux, et dont il fut l'un des héroïques instrumens, le remplirent d'admiration pour le sublime soldat qui enfantait ces miracles. Dès-lors, ses espérances se changèrent en certitude, il ne douta plus que Bonaparte ne fût appelé à être le fondateur d'une dynastie.

Plus tard, il suivit en Egypte celui qui lui avait inspiré un enthousiasme si profond; il campa, sous son drapeau, dans presque toutes les capitales de l'Europe, et fut l'un des plus ardens à l'aider à ceindre son front de la couronne de Charlemagne.

En 1812, Pierre n'était plus seulement le séide du général Bonaparte, il était devenu l'adorateur idolâtre de l'Empereur Napoléon. Cependant, il faut bien le dire, dans ce temps d'avancement rapide, où des soldats se métamorphosaient si promptement en maréchaux et en rois, Pierre de Vauvrecy n'était encore, en 1812, que colonel.

Malgré la brillante bravoure dont il avait donné tant de preuves, quelques défauts avaient retardé le développement de sa fortune. C'était d'abord son caractère de fer qui, après n'avoir su ployer sous l'autorité paternelle, avait trop souvent méconnu les exigences de la discipline militaire. Puis, ensuite, des duels éclatans qu'il n'avait peut-être pas assez évités et qui avaient produit un retentissement défavorable. Son courage de lion, mais calme et froid; sa force physique, sa remarquable adresse à tous les exercices du corps, le rendaient vainqueur dans toutes ces tristes rencontres. Napoléon prodigue envers l'ennemi, pendant la guerre, du sang de ses officiers et de ses soldats, en était avare en temps de paix. Il détestait les duels et les duellistes, défendait les uns et punissait sévèrement les autres.

A chaque disgrace qui l'atteignait, Vauvrecy faisait dire à l'empereur qu'il ne manquerait pas à la première occasion de courir au devant des balles ennemies, et l'empereur répondait toujours :

— La belle promesse, en vérité! M. de Vauvrecy en dit-il et n'en fait-il pas toujours autant quand je le récompense!

Pierre, en effet, ne savait que manifester sa reconnaissance et son repentir, en cherchant à se faire casser la tête, mais il n'avait pour la mort qu'une passion malheureuse; la mort ne voulait pas de celui dont le bras, en paix comme en guerre, était un de ses plus terribles pourvoyeurs.

Le dévoûment du marquis de Vauvrecy à la royauté déchue, quelqu'ardent qu'il fût, était bien pâle à côté de celui qu'éprouvait son fils pour l'empereur et roi!

Voyons maintenant ce qu'était devenu le marquis de Vauvrecy. La mort de Louis XVI avait été pour le gentilhomme dauphinois un événement douloureux et terrible; il ressentit, s'il est permis de s'exprimer ainsi, le contre-coup de la hache régicide. Le chêne languit et finit par mourir quand la cognée du bûcheron a entamé son tronc rugueux. La sève et la vie du vieux chêne s'écoulaient par cette blessure.

L'oisiveté forcée à laquelle il était condamné et le chagrin de n'avoir pu offrir à la défense de la monarchie le bras de son fils, étaient des causes qui empoisonnaient encore l'existence du marquis.

André atteignait sa treizième année quand son père arriva au terme fatal. André avait été élevé dans les principes paternels; à ses yeux la patrie n'existait qu'à côté de ses rois; mais en comparaison de son frère, le jeune homme ressemblait à l'humble sumac comparé à l'arbre à bois de fer. Cependant comme les coalitions contre la France se succédaient sans cesse, le marquis fit promettre en mourant à son jeune fils qu'il y prendrait part un jour. André le jura, et quelque peu soulagé par ce serment, le vieux gentilhomme, que son royalisme égarait, rendait à Dieu son âme d'incorruptible et de loyal chevalier.

La France était pacifiée à l'intérieur, le marquis était mort, les émigrés revenaient en foule et parvenaient souvent à rentrer, pour une faible somme, dans leurs biens confisqués. Le comte de la Roche Lannoy, qui avait émigré avec son ami, était mort quelques années avant lui, et n'avait évité la misère que grâce aux largesses du marquis. La marquise et la comtesse résolurent de rentrer en France. Ce projet fut exécuté; Mme de Vauvrecy racheta presque tous ses biens, et se trouva riche comme avant le terrible orage; mais au lieu d'habiter le Dauphiné, elle fit l'acquisition, pour elle et pour son amie, des deux maisons dont nous avons parlé au commencement de ce chapitre. Ceci se passait en 1808.

CHAPITRE IV.

Alexandrine.

Quoique le marquis de Vauvrecy eût coutume de dire qu'il n'avait plus que deux enfans, et qu'il eût défendu de prononcer devant lui le nom de Pierre, ce n'était jamais sans un tressaillement d'orgueil et de tendresse que Mme de Vauvrecy lisait le nom de son fils aîné dans les bulletins qui parvenaient jusqu'à elle. Par suite de ce même sentiment qui faisait préférer au marquis la faiblesse d'André, la marquise se complaisait dans la force de Pierre.

Tout en s'accoutumant à voir la place de ce dernier vide au foyer domestique, elle n'avait pas passé un seul jour sans donner une pensée et un soupir de tendresse à l'absent.

Elle s'était empressée, à la mort de son mari, d'écrire à son fils pour lui faire part de l'événement qui, bien que le droit d'aînesse n'existât plus, faisait de lui le chef de la famille. Mais dans sa course errante à travers l'Europe, il n'était pas facile de joindre le soldat conquérant. Cette lettre ne lui parvint donc pas.

De son côté, le capitaine de Vauvrecy, — c'était son grade en 1808,— mûri par l'âge et revenu aux sentimens du plus profond respect paternel, n'avait jamais murmuré contre la sévérité qui le privait de toutes nouvelles de sa famille, et il avait conservé pour sa mère et son jeune frère surtout, un véritable culte.

De même que le marquis regrettait toujours de ne pouvoir offrir son fils aîné au service de ses rois, de même Pierre, de son côté, se désolait aussi de ne pouvoir faire faire à son frère, sous ses ordres, l'apprentissage de la carrière militaire. Ce fut donc avec une joie profonde, au milieu des regrets que le temps avait adoucis sans les éteindre, que le capitaine reçut enfin une lettre de sa mère, qui lui apprenait la nouvelle de la mort du marquis de Vauvrecy.

Quoique les liens du sang, il faut l'avouer, ne soient pas toujours suffisans à former ceux de la tendresse, Pierre ne put s'empêcher, malgré les dissentimens qui avaient existé entre le marquis et lui, de courber tristement la tête, en pensant que son père était mort, non seulement sans daigner lui pardonner, mais même sans paraître daigner se rappeler qu'il eût un fils!

La nouvelle de la rentrée en France de ce qui lui restait de sa famille compensa heureusement, dans le cœur du capitaine, les regrets causés par l'inflexibilité de son père mort. Cette lettre, que Pierre reçut à Erfurth, lui désignait le lieu de la retraite de sa mère, et il obtint un congé pour aller passer quelque temps auprès d'elle. Nous le précéderons à l'habitation riante où sa famille attendait son retour.

En dépit de la délicatesse de sa constitution, et quoiqu'elle eût dépassé déjà la cinquantaine, la marquise de Vauvrecy, grâces aux précautions prises par son mari pour la soustraire aux privations si dures de l'émigration, avait conservé quelques-uns des avantages de la jeunesse; les années semblaient, pour elle, n'avoir eu que la moitié de leur durée.

André de Vauvrecy, arrivé à l'âge de vingt-deux ans, n'était pas précisément le frêle jeune homme annoncé par sa délicate enfance, mais il ne rappelait en rien la force et la stature herculéenne de son père et de son frère.

Marie de Vauvrecy était plus distinguée peut-être que réellement jolie; mais, au demeurant, la fraîcheur de son teint, rehaussé encore par d'admirables yeux noirs, l'expression attrayante de sa physionomie et la souplesse de sa taille lui donnaient des droits incontestables à la beauté.

La comtesse de La Roche-Lannoy, voisine de la marquise de Vauvrecy, mérite peu les honneurs de l'analyse au point de vue de la psychologie: c'était une excellente femme, d'une portée d'esprit fort ordinaire et dont le principal mérite avait toujours été la douceur et l'enjouement de son humeur et son tendre dévouement envers ceux qu'elle aimait. Habituée à la tendresse de sa vieille amie, la marquise de Vauvrecy avait trouvé un délicat et ingénieux prétexte pour lui faire accepter en don la petite maison contiguë à la sienne. Cette maison devait servir à augmenter la dot de Mlle Alexandrine de La Roche-Lannoy.

Mlle de la Roche-Lannoy, âgée, en 1808, de quatorze ans, était née à Londres, pendant l'émigration, et voyait la France pour la première fois.

Le climat brumeux du pays où elle avait pris naissance paraissait avoir influé sur elle. La blancheur de son teint, ses yeux bleus et ses cheveux blonds rappelaient les filles de Fingal.

Ses traits avaient encore un peu de cette bouffissure enfantine qui, contrastant avec la sveltesse de sa taille élancée, devenait un charme de plus; mais à l'expression de ses yeux, dont les prunelles de saphir se couvraient à la moindre émotion d'un voile humide, aux lignes déjà si pures de son front et de son visage on pouvait pressentir la femme irréprochablement belle. C'était la fleur encore enveloppée de sa bourre d'hiver, mais qui promet pour l'été tous les développemens de ses parfums et de sa beauté.

Tels étaient les hôtes des deux maisons contiguës où, chaque jour, on parlait de l'arrivée du capitaine de Vauvrecy, ce grand événement en perspective.

La comtesse de Vauvrecy ressentait une joie pure et profonde à l'idée qu'elle allait enfin presser dans ses bras, après seize ans d'absence, le fils qui, le premier, avait fait tressaillir ses flancs maternels, et qui lui revenait une auréole de gloire au front.

André se rappelait les jours de son enfance, l'amitié presque paternelle et les tendres sollicitudes de son robuste frère.

Quant à Marie, Pierre, pour elle, était un inconnu. Elle était simplement heureuse du bonheur que se promettaient sa mère et son frère, mais il se mêlait quelque appréhension à sa joie. Ce qu'elle avait entendu dire de Pierre en particulier, et des officiers de l'Ogre de Corse en général, lui faisait redouter de voir apparaître un géant à la voix rude et au cœur dur comme la voix; en un mot, un pourfendeur brutal.

Mme de la Roche-Lannoy n'avait pas d'opinion tranchée à cet égard; elle se contentait de se réjouir du bonheur des autres, sans en discuter ou en analyser les causes.

Alexandrine sa fille partageait jusqu'à un certain point les appréhensions de Mlle de Vauvrecy, son amie. Cependant un vif sentiment de curiosité l'emportait en elle sur la crainte; elle brûlait du désir de voir de près l'un de ces soldats conquérans qui promenaient d'un bout de l'Europe à l'autre leur épée toujours victorieuse, et dont elle avait si souvent entendu vanter les exploits.

L'esprit chevaleresque de ses ancêtres revivait en elle. Sa crainte était mêlée d'admiration; puis, toute jeune qu'elle fût, elle sentait que dans les guerres qui, depuis seize ans, déchiraient l'Europe, la place de tout homme en état de porter une épée était sur les champs de batailles. Pour peu que le capitaine ne réalisât pas le portrait tracé par son amie, elle était donc toute disposée à admirer en lui un héros.

Un matin de printemps qu'elle jouait dans le jardin qui précédait la maison, un cavalier à longues moustaches arrêta son cheval à la grille, au moment où elle y accourait elle-même. Un simple soldat accompagnait le cavalier.

— Mon enfant, lui demanda ce dernier d'une voix sonore mais harmonieuse, n'est-ce point ici que demeure la marquise de Vauvrecy?

Au son de cette voix qui retentissait soudainement à ses oreilles, la jeune fille écarta les boucles blondes qui se détachaient sur ses joues empourprées par l'exercice comme une gerbe d'épis sur une touffe de coquelicots, et fixa ses grands yeux bleus hardis et timides à la fois sur le cavalier.

Celui-ci, immobile sur sa selle, comme si son cheval fougueux, qui grattait de son sabot la terre et jetait des flocons d'écume autour de lui, eût été de bronze ou de marbre, laissait voir sur son mâle visage son admiration pour cette beauté enfantine.

— La maison de la marquise de Vauvrecy?... répéta la charmante enfant, qui, saisie tout à coup d'une terreur subite, n'acheva pas sa phrase et s'enfuit comme une biche effrayée.

Le cavalier la suivait, en souriant, du regard, quand du perron qui donnait sur le jardin, une femme s'avança vers la grille. Le son mordant de la voix du cavalier était arrivé jusqu'à elle.

— La maison de la marquise de Vauvrecy est celle-ci, dit-elle en la désignant de la main.

— Merci, madame, répondit le cavalier, qui salua et mit pied à terre à la porte qu'on venait de lui indiquer.

Une minute après la marquise, enlevée dans les bras du robuste cavalier, poussait un cri de joie et de bonheur.

C'était son fils aîné, Pierre de Vauvrecy, qui l'étreignait ainsi contre son cœur! André accourut bientôt prendre sa part des caresses fraternelles, tandis que Marie, attendant son tour, sentait ses appréhensions se dissiper comme la vapeur matinale devant le soleil, à la vue de grosses larmes qui roulaient sur le visage du capitaine et des lignes fières et hardies de sa figure, que le bonheur adoucissait jusqu'à la tendresse.

Pendant le peu de jours que le capitaine put consacrer à sa mère, une joie sans mélange régna dans les deux maisons. La marquise était fière de son fils aîné; André avait retrouvé le protecteur, l'ami de son enfance; Marie s'étonnait de rencontrer tant de mansuétude dans le soldat de l'Ogre de Corse, et Alexandrine n'essayait plus de dissimuler son admiration pour l'un des témoins et des acteurs des hauts faits d'armes dont le bruit retentissait dans toute l'Europe.

Deux ans plus tard, en 1810, lorsque l'Empereur épousa la fille des Césars d'Autriche, Pierre revint pour la seconde fois. Alexandrine avait alors seize ans. L'enfant avait fait place à la jeune fille; sa taille, non moins svelte que deux ans auparavant, présentait seulement une ondulation plus souple, comme celle de la fleur qui se courbe sur sa tige quand elle mûrit pour la fécondité; la fin du printemps tenait les promesses de ses premiers jours.

Quand il partit, après ce nouveau séjour dans sa famille, il emporta de la jeune fille un souvenir profond.

D'autres événemens, dont rien n'avait transpiré, s'étaient passés dans la maison de la marquise de Vauvrecy. André—il atteignait ses vingt-quatre ans, n'avait pu impunément vivre dans l'intimité de Mlle de la Roche-Lannoy sans s'éprendre d'elle. La jeune fille avait instinctivement deviné cet amour; mais soit que le sentiment de gloire dont elle était passionnée la rendît insensible à l'adoration d'un homme qui restait à l'ombre de la tendresse maternelle, tandis que tant d'autres mouraient en combattant loin de leurs plus tendres affections; soit que ces aspirations, vagues d'abord, se fussent concentrées sur le capitaine de Vauvrecy, toujours est-il que Mlle de la Roche-Lannoy paraissait dédaigner les vœux du jeune homme. André commença dès lors à rêver de gloire et de combats,

Ce fut dans ces dispositions que deux ans plus tard encore, en 1812, Pierre de Vauvrecy fit une troisième apparition.

Les deux familles, quand il arriva, étaient réunies dans le jardin de la marquise.

C'était au commencement de la belle saison. L'air était tiède, les lilas en fleurs répandaient leurs parfums dans les airs, les oiseaux chantaient la saison de leurs amours. Alexandrine semblait en proie à une de ces rêveries que fait éclore le printemps de l'année à l'âge du printemps de la vie.

Tous écoutaient la lecture du *Journal de l'Empire* qu'André était chargé de faire chaque matin, lorsque Alexandrine poussa un léger cri. Le colonel qu'on n'attendait, d'après ses lettres, que beaucoup plus tard, était devant la grille du jardin.

A la surprise que causa l'arrivée inattendue de Vauvrecy s'en joignit une autre; celle de l'incroyable transformation qui s'était opérée dans sa personne. Rien ne rappelait plus en lui l'ancien volontaire républicain, l'homme habitué à la vie rude et vulgaire des camps.

Le colonel portait toujours fièrement, il est vrai, ses moustaches noires; mais elles laissaient alors entrevoir sa bouche ornée de dents d'une blancheur parfaite. Son riche uniforme, d'une coupe élégante, faisait valoir la majesté de sa taille. Son visage, dépouillé de la barbe qui jadis l'envahissait, avait rajeuni de dix ans et repris l'air de distinction de bonne race qui lui était naturel. Dans ce temps de comparaisons classiques, on aurait pu dire que chez lui l'Antinoüs élégant dans sa force avait remplacé l'Hercule Farnèse.

André s'aperçut que son frère pâlissait en saluant Alexandrine troublée et émue.

Le séjour de Pierre de Vauvrecy se prolongea cette fois beaucoup plus longtemps que les deux autres. Il subissait le charme d'Alexandrine, non pas à son insu: au contraire, en se l'avouant, et en déplorant sa faiblesse.

Le colonel marquis de Vauvrecy n'était pas en amour, comme devant l'ennemi, d'une audace que rien n'intimidait, loin de là : non seulement son indignation contre lui-même n'aboutit à rien, mais il n'osa même pas avouer à Mlle de la Roche-Lannoy que depuis deux ans son image n'avait cessé de l'accompagner partout.

Chaque fois qu'il était question pour le colonel d'affronter le regard limpide d'Alexandrine, il se sentait lui, l'homme si fort dans la bataille, pris d'un invincible effroi; il résolut donc d'avoir recours à un intermédiaire ou, pour être plus exact, à un allié auprès de Mlle de la Roche-Lannoy.

Vauvrecy hésita longtemps s'il choisirait la marquise sa mère, ou sa sœur, et il finit par s'arrêter à cette dernière. Mlle de la Roche-Lannoy ne devait sans doute pas avoir de secrets pour une amie presque de son âge, tandis que la position de la marquise devait lui commander plus de réserve.

Mlle de Vauvrecy se chargea donc de la mission diplomatique que lui confia son frère.

Deux ou trois jours se passèrent avant que Mlle de Vauvrecy ouvrît la bouche au colonel de ce qu'elle avait appris ou deviné. Elle semblait se faire un jeu de l'anxieuse impatience de Vauvrecy.

— Eh bien, Marie, lui demanda-t-il enfin d'une voix émue, le matin du quatrième jour, que dois-je craindre ou espérer?

— Je ne sais, mon frère, répondit Marie en souriant, nous avons affaire à forte partie, et quoique j'aie employé toutes les ruses possibles, la petite sournoise ne m'a rien laissé pénétrer des secrets de son cœur. Je pense que si vous ne vous mêlez pas de vos propres affaires, vous-même, nous risquons fort de rester longtemps encore dans cette incertitude.

— Soit! je parlerai, dit le colonel en soupirant, et cela pas plus tard qu'aujourd'hui.

Huit jours s'écoulèrent, et le colonel ne parla pas.

A mesure que le congé de Vauvrecy tirait à sa fin, Alexandrine paraissait de plus en plus rêveuse; elle évitait même parfois de se trouver seule à seule avec Marie qui souvent la surprenait en larmes; dans d'autres instans, elle se livrait à une gaîté pour ainsi dire nerveuse et qu'elle essayait ensuite en vain d'expliquer.

André subissait le contre coup de l'inégalité d'humeur de la jeune fille : elle lui adressait de cruelles épigrammes sur l'inaction dans laquelle il restait, tandis que le colonel se couvrait de gloire sous les drapeaux!

André, excité par ces reproches, résolut d'obéir aux vœux tacites d'Alexandrine. Il demanda un entretien à sa mère et lui apprit la résolution dans laquelle il était de ne pas continuer plus longtemps à consumer sa jeunesse, au fond d'une province, loin des dangers que bravait chaque jour son frère. En vain la marquise essaya de faire revenir André sur ce parti : il resta inébranlable.

— Voyez Pierre, dit-il, depuis seize ans toujours exposé, n'a-t-il pas échappé à tous les dangers? Il en est un plus terrible ici, un plus sûr, auquel je succomberai. J'aime Alexandrine, ma mère; je l'aime plus que je ne saurais dire, mais elle me méprise comme un lâche. Je veux essayer d'avoir aussi ma part de gloire, autrement les dédains d'Alexandrine et mon amour fatal, insensé, me tueront à coup sûr.

La marquise se rappela en effet l'enthousiasme de Mlle de la Roche-Lannoy au récit des merveilleux faits d'armes des armées impériales; et les inégalités d'humeur de la jeune fille,— dont nous avons déjà parlé,— la frappèrent comme un trait de lumière : elle comprit que le cœur d'Alexandrine s'était déjà prononcé.

Elle pleura, comme pleurent les mères, toutes les larmes de son cœur et garda le silence. Pouvait-elle dire à André que c'était son frère aîné qu'aimait ou allait aimer la femme objet de son plus tendre amour?

La campagne de Russie allait commencer. L'Empereur avait convoqué le ban et l'arrière-ban de l'Europe obéissante, qui allait combattre pour celui qui l'avait domptée. Le jour du départ arriva.

Nous ne décrirons pas la consternation qui régna dans les deux petites maisons; le colonel jura sur son honneur— et son cœur confirma son serment, car il avait retrouvé pour André toute sa tendresse d'autrefois— de veiller sur son frère comme, la plus tendre mère sur son unique enfant, et les deux frères partirent.

Transportons-nous sur les bords de la Bérésina; sur l'une des rives du fleuve, dont le désastreux passage a eu un si funèbre retentissement, il n'y avait que la mort à attendre; sur l'autre de ses rives était l'espoir, le salut!

Sur la rive fatale, un homme assis, regardait d'un œil inquiet tous ceux qui passaient; c'était le colonel de Vauvrecy. Il abandonnait son régiment, et à la vue de ses aigles qui s'éloignaient et que, pour la première fois, il ne suivait pas, il ne put retenir des larmes.

On se rappelle le serment du colonel à sa mère, c'était pour le tenir qu'il restait en arrière de son drapeau; il cherchait un frère dans l'horrible et sanglant pêle-mêle. A la pensée de son frère mort, le colonel résolut de s'ensevelir sous la neige plutôt que de revenir sans celui qu'il avait juré de protéger.

Les bords du fleuve fatal étaient déserts, et Vauvrecy revint sur ses pas. Un de ces bienheureux hasards, que Dieu n'envoie qu'aux cœurs forts, lui fit, au bout de cinq jours de recherches désespérées, retrouver André, qui l'appelait dans son délire. Pressé par la faim, André avait aussi abandonné son corps, pour essayer de se procurer quelques vivres. On sait le reste.

CHAPITRE V.

Le Nord et le Sud.

L'évanouissement de Vauvrecy dura longtemps. Il se ressouvint seulement que des rêves affreux avaient surgi tout autour de lui pendant sa léthargie. A plusieurs reprises il se sentit couché sur un lit glacé, au bord d'un précipice, dont des montagnes de neige comblaient, en partie, la profondeur. Parfois cette neige s'agitait et se gonflait, comme si un être encore vivant, semblable à ces malheureux qu'on ensevelit avant que la vie les ait abandonnés, essayait de percer ce blanc et lourd linceul. Bientôt un spectre livide montra sa tête au dessus de la surface neigeuse ; c'était André, pâle comme si la mort l'eût déjà frappé.

Le grenadier essaya de se lever pour tendre la main à son frère ; mais une force invincible brisait ses membres et le clouait au sol. Tout à coup la neige manqua sous les pieds d'André, qui disparut de nouveau dans le gouffre.

Il crut voir ensuite, le long de ce même ravin, des hommes aller et venir, s'interroger, se renseigner, et montrer du doigt la place où André achevait de disparaître. Il voulut encore crier, et sa voix, qui mourait dans son gosier, ne produisait aucun son.

Enfin, au bout d'un certain temps, les hommes s'éloignèrent à leur tour, et plus un être vivant ne tachait la blancheur de la steppe de neige, quand tout à coup un fantôme s'avança vers le grenadier. C'était encore André qui le considérait avec des larmes dans les yeux, et se penchait sur lui pour l'embrasser.

Le colonel sentit des lèvres plus froides que la glace presser son front. André se releva, montra du doigt à son frère un point à l'horizon : c'était le Sud ; puis un autre, dans une direction opposée, c'était le Nord.

André fit signe, car il semblait privé de la parole, que le colonel devait suivre la direction du sud, et que son chemin, à lui, était celui du nord, et après avoir tristement considéré son frère couché et lui avoir adressé de la main un mélancolique adieu, il disparut du côté du nord.

Quand André ne fut plus visible, la réalité commença à se mêler aux visions fantastiques du colonel. Il entendit le bruit d'un chariot dont les roues faisaient craquer la neige ; des voix rudes retentirent à ses oreilles, et il se sentit enlever de terre. Bientôt une commotion violente interrompit la suite de son rêve ; il ne se rappela plus rien pendant le temps que dura son évanouissement, il ressentit seulement d'affreuses secousses qui, à chaque minute, retentissaient douloureusement dans son crâne vide et semblaient devoir le briser.

Quand cette léthargie cessa, le colonel ouvrit enfin les yeux, mais il les referma bien vite, pensant rêver encore. Il était couché sur une espèce de plate-forme, d'où s'élevait une douce chaleur qui réchauffait peu à peu ses membres glacés. A chaque effluve chaude, Vauvrecy croyait voir le ciel s'ouvrir devant lui ; voilà pourquoi il avait fermé les yeux pour continuer ce songe délicieux.

Cependant les plus cruelles souffrances du soldat français n'étaient pas finies ; quand il revint complétement à lui, il se trouva couché dans une hutte, sur un de ces poêles pareils à nos lits de camp, et qui servent l'hiver de couche aux moujicks, ou paysans de la Russie.

Le colonel était entouré de gens aux figures étranges et farouches, qui lui firent comprendre qu'il était désormais leur propriété, leur esclave, *le chien de ces chiens*, comme disait plus tard Vauvrecy, dans la haine implacable qu'il avait vouée, non-seulement aux Cosaques, mais à toute la nation russe.

A peine nourri, employé aux travaux les plus rebutans, le soldat ne vécut que pour se venger. Son désir de vengeance paraissait doubler son intelligence. Dans l'espace de six mois, il apprit la langue et les usages des Cosaques, ses maîtres. Le temps vint donc où il put, à l'aide des connaissances qu'il avait acquises, songer à se soustraire à son horrible position.

Ignorant les revers de l'armée française, il s'attendait à chaque instant à revoir surgir à l'horizon les aigles victorieuses.

Isolé comme il l'était au milieu d'une bourgade perdue dans les déserts, aucune nouvelle de l'Europe n'était venue jusqu'à lui, et il était bien loin de soupçonner quels événemens allaient changer la face des affaires politiques.

Ce ne fut qu'au bout de ces six mois, à peu près, qu'il apprit que les habitans de la bourgade chez lesquels il demeurait, l'avaient trouvé presque mort sur la neige, après que l'épuisement eut tué son cheval sous lui. Ces gens ramenaient un chariot chez eux. Le propriétaire du chariot et de la cabane qui aujourd'hui lui servait d'asile, ou pour mieux dire de prison, frappé de la vigueur qu'annonçait la stature du Français, s'était aperçu, en essayant de le dépouiller de ses derniers vêtemens, qu'il vivait encore. Il avait désiré lui conserver la vie, non par humanité, mais dans l'espoir de tirer de sa force des services gratuits que deux hommes eussent à peine pu lui rendre.

On l'avait donc jeté, sans beaucoup de précaution néanmoins, dans le chariot, et ce fut ainsi qu'il était arrivé captif et mourant dans la bourgade où il était revenu à la vie.

Pendant tout l'hiver, qui dure presque la moitié de l'année, tenter une évasion, sans connaître le langage et les mœurs du pays qu'il devait parcourir, c'eût été marcher à une mort certaine. Et Vauvrecy tenait à la vie, car il voulait revoir sa mère pour la consoler, Alexandrine pour l'aimer, et il avait un terrible serment de vengeance à accomplir. Il attendait le retour des Français avec toute la patience des âmes énergiques. Il espérait alors rejoindre ses anciens compagnons d'armes, entreprendre contre la race qui le retenait prisonnier une guerre d'extermination. C'étaient des centaines, des milliers de victimes qu'il rêvait. Que lui faisaient à lui quelques vengeances partielles comme celles qu'il aurait pu exercer sur ceux qui le traitaient comme un esclave! Pour apaiser la haine qu'avait excitée en lui la mort de son frère bien-aimé, les outrages qu'il avait dévorés, ceux qu'il dévorait tous les jours encore, c'était la mort, l'incendie qu'il devait promener sur des populations entières.

Deux mois se passèrent encore, il y en avait huit qu'il était captif, et ses progrès dans la langue russe avaient été merveilleux : à peine eût-on pu distinguer, à moins d'un examen attentif, qu'il n'était pas de la même nation et de la même classe que les scofs parmi lesquels il était esclave.

L'automne s'avançait. De vagues rumeurs arrivées jusqu'à lui, qui l'avaient d'abord trouvé incrédule, prirent plus de consistance à ses yeux. Il avait entendu parler d'événemens considérables, de tentatives d'invasion du Nord dans le midi, et il finit par accorder quelque créance à ces bruits extraordinaires.

Il s'était orienté à l'avance; il savait qu'en marchant toujours vers l'Occident, il gagnerait l'Europe; il résolut de chercher à atteindre la Pologne d'abord, puis de là la Prusse, et de là enfin les villes rhénanes qu'il avait laissées françaises.

C'était un voyage aux périls sans nombre, aux fatigues sans fin ; mais, après huit mois de tortures, il ne balança pas à risquer sa vie pour recouvrer la liberté. Les occasions de quitter, inaperçu, les bourgades dans lesquelles il avait passé ces dix mois, ne lui manquaient pas.

Quoique ses maîtres n'eussent adouci en rien l'impitoyable rigueur de leurs traitemens à son égard, cependant, sa résignation apparente avait fait relâcher la surveillance incessante dont il était l'objet; et d'ailleurs, quelles chances favorables ou même probables d'évasion pour un homme perdu au milieu des déserts! Cette considération donnait une entière sécurité à ses maîtres.

Le colonel en jugeait autrement. La connaissance parfaite de la langue russe, les vêtemens qu'il portait, et qui, tout souillés, tout en lambeaux qu'ils étaient, avaient la forme et la coupe des habits des moujicks ou paysans, lui faisaient augurer heureusement de la tentative. Le plus grand obstacle était le début; si une fois il échappait aux premières recherches que les paysans, irrités de sa fuite, ne manqueraient pas de faire, Vauvrecy ne doutait pas du succès.

Un soir, au moment où toute la bourgade, composée d'une douzaine de huttes, était plongée dans le sommeil, le colonel, qui avait trouvé moyen de s'emparer de nouveau du poignard dont le Cosaque l'avait dépouillé une première fois, puis qu'il avait repris, après l'avoir tué, pour s'en voir de nouveau dépouillé par le Moujick, son maître; Vauvrecy, disons-nous, sortit à pas de loup d'un hangar qu'il occupait, au fond de la cabane, où dormait toute la famille.

Au cas où ses maîtres s'apercevraient de son projet, il avait une excuse toute prête, celle d'aller mettre le holà entre les deux chevaux dont les ruades en effet se faisaient entendre dans leur écurie attenante à la hutte.

Vauvrecy se trouva hors de la cabane sans que personne se fût aperçu de son départ. Là, il attendit quelques minutes par précaution, et pendant ce temps il consulta de l'oreille et des yeux les huttes environnantes. Nul bruit ne se faisait entendre : tout dormait dans le village comme dans la hutte. On était au mois d'août, et la chaleur du jour était à peine tempérée par la nuit, de sorte que la plupart des portes étaient restées ouvertes. C'était une raison de plus pour redoubler de prudence et de sangfroid.

Quand le colonel n'entendit partout, si nous pouvons nous exprimer ainsi, que le silence, il entra doucement dans l'écurie. Le paysan, son maître, était le seul de toute la bourgade qui possédât deux chevaux. Vauvrecy réfléchit qu'à cheval, il gagnerait une avance considérable sur ceux qui ne manqueraient pas de se mettre à sa poursuite; mais il réfléchit aussi que s'il laissait une seule monture à l'écurie, il perdrait bien vite cet avantage : or il ne pouvait conduire le second animal en laisse.

Dans cette perplexité, il n'y avait qu'un parti à prendre, c'était de monter l'un et de laisser l'autre dans l'écurie, mais après l'avoir mis dans l'impossibilité de servir jamais. Or, ces animaux, confiés aux soins du colonel, étaient les seules créatures qui lui eussent témoigné quelque affection pendant ses dix mois de captivité. Aussi, à la pensée d'en mutiler un forcément, le cœur du grenadier saigna.

Il s'y résolut, cependant, à regret ; déjà il avait tiré son poignard, et d'un coup il allait trancher le nerf du paturon, quand le courage lui manqua. Ce noble animal, estropié, était voué à une mort infaillible.

Le colonel laissa retomber la jambe de derrière du cheval qui tourna vers lui sa fine tête et son œil brillant, comme s'il le remerciait de lui conserver ces muscles élastiques qui le faisaient bondir dans la plaine. Le prisonnier sentit une larme humecter ses yeux.

Le temps pressait, et il fallait se résoudre à prendre un parti. Se résigner à s'enfuir à pied, c'était s'exposer à être repris à quelque distance de la bourgade ou à soutenir une lutte inégale où il succomberait infailliblement.

Ce terrible athlète, dont la main avait été si souvent rougie par le sang des batailles, ne pouvait se résoudre à mutiler un pauvre animal qui l'aimait. Le colonel conçut tout à coup une idée qui devait concilier le soin de sa sûreté et l'affection tendre qu'il portait au cheval de son maître.

Maigre et nerveux, l'animal étalait sur son robuste poitrail un réseau de veines et de muscles saillans.

Comme tout cavalier consommé, le colonel n'était pas étranger à l'art vétérinaire. Il suivit, de la main, les ondulations de la veine du cou, et quand il en sentit les pulsations sous ses doigts, il la comprima fortement de la main gauche, et, à tâtons, car il n'avait pas osé allumer le falot de l'écurie, il perça la veine de la pointe de son poignard. Le noble animal fit un saut de côté ; mais Vauvrecy avait senti un filet de sang tiède jaillir sur sa main ; l'opération avait donc réussi complètement. Le sang que l'animal allait perdre jusqu'au moment où l'on s'apercevrait de la fuite du prisonnier, devait trop l'affaiblir et l'épuiser, pour que l'on songeât à s'en servir.

Le colonel détacha alors le licou du second cheval et le fit sortir de l'écurie. C'était le moment le plus dangereux ; un dormeur pouvait s'éveiller et signaler sa fuite, un chien aboyer et donner l'alarme. Heureusement aucun chien n'aboya, aucun œil ne s'ouvrit, et Vauvrecy put s'éloigner de l'oural des huttes, sans que personne s'en aperçût.

Lorsqu'il fut assez loin pour oser monter à cheval, le colonel n'hésita plus et s'élança sur le dos de son coursier; mais la direction qu'il avait été forcé de prendre d'abord, pour gagner du terrain, était en sens opposé de celle qu'il s'était tracée, et il dut se résigner à faire un long circuit autour du village pour reprendre la route qu'il devait suivre.

Toutefois, lorsqu'il sentit entre ses jambes le cheval vigoureux qu'il montait à cru, — il n'avait pas osé perdre du temps à le seller dans l'obscurité,—lorsqu'il eut à pleins poumons respiré l'air de la liberté, le colonel se crut sauvé, et cependant il avait plus de trois mois de chemin devant lui.

Il fit prendre à sa monture un trot allongé d'abord, auquel il fit succéder un rapide galop, et quand le jour vint, il était à plus de quinze lieues de la bourgade où il avait, pendant dix mois, enduré la faim et les outrages de toute espèce, mais son cheval était rendu de fatigue. Le paysage était aussi désert que pouvait le désirer le colonel.

De longues et profondes ravines bordées de masses de roches verdâtres coupaient la plaine immense dans laquelle il était parvenu. Un bois assez épais de cèdres blancs, de bouleaux et de pins qui s'élevaient à quelque distance de là, terminait du côté de l'ouest, c'est-à-dire en face du colonel et dans la direction qu'il avait suivie jusqu'alors. Pour donner le change à ceux qui le poursuivrient, Vauvrecy s'avisa d'un stratagème. Il traversa la plaine en tirant son cheval par la bride et en laissant, autant que possible, la trace de ses pas, soit dans quelques parties du terrain plus mou, soit près de quelques petites flaques d'eau que le soleil n'avait pas encore desséchées depuis les dernières pluies. Ce fut ainsi qu'il gagna la forêt.

Une fois qu'il en eut dépassé la lisière, il conduisit ses pas jusqu'à l'entrée d'un assez large sentier, dont le terrain pierreux ne gardait nulle empreinte, suivit le sentier, puis se jeta brusquement de côté pour faire un détour. Quand il eut marché quelque temps ainsi parallèlement à la lisière du bois, il en sortit de nouveau à un quart de lieue de distance de l'endroit où il y était entré pour la première fois.

Il continua de marcher en tournant le dos à la forêt et à revenir sur ses pas, mais par un chemin différent. Quand il crut avoir mis entre le bois de bouleaux et de sapins un espace assez considérable, il chercha des yeux, dans la vaste lande, une herbe plus épaisse, pour son cheval, et quelques rochers, ou un bouquet d'arbres, pour abriter sa retraite.

Pour obtenir une vue plus étendue du pays désert où il se trouvait, le colonel attacha son cheval à un buisson, et grimpa sur le haut d'une de ces grandes roches verdâtres. Lorsqu'il en eut atteint le sommet, un paysage plus vaste se déroula devant ses yeux, et il découvrit précisément ce qu'il cherchait.

Un petit lac, dont un massif d'arbres couvrait l'une des rives, baignait de ses eaux un terrain fertile et un gazon verdoyant composé de trèfle et de sainfoin.

Vauvrecy se dirigea de ce côté, et quand il eut gagné les bords de ce lac, il attacha son cheval par son licou dans l'endroit où le gazon était le plus touffu; quant à lui, il s'approcha de l'eau pour boire.

Au moment où il s'agenouillait sur la rive, un bateau déboucha subitement du massif d'arbres du bord opposé. Ce bateau était fait d'un seul tronc d'arbre, comme les pirogues des sauvages de la mer du Sud. Un homme placé au milieu du bateau, armé d'une seule rame dont il frappait alternativement l'eau des deux côtés, s'avançait vers lui et lui faisait signe de l'attendre.

CHAPITRE VI.

Le Roi des mines de l'Oural.

L'homme qui montait la pirogue était un vieillard d'un âge assez avancé. Une chevelure flottante s'échappait de dessous son bonnet de fourrure, et une barbe blanche comme ses cheveux descendait assez avant sur sa poitrine.

Le premier mouvement de Vauvrecy fut de fuir, car dans une position comme la sienne, la présence même d'un enfant devait être un sujet d'effroi. Le vieillard, devinant son intention, lâcha tout à coup l'aviron qui lui servait à guider sa frêle embarcation, se baissa et se releva un fusil à la main, dont il menaça Vauvrecy, s'il ne se résignait de bonne grâce à l'attendre.

Le colonel ne pouvait se méprendre à cette expressive pantomime; il se résolut à attendre l'inconnu, non pas qu'il craignît l'exécution de la menace, mais il pensa que l'explosion d'une arme à feu était chose à lui susciter bien des embarras, si le pays n'était pas aussi désert qu'il en avait l'apparence. Il réfléchit en outre qu'un homme d'un âge aussi avancé ne devait pas être, en dépit de l'arme qu'il tenait en ses mains, un ennemi bien redoutable.

A l'aspect de Vauvrecy immobile sur le bord du lac, le vieillard déposa son fusil au fond de sa pirogue, reprit sa rame et recommença à battre alternativement des deux côtés la surface du lac. Quelques instans après il débarquait sur le rivage, tout proche du colonel.

Le vieillard portait un large kaftan retenu par une ceinture de cordes et un bonnet fourré : ses chaussures consistaient en spartilles faites avec la seconde écorce du pin, et venaient rejoindre les lanières d'étoffes de laine qui enveloppaient ses jambes.

Le colonel, dans sa situation délicate, crut devoir user de politesse envers lui.

— Bonjour, mon père, dit-il, en adoptant une formule qui s'adresse en Russie aux jeunes comme aux vieux.

— Bonjour, mon frère, — répondit le vieillard, ainsi qu'ont coutume de dire les Russes appartenant à la classe élevée, quand ils daignent parler leur langue natale. Vauvrecy, qui n'avait pas appris le langage moscovite dans la bonne compagnie de St-Pétersbourg, ignorait cet usage.

Après ce court échange de politesse, les deux personnages si soudainement mis en présence s'envisagèrent avec une curiosité réciproque.

Le vieillard avait laissé son fusil dans sa pirogue, et rien dans sa contenance n'annonçait l'intention d'entrer en hostilité. Ses traits et sa taille haute, parfaitement droite encore, démentaient l'air de vieillesse qu'annonçait la blancheur de neige de sa barbe et de sa chevelure. Ce n'était pas se tromper de beaucoup que de lui assigner cinquante ans au plus.

Ses yeux perçans se promenaient également sur toute la personne de Vauvrecy, avec un air de pénétration qui inquiéta fort ce dernier.

— En quoi un pauvre moujick comme moi peut-il vous servir, mon père, pour que vous ayez si impérieusement exigé cette entrevue? dit le colonel, désireux, pour cacher son trouble, de distraire l'attention du vieillard.

— Il y a tel moujick en apparence dont le kaftan cache le cœur d'un gentilhomme.

— Ceci n'est pas répondre à ma question, mon père, reprit Vauvrecy avec quelque embarras de se voir si bien deviné.

— Dans ce désert où j'habite seul, je suis parfois bien longtemps sans avoir l'occasion d'échanger quelques paroles avec une créature humaine, dit le vieillard, et quand cette occasion se présente, j'en profite.

— Vous êtes donc ici dans un désert? s'écria le colonel.

— Un étranger seul peut ignorer qu'il n'y

a pas la plus chétive habitation de charbonnier d'ici à quinze lieues à la ronde. Seriez-vous donc étranger, mon frère?

Vauvrecy s'aperçut qu'il avait commis une imprudence grave, puis à ce mot de désert il sentit s'agiter, au dedans de lui, avec violence, le désir qu'il avait conçu, depuis le commencement de cette entrevue, d'assommer le curieux vieillard. Cependant il se contint.

— En effet, reprit-il, je suis étranger à ce désert.

— Cela doit être ; autrement, vous n'auriez pas osé vous approcher ainsi de la barbe blanche du lac de Tidji. Il faut même que vous soyez de fort loin d'ici, pour ignorer que ce n'est jamais impunément, pour le salut de son âme, qu'on rencontre le vieillard à la barbe blanche, et que ce vieillard c'est moi.

— Au fait, s'écria le colonel, très médiocrement superstitieux, mais souverainement mal à l'aise devant le dangereux questionneur, qui semblait faire tomber une à une toutes les pièces de son déguisement, — à quoi puis-je vous être utile? J'ai besoin de me reposer un instant avant de reprendre ma route.

— Après avoir marché tout une nuit, êtes-vous donc si impatient de remonter à cheval? Prenez garde, un cheval surmené ne va pas longtemps, et un bon cavalier n'est plus, sans sa monture, qu'un fort mauvais piéton.

— Au diable! repartit impétueusement le colonel, étonné et alarmé plus que jamais de la perspicacité merveilleuse du vieillard, — répondez-moi catégoriquement, ou sinon...

Vauvrecy n'acheva pas, la surprise lui coupa la parole. Le vieillard venait de détacher de sa figure et d'ôter de sa tête la chevelure et la barbe qui le déguisaient. Le colonel vit un homme aux cheveux courts et à la barbe drue, noire comme le jais et à peine nuancée de fils d'argent, une espèce d'athlète dont les membres vigoureux, la tête ronde et énergique, les mâchoires carrées, le cou aux muscles saillans, annonçaient, malgré ses cinquante ans, une formidable vigueur.

— Que signifie ceci? s'écria le colonel; mais sa stupéfaction, quoique poussée déjà aux dernières limites, s'accrut encore, s'il est possible, lorsque l'inconnu l'interrompant, lui dit en fort bon français:

— Cela signifie qu'entre nous les déguisemens ne doivent pas être plus longtemps de mise; me comprenez-vous?

— Vous venez de surprendre un secret qui peut être dangereux à celui qui le possède, monsieur, répondit le colonel, en s'exprimant alors en français.

— Et pourquoi, monsieur? répliqua l'inconnu avec un sourire calme, cela dépend de l'usage qu'en voudrait faire celui qui l'a surpris. Je suis sans armes et vous êtes armé.

— Moi, interrompit Vauvrecy.

— N'avez-vous pas à votre disposition le fusil que j'ai laissé dans ma pirogue?

L'inconnu, en effet, fit quelques pas du côté opposé à son canot, comme pour donner au colonel la facilité de s'emparer du mousquet, mais Vauvrecy ne bougea pas; cette noble confiance avait dissipé tous ses soupçons.

— Venez avec moi, reprit l'étranger, vous trouverez dans ma hutte un asile assuré, inviolable!

— Un instant, monsieur, dit le colonel, vos procédés envers moi, comme la perspicacité dont vous venez de faire preuve, justifient parfaitement ma curiosité. Comment se fait-il que, malgré mon déguisement, vous m'ayez reconnu pour Français? Comment avez-vous deviné que je ferais un si mauvais piéton, et enfin que j'ai marché toute la nuit pour arriver jusqu'ici?

— Tout cela est fort simple et n'a rien qui doive vous surprendre, ce me semble. J'ai appris que vous étiez étranger à ce district, quand de loin, des bords du lac où j'étais assis derrière ces grands bouleaux, je vous ai vu descendre de cheval, attacher votre monture à un cèdre et vous approcher pour boire tranquillement. Or, ce lac a la réputation d'être hanté, le jour comme la nuit, par des créatures que nul paysan ne se soucie de rencontrer. Ignorer cette circonstance, prouvait que vous n'étiez pas des environs, ou que vous y aviez séjourné peu de temps.

— Dix mois, qui sont dix siècles! répliqua Vauvrecy.

— De ces dix mois, vous en avez passé cinq, sans doute, à comprendre la langue russe; ce n'est, par conséquent, que comme si vous n'aviez séjourné que la moitié de ces dix mois. J'ai donc acquis la certitude que vous étiez étranger à ces environs, et cette découverte m'a donné le désir de causer avec un être humain que ma présence n'effrayât pas. Un solitaire comme moi est toujours avide de nouvelles. Permettez-moi d'ajouter que votre manière de parler notre langue trahit un homme de bas étage. Or, j'ai trouvé que vos manières, votre contenance démentaient vos vêtemens : un moujick, abruti par l'esclavage de toute une vie, n'a ni votre regard fier, ni votre front haut.

Vauvrecy ne put s'empêcher de sourire à son tour des remarques de l'inconnu, qui continua :

— La courbure de vos jambes, vos pieds dont la pointe est en dedans, trahissent l'homme dont les jambes se sont arquées par une longue habitude du cheval, et dont les pieds ont toujours chaussé l'éperon.

—C'est vrai, avoua le colonel.

— La bourgade la plus prochaine est à quinze lieues d'ici, et comme le soleil est à peine levé, que les nuits sont fort courtes, vous avez dû forcer la marche de votre cheval. Voyez la sueur séchée, collée à ses flancs une couche de poussière ; le pauvre animal est si fatigué qu'il est là, couché au milieu du sainfoin, sans avoir le désir d'y toucher : tout cela ne témoigne-t-il pas d'une course forcée ?

— C'est encore vrai, dit le colonel tout pensif. Je dois convenir que vous êtes doué d'une perspicacité réellement merveilleuse.

— La solitude profonde où je vis développe l'esprit d'observation. Vous cacherez plus aisément aux gens des villes votre travestissement. Toutefois, il vous reste encore à surmonter des périls sans nombre.

— Mais qui vous a dit que je fusse Français ? Quand vous m'aurez signalé les défauts de mon déguisement, j'essaierai d'y remédier.

— Je ne vis pas tellement isolé que je n'aie appris les catastrophes de l'invasion française, continua l'inconnu : votre cheval sans selle annonce un fugitif qui a sauté sur le premier cheval qu'il a rencontré. Quoique vous ayez laissé croître votre barbe, il y a entre elle et vos moustaches une disproportion telle qu'il est facile de reconnaître que ces dernières devaient être déjà fort longues quand la nécessité vous a forcé à ne plus vous raser. Or, je vous le demande, de longues moustaches à un fugitif n'indiquent-elles pas un soldat français qui fuit la captivité ? A présent, suivez les bords du lac, continua le vieillard, et gagnez ce bouquet de bouleaux qui les ombrage, moi, je vous devancerai par le chemin le plus court.

Alors l'inconnu remonta dans la pirogue, poussa au large, et recommença la manœuvre que nous avons décrite, tandis que Vauvrecy, après avoir détaché son cheval, côtoyait, tout pensif, les rives du lac limpide. L'inconnu redevenu vieillard, grâce à la barbe et à la chevelure postiches qu'il avait reprises, l'attendait déjà sous les bouleaux quand le colonel y arriva.

—Venez par ici, lui dit-il en le conduisant vers une espèce de pont grossier fait d'une planche de sept à huit pieds de longueur.

Ce pont servait de communication entre la terre-ferme et une petite île. Une légère colonne de fumée qui s'élevait au-dessus d'un rideau touffu de verdure indiquait l'emplacement de la cabane du mystérieux inconnu. Lorsqu'ils eurent tous deux traversé le pont de planche, le vieillard le retira de son côté en disant :

— On ne sait ce qui peut arriver ; il faut toujours se trouver à l'abri d'une surprise.

— Votre position est, en effet, militairement défendue, répliqua Vauvrecy. Par devant, ce lac et le prolongement de ses eaux, qui l'entourent des deux côtés ; par derrière, ces tourbières, qui pourraient engloutir tout un régiment, la rendent presque imprenable...

— Au moins par surprise, répondit l'inconnu, qui ajouta en souriant : Vous voyez qu'il n'y a pas besoin d'être Français et fugitif pour craindre les fâcheuses rencontres, et qu'un Russe, au milieu de son pays, peut être aussi exposé qu'un officier de l'Empereur Napoléon.

Il y avait dans la contenance, dans l'expression du regard, dans les manières de l'inconnu, un je ne sais quoi qui ne permettait pas de douter que le vieillard ne se cachât pour échapper au châtiment d'un crime. Aussi Vauvrecy n'hésita-t-il pas à l'interroger au sujet du mystère dont il s'entourait.

— Il m'est permis de confier sans rougir ce secret à un cœur ami, lui répondit le vieillard, et cependant ma tête a été bien longtemps mise à prix ; elle l'est même encore, mais il s'est écoulé tant d'années qu'on m'a presque oublié... Mais, moi, je n'ai pas oublié... ajouta l'inconnu après un court silence et en saisissant fortement le bras de Vauvrecy.

Les deux nouveaux amis marchèrent pendant quelques instans en silence ; ce fut le prétendu vieillard qui le premier reprit la conversation.

— Mettez vos pas sur les miens, dit il au grenadier qu'il précédait ; j'ai semé des pièges de tous côtés pour ma sureté, et vous pourriez vous blesser grièvement. Il faut avouer que votre bonne étoile vous a merveilleusement servi, en vous conduisant vers moi ; car, pour des raisons dont vous apprécierez la gravité quand je vous aurai dit qui je suis, il est indispensable que je quitte une solitude au fond de laquelle je me suis vu forcé de m'ensevelir pendant vingt ans. Si vous voulez m'accepter pour compagnon de voyage, nous essaierons de gagner la France ensemble.

— Je suis trop heureux de rencontrer un compagnon de route et de périls tel que vous paraissez l'être, s'écria Vauvrecy plein de joie.

— Je crois, en effet, que je vous serai de quelque utilité, reprit l'inconnu, je compte au reste, de mon côté, sur votre dévouement et sur votre concours.

Comme l'inconnu achevait de parler, Vauvrecy aperçut à travers les feuilles une hutte faite de troncs de bouleaux et à laquelle leur écorce servait de toiture.

— Tenez, reprit son compagnon, voici, depuis vingt ans, l'asile d'un homme qui a possédé des milliers de serfs, des palais d'hiver et des palais d'été; que jadis on appelait le roi des mines de l'Oural, et que les moujicks ne connaissent plus, aujourd'hui, que sous le nom de la Barbe-Blanche du lac de Tidji.

Vauvrecy et son guide entrèrent dans l'humble cabane. Elle ne se distinguait en rien des plus pauvres isbas du pays. Une cloison de planches grossières la séparait en deux parties, et un poële à la mode russe, enclavé dans cette cloison, de manière à jeter également sa chaleur des deux côtés, était la pièce la plus remarquable du mobilier.

— Vous devez avoir besoin de prendre de la nourriture, dit l'inconnu; voici du poisson séché et du gibier.

Le roi des mines de l'Oural en parlant ainsi tira des flancs d'un bahut grossier du saumon fumé et les débris d'un lièvre, plats auxquels le colonel s'empressa de faire honneur. Pendant ce repas qui, tout frugal qu'il fût, parut délicieux à Vauvrecy en comparaison du grossier ordinaire auquel il était condamné depuis dix mois, le vieillard frappa du pied le sol de sa cabane :

— Il y a là-dessous, dit-il, plus d'or qu'il ne nous en faudra pour aplanir tous les obstacles, plus d'or que l'Empereur n'en a jamais peut-être possédé dans ses coffres.

— Vraiment! dit Vauvrecy, sans trop attacher d'importance à cette révélation, absorbé comme il l'était par son repas.

— Ce n'est rien encore en comparaison des richesses que j'ai fait passer dans votre pays au temps de ma prospérité, continua l'inconnu, et celles-là, du moins, nous serviront.

Vauvrecy continuait à dévorer, et l'inconnu poursuivit:

— Des bruits d'invasion sont parvenus jusqu'au fond de ma solitude. Les racoleurs parcourent toutes les provinces. On parle de porter la guerre en France.

Cette fois, le colonel écouta plus attentivement, et, pour ne pas blesser la susceptibilité de son hôte, il cacha sous ses moustaches le sourire de dédain qui effleurait ses lèvres.

— Envahir la France! dit-il.

— L'Europe entière sera contre vous.

C'est son habitude.

— La France est épuisée par ses longues guerres.

— Qu'importe, le génie de l'Empereur n'est pas comme la France.

Ce fut au tour du vieillard de sourire.

—La France n'est pas seulement épuisée; mais elle est mécontente du joug qui pèse sur elle. Ignorez-vous donc que, dans les rangs de l'armée, il s'est formé contre Napoléon de redoutables et secrètes coalitions? Le terrain est miné sous les pas du géant, et le jour n'est pas éloigné où il s'écroulera sous lui. Quand je vous aurai appris et qui je suis et pour quel motif l'on m'a proscrit, vous ne douterez plus. Rappelez-vous ma prédiction Dans six mois, le czar Alexandre entrera en vainqueur dans la ville de Paris.

Le colonel bondit de son siége.

— Et dans six mois, peut-être, poursuivit l'inconnu dont les yeux lançaient des éclairs de vengeance, le roi des mines de l'Oural tiendra dans ses mains la vie et la personne du czar de toutes les Russies.

— Parlez, s'écria le colonel, toutes vos paroles sont des énigmes pour moi. Des traîtres dans l'armée! Le czar à Paris! La solitude a troublé vos esprits.

FIN DU PROLOGUE.

LA

CHASSE AUX COSAQUES.

PREMIÈRE PARTIE.

UNE NUIT SUR LE RHIN.

CHAPITRE Ier.

La Tour des Rats.

La portion du Rhin que les mariniers réputent comme la plus dangereuse à remonter ou à descendre est celle qui se trouve comprise entre Bingen et Kœnigswinter. C'est ce tronçon du grand fleuve germain que l'on est convenu d'appeler, par excellence, *les bords du Rhin*. Il présente, en effet, pour le touriste, l'historien et le poète, la partie la plus pittoresque, la plus riche en souvenirs et en monumens, la plus féconde en émotions.

Mais le marinier, qui n'est ni touriste, ni poète, non plus qu'historien, quoi qu'il ait sa manière, la plus poétique peut-être d'envisager et de raconter l'histoire, juge tout autrement ces bords du fleuve sur lequel se passe sa vie. Le Binger-Loch, à six lieues au-dessous de Mayence, dont les eaux, quand elles sont basses, cachent à peine les roches aiguës qui tapissent le lit du fleuve; la passe de Bacharach, où le Rhin mugit, écumeux et bruyant comme l'Océan, le banc de Saint-Goar, où les eaux bouillonnent sur un lit de rochers basaltiques, et les écueils du petit Unkelstein, tels sont les endroits que redoutent les mariniers rhénans.

Maintenant si le poète descend le fleuve de Bingen à Kœnigswinter, soit dans les barques à deux voiles latines, soit sur les radeaux flottans de sapins de la Mürg, le trajet lui semblera plus court, sans contredit, qu'en bateau à vapeur. En partageant les dangers du marinier, il écoutera, le soir, quand le train ou le bateau glissera lentement sur les eaux assombries, le récit de ses légendes.

Toutes les tours qui se dressent sur les hauteurs comme des aires dont les aigles se sont envolés, sont pour le marinier pleines de spectres. Les tours démantelées qui, pour lui, cachent des âmes en peine, sont illuminées, dit-il, à certaines époques, par de vives et inexplicables clartés; au besoin, il interrompra son récit pour vous faire entendre dans les montagnes le tintement lugubre de cloches que lui seul peut saisir. Rien d'émouvant comme ces histoires de vengeances célestes, de maléfices de sorciers, de gnômes qui vivent dans les ruines!

Vers le milieu du mois de décembre 1813, les deux rives du Rhin retentissaient du plus formidable bruit d'armes qui eût jamais éveillé ses échos. Sur la rive droite, plus d'un demi-million d'hommes coalisés contre la France, s'y disposaient à l'attaque. Sur la rive gauche, cinquante mille Français, à peine, se préparaient à la défense. Toute l'armée alliée était réunie, à peu près, n'attendant plus que l'ordre d'exécuter le plan d'invasion si longuement discuté à Francfort.

L'ordre enfin était venu; le feld-maréchal Blücher devait franchir le Rhin, entre Mayence et Strasbourg, puis opérer sa jonction avec l'armée du prince de Schwartzemberg, dans les plaines de la Champagne. En attendant, de corps d'observation du général prussien bloquaient Strasbourg et Mayence. C'est à cette époque, où le Rhin allait être franchi, que commence notre histoire, entre le Binger-Loch et cette dernière ville.

C'était la nuit ; un ciel noir, qui semblait un drap mortuaire étendu d'une rive à l'autre, pesait sur la cime des montagnes qui encaissent le fleuve. Sous ce dais sombre, les feux des bivouacs prussiens et français éclairaient de leurs lueurs tremblantes les eaux noires du fleuve. Les cris des sentinelles retentissaient, à des intervalles réglés, de distance en distance, et sous son manteau de brumes nocturnes, le Rhin semblait tressaillir à ces bruits de guerre, qui lui rappelaient César et Charlemagne, et semblaient lui annoncer la chute du César français.

Le seul objet qui se distinguât visiblement était la Mause-Thürm (la tour des rats). Sa masse informe s'élevait au milieu des eaux avec une majesté funèbre, entre les osiers et les roseaux frissonnans des deux bords du Rhin.

Le Binger-loch mugissait au loin et mêlait ses grondemens aux cris d'alerte des sentinelles.

Tel était à peu près l'aspect du fleuve cette nuit-là, quand, des avant-postes de l'armée française d'observation, aux ordres du duc de Raguse, un officier en petite tenue, et enveloppé de son grand manteau militaire, s'avança jusqu'à la dernière sentinelle mise en faction à deux portées de fusil des bords du Rhin. Le soldat, couvert de sa grande capote grise, marquait, pour combattre le froid de la nuit, le pas de charge dans l'étroit espace qu'il parcourait quand l'officier arriva jusqu'à lui. Il suspendit sa marche pour répondre au mot d'ordre, et après avoir écouté quelques paroles dites à voix basse par le nouveau venu :

— Bien, mon capitaine, répondit-il, s'il vous convient de m'imposer silence, quelque chose que je puisse voir, je me tairai, c'est mon devoir.

A ces mots, il reprit sa marche rapide, et le capitaine gagna les rives du fleuve, dans la direction de la grosse tour, dont la masse carrée s'élevait au milieu des eaux. Quand il fut arrivé à peu de distance des roseaux qui croissaient en face de la Mause-thürm, l'officier fit halte et sembla chercher à distinguer, à travers l'obscurité, ce qui se passait sur l'îlot de la tour.

On observait, sans doute, de cet endroit aussi, ce qui se passait sur la rive du Rhin, car, à peine la silhouette noire de l'officier fut-elle visible, que des ombres confuses s'agitèrent sur l'îlot; puis bientôt une barque, montée par trois hommes, se dirigea vers le capitaine. Une fois parvenue à une courte distance de la rive, la barque s'arrêta, et l'officier français put distinguer les gens qu'elle contenait; ils étaient au nombre de trois, deux rameurs portant le costume des mariniers du Rhin, et un homme qui, assis à la proue du bateau, était vêtu d'une houppelande dont le collet doublé de fourrure et relevé jusqu'à ses oreilles, cachait complétement le visage. Une casquette également en fourrure abritait sa tête.

Les deux personnages s'examinèrent un instant en silence, et celui du bateau, prenant la parole, fit distinctement entendre ces mots prononcés à voix basse et en bon allemand :

— Holà ! monsieur, pourriez-vous me dire à quoi sert l'esprit ?

— A tenir la matière éveillée, répondit l'officier sans hésiter.

— Bien ! reprit l'inconnu en faisant signe aux rameurs.

La barque reprit sa marche, un instant interrompue, et bientôt sa quille vint froisser les roseaux du fleuve, et s'arrêter sur la vase.

— Hâtons-nous, monsieur, dit l'homme à la houppelande ; il fait un froid de tous les diables, et il me tarde de regagner le feu auprès duquel j'attendais votre arrivée.

L'officier sauta dans la barque. Un des mariniers la remit à flot en appuyant sa gaffe contre le rivage.

— Je ne pense pas être en retard, dit l'officier en s'asseyant, mais, en tous cas, j'ai pour excuse la difficulté de sortir d'un camp, en temps de guerre, sans exciter les soupçons ; heureusement que...

L'officier n'acheva pas. Les deux personnages essayèrent de distinguer les traits l'un de l'autre ; mais le manteau militaire du premier, et le collet de fourrure du second, rejoignant sa casquette, rendaient inutile cet examen mutuel.

—Pourrai-je savoir votre nom, monsieur? demanda l'officier en allemand.

— Mon nom ne fait rien à l'affaire qui nous réunit, répondit assez brutalement l'homme au collet de fourrure, mais cette fois en français, d'autant plus que je ne tiens nullement, moi, à savoir comment vous vous appelez.

— Est-ce par indifférence, monsieur, demanda l'officier, avec quelque hauteur.

— Heu ! répondit l'inconnu, avec un calme parfait, je ne donnerais pas un kreutzer pour l'apprendre, si je ne savais....

— Ah ! vous savez mon nom?

— Si je ne savais déjà que c'est le capitaine Rollon que j'ai l'honneur de conduire à la tour des Rats, et de là....

— Et de là ?

— A l'endroit où cette lettre lui donne l'ordre d'aller.

En parlant ainsi, l'inconnu remit au capitaine Rollon un pli cacheté, que celui-ci cacha sous son manteau.

— C'est le troisième rendez-vous qui m'est assigné ; j'ai attendu, et je n'ai vu rien venir, reprit-il après une légère pause, et non sans une nuance de mauvaise humeur. J'espère être, cette fois-ci, plus heureux que les deux autres.

— Je l'ignore. Quant à moi, je vous ai fait savoir que je devais venir vous chercher ce soir, et me voici. A présent, je vous transporte à la tour des Rats, où vous devez ouvrir le pli que j'ai eu l'honneur de vous remettre ; le reste ne me regarde plus.

Est-ce que tout cela vous amuse beaucoup, monsieur, reprit l'inconnu après un court silence, et sur un ton tout différent de celui qu'il avait pris jusque là.

— Faire luire la lumière dans les ténèbres, soustraire le faible à la tyrannie du fort, n'est pas un plaisir, mais un devoir sacré, répondit Rollon d'un ton solennel.

— Eh bien ! moi, tout cela m'ennuierait horriblement.

L'inconnu accompagna sa déclaration d'un long bâillement qui prouvait la sincérité de son langage :

— Ah ! monsieur, quelle terrible, quelle incurable maladie que celle de l'ennui, de ce vautour qui nous ronge le foie, le jour, la nuit, sans relâche, poursuivit-il d'un ton railleur et blasé tout à la fois !

— Je vous plains, monsieur, répliqua l'officier d'une voix qui, pour la première fois, comme si jusqu'alors il en eût comprimé le charme, vibra aux oreilles des deux rameurs ainsi qu'une de ces harmonies soudaines qu'on entend retentir dans le calme de la nuit sur les eaux du fleuve allemand.

Quoique ce mélodieux accent ne fît qu'effleurer l'oreille de l'inconnu, il ne put retenir un mouvement de surprise.

— Les morts ne reviennent pas, dit-il, sans quoi je croirais que vous portez un nom plus célèbre que celui du capitaine Rollon.

Ce dernier ne répondit rien, et l'inconnu poursuivit :

— S'il est vrai que vous me plaigniez, j'aurais un léger service à vous demander.

— S'il est en mon pouvoir de vous l'accorder, je n'ai rien à vous refuser.

— Nous en reparlerons.

La barque touchait en ce moment le terrain de l'îlot pierreux sur lequel est construite la vieille Mause-thürm. Pendant que les deux mariniers cachaient le petit bateau au milieu d'épaisses touffes de roseaux, l'officier et l'inconnu entraient par une porte en ruines, dans l'ancien monument construit par l'archevêque de Mayence.

Dans un des angles de la tour, un feu vif pétillait sans jeter aucun éclat au dehors, tandis que la fumée montait lentement le long des murs, dont les divers étages n'existaient plus, et qui ressemblaient au tuyau d'une gigantesque cheminée. Rollon et l'inconnu s'assirent en silence auprès du foyer. Le premier laissa alors tomber son manteau de dessus ses épaules, et le second rabattit le collet de sa houppelande d'hiver, semblable aux douillettes de soie que portaient les vieillards à cette époque. Au moment où les nouveaux compagnons se montrèrent l'un à l'autre, chacun d'eux tressaillit, comme à l'aspect d'un visage connu, mais depuis longtemps oublié.

Il est vrai de dire aussi que jamais contraste plus frappant n'avait existé. Le rôle que rempliront dans notre récit ces deux personnages exige une description presque minutieuse. La figure de l'officier surtout était trop remarquable pour que nous n'essayions pas d'en esquisser les principales lignes, tâche en vérité plus difficile à remplir qu'on ne pourrait le supposer.

Rien de facile comme de décrire les traits d'un visage, mais il est certaines figures, certaines physionomies qu'il est impossible de jamais peindre. On subit leur influence, leur fascination; mais leur mobilité échappe à l'analyse.

Ses traits étaient nobles plutôt que réguliers; son front vaste, sa chevelure d'un châtain foncé, sa bouche, mobile à l'extrême, était surmontée d'une moustache de la couleur de ses cheveux ; une cicatrice légère coupait verticalement sa lèvre supérieure. De larges sourcils ombrageaient ses yeux, d'une couleur indécise, tantôt bleus comme l'azur du ciel, tantôt verts comme l'Océan sur nos côtes, tantôt gris comme le brouillard d'un jour d'hiver.

Quant à l'homme à la houppelande, il avait une de ces physionomies débonnaires et placides, dont on serait tenté de rire, si l'on ne plaignait plutôt l'excessive bonhomie, ou pour mieux dire, la faiblesse de caractère qu'elles annoncent. D'après sa toilette, bien que pour le moment il en parût assez peu soucieux, on devinait aisément qu'il avait dû jadis ne pas manquer de prétentions à l'élégance.

Cependant, si un observateur avait étudié l'inconnu avec une sérieuse attention, il eût découvert sur son visage la trace d'une profonde amertume. Par momens, ses traits, ainsi que ceux des Orientaux que l'opium a hébétés, se contractaient, ou se déjetaient; ses paupières, devenues trop lourdes ou manquant de ressorts, retombaient flasques et pendantes sur ses yeux éteints, et sa bouche entr'ouverte laissait pendre sa lèvre inférieure comme les lèvres d'un boule-dogue.

Voilà ce qu'en examinant attentivement l'inconnu, un observateur ordinaire eût pu distinguer; mais le capitaine Rollon avait des yeux trop accoutumés à lire couramment sur les lignes physionomiques, pour ne pas soulever ce masque d'emprunt, et ne pas discerner, sous cet air alternativement candide ou hébêté, dans ces traits effacés ou repoussans, les signes distinctifs d'une effrayante et froide férocité.

Lorsque la lueur du foyer jeta un reflet ardent sur le front découvert de l'officier, l'inconnu, que rien ne semblait capable d'émouvoir, ne put s'empêcher de s'écrier vivement, et avec l'expression de la plus grande surprise :

— Eh quoi! monsieur, il n'est donc pas vrai que vous soyez mort à Wagram?

Au même instant, le capitaine Rollon s'écriait aussi :

— J'ai vu, il y a de longues années de cela, un cadavre flotter sur le Rhône! Ce n'était donc pas le vôtre?

— Faites excuse, monsieur, reprit l'inconnu avec un placide sourire; puis au souvenir d'un mystérieux passé, son œil brilla comme celui d'un oiseau de carnage; mais ce ne fut qu'un rapide éclair qui s'éteignit aussi subitement qu'il avait jailli de sa prunelle, et le visage de l'homme à la houppelande reprit son expression habituelle d'ennui profond et de débonnaireté vulgaire.

— C'était le bon temps, dit-il avec un formidable bâillement. Ainsi donc vous n'êtes pas resté sur le champ de bataille de Wagram?

— Vous connaissiez celui à qui j'ai l'honneur de ressembler un peu? demanda Rollon sans répondre à cette question.

— Je ne l'ai vu qu'une fois; mais qui pourrait l'oublier!

— Celui dont vous parlez est bien mort, reprit mélancoliquement l'officier, en appuyant sa tête sur ses deux mains.

Un moment de silence régna entre les deux personnages, pendant lequel le bruit du vent, sifflant aux angles de la vieille tour, se mêlait au bruissement des roseaux et au murmure des eaux du fleuve.

— N'avez-vous pas une lettre à ouvrir? dit l'inconnu, en interrompant la méditation silencieuse du capitaine Rollon, qui tressaillit en se trouvant rappelé à lui-même.

— C'est vrai, dit-il, et il rompit le cachet symbolique dont le pli était scellé, et s'approcha plus près du feu, pour mieux en distinguer le contenu. Il lut ce qui suit :

« Le capitaine Rollon fera, au sommet de » la tour de Halto, les signaux de feu, et en- » tre onze heures et minuit, un guide des- » cendra le fleuve pour venir le chercher. »

— Nous avons ici ce qu'il faut, dit l'inconnu, en montrant une boîte qui contenait plusieurs poignées d'une poudre blanchâtre.

— C'est bon, répondit Rollon, en tirant sa montre, il est onze heures, le guide doit s'approcher.

Le capitaine sortit alors de l'enceinte de la tour, et fixa ses yeux sur le cours du Rhin qui roulait majestueusement entre ses deux rives. Au milieu des feux des bivouacs dont il reflétaient la flamme, une lueur lointaine se dessinait dans le brouillard. Celle-là semblait flotter sur le fleuve. L'officier rentra, et jeta sur le foyer une poignée de la poudre, qui s'enflamma; une lueur rouge monta de la base au sommet de la tour, et brilla un instant, comme une aigrette mobile de pourpre au-dessus des créneaux démantelés!

CHAPITRE II.

Lambert-Boit-Rouge.

Quand l'aigrette de flamme rouge, un instant allumée au sommet de la vieille Mause-thürm, se fut éteinte, l'inconnu tourna vers le capitaine Rollon un œil terne, dans lequel se lisait seul un dégoût profond de toutes les choses humaines.

Tout à coup une étrange expression de férocité succéda, dans la physionomie de l'homme à la houppelande, à sa morne apathie; cette expression était de nature à effrayer sérieusement un homme d'un courage ordinaire. Probablement, le capitaine avait une âme d'une trempe plus énergique, car il suivit avec plus de curiosité que d'inquiétude la transformation subite qui s'opérait chez son compagnon d'aventures.

Comme l'aigle, quand il cesse, à l'aspect

d'une proie lointaine, d'étendre le voile opaque et blanchâtre de sa paupière sur ses pupilles ardentes, l'inconnu, la prunelle dilatée dans ses orbites agrandies, fixait sur Rollon des yeux étincelans. Ses lèvres déjetées s'étaient serrées l'une contre l'autre, et une contraction nerveuse agitait les muscles de sa face pâlie.

—Avez-vous entendu parler de celui que ses frères n'appelaient plus que Boit-rouge, quoiqu'il portât un autre nom? s'écria-t-il.

Le capitaine ne répondit rien. Sa main se porta machinalement à sa ceinture ou étaient suspendus deux pistolets; puis, comme s'il avait rougi d'avoir recours à des moyens de défense si vulgaires, il se contint.

— Ses frères, reprit l'inconnu, d'une voix plus sourde, l'appelèrent ainsi après qu'il se fut poignardé et jeté dans le Rhône, qui ne voulut pas de lui, parce qu'il n'aimait que le vin... et le sang. Aujourd'hui, ajouta l'inconnu avec un rire effrayant, j'ai repris mon nom de Lambert; mais c'est en vain! Pouah! le sang coule partout ici... j'en vois là une coupe toute pleine, — et l'inconnu faisait mine de repousser un horrible breuvage, qu'une main, visible pour lui seul, semblait approcher de ses lèvres.

Un tourbillon de vent s'engouffra en mugissant dans l'intérieur de la tour, et son souffle glacial dispersa les cendres du foyer et fouetta la figure de celui que nous appellerons Lambert. Il sembla revenir à lui; et, quoique toujours sous l'oppression d'horribles visions, son visage reprit sa morne expression.

Alors, le capitaine Rollon fixa à son tour ses yeux sur les yeux du criminel, qui avait un instant senti sa raison chanceler sous le doigt de Dieu. Comme le mystérieux personnage auquel il ressemblait, et dont le regard faisait, à son gré, rugir de douleur ou de joie les lions de la ménagerie, l'œil magnifique de Rollon dompta le délire du malheureux; alors le capitaine, armant sa voix de l'accent le plus doux et le plus imposant :

— Lambert, dit-il, je ferai luire la lumière à vos yeux. Ecoutez-moi, tout crime est racheté par l'expiation, et j'ai une noble expiation à vous offrir.

La figure de Lambert se rasséréna sous l'influence fascinatrice de la voix et de l'œil du capitaine. Une expression de joie reconnaissante, d'enthousiasme même, brilla sur les traits flétris de Lambert; mais la pile de Volta, quelque puissante qu'elle soit, peut seulement rendre au cadavre un semblant de vie et non la vie elle-même. La double fascination de la voix et du regard de Rollon avait pu dissiper l'hallucination du malheureux et non rouvrir dans son cœur des sources à jamais taries. L'enthousiasme momentané, la lueur de joie fugitive s'éteignirent presque aussitôt en un sardonique sourire qui effleura les lèvres de Lambert.

— Merci de vos bonnes intentions, dit-il, mais il est trop tard, mon cher capitaine, je m'ennuie horriblement. J'ai tout fait pour combattre l'ennui qui me ronge; à bout de ressources, j'ai essayé de me faire affilier dans toutes les sociétés secrètes qui couvrent l'Europe, et partout je n'ai vu que des niais ou des intrigans. Il n'y avait qu'une société, une terrible société, où chacun payait de sa personne; j'y ai survécu seul; les autres associations ne sont auprès de celle-là que ce qu'est l'agneau qui bêle après sa mère que le tigre a dévorée.

— Il en est d'autres, répondit le capitaine; j'en sais une...

— C'est le moment, je crois, interrompit Lambert, de vous rappeler que vous avez bien voulu me promettre de me rendre un léger service.

— Parlez, je ne relève pas ma parole, dussé-je ne faire qu'un ingrat de plus.

— Oh! ce service, par sa nature, exclut toute ingratitude, et je ne m'avance pas beaucoup en vous promettant que ma reconnaissance durera aussi longtemps que ma vie.

—Je vous écoute.

— J'ai l'honneur de vous le répéter, monsieur, je m'ennuie horriblement, et les distractions que vous pourriez m'offrir ne seraient sans doute pas de mon goût; je suis affreusement blasé, ajouta ironiquement Lambert, et je voudrais mettre fin à cet état de choses.

— C'est naturel; peut être y a-t-il des moyens...

— Je n'en vois qu'un reprit Lambert, avec un de ces mornes regards; mais je suis bien indiscret en vous l'indiquant, car c'est un de ces services qu'on ne demande qu'à un ami éprouvé: ce serait que vous eussiez l'extrême bonté de me couper la gorge.

Le capitaine, au lieu de l'étonnement que devait produire chez lui cette étrange demande, ne sentit pour Lambert qu'une commisération profonde. Celui-ci, malgré la froide et sinistre résolution dont il faisait preuve, dut éviter la flamme de son regard.

— Parlez-vous sérieusement? demanda Rollon.

— Très sérieusement. Je me suis déjà tué

une fois, et vous voyez que je ne m'en porte pas plus mal. C'est pourquoi je désirerais ne plus m'en rapporter de ce soin à moi-même. Puis, vous le dirai-je ? ajouta Lambert avec quelque hésitation, moi qui désire la mort, j'éprouve à présent une horreur invincible à me déchirer de nouveau les entrailles : sans quoi...

— Corbleu ! dit le capitaine, vous me semblez néanmoins un homme de résolution et de courage, mais prenez garde, ajouta-t-il, en fixant sur Lambert ses yeux qui perdaient leur couleur d'azur pour prendre la couleur livide de la mer fouettée par le vent d'orage, je suis homme à vous prendre au mot.

— J'y compte bien, et voici, ce me semble, repartit froidement Lambert, l'heure et le lieu les plus propices.

La soirée était, en effet, froide et ténébreuse à l'excès, le ciel sombre, sans lune et sans étoiles ; aux rafales du vent de nuit, le Rhin clapotant lugubrement, roulait ses eaux noires comme les nuages qu'il reflétait et devait couvrir d'un voile impénétrable le sanglant service que demandait Lambert. Cependant le capitaine continuait à le regarder, sans laisser lire sur son visage les pensées qui l'agitaient.

— Vous êtes riche ? dit-il

— Oui.

— Le jeu, mais le jeu effréné, n'a donc plus rien qui puisse vous émouvoir?

— Je gagne toujours, et les plus gros enjeux me font affreusement bâiller.

— Les femmes ? les chevaux ?

— Ont à mes yeux d'affligeantes ressemblances. Ils n'aiment que ceux qui les battent.

— Le vin?..

— Me fait mal à l'estomac, et l'alcool me paraît fade depuis... depuis...

Lambert regarda autour de lui d'un air sombre, et, d'une voix sinistre :

— Je suis invulnérable, comme vous voyez, dit-il avec un sourire sardonique. J'ai votre parole, j'attends.

— Et si je vous proposais de tuer quelqu'un, demanda Rollon, comme le médecin qui fait appel, dans un cas désespéré, à un énergique et suprême remède.

— C'est bien usé, reprit Lambert en s'étirant avec un bâillement, et puis un homme est si vite mort... N'avez-vous donc rien de mieux à m'offrir?

Le capitaine ne répondit pas : il examinait curieusement l'être étrange qui se trouvait devant lui, soit pour étudier ce curieux, cet effrayant phénomène moral; soit pour essayer, à l'aide de la merveilleuse intuition dont la nature avait armé ses sens, de sonder jusqu'aux plus profonds abîmes de ce cœur dont le jeu, le vin, les femmes, ni le meurtre ne pouvaient faire vibrer la moindre fibre. Puis quand il eut fini son silencieux examen, il se leva, et jeta sur ses épaules les plis de son manteau.

Lambert l'imita, et haussa tranquillement jusqu'à ses oreilles la fourrure chaude de son collet, pour se garantir du froid de la nuit, quoiqu'il fût évident que l'intention du capitaine ne lui eût point échappé. Tous deux gagnèrent l'extrémité de l'îlot pierreux dont l'angle fendait, comme la proue d'un navire, les eaux turbulentes du fleuve.

— Voyez, dit le capitaine, ces feux qui flottent là-bas sur le Rhin, c'est quelque embarcation, sans doute, qui amène jusqu'ici le guide mystérieux que j'attends. Vous devez le savoir, vous que les frères de l'Esprit ont choisi pour leur messager.

— En effet, ces feux flottans sont ceux d'un de ces grands radeaux badois qui descendent le cours du fleuve, et près d'une heure encore doit s'écouler avant qu'il arrive ici.

— Nous avons donc près d'une heure à rester ensemble, et si vous persistez toujours dans votre résolution, poignarder un homme, le pousser du pied dans le fleuve qui doit l'engloutir, n'exige pas tant de temps que je ne puisse vous rendre le service que vous me demandez, avant que le radeau n'aborde.

— Une heure ! c'est bien long, murmura Lambert.

— Le destin de chacun est marqué, dit solennellement le capitaine ; il est un moment, celui de la mort, qu'on ne peut ni retarder ni hâter d'une seconde.

Rollon, levant alors les yeux vers le ciel, dont le dais de nuages se déchirait de temps à autre pour laisser voir quelques rares étoiles, sembla, un instant, oublier le singulier compagnon qui était à ses côtés ; ce dernier reprit :

— Bien que j'aie quelque raison de craindre que la mort ne veuille pas encore de moi, j'attendrai néanmoins, puisque vous le désirez.

Le capitaine parut ne pas entendre Lambert qui, piqué de cette apparente indifférence, essaya de prendre une attitude également rêveuse; mais en vain. L'officier français était un de ces hommes qui attirent insensiblement les autres dans leur sphère, et le moindre de ses mouvemens acquérait une importance extraordinaire aux yeux de ceux qui le voyaient ou l'écoutaient. En dépit de son stoïcisme réel, et de l'air distrait qu'il affectait, Lambert ne put s'empêcher de suivre, au bout de quelques secondes, les regards de Rollon, toujours fixés sur la voûte orageuse du ciel.

— Et ce n'est pas sans raison, — reprit le capitaine comme en se parlant à lui-même, —que Dieu a soumis l'heure de la mort de chacun à des lois inflexibles. Comme là-haut, depuis l'astre le plus brillant jusqu'à l'étoile la plus terne, depuis le soleil jusqu'au plus humble de ses satellites, chacun a son rôle à jouer ici-bas : le dernier soldat couché autour de ces bivouacs dont les feux étincellent partout, comme celui dont la volonté fait mouvoir à son gré ces innombrables bataillons. Qu'arriverait-il, s'il était donné à chacun d'interrompre, par sa mort, la mission dont il est chargé, ou de prolonger sa vie au-delà du moment qui en a marqué la fin? Ce qui arriverait, sans nul doute, si ces milliers d'astres, là-haut, interrompaient leurs évolutions tant de fois séculaires : le chaos sur la terre et dans le ciel. Est-ce à dire cependant que l'obscur soldat, l'astre errant et pâle qu'on voit à peine, soient les égaux de l'homme dont Dieu a ceint le front du diadème, de l'astre dont il a couronné l'orbe de rayons?

— Est-ce la mission d'approfondir ce mystère dans l'autre monde que vous me donnez là, mon cher capitaine? interrompit Lambert. Pour moi, je trouve que le moindre rayon de soleil est de beaucoup supérieur à ces astres innombrables... En tous cas, les feux du radeau grossissent, et peut-être serait-il temps ?...

— Pas encore, un coup de poignard est si vite donné.

— Et sitôt reçu. Quel froid sombre et triste! quelle nuit lugubre! Le Rhin semble frissonner sous ses roseaux, ainsi que moi sous ma houppelande. Je suis comme Bailly; je tremble, mais c'est de froid.

En disant ces mots, un sourire de dédain effleura les lèvres pâles de Lambert. Un instant sorti de sa rêverie, le capitaine Rollon y était retombé bientôt; et encore cette fois, en dépit de lui-même, son compagnon porta une oreille attentive aux paroles qui s'échappaient de ses lèvres.

— Oui, sans doute, reprit-il, l'étoile et le soleil, le soldat et le roi, sont égaux aux yeux de Dieu, dont un souffle suffirait pour bouleverser ces mondes flottans dans l'immensité, comme le mien pourrait précipiter les uns contre les autres les atômes lumineux qui nagent dans un rayon de soleil. Mais, devant nous, le Cosaque de l'Ukraine dont nous voyons les bivouacs sur ce plateau, en face de la tour, est-il donc l'égal de l'homme qui résiste seul au demi-million de soldats qu'on croit à peine suffisans pour le renverser, et qui depuis quatorze ans fait peser le poids de sa gloire sur l'Europe coalisée? L'égalité n'est donc qu'un rêve?

— Parbleu! et des plus creux, s'écria brusquement Lambert, y a-t-il même de l'égalité dans les membres de l'homme? Mon cher capitaine, le radeau de la Murg s'avance.

En effet, l'éclat lointain des feux qui semblaient marcher sur le Rhin rayonnait déjà moins pâle au milieu de la brume de ses eaux; puis, du plateau en face de la tour, qu'avait signalé le capitaine, des bruits vagues commençaient à gronder dans le silence de la nuit.

— Laissons ces questions, reprit le capitaine, dont l'expressive figure cessa d'être rêveuse, pour reprendre son énergie habituelle ; je les ai cent fois abordées sans pouvoir les résoudre. Ce n'est pas, du reste, au nom de l'égalité que j'ai combattu jusqu'ici; en dehors de certaines proportions, l'égalité n'est, sans doute, qu'une chimère; le soldat doit obéir à son chef, le faible s'incliner devant le fort, à condition que le fort protége le faible au lieu de l'opprimer. Mais, à défaut d'une égalité impossible entre eux, les hommes doivent être, du moins, des frères, et la fraternité universelle est la bannière que moi et les miens nous arborons. Vous souriez, monsieur, vous ne croyez ni la fraternité, ni l'égalité possibles?

— J'ai ce malheur, monsieur, répliqua Lambert. Ne vous ai-je pas dit que je ne croyais plus à rien? Je méprise les réalités, quel cas dois-je faire des chimères?

Lambert dissimula, par politesse, un de ces bâillemens fréquens, symptômes de l'inexorable ennui qui le suivait partout et dont la mort seule semblait pouvoir le délivrer. Quelle devait donc avoir été la jeunesse de cet homme, que sa maturité trouvait si profondément désabusé qu'il n'y avait pour lui un seul rayon d'espoir dans l'avenir? Voilà ce que se demandait le capitaine en se rappelant rapidement les diverses phases de leur entretien.

— La fraternité des hommes, — reprit Lambert, après un court moment de silence, — est comme celle des loups, dont j'ai vu un touchant exemple en Amérique, où je voyageais pour me distraire. Un jour, sur les bords déserts du Missouri, je vis une bande de ces animaux affamés s'unir fraternellement pour donner la chasse à une panthère. La panthère leur échappa après en avoir grièvement blessé deux ou trois. Que pensez-vous que firent les autres après ?

— Ils dévorèrent les blessés...

— Avec la fraternité la plus attendrissante. Les hommes sont ainsi : un instant réunis par l'intérêt, c'est un autre intérêt qui les sépare. L'humanité ne vaut pas la peine qu'on s'occupe d'elle. Je ne veux la fuir que par mépris et non par crainte, et encore une fois le temps s'écoule et le radeau s'avance.

La figure du capitaine exprima un instant une commisération profonde, que l'obscurité empêcha de lire sur ses traits, puis il reprit d'une voix grave :

— Je ne sais qui vous êtes ; si vous avez été le loup ou la panthère.

— Hum ! j'ai un peu été les deux, reprit Lambert avec un certain mouvement de fatuité ; aujourd'hui, je ne suis plus que le loup ou le tigre qui se fait vieux et qui veut mourir.

— Ecoutez-moi, néanmoins, et quand je vous aurai dit, moi, qui je suis, le but où je tends, les moyens d'action dévorante que je puis vous fournir pour vous faire reprendre goût à la vie, si je n'ai pas fait vibrer dans votre cœur des cordes qui doivent toujours frémir dans le cœur de l'homme, alors je saurai aussi que votre maladie morale est incurable, et j'y appliquerai, sans hésiter, le seul remède possible... la mort que vous appelez.

— En aurez-vous pour longtemps, mon très cher capitaine ? reprit Lambert avec un sourire ironique.

— Le radeau là bas semble être devenu immobile; j'aurai fini avant qu'il soit assez près pour que la voix de ceux qui le montent puisse arriver jusqu'à nous. Mais avant de commencer, laissez-moi lui faire le deuxième signal. Dans une demi-heure, tout, — et le capitaine appuya sur ce mot, — tout sera terminé.

Un instant suffit à Rollon pour jeter encore sur le foyer que continuaient à entretenir les deux rameurs quelques poignées de la poudre blanchâtre qui, en s'enflammant, lança de nouveau de longs reflets rouges au sommet de la Mause-thurm. Quant à Lambert, appuyé contre le mur noirci de la vieille tour, il sifflait, avec une sorte de résignation impatiente, une fanfare de chasse, tout en regardant, sans le voir, le cours sinueux du Rhin, comme le voyageur qui compte les minutes en attendant le signal du départ.

CHAPITRE III.

Les Philadelphes.

Pendant la courte absence du capitaine Rollon, le charme inexplicable de sa voix, l'autorité de ses paroles, la noblesse grave et douce de son maintien, qui avaient rendu à Lambert, non pas l'enthousiasme mort à jamais dans son cœur, du moins une certaine verve railleuse et sceptique, avaient cessé d'agir sur lui, et il était retombé dans la morne apathie que la fascination de son singulier compagnon était parvenue un instant à secouer. Il avait cessé de siffler sa fanfare de chasse ; il semblait réfléchir. Le retour de Rollon ne parut pas même le retirer de sa rêverie.

Le capitaine, lui aussi, comme s'il eût oublié la présence de Lambert, restait immobile à ses côtés ; un éclair d'orgueil brillait dans cet œil voilé de rêverie, comme l'éclair du canon au milieu de son nuage de fumée ; ses traits perdirent leur expression pensive, ses narines se gonflèrent, comme celles du coursier de guerre au son de la trompette, et d'une voix contenue, mais dont le timbre mordant fit tout à coup tressaillir Lambert :

— Voyez, dit-il, cette longue file de feux qui couvrent la rive droite du fleuve allemand ; aussi loin que l'œil peut atteindre, partout ses eaux reflètent la flamme ; un demi million d'hommes est échelonné sur un espace prêt à franchir cette nappe d'eau sombre qui coule devant nous. Des rois, des empereurs poussent ces innombrables bataillons contre un seul homme, contre celui qui a osé ceindre une couronne et fouler aux pieds la leur; eh bien ! quelque puissans qu'ils soient, leur puissance se briserait demain, si demain je prenais parti contre eux !

Dans la bouche de tout autre, ces étranges paroles eussent semblé dictées par la folie ; mais il y avait dans la voix de Rollon et dans la flamme de ses yeux un air de conviction si imposante, que le sceptique Lambert se contenta de jeter sur lui un regard qui sollicitait une explication. Le capitaine continua d'une voix plus basse encore et non moins vibrante.

—Demain, l'étranger foulera le sol français sans que nous l'empêchions ! O honte éternelle ! Mais plus tard... plus tard, quelle sanglante revanche ! Dans trois mois, peut-être, je combattrai ces rois que je sers aujourd'hui ; quelle lutte gigantesque, et cependant l'histoire n'en enregistrera pas le souvenir, car nous serons obligés de porter nos coups dans l'ombre, sans pouvoir arborer notre bannière en plein jour.

Tandis qu'il murmurait ces paroles, un sourire d'amertume profonde se dessinait sur les lèvres du capitaine; mais il ne fut que de courte durée: l'enthousiasme du soldat remplaça bientôt ce découragement passager.

— Qu'importe, après tout, reprit-il, que Curtius se précipite dans le gouffre devant le peuple romain rassemblé pour applaudir à son dévouement, ou qu'il s'y jette sous l'œil de Dieu, si le gouffre est refermé! Ecoutez-moi donc, vous qui voulez mourir, parce que vous croyez n'avoir plus rien à faire dans ce monde; puis quand vous m'aurez entendu, quand j'aurai mis dans votre main l'un des fils du vaste réseau qui enveloppe le monde à son insu, il faudra que vous deveniez l'un des soldats obscurs et dévoués d'une cause sainte, ou que vous mourriez sous le poids du secret que je vais vous confier... dussiez-vous ne plus vouloir mourir!

L'œil étincelant de Rollon, perdant sa magnétique douceur, laissa tomber sur Lambert un regard empreint d'une résolution inexorable et presque féroce. Lambert le soutint sans broncher.

—Vous pourriez vous épargner les menaces, mon cher capitaine, dit-il avec une certaine hauteur; je doute que je devienne l'un des soldats de la cause inconnue dont vous parlez; quant à mourir, je ne vous demande que cela, parbleu!...

Puis, reprenant son air ironique, il ajouta :

—Fi donc! c'est un service d'ami que je vous demande, et vous auriez l'air de ne plus me le rendre que par intérêt. Laissez donc là les préambules, et que, sans plus tarder, un bon coup de votre poignard me rende muet comme l'une des carpes du Rhin.

— Pour notre dévouement de sang nous cherchons des hommes qui ne craignent pas la mort, reprit le capitaine, et je ne veux pas avoir à me reprocher, plus tard, la perte à notre cause d'un homme qui, comme vous, fait si bon marché de la vie. C'est ainsi qu'il nous les faut pour la lutte inégale et terrible que nous soutenons, depuis quatorze ans, contre le génie qui pèse sur l'Europe: lutte dans laquelle nos chefs les plus éminens sont tombés, les uns après les autres, et dans laquelle le colosse, l'empereur et roi, en un mot, chancelle et va succomber à son tour, sans deviner la main qui a porté ces coups mortels à la puissance qu'il croyait avoir assise sur des bases inébranlables. C'est hardi, c'est beau, n'est-ce pas, que cette lutte de la faiblesse et de l'isolement contre la force qui disposait de l'Europe entière?

— J'en conviens, repartit Lambert, mais si c'est d'une société secrète dont vous me parlez, je les connais toutes, depuis la maçonnerie niaise et surannée, les charbonniers qui s'organisent en Italie, jusqu'aux éveillés d'Allemagne, dont je suis le messager près de vous. Quelle est donc la société assez puissante pour avoir fait chanceler l'Empereur français; qui, depuis quatorze ans, dites-vous, n'a pas laissé sa trace derrière elle, n'est ni connue, ni même soupçonnée, et dont les réseaux couvrent l'Europe entière?

Un sourire de tranquille dédain passa sur les lèvres de Rollon.

— C'est ce mystère profond qui fait la force des *Philadelphes*, dit-il, après un court silence.

— Des Philadelphes? reprit Lambert, en paraissant consulter sa mémoire: en effet, c'est la première fois que j'en entends parler.

— Je le sais; aussi vais-je lever pour vous le voile épais qui nous couvre. Les Philadelphes, il est vrai, ne sont pas connus; parfois cependant le souffle de leur haine a passé comme celui de Dieu sur la face du géant et l'a fait tressaillir; il a soupçonné une puissance rivale à la sienne, et chaque fois qu'il a voulu étendre la main pour la saisir, un chef a pu tomber; mais le fil de la trame lui échappait, comme le fluide électrique qui gonfle le nuage, brille, consume et s'évanouit. Est-ce à dire que l'électricité, parce qu'elle ne laisse aucune trace après elle, ne soit pas partout? dans l'air que nous respirons, comme dans les nuages que nous ne saurions atteindre? Dix fois la foudre en jaillissant de nos flancs, comme elle fait parfois d'un ciel serein, a manqué de frapper l'homme presque Dieu, devant lequel l'Europe s'incline; et dix fois, une fatalité providentielle l'a sauvé; aujourd'hui, son heure s'approche, et le géant des batailles va livrer sa dernière campagne.

— Les hommes seront toujours les mêmes, reprit Lambert avec une dédaigneuse amertume,—l'ombre du plus grand semble toujours leur enlever leur part de soleil. Envieux et républicains, c'est tout un.

— Vous vous méprenez sur notre compte, — reprit simplement Rollon, sans s'offenser de la réponse de Lambert; si quelques uns d'entre nous, et je suis de ce nombre, aspirent à la République universelle, la plupart des Philadelphes pensent que ses rois légitimes peuvent seuls rendre à la France la stabilité qu'elle a perdue, et c'est pour remettre sur le front des fils de Saint-Louis la couronne qu'ils veulent l'arracher à l'Empereur. Quant aux autres, arrive l'accomplissement de leurs vœux, et aucun d'eux, heureux d'avoir contribué à l'affranchissement des peuples ne sortira de l'obscurité dans laquelle ils s'enveloppent tous aujourd'hui.

—Je vous crois, monsieur, répliqua Lambert; il y a sur votre front, dans vos yeux, dont je subis le charme sans pouvoir m'en défendre, un accent d'héroïque folie qui ne trompe pas. Mais, d'après votre aveu même, vous ne tendez pas tous au même but. Une fois Bonaparte tombé, vous cessez de vous entendre, et vous n'aurez remplacé un empereur que par un roi.

— Aussi n'est-ce que la moitié d'un plan gigantesque depuis longtemps mûri, que je vous développe; mais avant de vous révéler ma pensée tout entière, après vous avoir dit notre but, laissez-moi achever de soulever le voile qui couvre notre origine, et les forces dont nous disposons.

— Il en est une contre laquelle les vôtres se briseront toutes. L'homme-Dieu que vous voulez renverser, — pour me servir de vos expressions, — est l'idole d'une armée toujours victorieuse.

— Vous vous méprenez encore, monsieur, répliqua vivement Rollon.

Le capitaine avant de poursuivre fit une légère pause et jeta autour de lui un rapide regard. Tout était muet et silencieux; les murailles épaisses de la tour de Halto n'y laissaient arriver aucun son du dehors, et le vent de nuit qui sifflait aux angles de la Mause-thürm emportait au loin sur la nappe du fleuve le murmure ou l'éclat de la voix humaine.

— Vous vous méprenez encore, répéta-t-il, nous sommes dans cette armée six mille Philadelpes, veillant aux portes de ses Tuileries, dans sa capitale ou entourant sa tente plantée sur les champs de batailles des territoires ennemis.

C'est vous dire assez, poursuivit fièrement Rollon, que Philadelphie ne compte pas d'assassins dans ses rangs. Si nous chassons le lion, c'est pour le prendre vivant et n'en plus faire qu'un roi de quelque île perdue de la Méditerranée.

En dépit du peu d'intérêt qu'il attachait aux choses d'un monde où tout, à ses yeux, paraissait odieux ou méprisable, Lambert prêtait une oreille attentive au tableau que Rollon lui traçait avec une lucidité, une chaleur de langage, qui entraînaient la conviction et portaient l'empreinte de la vérité.

Le capitaine Rollon dépeignit en peu de mots le portrait du fondateur de la société des Philadelphes. A peine le nom du colonel Oudet est-il mentionné dans l'histoire : ce n'est que dans les mémoires du temps que se retrouvent les traits épars du surprenant portrait de cet homme, doué de qualités extraordinaires, et qui, bien que la nature eût semblé ne pouvoir créer deux fois ce merveilleux type, revivait presque pareil, presque tout entier dans le capitaine Rollon.

—C'était quelques jours avant la bataille de Marengo, continua le capitaine; à cette époque, nous étions tous bien jeunes, mais nous avions déjà rêvé ces grands projets que je nourris encore; nous rêvions, au profit des idées nouvelles, la conquête de l'Europe liguée contre nous. Nous voulions porter partout, à la pointe de notre épée, le flambeau de la liberté, et en prolonger la clarté jusqu'aux ténèbres du Nord. L'Europe une fois conquise n'allait plus faire qu'une seule nation, qu'une seule famille.

Nous rêvions aussi déjà non pas seulement une invasion politique en Russie, mais bien une croisade, avec cette différence que l'Occident allait rendre à l'Orient la lumière que les croisades lui avaient prêtée. Alors l'ancien monde était pacifié; les idées anciennes n'avaient plus cours, l'Orient et l'Occident se donnaient la main, et le globe entier était à jamais affranchi du joug des rois. Un homme de génie allait renverser ces nobles projets ou les exécuter dans l'intérêt de sa seule grandeur; dans le consul nous pressentions l'Empereur.

C'était, vous disais-je, avant la bataille de Marengo. Bonaparte passait son armée en revue, lorsque des rangs on vit sortir un officier supérieur. C'était le colonel Oudet, notre chef futur.

Ici, Rollon fit une légère pause. Quoiqu'il eût à peine trente-cinq ans, il était arrivé à cet âge où parfois, au milieu des désillusions de la vie, au milieu des luttes ardentes de la pensée, la maturité qui commence se plaît à jeter un mélancolique regard sur la jeunesse qui finit. Puis aussi, le souvenir de son jeune et glorieux chef, mort à vingt-huit ans, en laissant sa tâche inachevée, jetait dans son âme énergique une teinte de tristesse qui, lorsqu'il reprit son récit, donnait à la voix de Rollon une douceur pleine d'un charme séduisant.

— Je vois encore Oudet déployer sa taille

élégante comme le palmier, robuste comme le chêne, et fixer sur le consul son regard plein de flammes et de fascination. Les yeux d'Oudet ne se baissèrent pas devant les prunelles d'aigle du général. Il eût semblé que deux nuages électriques se rencontraient, et que des étincelles jaillissaient de ce choc entre les deux volontés les plus inébranlables du siècle. Que voulez-vous? lui dit le consul. — Alors Oudet, — il avait 20 ans à cette époque, — je veux, dit-il fièrement, saluer encore une fois le soldat de génie avant de m'attaquer à l'Empereur!

Dès lors Oudet promena, d'exil en exil, ses rêves de liberté, de République universelle. Une société de jeunes enthousiastes, que guidait seul le désir du bien, s'était formée dans le Jura, le pays natal d'Oudet; il s'en empara, la guida, l'étendit, et moins de six ans après, les miquelets des Pyrénées, les barbets des Alpes, les baudoliers du Jura, de la Suisse et de la Savoie n'étaient que des ramifications des Philadelphes disséminés dans tous les régimens, sous le nom de frères bleus, et qui comptaient parmi eux Pichegru, Mallet, Moreau (1).

Trouvez-vous maintenant que Pichegru fût si aveugle que les aveugles l'ont dit, en venant à Paris où ses frères se comptaient par milliers, occupaient tous les postes, cernaient toutes les avenues? mais, je vous le répète, les Philadelphes n'étaient pas des assassins. Pichegru fut pris, et Bonaparte fut sauvé.

Lambert ne put réprimer un geste de surprise.

— Mallet aussi comptait sur ses frères; ses complices étaient à l'armée, à Paris, partout encore, et de là, le succès prodigieux qui manqua de couronner cette conspiration toute exceptionnelle. Ce bulletin, montré par Mallet, et qui fit croire à la mort de Bonaparte, c'était moi qui l'avais daté du Kremlin; c'était ma main qui l'avais glissé dans les dépêches impériales dirigées sur Paris. — Ecoutez ce qui me reste à vous dire, continua Rollon avec un enthousiasme croissant, et inclinez-vous devant le souvenir de l'homme qui a jeté ces puissans fondemens d'une société que la Providence a pu seule vaincre jusqu'ici; qui traite d'égal à égal avec le czar de toutes les Russies, et dont le triomphe ne saurait être retardé par tout le génie du nouveau Charlemagne.

— Les Français sont indignes de la liberté, interrompit tout à coup Lambert avec un rire plein d'amertume et de sarcasme, je les ai vu se courber devant Robespierre et Marat, devant cette Convention sanguinaire, qui disaient, comme les empereurs au peuple romain dégénéré: « Je veux chaque jour une hécatombe de têtes! », et les têtes se courbaient et roulaient sur l'échafaud. Moi aussi, comme vous, je m'indignais de tant de tyrannie, de tant de bassesse... aujourd'hui, que m'importe? — Ah! ce radeau semble prendre racine dans les eaux du fleuve.

— Je n'ai pas achevé, reprit Rollon, j'ai encore à vous offrir le sang et les batailles pour délassemens suprêmes. Vous aimez le sang, n'est-ce pas? eh bien! je pourrai bientôt vous rassasier de carnage.

Un éclair de férocité passa sur les traits livides de Lambert; ses yeux se dilatèrent comme ceux du loup ou de l'oiseau de proie.

—Continuez donc, dit-il, et voyons ce que vous avez à me proposer.

— Un mot encore sur Moreau, reprit Rollon. J'ai besoin de toutes ces preuves pour vous donner confiance dans la terrible association au nom de laquelle je vous offre les luttes sanglantes et la mort du brave au milieu des enivremens des batailles. — Vous n'avez vu, comme tout le monde, dans le boulet qui trancha les jours de Moreau que la punition providentielle d'un traître égaré dans les rangs des ennemis de sa patrie. Encore une erreur historique! Moreau tombait victime de ses sermens. Entre l'Europe et la France, toutes deux fatiguées de victoires et de défaites, la paix était secrètement conclue; la France restait maîtresse de se choisir un gouvernement.

Qui, mieux que le rival de Bonaparte, pouvait être le médiateur entre la France et l'Europe? Philadelphie avait fait accepter son chef, pour ce rôle, à son allié Alexandre de Russie. Entre les deux armées près d'en venir aux mains, la voix de Moreau allait faire entendre un hymne de liberté. Quarante mille hommes de cavalerie répartis entre nos capitaines exécutaient, sans s'en douter, une manœuvre inattendue. Ce flot de cavaliers, en se retirant, laissait Napoléon à notre merci; en un clin d'œil, nous le livrions prisonnier aux mains d'Alexandre, et tout était consommé. L'armée française, privée de son chef, le retrouvait dans Moreau; son retour de Dresde à Paris n'était plus une retraite, mais une marche triomphale à travers un pays ami.

(1) Ce fut dans l'hôtel de Berlin, aujourd'hui hôtel de Berlin et de Russie, 6, rue des Frondeurs, que Moreau reçut l'initiation.

Hélas! le moment fatal n'était pas venu. Ce coup, d'une si magnifique audace, d'une combinaison si profonde, échoua contre le boulet qui, lancé au hasard, vint trancher le fil de la vie du chef des Philadelphes. Bonaparte ne se douta jamais du péril auquel il venait d'échapper.

— Oudet avait précédé de cinq ans dans le tombeau, celui à qui sa voix avait décerné le commandement suprême des Philadelphes. Sa mort mystérieuse, quand après la bataille de Wagram, où il n'avait été que légèrement blessé, on le trouva expirant sous un monceau de vingt-deux cadavres, fut-elle un crime? je ne le crois pas. Oudet et Moreau disparus de la scène, nous n'avions plus de chef. Une ressemblance lointaine avec notre glorieux fondateur, ressemblance vague, comme celle de l'ombre raccourcie que projette à midi le corps d'un géant, ajouta modestement Rollon, me valut l'honneur d'être appelé à recueillir l'héritage de ces deux héros, et l'homme qui vous parle, monsieur le capitaine, que les profanes appellent toujours Rollon, et que ses frères ne connaissent que sous le nom de Curtius, parce qu'il est résolu, comme lui, à se jeter dans le gouffre pour le refermer, est aujourd'hui le chef puissant des Philadelphes.

Lambert étonné s'inclina devant Rollon avec une courtoisie qui semblait rappeler des jours meilleurs d'élégance et de savoir-vivre.

— Ce m'est un grand honneur, dit-il, de mourir d'une main qui peut si lourdement peser sur les destinées humaines.

— Eh quoi! monsieur, s'écria le capitaine, vous ne demandez pas au chef des Philadelphes quelle tâche héroïque il peut vous donner dans la lutte qu'il continue, quel poste il peut vous assigner dans la grande et suprême bataille qui va décider du sort des nations? Et cependant, si mes yeux, auxquels on ne refuse pas quelque clairvoyance, savent lire les instincts et les goûts que révèle le masque humain, — excusez ma franchise, — vous devez avoir le courage du lion pendant la mêlée, et la férocité du tigre après la victoire.

—Bah! dit Lambert, plutôt flatté que froissé d'une telle opinion, cela se voit donc encore sur des traits que le marasme a flétris? La foule, cependant, me prend pour un homme inoffensif, pour un bon bourgeois qu'une femme acariâtre a hébété à force de querelles, ou encore pour quelque honnête marchand qui a fait fortune en vendant du poivre et de la cannelle; oui, monsieur, j'ai entendu plus d'une fois retentir à mes oreilles l'épithète affligeante... d'épicier retiré du commerce... moi qui jadis... Bref, vous voulez faire de moi un Philadelphe, n'est-ce pas? et voilà pourquoi je ne vous demande pas quelle part vous me réserveriez dans vos plans. A quoi me sert d'être associé déjà aux éveillés d'Allemagne?

— L'appui de cette société seule manque à la nôtre, reprit Rollon. Initié, ce soir, à l'un de ses grades supérieurs, moi qui n'ai encore que le grade commun, je pourrai, demain, disposer de dix mille bras de plus, et si je vous propose, pour trouver une mort moins odieuse, de combattre à mes côtés, c'est que désormais Philadelphie va sortir de l'ombre, pousser en plein soleil son cri de bataille, et jouer, à découvert, un terrible et dernier enjeu. Ne vous ai-je pas dit que je n'avais encore déroulé à vos yeux que la moitié d'un plan gigantesque. Ecoutez-moi donc encore un instant, puis votre réponse décidera votre sort.

— Voyons donc, — dit Lambert, — mais je vous en préviens, je déteste les batailles rangées. J'éprouve un dégoût profond pour ces luttes au profit des idées ou des rois, luttes dans lesquelles des milliers d'hommes se ruent aveuglément, comme des bêtes fauves, les uns contre les autres, donnant et recevant mathématiquement une mort invisible. On se gorge de carnage un jour, puis on s'assoupit un mois, comme le boa qui digère sa proie. C'est, à la fois, féroce et stupide. Voilà ce que je déteste; je vous dirai, quand vous aurez fini, ce que j'aime, et peut-être, ma foi, nous entendrons-nous.

— Je vous le répète, reprit Rollon, soldats d'un maître dont la main est de fer, c'est ce maître que nous combattons en France; alliés des rois, c'est la royauté que la moitié de nous veut détruire en Europe. Ces rois, de leur côté, ne combattent pas la tyrannie; s'ils poussent un million d'hommes contre la France, ce n'est que pour châtier l'orgueil du soldat heureux, du plus grand homme des siècles chrétiens, qui, des débris de leurs trônes, s'est fait un empire, et a démontré ainsi l'absurdité du droit divin!

Alors, l'unité des Philadelphes serait brisée, et il y aurait scission dans nos rangs, du sang même entre nous, quand les uns crieraient : vive le roi par la grâce de Dieu, et les autres : vive la république universelle. C'est cette scission qu'il faut prévenir, et il n'y a qu'un moyen.

Ici l'œil de Rollon, d'abord d'un gris sombre comme les vapeurs du Rhin, devint de la couleur du ciel, quand une trouée de brouillard laissa voir tout à coup l'azur étincelant de sa voûte, et qu'un rayon de soleil jaillit à travers les nuages un instant écartés.

— Quelque puissans que soient ces rois, avec leurs cinq cent mille hommes, reprit-il, ce n'est qu'en tremblant qu'ils envahissent le sol français. Je connais leur plan d'avance. Nous allons tenir sous la main, dans un même rayon, le maître de la France et les tyrans étrangers. Il faut faire soulever, sous les pas des envahisseurs, jusqu'au dernier hameau de la terre envahie. C'est contre les alliés qu'il faut écraser l'Empereur, et cela dans les plaines de la Champagne, où ils seront dans quinze jours, comme Aétius y écrasa les Huns d'Attila. Puis, l'Empereur tombé, les rois brisés comme des instrumens désormais inutiles entre nos mains, quand il n'y aura plus que des peuples en présence, alors nous déploierons la grande bannière universelle. Trop jeunes pour avoir connu ces princes exilés dont ils favorisent le retour, les Philadelphes se réuniront à nous, et sur ces couronnes brisées, nous proclamerons et nous ferons accepter, moi et les miens, cette République universelle, l'objet de nos plus ardens désirs! Voilà ce que je vous propose : voilà ce que je veux oser!

Les yeux enflammés du fougueux capitaine brillaient dans l'obscurité et semblaient illuminer son mâle et beau visage ; sa voix retentissait comme le clairon des batailles, et sa robuste et svelte stature paraissait grandir à l'égal de celle de l'un de ces Titans révoltés dont la main arrachait des montagnes pour escalader le ciel. Telle était la puissance de conviction qui s'échappait de sa bouche, que rien n'était plus simple en apparence que l'exécution de ce plan insensé qu'il déroulait devant son auditeur ébloui.

Les yeux de Lambert s'animaient à l'unisson des siens. Tour à tour éveillés ou assoupis, les instincts grossiers se réveillèrent de nouveau dans l'âme blasée de cet homme aussi extraordinaire en son genre que Rollon l'était dans le sien.

—C'est un terrible programme que le vôtre, s'écria Lambert. A votre tour, écoutez-moi, j'aurai fini avant que le radeau ait débarqué sur cet îlot le guide que vous attendez.

— Parlez, dit Rollon.

CHAPITRE IV.

La compagnie de Jéhu.

Pendant que Lambert et le capitaine Rollon s'entretenaient ainsi sur l'îlot de la Mause-thürm, l'aspect des bords du Rhin n'avait pas changé d'une manière visible. C'étaient toujours, sur les deux rives, les mêmes rumeurs tantôt vagues, tantôt plus précises. Le gigantesque radeau badois continuait à s'avancer silencieusement avec sa colonie flottante, et les feux allumés à son bord ne grossissaient pas sensiblement, et se voyaient à peine plus distincts que quand Rollon avait commencé son récit.

Ce fut après s'être assuré qu'il avait encore assez de temps devant lui, quelque longueur que pût avoir ce récit, avant l'arrivée du train de sapins, que Lambert commença.

— Avez-vous entendu parler de la compagnie de Jéhu? demanda-t-il.

— Vaguement, dit Rollon; mais quel rapport peut avoir la compagnie de Jéhu avec la détermination que vous devez prendre?

— Plus que vous ne croyez, et peut-être parmi les terribles frères qu'elle comptait dans ses rangs en est-il quelques-uns échappés aux prisons ou à l'échafaud. Et quand je vous aurai dit ce que faisaient ces frères, vous saurez quels secours vous pourrez attendre d'eux. Vous m'avez révélé les Philadelphes, je vous révélerai les Jéhuistes. Peu vous importe, n'est-ce pas, de savoir l'origine de leur nom, pourvu que vous sachiez le but qu'ils se proposaient?

La plupart des membres qui composaient la compagnie de Jéhu étaient les fils des victimes de la terreur. Après thermidor, qui marqua la fin de la sanglante orgie, les Jéhuistes se chargèrent de tirer vengeance des meurtriers de leurs pères, sur eux et sur leurs fils, et de l'accomplir, sinon plus sanglante, du moins plus terrible peut-être. La terreur frappait en plein jour, au son du tambour et des clairons ; les chariots qu'elle remplissait de victimes roulaient avec fracas sur le pavé des rues ; une foule de hideux massacreurs en haillons escortait en hurlant le tombereau fatal. Les victimes savaient qu'elles marchaient à la mort et ramassaient leurs forces et leur courage.

En haine des assassins de leurs pères, les Jéhuistes avaient affecté des mœurs, des allures complètement opposées aux leurs. Au lieu d'exécuteurs ivres de vin et de sang, la réaction thermidorienne ne comptait que d'élégans sicaires. Elle marchait dans l'ombre, précédée d'un cortége de mystérieuses terreurs. Qu'ils eussent appartenu, de près ou de loin, aux terroristes, ceux qui étaient menacés pouvaient craindre de trouver la mort partout, au sein de la famille, au milieu des retraites les plus tranquilles. Un homme était tout à coup poignardé par la main blanche ornée de manchettes d'un visiteur inconnu. Au milieu d'un dîner, un convive se levait de table, plongeait son couteau dans le sein de son amphytrion, et se retirait en souriant. Bref, la mort planait sur la tête des victimes désignées, en tous lieux, sous toutes les formes, rendue plus poignante encore par les angoisses de l'incertitude, si affreuse, en un mot, que la victime, en recevant le coup fatal, semblait remercier ses bourreaux de lui rendre enfin le calme du tombeau.

Je ne parle pas ici de ceux que la vengeance égorgeait dans les prisons, je ne mentionne que ceux qu'elle atteignait au milieu de la vie sociale. Parmi ces *merveilleux* qui faisaient l'office de bourreaux, le plus renommé par son faste, son élégance et sa galanterie, était un Lyonnais, connu sous le nom de guerre de Cap-de-Fer.

Voici ce qui avait décidé sa vocation :

Son père, riche fabricant de Lyon, avait été dénoncé par un de ses amis, jaloux de son opulence et de son crédit, et, en conséquence, emprisonné. Là il attendait avec résignation l'exécution de son arrêt de mort, qu'il n'était pas d'usage d'attendre longtemps. Quelques jours après, en effet, il était transporté, lui dixième, dans un tombereau, jusqu'à l'endroit où était dressée la guillotine. Une forte escorte accompagnait les condamnés. Au détour d'une rue, une cavalcade de jeunes gens déboucha près de l'escorte, aux cris répétés de : « A mort les aristocrates ! » Puis, du poitrail de leurs chevaux, impétueusement lancés, ils heurtent en travers les chevaux de l'escorte, culbutent les cavaliers, foulent leurs corps sous les fers de leurs montures, et brûlent à bout portant la cervelle de ceux qui ne tombent pas.

Cette attaque soudaine, dissimulée sous le cri trompeur que les agresseurs avaient poussé, produisit une confusion inexprimable dans le premier moment. Cependant les cavaliers s'étaient relevés et résistaient. Malheureusement, d'une caserne, près de l'endroit où l'engagement avait lieu, un renfort imposant sortit tout à coup. Une triple haie de baïonnettes entoura les condamnés, et le tombereau reprit sa marche.

Pendant que le bourreau se dépêchait de remplir son office, les agresseurs, qui s'étaient, en cas de besoin, ménagé des intelligences dans la ville, étaient revenus à la charge, et cette fois, la populace aidant, ils mirent en fuite, à coups de pierres, de poignards et de pistolets, la force armée entourée d'ennemis sans cesse renaissans. En ce moment, un des malheureux, tiré à force de bras du tombereau fatal, était attaché, malgré ses cris, sur la planche déjà rouge de sang. Un homme à cheval bondit au pied de l'échafaud, en poussant un cri terrible : c'était Cap-de-Fer.

Mais il était trop tard. Tout à coup, son cheval fait un violent écart à la vue d'un objet sanglant qui roulait à ses pieds. C'était la tête du père de Cap-de-Fer.

—Donnez-moi cette tête ! s'écria-t il à un des assistans.

Cap-de-Fer la baisa, la prit par les cheveux et l'éleva en l'air. J'ai ouï dire que ce fut un étrange spectacle, et que cette tête, dont les dernières contractions musculaires tordaient horriblement les traits, était peut-être moins hideuse à voir que le visage de Cap-de Fer.

Lambert s'arrêta un instant, et si le mouchoir qu'il promena un instant sur sa figure ne l'eût pas cachée aux yeux de Rollon, le capitaine eût pu voir que la physionomie du narrateur était aussi effrayante qu'avait pu l'être celle du héros de son histoire. Il reprit bientôt, d'une voix calme :

— Ce fut en tenant ainsi la tête de son père, qu'il parcourut à cheval les rues de Lyon, en criant, d'une voix qui excitait de longs frémissemens dans la foule : Mort à la convention ! Quand la nuit vint, Lyon était en pleine insurrection; vous savez combien cette insurrection fut sanglante.

Je n'ai pas besoin de vous dire que Cap-de-Fer prit une part active à la réaction dont je vous ai parlé. Il était un des plus terribles fils de Jéhu. Le Rhône et la Saône charrièrent je ne sais combien de cadavres de tous ceux qui, de près ou de loin, tenaient à la famille du dénonciateur de son père. Quant au dénonciateur lui-même et à son fils unique de l'âge du Jéhuiste, ils étaient si soigneusement cachés qu'on ne pouvait découvrir le lieu de leur retraite. Et cependant Cap-de-Fer remuait ciel et terre pour les trouver.

Un soir, comme il longeait l'un des quais du Rhône, il entendit des bruits dont son oreille devina bientôt le motif. Des cris étouffés semblaient partir de plusieurs côtés, chaque cri était suivi d'un clapotement des eaux du fleuve qui éteignaient subitement ces rumeurs sourdes. C'étaient des exécutions comme il y en avait tous les soirs. Cap-de-Fer tressaillit à ces bruits connus, comme le limier qui entend les sons du cor. Tout à coup un homme accourt, il se jette à ses pieds, tout en essayant d'étancher le sang qui coulait d'une blessure à la poitrine.

— Sauvez-moi! cria cet homme, vous dont j'ai tué le père. Je remets ma vie entre vos mains.

Le démon de la vengeance mordit le cœur de Cap-de-Fer. Mais lui qui se riait voluptueusement du sang versé, lui que nul péril n'intimidait, qui frappait gaîment un ennemi sans le prévenir, ne savait pas frapper un homme qui l'implorait et se confiait à son honneur. Cap-de-Fer accorda à l'assassin de son père un généreux et sublime pardon. Il fit plus; il le cacha chez lui, où nul ne serait venu le chercher, pansa de ses propres mains sa blessure, pour ne donner l'éveil à personne; puis, quand il fut guéri, il l'aida à sortir de Lyon après avoir assuré et payé sa fuite jusqu'à Paris.

Depuis longtemps Cap-de-Fer n'avait plus entendu parler ni du père, ni du fils, et après le noble pardon qu'il avait accordé au premier, il était hors de doute qu'il eût pardonné aussi au second. Comme c'était cependant un point délicat, on voulut en faire l'essai en public, pour que le jeune homme pût, à son tour, se réconcilier avec lui, comme son père. Un jour, à un dîner de garçons, tous deux furent invités pour que cette réconciliation eût formellement lieu. A l'aspect du fils de son ennemi, le Jéhuiste ne put retenir un geste convulsif. On l'attribua tout naturellement à la surprise, et l'on passa outre, car, au bout d'une minute, la figure de Cap-de-Fer se rasséréna et prit bientôt la plus gracieuse et la plus souriante expression. On dîna, très gaîment même; Cap-de-Fer ne fut ni plus silencieux, ni plus absorbé que d'habitude. De la salle à manger, on passa dans le salon pour prendre le café; puis, comme il arrive toujours, des groupes de tout se formèrent dans toutes les parties du salon.

Le Jéhuiste s'avança d'un air souriant vers l'un de ces groupes, où causait le fils du dénonciateur. Cap-de-Fer tenait un verre à la main.

— Messieurs, s'écria-t-il courtoisement, je veux avoir l'honneur de boire à votre santé.

Chacun reprit sur les consoles ou sur les tables le verre qu'il y avait déposé, et l'on remplit de nouveau les verres demeurés vides. Il y eut un moment de silence, et le Jéhuiste n'eut pas de peine à deviner que tous les convives se sentaient pris d'un malaise inexprimable, comme s'il y avait dans l'air un de ces fluides invisibles qui versent la tristesse dans le cœur de l'homme. On était là, les verres à la main, prêts à les choquer en signe d'amitié, et néanmoins tous se troublaient sans savoir pourquoi. Cap-de-Fer seul souriait; mais en dépit de son air souriant, un certain signe se lisait sur ses traits, et quand ce signe apparaissait sur son visage, on se sentait froid au cœur. Le fils du dénonciateur ne put s'empêcher de pâlir, cependant il fit bonne contenance.

—Vous êtes le seul dont le verre soit vide, dit-il.

— Je le remplirai, répondit froidement le Jéhuiste.

En disant ces mots, Cap-de-Fer tira de dessous son gilet un joli poignard, à manche de nacre, fort long, fort affilé et orné à la garde d'une rosette de rubans de couleur tendre. On avait à peine eu le temps d'en voir le manche que la lame s'était enfoncée dans la gorge de son ennemi. En la retirant, un filet de sang jaillit de la blessure; le Jéhuiste en remplit son verre.

— Je bois, dit-il, à la mort de nos ennemis, et à la beauté qui nous captive.

Et il avala l'horrible breuvage d'un seul trait, essuya ses moustaches, puis son poignard, salua et sortit.

Lambert s'arrêta en cet endroit. Pendant quelques secondes ses yeux, démesurément ouverts, semblaient se voiler d'une taie blanchâtre, pareille à celle qu'abaisse l'aigle ou le vautour sur ses prunelles ardentes. Rollon se taisait, attendant la fin du récit.

— Eh bien! reprit Lambert en répétant les paroles du capitaine, vous ne demandez pas au dernier Jéhuiste qui ait survécu à ses frères, au seul qui ait échappé à son propre poignard, ou à l'échafaud, ce qu'il peut faire pour vous dans la tâche héroïque que vous continuez, quel poste vous pouvez lui assigner dans la suprême bataille qui va décider du sort des nations? Vous ne vous êtes pas trompé, monsieur, j'ai, il est vrai, le courage du lion, mais j'ai plus encore, la férocité du tigre, dont un long jeûne a redoublé la soif de sang! Cap-de-Fer est des vôtres, monsieur.

Tout brave qu'il était, Rollon ne put réprimer un geste d'horreur et de dégoût à l'aspect de l'homme qui, rajeuni par le souvenir de son sanglant passé, semblait retrouver l'exaltation sanguinaire et la fatuité féroce de sa jeunesse. Le geste du capitaine n'avait pas échappé à Lambert.

— Je vous fais horreur, n'est-ce pas?

mais que voulez-vous? Depuis ce jour terrible où je tins à la main la tête sanglante de mon père, en criant vengeance, j'ai senti cette soif de sang se répandre dans mes veines comme un feu dévorant que rien ne peut éteindre, et que Dieu impose comme un horrible châtiment. Eh bien! continua Lambert, je l'ai accepté ce châtiment; plus j'ai tué, plus j'ai voulu tuer encore, jusqu'au moment où je n'ai plus trouvé de victimes.

Alors, j'ai voulu me désaltérer dans mon propre sang, mon poignard en a fait couler des flots, je l'ai vu se répandre avec un féroce plaisir; puis, j'ai employé le peu de forces qui me restaient à me traîner dans le Rhône. La mort n'a pas voulu de moi; quand j'ai recouvré la vie, les lois humaines avaient repris leur cours. Seul survivant d'une génération sanguinaire, j'ai vu que je n'étais plus qu'une exception terrible dans la société pacifiée, que l'échafaud des assassins vulgaires m'attendait, et j'ai compris que je devais imposer silence à cette voix de meurtre qui grondait toujours en moi; un incurable ennui, un marasme épouvantable se sont emparés de moi et ont tari les sources de la vie. J'ai quarante ans, à peine, et mon front porte l'empreinte de la décrépitude; et, pour comble de malheur, tout en voulant mourir, je n'ai plus eu le courage d'attenter à mes jours. Eh bien! le sanglant programme que vous exposez à mes yeux me fait cependant reprendre goût à la vie.

En disant ces mots, Lambert se redressait comme le tigre blessé qui sent enfin ses forces revenir. Le masque décrépit de son visage tombait pour faire place à une physionomie railleuse, implacable, qui semblait tout à coup rajeunir, comme si le génie du meurtre le transfigurait, et le capitaine Rollon considérait avec curiosité la transformation qui s'opérait en lui. Il y avait, pour ainsi dire, deux hommes chez le Philadelphe. Il y avait l'homme, fils d'une génération dont la hache avait renversé ce qu'elle appelait les préjugés du vieux monde. Ses oreilles s'étaient ouvertes aux mots retentissans d'affranchissement et de fraternité universelle. Mais aussi les premiers tableaux qui avaient frappé les yeux de cette jeune génération étaient les massacres, où le sang coulait à flots, dans un temps de démence, et avec lesquels elle s'était familiarisée. Voilà pourquoi le brave et loyal capitaine considérait ce débris d'un monstrueux passé avec plus de curiosité que d'horreur. Cependant ce sanguinaire allié répugnait à son courage.

— Eh! que voulez-vous que Philadelphie fasse d'un assassin dans ses rangs? dit-il avec un dédain qu'il ne put dissimuler entièrement.

En même temps un regard puissant de Rollon éteignait subitement l'éclair de colère que lança l'œil de Lambert qui, dompté par ce regard, comme la bête fauve par celui de son gardien, s'écria d'un ton railleur:

— Eh quoi! le chef des Philadelphes en est encore à ces préjugés détruits? Sachez donc ce que vous pouvez faire de moi. — Quand je revins à la vie,— continua-t-il,— et que je reconnus que le temps des enfans de Jéhu était passé, je cherchai ailleurs ces émotions, sans lesquelles je ne pouvais plus vivre, et je passai dans le Nouveau-Monde. Là, chez les sauvages des prairies d'Amérique, j'ai retrouvé l'aliment que je cherchais. J'ai fait avec une tribu, à présent détruite, ces guerres implacables d'embuscades et de surprises, la guerre des bois, où l'ennemi suit son ennemi pendant de longs jours: je dirai mieux, la chasse à l'homme. Je me suis vu survivre encore presque seul à cette vaillante tribu, comme un maudit qui ne pouvait jamais mourir, et maintenant, de retour ici j'utiliserai de mon mieux les faibles talens acquis à cette sauvage école. Ne me comprenez-vous pas?

Le capitaine sembla réfléchir un instant.

— J'ai les batailles rangées en horreur,— poursuivit l'ancien Jéhuiste,—qui profita du silence de Rollon pour développer, à son tour, le plan qu'il avait rapidement conçu, — Avons-nous donc besoin de faire mouvoir des bataillons? J'ai une aversion profonde pour le joug de la discipline militaire; à moi le soin de seconder vos efforts à ma manière, de souffler la haine de l'étranger au cœur des paysans, de soulever toute une province contre les envahisseurs, d'allumer la traînée de poudre qui incendiera le reste de la France, qui n'aura qu'à ouvrir puis à resserrer ses bras pour étouffer l'armée des alliés, quand elle aura renversé, ou fait abdiquer Bonaparte.

Je porterai, en attendant, la terreur dans ses rangs; chaque jour des convois pillés, des fourrageurs ennemis égorgés, des bataillons entiers consumés dans les flammes des villages qui les abriteront; la mort sur le champ de bataille, la mort dans les bivouacs; une guerre de sauvages organisée sur une vaste échelle; la perspective enfin d'être écrasés dans leurs triomphes; le sang, le sang partout et toujours: tel est le programme que je me réserve. Alors, continua Lambert avec un horrible élan d'enthousiasme, je reprendrai goût à la vie; je redeviendrai j une, beau, fat comme le Cap-de-Fer de jadis ; j'aimerai de nouveau le jeu, les chevaux, les femmes, et elles m'aimeront comme dans ma jeunesse, parce que la gloire les séduit toujours quand on s'est lavé du sang au prix duquel on l'achète.

Le capitaine Rollon demeurait toujours silencieux. Un violent combat se livrait au dedans de lui. Si, d'un côté, la férocité du Jéhuiste lui causait une profonde horreur, il ne pouvait se dissimuler, d'autre part, que le seul moyen d'en venir aux fins héroïques qu'il se proposait, était, en effet, d'épouvanter l'armée des Alliés, de soulever contre eux les haines et les efforts des paysans, et que le plan de Lambert, tout horrible qu'il était, faisait logiquement partie du sien. Cependant il hésitait encore.

Pendant ce temps, la transformation se complétait chez Lambert : sa tête se redressait, et sur son front, fuyant comme celui du tigre, sa main relevait sa chevelure inculte que sillonnaient déjà des cheveux blanchis ; ses yeux secouaient leur voile d'inertie, ses traits effacés reprenaient leurs lignes saillantes, comme ceux d'une médaille antique débarrassée de la rouille des siècles. Puis enfin ce chevaleresque honneur, qui jadis avait fait taire chez lui le démon de la vengeance à l'aspect de son ennemi suppliant et désarmé, se réveillait aussi dans son âme.

— Voilà mon plan, dit-il fièrement à Rollon, maintenant je ne veux plus mourir; mais j'ai votre secret, et si vous ne pouvez accepter l'alliance que je vous offre, je ne me dédis pas de ma parole; si donc vous refusez, si vous voulez que votre poignard étouffe à jamais ce secret que vous m'avez confié, la nuit est sombre, le Rhin est profond et rapide, frappez !

En disant ces mots, le Jéhuiste se dépouilla de sa vaste et chaude houppelande, et s'avança tranquille sur le bord de l'îlot où le flot caressait déjà ses pieds. Rollon ne put s'empêcher d'admirer en secret l'énergique résolution de ce singulier personnage. Au moment où le capitaine allait repousser l'offre du Jéhuiste, des coups de fusil qui éclatèrent tout à coup sur la rive gauche du fleuve, des cris confus accompagnant les explosions des armes à feu, vinrent opérer chez lui une diversion puissante. Puis, au bout de quelques minutes, une vive lueur colora les eaux du Rhin, et envoya un long reflet sur la Mause-thürm ; la scène imprévue qu'offrit le sommet des hauteurs étagées en amphithéâtre le long du Rhin, devint si imposante, si solennelle, qu'absorbés tous deux par ce spectacle soudain, Lambert et Rollon le contemplaient avidement sans plus songer au sanglant dénoûment qui menaçait de mettre fin à leur courte connaissance.

CHAPITRE V.

Le radeau de la Murg.

Pour le développement de ce récit, et pour dépeindre la scène qui impressionnait si vivement les deux spectateurs silencieux de la Tour-des-Rats, il est nécessaire de nous transporter, quelques momens avant les derniers événemens du chapitre précédent, à bord du radeau de sapins, qui amenait le guide mystérieux attendu par Rollon.

Depuis des siècles, les vallons les plus élevés de la forêt Noire ont le privilége de fournir à la navigation du Rhin et à la marine, le bois de leurs sapins séculaires. Des versans de la chaîne de montagnes, une foule de petites rivières ou de torrens, la Murg, entre autres, prennent naissance et vont se jeter dans le Rhin, emportant, dans leurs eaux rapides, les énormes sapins qu'on arrête au passage à l'endroit où ces torrens se perdent dans le grand fleuve, puis qu'on réunit en immenses radeaux destinés à en descendre encore le cours jusqu'en France ou en Hollande.

A l'époque dont il est question, ces flottaisons étaient les seules qui eussent permission de voguer sur le Rhin. Lors donc que, des rives du Rhin les alliés ou les Français qui les occupaient virent à la nuit les feux nouveaux qui indiquaient dans les ténèbres la descente, sur la large nappe du fleuve, d'un de ces radeaux de sapins de la vallée de la Murg, personne ne s'en étonna dans les deux camps.

Le train qui s'avançait en suivant les sinuosités du fleuve dont ses immenses avirons battaient les eaux en cadence, pouvait avoir trente pieds de large, sur cent soixante de long. Il était composé de deux longueurs de sapins attachés bout à bout. Ces sapins, destinés à la mâture des navires, étaient assemblés à l'aide de chevrons, de crampons de fer et de harts d'osier ; le tout était recouvert d'un plancher assez uni pour que les hommes, les enfans et les passagers pussent y marcher à l'aise. Un garde-fou peu élevé bordait les quatre faces du radeau.

Quatre cabanes de bois étaient bâties sur le plancher, à une assez grande distance les unes des autres; une estrade, haute de trois pieds, à laquelle on montait par un escalier formé de tronçons de chêne équarris, servait de poste au chef du radeau.

A l'avant et à l'arrière, une centaine de matelots, armés de longs avirons, fendaient les eaux, avec le bruit cadencé qui s'entendait de fort loin, au milieu des deux rives du fleuve peuplées d'échos retentissans.

Enfin, à l'arrière du radeau, un drapeau tricolore horizontal flottait au vent du soir, comme le pavillon d'un vaisseau de guerre à la corne d'artimon.

Au moment où Rollon et Lambert épiaient la marche du radeau, les apprêts du souper étaient, à bord, en pleine activité. Sur un large foyer de pierres plates, une grande chaudière de cuivre, qui pouvait contenir un quartier de bœuf tout entier, bouillait au-dessus d'un brasier. Du toit des quatre cabanes s'élevait une quadruple colonne de fumée, tandis que le feu allumé dans chacune d'elles en éclairait vivement l'intérieur.

A la lueur de la flamme du brasier, le *coq*, ou cuisinier du bord, fouillant les flancs de l'énorme chaudière, apparaissait comme un être fantastique, et rappelait les légendes superstitieuses qui ont cours sur tous les bords du Rhin. La vue d'énormes morceaux de viande saignante, suspendus à des poutres, pour servir de nourriture aux matelots du radeau, faisait mugir et bêler de terreur un bœuf et une demi-douzaine de moutons, destinés à être dépecés plus tard. Enfin, au milieu des clartés rougeâtres, paraissaient et disparaissaient tour à tour des matelots, des femmes et des enfans.

Lorsque le *coq* jetait au feu de nouveaux alimens, les branches de sapin résineux, en s'enflammant, prolongeaient le cercle de lumière empourprée, jusqu'à l'estrade du patron. On voyait alors un grand vieillard, aux cheveux blancs flottans, appuyé sur un aviron soutenu par des fourchettes de fer. Un aviron lui servait de gouvernail. Ce vieillard était le patron du radeau.

Un homme, d'une tournure qui indiquait un militaire, et enveloppé d'un grand manteau, se tenait debout à ses côtés. Sa figure était presque entièrement cachée sous les plis de drap de couleur foncée que le passager faisait monter jusqu'à ses yeux ; seulement, de temps à autre, ce vêtement flottant montrait, à la lueur du feu, les dorures d'un uniforme d'officier. Une casquette de fourrure couvrait le front de l'inconnu.

Le regard de ses yeux était empreint d'une mélancolie profonde. On concevait dès lors que ce passager recherchât comme une distraction à de sombres ou tristes pensées, la conversation du vieux marinier. Une lorgnette de nuit, qu'il tenait à la main, et dont il se servait de temps à autre pour interroger les bords escarpés et noirs, entre lesquels glissait le radeau, prouvait que l'officier cherchait à voir les lieux dont le patron lui racontait les légendes.

Quant au marinier, c'était une rude et sauvage figure avec une barbe grise et des cheveux blancs, qu'encadraient le capuchon de son vaste caban.

Ses sourcils seuls, que l'âge n'avait pas blanchis, s'arquaient au-dessus de ses yeux noirs, vifs et au regard perçant. On aurait dit le descendant d'un de ces anciens et formidables Hussites qui, au quinzième siècle, épouvantèrent l'Allemagne et parcoururent le fleuve allemand en vainqueurs.

— En vérité, monsieur, dit-il à l'officier au moment où celui-ci venait de faire rentrer les uns dans les autres les tubes de sa lunette de nuit, quelque plaisir que j'aie à vous raconter les légendes de notre vieux fleuve, je vous conseillerai plutôt de rentrer dans ma cabane jusqu'au souper, et de vous livrer au sommeil. L'air du Rhin est glacial et dangereux ce soir.

— Je ne puis dormir, répondit l'officier, et l'air glacial du soir est préférable à l'insomnie. Puis, continua-t-il avec une légère hésitation, la mission qu'on m'a confiée exige que j'aie l'œil ouvert sur tout ce qui peut se passer sur ces bords.

— Ah ! c'est vrai, j'oubliais qu'en effet vous avez un devoir à remplir, répondit le patron ; mais savez-vous que vous parlez français avec une pureté d'accent qui m'étonne ?

— N'est-ce pas, pour ainsi dire, notre langue maternelle, se hâta d'interrompre l'officier : j'ai été élevé, comme tant d'autres, par une gouvernante française.

Si les plis du manteau de l'officier russe n'eussent caché ses traits, le vieux batelier aurait pu voir sa figure couverte d'une vive rougeur. Tout à coup, l'officier, comme s'il eût eu honte de lui-même, reprit avec fermeté :

— Cette pureté d'accent n'a rien qui doive vous étonner, dit-il. Pourquoi vous cacher que je suis bien réellement Français, quoique au service de la Russie ? Quand l'héritier d'un trône laissé vide par l'assassinat juridique languit dans l'exil, est-il contraire aux exigences de l'honneur de prendre le parti du faible contre le fort ? Un fils, continua l'officier avec une fermeté pleine de douceur, peut-il, doit-il discuter les derniéres volontés d'un père mourant? En combattant l'ordre actuel des choses en France, j'obéis à ma conscience comme aux volontés suprêmes d'un père mort, je le répète, dans un exil volontaire pour suivre ses maîtres, auxquels le liait un serment indissoluble. Des raisons que je n'ai pas besoin de vous dire m'avaient conduit cependant à entrer au service de l'Empereur. J'ai fait la terrible et désastreuse campagne de Russie. Un émigré français m'a retiré, presque sans vie, d'un gouffre de neige... C'était un ami de mon père.

L'officier s'interrompit brusquement, puis reprit sa longue-vue de nuit qu'il promena d'un bord à l'autre du fleuve, comme pour indiquer qu'après avoir mis sa fierté à l'abri du mensonge, il désirait ne pas pousser plus loin cette conversation ; le marinier parut le comprendre, car, sans ajouter une parole de plus, il affecta d'être absorbé dans le maniement du long aviron qui lui servait de gouvernail.

En ce moment, le *coq* sonna une cloche dont le son indiquait l'heure du souper : les mariniers cessèrent de ramer et vinrent se grouper autour du foyer. Le radeau dès lors continua presque insensiblement sa marche, et ce fut cette lenteur qui arracha à Lambert des exclamations d'impatience.

— Voulez-vous, — demanda le patron à l'officier, — que je donne l'ordre de vous servir dans ma cabane?

— Je n'ai pas plus faim que sommeil, reprit celui-ci ; mais qu'aperçois-je là-bas? On dirait une tour haute et carrée, bâtie au milieu du fleuve.

— C'est la Tour-des-Rats qu'on appelle aussi la Tour de Halto, répondit le patron. N'apercevez-vous pas aussi sur le sommet une lueur rougeâtre, comme celle d'une fournaise? C'est sous cette apparence que l'âme de Halto est condamnée à habiter éternellement la tour dans laquelle il a été dévoré.

— Dévoré! s'écria l'officier, et par qui donc?

— Par les rats, répondit le batelier.

— La tour est noire comme la nuit, reprit en souriant le Russe, ou celui que nous continuerons d'appeler ainsi jusqu'à nouvel ordre. L'âme de Halto a probablement congé cette nuit.

— Ne riez pas, c'est une lugubre histoire que celle-là, dit le vieux marinier d'un ton sérieux, elle prouve du moins que le ciel punit la cruauté et le despotisme qui échappent à la vengeance terrestre.

— Contez-la moi donc, demanda l'officier, avec plus de désir peut-être d'échapper à ses pensées que de satisfaire sa curiosité en écoutant le récit du marinier.

— Dans une affreuse famine qui désola Mayence et les bords du Rhin, reprit le vieillard, pendant laquelle des villages entiers mouraient de faim, il y avait dans cette ville un archevêque avare et cruel, qui se nommait Halto. Ses granges regorgeaient de blé qu'il ne vendait qu'à prix d'or.

Un jour qu'une foule affamée entourait le palais de l'archevêque, en demandant du pain, le cruel prélat fit cerner cette foule par ses archers, et donna l'ordre de l'enfermer dans une grange, à laquelle il commanda de mettre le feu. L'incendie fit un effroyable holocauste de corps humains, et du haut de son palais Halto souriait, en entendant les cris d'agonie. « Ecoutez disait-il gaîment, ne dirait-on pas des rats qui sifflent? » Bientôt on n'entendit plus rien sous les décombres enflammés de la grange.

Le lendemain, à la place des cadavres consumés, on vit sortir des cendres de la grange une effroyable quantité de rats. Ils étaient plus nombreux que les nuées de sauterelles qui s'abattent sur un champ et dévorent la moisson en un clin d'œil.

La formidable colonne se dirigea vers le palais de Halto. En vain les soldats voulurent-ils empêcher d'entrer ces milliers de bêtes immondes, ils furent eux-mêmes obligés de s'enfuir. Halto, frémissant d'horreur, quitta Mayence; les rats le suivirent partout où il se réfugiait, et cette fois, c'était en frissonnant qu'il les entendait siffler à sa poursuite. Ils ne tardèrent pas à franchir les hautes murailles de Bingen, derrière lesquelles s'était abrité l'archevêque. Halto, éperdu, fit alors bâtir, au beau milieu du fleuve, la haute tour que vous voyez là-bas. Il espérait que ces hordes impures et acharnées se noieraient en traversant les eaux du Rhin; mais il n'en fut rien, les rats prirent la tour d'assaut et dévorèrent l'archevêque : terrible punition du ciel! L'âme de Halto a continué d'habiter cette tour, au haut de laquelle elle se montre parfois sous la forme d'une lueur rougeâtre.

Le marinier finissait quand un mouvement soudain se fit à la crête des montagnes de la rive droite, occupées par les troupes d'observation de l'armée prussienne. On voyait aller et venir çà et là des lumières qui disparaissaient pour se remontrer plus loin. Bientôt des cris confus se firent entendre, et un coup de feu retentit sept fois, au milieu des échos, avec le fracas du tonnerre. Alors la rive gauche s'émut aussi, et le vent du soir mêla bientôt au tumulte de la rive droite le cliquetis des armes françaises.

Les bords du Rhin, dans l'obscurité, paraissent escarpés et lisses comme les flancs d'une forteresse ; mais, dans le jour, l'inclinaison des versans n'est pas si abrupte que de nuit. Des saillies de rochers, des espèces de gradins chargés de terre végétale, sur lesquels les riverains cultivent la vigne, permettent de descendre ces pentes rapides ou de les remonter, en s'accrochant aux ceps pendans de tous côtés. L'officier braqua vivement sa longue-vue dans cette direction.

Quand le dernier écho qui répéta l'explosion du fusil eut gardé le silence à son tour, au sommet d'un des versans de la rive droite, il vit se dessiner sur le ciel une silhouette humaine. Etait-ce l'aspect sauvage de cet homme qui, tout à coup, fit trembler la lunette dans les mains du Russe? Toujours est-il que, saisi d'un tremblement soudain, il le dévorait du regard.

L'homme sembla s'orienter une minute, en jetant à ses pieds un rapide et profond regard sur le cours du fleuve. La tour sombre de Halto fut le premier objet qui frappa ses yeux, le seul même, car la nuit était trop épaisse pour qu'il pût rien distinguer au loin, à l'exception des feux français.

L'homme alors sauta d'un bond sur l'une des saillies du roc, à quelques pieds au dessous de lui, et, se courbant derrière les ceps sans feuilles des vignes, il disparut bientôt.

Presque au même instant, apparurent cinq ou six soldats, dont l'un portait un falot. Le soldat promena la lumière autour de lui, et fit un geste de désappointement. A l'aide de sa longue-vue, l'officier put voir le Prussien s'agenouiller, puis se pencher et balancer au dessous de lui la lanterne, qui projeta un vif rayon sur la saillie du roc où s'était jeté le fugitif.

A son aspect, le soldat poussa un cri de joie; mais au même moment, l'homme caché se leva de toute sa hauteur avec la souplesse d'un lion poursuivi, saisit le bras du soldat, et l'attira vers lui avec une force irrésistible. Le cri de triomphe du Prussien s'acheva en un cri de détresse. L'officier vit alors l'infortuné soldat un moment balancé au dessus des rochers dans les bras du terrible fugitif, puis, lancé comme par une machine de guerre, tournoyer dans l'air, en décrivant avec le fallot qu'il n'avait pas lâché, une courbe lumineuse.

Une seconde après, la vie et la lumière du malheureux s'éteignirent dans les eaux bouillonnantes du fleuve, avec un bruit sourd.

Les passagers entendirent le cri de vengeance des soldats restés sur la crète du rocher.

En ce moment, une fleur rougeâtre se dessina au-dessus de la tour de Halto. C'était comme l'aigrette de feu dont se couronne le tuyau d'une usine.

— Mein Got ! s'écria le marinier avec effroi, voici l'âme de l'archevêque !

Comme le marinier disait ces mots, la flamme disparut, la tour redevint d'un noir livide, et au milieu du silence qui régna sur le radeau, le vent du soir continua à siffler lugubrement dans la direction de la Mausethürm.

CHAPITRE VI.

Le Fugitif.

La légende de la Tour-des-Rats est populaire sur les bords du Rhin, aussi tous les yeux des matelots qui montaient le radeau étaient-ils tournés vers la Mause-thürm.

— Que signifie ceci? dit, comme en se parlant à lui-même le patron, la main toujours appuyée sur le long gouvernail qui servait à diriger le train de sapins. Puis, à l'aspect de l'officier sa longue-vue de nuit toujours fixée sur la crète des rochers, et dont le tremblement convulsif n'échappa point à l'œil du batelier : Eh quoi! monsieur, l'apparition de l'âme de l'archevêque vous effraie-t-elle à ce point? ajouta-t-il, en s'adressant à l'étranger.

Un sourire de dédain effleura les lèvres de l'officier; il était en effet évident que la courte et terrible scène qu'il avait vue s'accomplir, au sommet de la rive droite du fleuve, le préoccupait tout entier, et que l'âme de Halto n'était pour rien dans le trouble qu'il ne pouvait cacher.

— Laissons là ces flammes dont je connais peut-être l'origine et le but. Tenez, dit-il, en présentant sa longue-vue au batelier, j'ai comme un brouillard épais sur les yeux; regardez là-bas, sur cette saillie du roc, et dites-moi si vous voyez encore mon..... l'homme qui s'y cachait tout à l'heure?

— Quel homme? demanda le patron qui n'avait pu, dans l'obscurité, distinguer le fugitif poursuivi par les soldats.

— Là haut, reprit l'officier, en dirigeant le foyer de la longue-vue vers l'endroit qu'il désignait. Voyez là-haut.

Une décharge de coups de fusils interrompit le Russe qui s'écria douloureusement :

— Ils l'ont tué, mon Dieu !

— Non, non, reprit vivement le marinier, je vois maintenant un homme de haute taille, qui bondit de roc en roc, avec l'audace et la légèreté du chamois, mais il se tuera lui-même, s'il n'a pas fait un pacte avec le diable. Ah ! le voici qui s'arrête pour reprendre haleine. Je jurerais que je distingue d'ici les yeux de cet inconnu lancer des éclairs.

— C'est lui, continua l'officier, lui seul a ce courage invincible, lui seul a cette force herculéenne. Je ne me suis donc pas trompé !

— De qui voulez-vous parler ? demanda encore une fois le batelier surpris; et sans attendre la réponse à sa question : Ah ! continua-t-il, un soldat l'ajuste et va tirer sur lui.

Une nouvelle explosion ébranla les échos.

— Est-il atteint ? s'écria le Russe avec angoisse.

— Je ne vois plus rien, répondit le vieux marinier, plus rien qu'une douzaine de soldats qui couronnent la crête du roc.

L'officier saisit vivement la longue-vue des mains du marinier et en appliqua le tube à ses yeux; mais, à l'exception des soldats, qui semblaient se montrer du doigt un endroit parmi les rochers, l'escarpement du fleuve était désert.

Cependant le radeau continuait sa navigation lente sur les eaux du Rhin ; la tour de Halto semblait sortir des ténèbres lointaines et grandir à vue d'œil, quand une vive lueur vint de nouveau couronner le faîte de la Mause-Thürm, et s'éteignit aussi rapidement que la première.

Un sourd murmure de crainte superstitieuse courut parmi les matelots du radeau.

— C'est étrange ! s'écria le patron, on dirait qu'il y a du monde sur l'îlot de la Tour.

— Non, répondit l'officier en donnant, comme disent les marins, un coup de longue-vue du côté de la tour. Cette terre est complètement déserte.

Et, sans plus s'occuper de la Mause-Thürm, bien qu'il sût qu'on l'y attendait, l'officier continua de fixer exclusivement son attention sur la rive droite du fleuve.

Les soldats étaient toujours sur la hauteur ; mais en abaissant graduellement sa longue-vue, l'officier vit distinctement, pour la première fois, un sentier qui serpentait le long du flanc de la rive escarpée, et, sur ce sentier, des cavaliers qui le descendaient au galop. L'étrange uniforme de ces cavaliers révéla promptement à l'œil exercé du Russe, qu'ils étaient des Cosaques irréguliers, dont les chevaux seuls avaient le pied assez sûr pour galoper sur ces pentes rapides.

C'était sans doute afin de couper toute retraite au fugitif vers le Rhin, qu'on envoyait ces cavaliers garder le bas de la rampe escarpée du fleuve. D'autres falots remplaçaient celui que l'inconnu avait précipité du haut de la côte, avec le soldat, et brillaient aussi sur la sommité des rochers. En outre, un des cavaliers en portait un à la main.

Bientôt l'officier russe put distinguer que plusieurs Cosaques étaient restés échelonnés, à différentes distances, sur le chemin tournant, tandis que les autres étaient venus prendre place derrière les roseaux qui bordaient le fleuve, et que tous portaient en croupe, derrière leurs selles, une botte de foin, comme les cavaliers qui reviennent du fourrage.

Le Cosaque qui tenait le falot s'était arrêté à mi-côte. Bientôt il mit pied à terre, déchargea la botte de foin de sa selle et en approcha la lumière. Une flamme, presque imperceptible d'abord, brilla dans l'obscurité; alors le cavalier remonta sur son cheval et se dirigea vers le bas de la rive où il répéta la même manœuvre.

De longs jets de flammes ne tardèrent pas à s'élancer dans les ténèbres, de divers points de la côte, et à répandre sur toute sa surface une nappe de lumière éblouissante qui en éclaira toutes les anfractuosités.

Les eaux du Rhin se teignirent d'un pourpre vif, et la tour de Halto présenta aussi l'une de ses faces rougie par la flamme. A l'aide de la clarté qui dissipait momentanément les ombres épaisses, le Russe aperçut une barque amarrée au pied de l'îlot du côté de la rive gauche; néanmoins l'îlot paraissait désert.

Mais, c'était sur la rive du Rhin, que l'officier concentrait toute son attention. Il y avait peu d'espoir, cependant, que le fugitif eût échappé à la dernière décharge qu'il avait essuyée. L'ardente réverbération du foin enflammé n'éclairait que le costume barroque des Cosaques disséminés le long des flancs de l'escarpement, des saillies de roc nu, ou des terrasses grossières chargées de longs ceps de vigne : le fugitif restait invisible.

— Je suis fâché pour vous, monsieur l'officier, que ce pauvre diable qu'on poursuit vous inspire un si vif intérêt, car il est probable qu'il est tué déjà, ou que, du moins, il ne tardera pas à être pris, ce qui sera tout un.

— Si je ne suis pas dupe de quelque illusion, répondit l'officier, si cet homme est celui que je pense, peut-être Dieu ne permettra-t-il pas qu'il soit venu de si loin pour mourir ici. J'espère encore.

Cependant l'air de douloureuse tristesse du Russe semblait dire que l'espérance était plutôt sur ses lèvres que dans son cœur. Le radeau s'était insensiblement rapproché de la Mause-thürm et un cri de joie qui partit du bas de l'escarpement parvint aux oreilles du patron et de l'officier. La flamme éclairait toujours vivement jusqu'aux moindres sinuosités de la côte. Tout à coup, au-dessous d'un rocher creusé, qui surplombait une pente rapide, le fugitif se dressa de nouveau de toute sa hauteur. L'officier russe put alors le voir distinctement comme en plein jour.

C'était une étrange et sauvage figure que celle de cet homme. Des haillons sans forme et sans nom, comme sans couleur, entouraient son robuste corps ; une longue barbe tombait jusqu'à sa poitrine, des cheveux épars flottaient en désordre sur ses épaules, et à travers les déchirures de ce qu'on n'aurait su appeler ses vêtemens, on pouvait distinguer des membres velus et musculeux. L'inconnu se voyait découvert, et la résignation héroïque que trahissait sa figure hâve et décharnée, prouvait que, las de souffrir, désespérant d'échapper à ses ennemis, il attendait la mort avec calme.

A l'aspect de l'inconnu, l'officier jeta un cri sourd et laissa tomber sa tête sur sa poitrine.

— C'est lui, s'écria-t-il en serrant le bras du patron, c'est lui !

Alors il rassembla ses deux mains autour de sa bouche pour donner au son plus de portée, et, d'une voix entrecoupée, il jeta aux échos, dans la direction du fugitif, quelques mots en langue russe ; mais l'éloignement empêcha les paroles d'arriver jusqu'aux hommes qui le cernaient. L'officier redoubla d'efforts, hélas ! inutilement : l'écho du fleuve ne répéta que des sons rauques et inintelligibles. Aucun des soldats ne se détourna.

Au même instant, un des cavaliers cosaques, brandissant à la main une longue lance, poussa son cheval vers le fugitif.

L'homme traqué ne daigna pas détourner la tête, ses yeux qui reflétaient la lueur des flammes ne se baissèrent pas.

A son immobilité, on eût dit une statue de bronze sur son piédestal. L'officier put voir alors le fils de l'Ukraine, comme jadis le Cimbre devant Marius, hésiter, sa lance en arrêt, devant cette intrépide et sauvage figure.

— Arrêtez ! arrêtez ! s'écria-t-il d'une voix tonnante qui fit mugir les échos de Binger-loch.

Sa voix ne parvint pas jusqu'au Cosaque qui, honteux de son hésitation, ramenait sa lance pour frapper, quand un éclair brilla dans l'îlot de la Mause-thürm ; une détonation suivit l'éclair d'une seconde, et, atteint par une main invisible, le Cosaque chancela sur sa selle.

Un cri de stupeur, parti du radeau, se mêla au cri de joie échappé à l'officier russe, quoique ce fût un de ses soldats, peut-être, qu'une balle venait de blesser sous ses yeux. Mais qu'était la vie d'un Cosaque devant le vif et mystérieux intérêt que lui inspirait le fugitif ? Ranimé par ce secours inattendu, celui-ci semble ressaisir un dernier espoir. Semblable au lion embusqué qui s'élance sur sa proie, l'inconnu bondit sur le Cosaque chancelant ; son cheval ploie les jarrets jusqu'à terre, sous le poids formidable du fugitif qui se trouve bientôt en selle, à la place du cavalier culbuté de ses arçons.

— C'est un des esprits de cette montagne, s'écria le vieux marinier, en battant des mains à cet acte d'heureuse audace.

A ce moment, le foin consumé ne jeta plus de flammes, tout redevint noir sur la côte.

L'œil de l'officier russe, ébloui par l'éclat de la flamme, put suivre toutefois encore, à l'aide de sa longue-vue de nuit, des formes vagues s'agitant dans les ténèbres; deux coups de feu successifs, suivis de cris sauvages, frappèrent aussi ses oreilles. C'était les pistolets du Cosaque renversé que l'intrépide inconnu déchargeait à bout portant sur ses ennemis.

Après quoi l'officier ne vit et n'entendit plus rien ; la lumière des falots avait disparu, même au sommet des rochers.

Le radeau continuait sa navigation au milieu d'un silence et d'une obscurité que semblaient avoir redoublés l'éclat des flammes éteintes et les détonations qui avaient ébranlé l'air de la nuit. Le bruit des avirons battant l'eau, le clapotis du fleuve sous les sapins du train, troublaient seuls ce calme lugubre.

— Si cet homme peut gagner l'îlot de la Mause-Thürm, il est sauvé, dit le marinier à voix basse, car il semble y avoir des amis; mais le pourra-t-il?

— Oh ! s'écria l'officier, dites-moi qu'il le pourra, qu'il échappera à ses ennemis !

— Aux dangers de la terre, peut-être, répondit le patron ; mais à ceux du fleuve, c'est autre chose, et cependant gagner la Tour-des-Rats, est sa seule ressource ; mais pour celui qui ne connaît pas le lit du Rhin, il y a un terrible danger.

— Quel danger ? demanda vivement le Russe.

— Le gouffre de Binger-loch, répliqua le batelier, qui, sans faire de bruit, engloutirait un radeau comme celui-ci, et. à plus forte raison, un cheval à la nage sous son cavalier.

— Ne pourrait-on l'avertir ? s'écria vivement l'officier.

— Pour le trahir et le dénoncer à ceux qui le cherchent peut-être encore, n'est-ce pas ?

— Plutôt mourir que de le trahir !

— Eh bien, ne songeons donc pas à l'avertir. Peut-être cependant y aurait-il à faire quelque chose pour un homme si intrépide, si héroïque ! Mais dites-moi, monsieur l'officier, vous n'êtes donc pas de ces gens qui regardent comme un ennemi tout individu d'une race, d une langue ou d'un uniforme différens des leurs.

— Les hommes ne sont-ils pas tous frères ? répondit l'officier, en appuyant sur le dernier mot d'une façon qui frappa le vieux marinier, dont les yeux exprimèrent à la fois le plaisir et l'étonnement.

—Sont-ce donc là les principes qui triomphent à présent à la cour de St-Pétersbourg? dit-il ; puis il ajouta : mais, au fait, à quoi bon m'étonner? la vérité ne doit-elle pas luire un jour sur la terre, en dépit de tout ce qu'on pourra faire pour l'étouffer ?

Les prunelles du vieillard étincelaient d'enthousiasme sous le capuchon de son caban.

— Eh bien donc! allons au secours d'un frère, reprit-il, avec une force qui fit tressaillir l'officier.

— Si nous sommes assez heureux pour sauver.... ce frère, — dit tristement le Russe, — n'oubliez pas que j'ai les plus impérieuses raisons pour lui demeurer inconnu ; il ne verra pas ma figure et il ne doit pas même entendre le son de ma voix.

— Il sera fait comme vous le désirez, répondit le vieillard, mais cet homme est donc votre ennemi?

— Lui, mon ennemi! s'écria l'officier, un père n'aime pas plus son fils que cet homme ne m'a aimé : il m'aime tant que je n'oserais m'exposer au cruel désappointement qu'il éprouverait en me retrouvant tel que je suis à présent. Je dois ne rester pour lui que l'être dont il pleure, sans doute, la mort.

Le marinier cessa respectueusement ses questions.

Aux flancs de la grande flottaison qu'il conduisait étaient attachés trois ou quatre radeaux de dimensions beaucoup moindres, et qui semblaient de petites embarcations à la remorque d'un puissant vaisseau. Après s'être fait remplacer au gouvernail, le vieux batelier ordonna à six de ses plus robustes rameurs de prendre place sur l'un de ces radeaux. Il fit mettre ensuite à l'eau un tronc de chêne tout entier, mais plus pesant que long, qui fut attaché au radeau dont on allait faire usage. Les préparatifs terminés, le patron engagea l'officier à le suivre, et, les avirons bordés, on coupa l'amarre qui retenait le petit radeau à l'immense train de sapins.

Sous l'impulsion vigoureuse des rameurs, le second radeau ne tarda pas à dépasser le premier; le courant du fleuve, fort rapide en cet endroit, l'entraînait comme il l'eût fait d'un faisceau de joncs. L'arbre flottant derrière lui ne ralentissait pas même la célérité de sa marche.

Le silence le plus profond avait été recommandé aux rameurs, afin de saisir le moindre bruit qui pourrait s'élever des bords ou du sein même du fleuve.

Bientôt l'immense amas des hauts sapins de la Murg ne parut plus sur le Rhin que comme une tache noire, et la Tour-des-Rats grandit en proportion. Ses murs dévastés s'élevaient au milieu de l'eau, comme le tronc équarri d'un chêne gigantesque noirci par l'incendie.

— Pendant un quart-d'heure environ, la nappe des eaux du Rhin demeura silencieuse ; les roseaux seuls soupiraient tristement le long des rives, et de petites vagues s'élevaient et s'affaissaient en murmurant. Mais ce n'était que la voix de la nature, et nul bruit humain ne s'y mêlait encore. Le vieux marinier appuya sa main sur le bras du Russe.

— N'entendez-vous rien ? demanda-t-il tout bas. Ne voyez-vous pas une ombre noire sur l'eau ?

Le Russe prêta l'oreille, et, à l'aide de sa lorgnette de nuit, regarda; mais le Rhin roulait majestueusement ses ondes noires sans apporter d'autres sons que le frémissement de ses roseaux ; et la sombre silhouette de la tour maudite se détachait seule sur sa surface.

— Allons, enfans, encore un bon coup d'aviron, s'écria le patron.

Le radeau glissa plus rapidement encore sur le Rhin.

— Chut! dit le marinier au bout d'un autre quart d'heure.

Les avirons restèrent immobiles.

— Cette fois, ajouta-t-il, si ce n'est le sire de Stauffenberg qui rend visite à son Ondine sur son coursier noir, c'est lui.

En effet, un bruit semblable au souffle retentissant qui s'échappe des naseaux d'un cheval effrayé, paraissait glisser sur l'eau. Bientôt aussi le Russe put voir s'élever au-dessus du niveau du fleuve la tête d'un cheval et le buste d'un cavalier.

CHAPITRE VII.

Le Gouffre du Binger-loch.

A la vue du cavalier qui luttait contre le cours du fleuve pour gagner l'îlot de la Mause-thürm, l'officier russe adressa mentalement à Dieu de ferventes actions de grâces.

Quant au vieux marinier badois, rude mélange des anciennes superstitions et des idées de politique avancée de l'Allemagne, sa croyance hésitait encore entre le sire de Stauffenberg, continuant au-delà du tombeau ses amours avec une des Ondines du fleuve germanique, et le fugitif essayant de traverser le Rhin jusqu'à l'îlot de la Tour-des-Rats. En effet, le squelette du monument maudit, des nuées noires balancées au-dessus de ses antiques donjons, les roseaux frisonnans sous le vent, l'eau pleurant dans les roseaux, la silhouette silencieuse du cavalier et l'haleine bruyante de son cheval, tout était de nature à impressionner l'esprit inculte et rêveur du vieux pilote.

Bientôt, cependant, il ne lui fut plus possible de douter de l'identité du fugitif. L'œil exercé du marinier jugea, à l'inspection des eaux, que le cavalier n'était séparé du gouffre que par une courte distance.

— Tournez bride, si vous tenez à la vie, s'écria-t-il en allemand, et en faisant de ses mains un porte-voix, le *Binjer-loch* est devant vous.

Les sons parvinrent bien à l'oreille du fugitif, car il s'arrêta une minute; mais soit qu'il ne comprît pas l'allemand, soit qu'il dédaignât l'avis qu'on lui transmettait, il ne tarda pas à pousser de l'avant.

Le vieillard répéta aussi inutilement son avertissement en français, le fugitif ne tourna pas bride, comme il lui était enjoint.

Un hennissement de terreur du cheval répondit seul à la voix du batelier.

— A quoi sert parfois la raison humaine! — dit le vieillard avec amertume, — l'instinct de l'animal parle quand cette raison se tait. Le cheval voit le danger, l'homme ne le pressent même pas. Hola! enfans, redoublez d'efforts, sauvons cet insensé, ou ce malheureux, continua le Badois avec énergie.

La pesante machine n'obéissait toutefois qu'avec lenteur à l'effort des six vigoureux matelots. En vain les avirons mordaient la surface du fleuve, l'inconnu continuait toujours ses efforts en avant. Le vieillard trépignait de colère, le Russe qui se tordait les mains avec angoisse, parut vaincre une répugnance violente, et se penchant vers l'oreille du marinier :

— Son nom est Pierre de Vauvrecy, lui dit-il, appelez-le ainsi... Il se défie peut-être de nous.

— Pierre de Vauvrecy! s'écria le vieillard d'une voix tonnante, écoutez celui qui veut vous sauver! Tournez bride pour l'amour de Dieu! Regagnez le bord!

Le fugitif s'arrêta. Le radeau gagnait du chemin, et on put voir le cavalier faire une tentative pour se conformer à l'avis du batelier: mais peut-être était-il déjà trop tard.

— Qui appelle Pierre de Vauvrecy? s'écria une voix rude et forte.

— Un ami qui veut vous sauver. Dix pas de plus, et le gouffre qui est devant vous va vous engloutir!

— Merci, merci; mais il est bien tard, reprit la voix. Qui que vous soyez, encore merci, et adieu!

Un souffle sonore et plein d'angoisse jaillit des naseaux du cheval qui portait le fugitif; la tête de l'animal paraissait déjà moins haute sur l'eau.

— Jetez-vous à bas de la selle, donnez votre cheval à dévorer au gouffre et regagnez la rive à la nage! cria le pilote.

Cette fois le fugitif obéit à l'avertissement du vieillard : on entendit le bruit d'un corps plongeant dans le fleuve.

— Prions Dieu pour lui, et un miracle le sauvera peut-être, dit le vieillard. La protection du ciel s'est assez visiblement étendue cette nuit sur lui, pour qu'il échappe encore à ce danger. S'il y parvient, ce sera un signe que cet homme est destiné à de grandes choses.

Le pilote fut interrompu par la bruyante agonie du cheval à présent sans cavalier. Entraîné par le tourbillon puissant qui l'étreignait, le pauvre animal fit entendre un hennissement suprême et se débattit un instant; l'eau du fleuve jaillit au-dessus de sa tête et il disparut. Ses jambes percèrent encore une fois la surface du tombeau qui se refermait sur lui, et bientôt il ne resta qu'une légère écume blanche à la place où il venait d'être englouti.

Cependant, petit à petit et entraîné par le remou sous-marin du gouffre, Pierre de Vauvrecy, — puisque l'on a reconnu le fugitif — luttait de tout ce qui lui restait de force pour éviter le sort de son cheval. Sans la vigueur prodigieuse du colonel le gouffre l'eût déjà dévoré; mais cette vigueur ne servait qu'à retarder le moment fatal où la puissance du tourbillon allait l'entraîner à son tour.

Le vieux pilote assistait avec une tristesse muette à cette lutte désespérée de l'homme contre l'élément; l'officier russe ne faisait trève à ses angoisses que pour gourmander l'indolence des rameurs. Pourtant les six matelots, courbés sur l'aviron, imprimaient au radeau une vitesse extraordinaire pour cette lourde masse, et, malgré la bise de décembre, la sueur perlait de leur front basané.

Le fugitif, l'eau ruisselant de sa longue chevelure, au milieu du fleuve que faisait bouillonner autour de lui son bras robuste, sentait ses forces s'épuiser. Il perdait entre l'intervalle de ses brassées ce qu'il gagnait par chacune d'elles. Ses efforts n'aboutissaient qu'à conserver sa même place, et le radeau était encore éloigné.

— Courage, cria le vieux pilote, maintenez-vous encore, s'il est possible, quelques minutes, et nous arrivons.

La perspective d'un secours prochain sembla ranimer le colonel.

— Nous le sauverons, monsieur, reprit le batelier, en s'interrompant pour faire partager à l'officier russe l'espérance qu'il commençait à concevoir.

— Dieu vous entende, s'écria le Russe avec ferveur.

Le radeau continuait à suivre le cours du fleuve, trop lent au gré de ceux qui le montaient. Bientôt il s'engagea dans une espèce de passe étroite où le Rhin, resserré par les brisans sous-marins du Binger-loch, coule impétueusement. Cette circonstance redoubla l'espoir du Badois.

— L'homme lutte bravement, s'écria vivement le vieillard, encore quelques instans et nous le joindrons! Ah! c'est un noble et vaillant cœur! Courage, ami, courage!

Déjà le bruit de la respiration oppressée et sifflante du nageur parvenait jusqu'aux passagers du radeau; mais avant d'arriver jusqu'à portée du fugitif en détresse, un nouvel obstacle restait à surmonter.

Le cours du fleuve poussait avec violence vers un endroit de la rive où l'eau bouillonnait sur des rochers aigus, et le radeau commençait à chasser sur les récifs. L'échouement du train de sapins était la perte de Vauvrecy.

— Un dernier effort, — s'écria le patron, en s'adressant aux rameurs — monsieur — dit-il à l'officier — maintenez ferme dans cette direction l'aviron qui sert de gouvernail; ne mollissez pas, et laissez moi faire.

Le marinier, parlant ainsi, remit le long aviron aux mains du Russe, et se penchant sur l'arrière du radeau, il saisit le câble qui traînait à la remorque le tronc de chêne dont nous avons parlé. Arc-bouté contre un des sapins du train, le pilote *héla* sur l'arbre d'un bras vigoureux. Au bout de quelques minutes, le tronc avait rejoint le radeau. Alors le vieillard démarra la corde qui le maintenait à l'arrière, et l'attacha, de nouveau, au côté du radeau opposé à la rive droite, où l'eau brisait sur les écueils.

Le train de bois n'était plus à cinquante pas du nageur, quand poussé par une force irrésistible, le radeau dévia de la ligne droite vers la rive. Le tronc d'arbre flottant presque bord à bord avec l'assemblage de sapins, commença de s'en éloigner insensiblement, comme si, de son côté, une puissance en sens inverse de celle qui poussait le radeau vers la ligne des brisans, l'entraînait vers le milieu du fleuve. Bientôt le câble qui fixait le tronc d'arbre se tordit, puis vint à se roidir comme une barre de fer. De ce moment, et de ce moment seul, le radeau cessa d'obéir à l'impulsion qui le poussait fatalement vers les récifs.

Le vieux pilote avait suivi d'un œil inquiet les progrès de la tension du câble. Quand il le vit prêt à rompre, et le radeau reprendre, en ligne droite, et sans dévier désormais, un mouvement de flottaison rapide, un éclair de joie brilla sous ses paupières.

— Pouvez-vous tenir encore une minute? s'écria-t-il en s'adressant au nageur, une minute encore et vous êtes sauvé.

Le radeau était à peine séparé de Vauvrecy par une distance de vingt pas.

— Je meurs de fatigue, répondit celui-ci d'une voix rauque. Une minute est plus d'un siècle.

— Le radeau n'avance plus, dit l'officier russe avec angoisse à l'oreille du marinier.

Le Badois jeta un coup d'œil calme autour de lui à sa droite et à sa gauche. A sa droite, la ligne des brisans était déjà derrière le radeau, et en tirant une ligne directe du radeau au rivage, les bords du fleuve ne présentaient plus, au point où elle eût abouti, qu'une ceinture de roseaux que l'eau caressait sans les courber. A sa gauche, l'énorme tronc de chêne, comme s'il eût été doué de vie semblait lutter, ainsi que Vauvrecy, contre le tourbillon qui l'attirait. Mais le tourbillon du Binger-loch ne lâche jamais la proie qu'il a une fois saisie ; de là l'immobilité momentanée du radeau maintenu par le tronc d'arbre aussi solidement qu'un navire *affourché* sur ses ancres.

— Nous sommes à vous, — cria de nouveau le pilote à Vauvrecy, quand il se fut rendu compte de la position du radeau.

— Tout va bien, — reprit-il en serrant le bras de l'officier russe.

Alors le vieillard tira son couteau affilé comme un rasoir. En quelques coups le câble fut tranché, et le train obéit de nouveau à l'impulsion du courant.

— Voyez, — dit-il à l'officier, en lui montrant le tronc d'arbre qui tourbillonnait ainsi qu'un brin de paille sur le gouffre, — tel était le sort réservé au chrétien que nous allons sauver, s'il ne se fût pas jeté à temps à bas de son cheval.

L'officier ne détourna même pas la tête ; toutes ses facultés semblaient être concentrées dans l'étroit espace où Pierre de Vauvrecy se débattait contre la mort. Pendant ce temps, le tronc d'arbre tourbillonnait au dessus de l'abîme. Peu à peu, une de ses extrémités s'enfonça dans l'eau, se dressa debout comme un pieu, décrivit un cercle presque vertical, puis, ainsi qu'un harpon lancé par une main vigoureuse, il plongea sous le fleuve pour ne plus reparaître.

Pendant cette lutte du gouffre et de sa proie, le courant qui poussait le radeau vers l'écueil avait été dompté, et au moment où le tronc d'arbre disparaissait sous l'écume, le radeau flottait librement entre l'abîme et la rive aux eaux dormantes.

Moins d'une demi-minute après que le radeau eut vaincu à la fois l'écueil et le gouffre, un des matelots tendait le bout d'une hart d'osier au fugitif, qui la saisissait convulsivement et était hissé sur le plancher de sapins, au moment où ses forces l'abandonnaient.

Vauvrecy n'eut que le temps de jeter à ses libérateurs un regard de vive reconnaissance, et il tomba sans mouvement entre les bras du vieux pilote.

L'officier russe, rassuré sur le sort de celui qui lui avait causé tant d'angoisses, s'était retiré à l'extrémité du radeau, étouffant au plus profond de son cœur les mouvemens tumultueux qui soulevaient sa poitrine.

Le radeau n'avançait plus que lentement en suivant le cours du fleuve. Les matelots avaient déposé leurs avirons ; leur rôle était fini, et pendant que le pilote donnait à Vauvrecy les soins qu'exigeait son évanouissement momentané, ils attendaient que la grande flottaison les rejoignît.

La Mause-Thürm sortait graduellement des ténèbres, et montrait déjà les fissures profondes de ses flancs. Autour de l'îlot sur lequel elle est élevée, l'eau du Rhin paraissait plus sombre. Debout comme un géant foudroyé, elle semblait, dans son isolement, un monument de la vengeance divine respecté par le temps, pour l'enseignement des générations futures. Couchés sur le radeau, les matelots la considéraient, dans sa majesté sombre, avec un certain effroi.

— Jésus, Marie, murmura l'un d'entre eux en s'adressant à son camarade, c'est la première fois que je passe, de nuit, devant la Tour-des-Rats ; est-il vrai, comme on le prétend, que l'âme de l'archevêque de Mayence y revienne ?

— Parbleu ! ne l'as-tu pas vue deux fois ce soir sur le sommet de la tour, sous l'apparence de sa *lueur de fournaise ?* Ce coup de fusil, qui a tué ce Cosaque si à propos, tout cela ne prouve-t-il pas que cette tour est hantée par les esprits des ténèbres ?

— Alors, reprit le marinier plus bas encore et en jetant vers Vauvrecy étendu sans mouvement sur le radeau un regard de défiance, cet homme que voici serait donc sous la protection des esprits de l'enfer !

— Je ne dirais pas non. Avoir échappé, comme il l'a fait ce soir, aux balles des Prussiens, aux lances des Cosaques, et par-dessus tout au gouffre du Binger-loch, c'est avoir eu une bien merveilleuse chance !

L'aspect de Vauvrecy était en effet de nature à confirmer, jusqu'à un certain point, les suppositions engendrées par une superstition grossière.

Au milieu de l'obscurité qui couvrait la nappe immense du Rhin, le fugitif, avec sa haute stature, ses membres vigoureux que ses haillons laissaient à nu, ses longs cheveux, sa barbe épaisse, inculte et noire, qui couvrait son pâle visage, son immobilité de cadavre, était presque effrayant à voir.

Et cependant, si le fer eût tranché une partie de cette longue chevelure souillée de la fange du fleuve, si le rasoir eût réduit à de justes proportions sa barbe limoneuse, si d'autres vêtemens avaient remplacé ses haillons, ou si seulement l'imagination eût supposé ces changemens accomplis, le sauvage fugitif aurait fait place au jeune homme de trente-cinq ans au plus, à la noble physionomie, ainsi qu'à la fière tournure.

L'officier russe, resté jusque là caché dans son manteau, paraissait ne plus s'occuper de ce qui se passait autour de lui; inquiet cependant de l'immobilité du fugitif, il s'approcha de lui et se pencha sur son corps. Tandis qu'il portait sa main sur la poitrine de Vauvrecy pour interroger les pulsations de son cœur, un long regard de tendresse s'échappa de ses yeux. Il y avait quelque chose de la respectueuse affection d'un fils pour son père dans ce regard de l'officier russe, qui paraissait de dix ans moins âgé que le colonel.

Le vieux marinier considérait ce dernier en silence; il vit une larme tomber de ses paupières sur le pâle visage du fugitif; et il l'entendit murmurer:

— Pierre, pauvre Pierre, que tu as dû souffrir, mon Dieu! Et cependant, pourquoi n'ai-je pas fait comme toi! Puis, le Russe ajouta, plus bas encore: nous ne pouvons plus à présent nous revoir... que comme ennemis... Ne vaut-il pas mieux te laisser pleurer ma mort?

Vauvrecy fit un mouvement de la tête, l'officier russe se hâta de presser de ses lèvres son front décoloré, et s'enveloppant de nouveau des plis de son long manteau, il fut s'asseoir au coin le plus reculé du radeau.

Le vieux marinier, témoin de cette scène muette, devina dans le cœur de l'officier une douleur poignante qu'il fallait respecter. Il se contenta de jeter, non sans émotion, ses regards tantôt sur le fugitif évanoui, tantôt sur l'officier. Tous deux étaient aussi immobiles l'un que l'autre; seulement l'un gardait le silence de la mort, tandis que le vieux pilote crut entendre, chez le second, comme des sanglots étouffés qui se mêlaient à la plainte nocturne des roseaux du fleuve.

CHAPITRE VIII.

Un des chasseurs.

Bientôt des crispations nerveuses éprouvées par Vauvrecy signalèrent la fin de son long évanouissement. Le vieillard s'en aperçut et, s'avançant vers le jeune Russe, il posa sa main sur son épaule. A ce contact, l'officier tressaillit, comme un homme arraché brusquement à une profonde rêverie.

— Pardon, monsieur, lui dit le Badois, si j'interromps votre repos.

—Mon repos! reprit l'officier avec un sourire mélancolique et plein d'amertume.

— Il est des secrets que je respecte, continua le vieillard. Toutefois, permettez-moi de vous faire observer que le fugitif revient à la vie; il va me faire des questions auxquelles il me sera facile de répondre, à l'exception d'une seule: je ne le connais pas et cependant je l'ai appelé par son nom.

— C'est vrai, vous avez raison!

— Eh bien! quand il m'interrogera sur ce sujet que lui répondrai-je, puisque des motifs des plus impérieux, dites-vous, vous font une loi de lui rester inconnu?

— Celui que vous voyez dans cet affreux dénûment, — répondit le Russe, — est un gentilhomme français, un officier de l'armée impériale. Quoique bien jeune encore, il a fait toutes les guerres de l'empire, il vous sera facile dès lors de lui dire que vous l'avez connu dans la campagne d'Allemagne.

—Bon! dit le vieillard, je l'ai faite.

— Vous lui direz que vous l'avez vu à Vienne, lieutenant dans les grenadiers à cheval.

—Suffit, répondit le vieillard, qui retourna près de Vauvrecy.

Celui-ci, déjà dressé sur son séant, écartait les mèches de sa chevelure encore collées sur son visage et qui voilaient ses yeux et jetait autour de lui le regard vague, étonné de l'homme dont une léthargie profonde a brisé les idées.

— Où suis-je? murmura-t-il d'une voix faible; qui m'a, tout à l'heure, appelé par mon nom?

— Moi! répondit le vieillard en s'avançant et en rabaissant sur ses épaules le capuchon de son caban, comme si cette précaution devait aider les souvenirs du fugitif.

Vauvrecy regarda fixement le batelier.

— Approchez-vous de moi,—reprit-il.— car la nuit est noire, et ma vue n'est pas encore bien nette.

Le vieillard baissa son visage jusqu'au niveau de celui du fugitif; mais Vauvrecy ne le reconnut point.

— Vos traits me sont inconnus, dit-il.

— Qu'importe, si je n'ai pas oublié les vôtres, reprit le Badois; mais ce n'est pas de cela qu'il s'agit à présent, nous en reparlerons plus tard; qu'il vous suffise de savoir que vous êtes en sûreté sous la sauvegarde d'un ami.

— Cela doit me suffire, en effet, j'ai tant de choses à m'expliquer encore.

En disant ces mots, Vauvrecy considérait d'un œil surpris le fleuve, le radeau sur lequel il se trouvait, la Mause-thürm et le vieux pilote.

— Ma tête est un chaos, reprit-il, après un court silence : n'ai-je pas manqué d'être englouti dans un gouffre? Comment m'a-t-on sauvé? Est-ce à vous que je dois la vie?

— A moi et à mes hommes, reprit le Badois, en montrant les matelots étendus sur les troncs d'arbres du radeau.

— Merci à tous, répondit Vauvrecy; il y aura un an, jour pour jour, que je n'ai vu autour de moi des visages amis; aussi étais-je las de vivre. Mon Dieu, que j'ai froid!

En effet, son corps commençait à s'agiter de frissons, sous les haillons mouillés qui le couvraient et au souffle de la bise glaciale de décembre.

—Vous voyez les feux qui s'avancent vers nous, dit le pilote en désignant de la main les lueurs qui brillaient sur l'énorme radeau: dans un quart d'heure, ces feux nous auront rejoints, et vous trouverez des vêtemens secs et de la nourriture pour vous refaire.

—J'attendrai, reprit le fugitif.

— Mais encore une question: l'homme qui tenait dans sa main les destinées du monde n'est donc plus, puisque les deux rives du Rhin ne sont pas françaises, et que les rois osent relever la tête? La mort seule pouvait arrêter la fortune du nouveau Charlemagne.

— L'Empereur est vivant, mais son étoile a pâli, répondit lentement le marinier.

Un sourire d'ironique dédain plissa les lèvres de Vauvrecy, et un éclair d'orgueilleux enthousiasme s'alluma dans ses yeux à ces paroles du vieillard.

— Tant qu'il y aura des forts dans le monde, — répliqua-t-il, — les faibles courberont la tête sous eux. L'homme est fait, comme le taureau, pour le joug! Mais quel est donc cet homme? continua Vauvrecy en lui désignant du doigt l'officier immobile à l'extrémité du radeau.

— C'est un étranger, — dit le pilote, — un passager que je conduis à quelques lieues d'ici.

La conversation en était là, quand le bruit des avirons du second radeau signala son approche. En effet, quelques minutes après, sous la pression plus vive des rameurs, la grande flottaison rangea bord à bord le train qui portait le pilote et ses compagnons. La gaffe du batelier l'eut bientôt accrochée à ses flancs, et le transbordement s'opéra, d'un radeau sur l'autre.

Par une de ces singularités du hasard, qui se rencontrent bien souvent dans la vie, l'officier russe et Vauvrecy se trouvaient passer, l'un le dernier, l'autre le premier. Quand le dernier de tous, le Russe, sauta sur le bord du grand radeau, son pied manqua, et il fût infailliblement tombé dans le fleuve, si Vauvrecy ne l'eût soutenu de son bras robuste.

L'officier avait abaissé jusque sur ses yeux son bonnet de fourrure dont les oreilles cachaient encore ses joues, et dans l'obscurité, sa figure achevait d'être méconnaissable. Vauvrecy ne le reconnut donc pas, mais il sentit l'officier trembler.

— Vous êtes-vous blessé, monsieur, demanda-t-il.

Le Russe ne répondit à cette demande que par un murmure inintelligible, et se perdit bientôt au milieu de la foule des matelots.

A la clarté que répandaient les feux sur toute la surface du radeau, Vauvrecy, tel que nous l'avons dépeint, avec sa haute taille, ses membres couverts de haillons et ses longs cheveux en désordre, apparut d'abord comme un personnage étrange aux matelots de la Murg. Bientôt, cependant, la flamme qui éclairait le visage du gentilhomme français laissa voir, malgré la fange du fleuve dont il était encore souillé, un front fier et haut, un nez aux lignes énergiques et élégantes, un regard plein de loyauté et d'audace. Ce mâle visage racontait tant de dangers bravés, qu'à la surprise causée par le premier abord, succéda une prompte et respectueuse sympathie dans le cœur des hardis flotteurs du Rhin. Le vieux pilote lui-même, qui avait vu le Français accomplir une partie de ses merveilleux exploits, le regardait avec une muette admiration.

— Venez avec moi, dit-il, en guidant son nouvel hôte vers l'une des cabanes du radeau.

Vauvrecy ne se fit pas répéter cette invitation.

Un feu clair brillait au foyer de la cabane hospitalière. Bientôt, quand une douce et pénétrante chaleur eut rendu quelque souplesse à son corps engourdi, le gentilhomme français poussa un soupir de bien-être.

— Dieu vous rende ce que vous faites pour moi! — dit-il au vieux pilote.— Cette fois est la première depuis une année que j'aie trouvé un foyer pour m'accueillir, un feu pour me réchauffer, et un visage ami pour me sourire.

Le pilote, au lieu de répondre, tira d'un bahut vermoulu, qui occupait un des angles de la cabane, des vêtemens grossiers mais chauds et appropriés à la taille du fugitif.

— Prenez, dit-il à Vauvrecy ; nous sommes de la même taille.

Quand Vauvrecy eut remplacé ses haillons mouillés par les habits secs et moelleux du batelier, ce dernier appela une jeune femme qu'il chargea du soin de dresser une table dans la cabane de bois. Pendant qu'elle était occupée de ces derniers soins et qu'un fumet appétissant s'élevait d'une marmite de fonte qui chantait au-dessus du foyer :

— C'est tout ce qui me reste d'une nombreuse famille, dit le marinier badois en montrant la jeune Allemande ; cette enfant est la fille d'un frère que j'aimais tendrement et que je ne verrai plus.

— Un frère ! reprit le Français, dont un nuage de mélancolie voila tout d'un coup les traits : j'en avais un aussi, que les neiges de la Russie ont dévoré.

Un moment de silence régna dans la cabane. Chacun des deux hommes donnait un soupir ou une larme à l'être qu'ils avaient aimé. L'annonce du souper mit fin à ces tristes souvenirs.

— Allons, à table! s'écria le batelier, vous devez mourir de faim.

— Je l'avoue, dit Vauvrecy. Il y a près de vingt heures que je n'ai mangé ; mais, ajouta-t-il, que sont les maux passés pour le prisonnier qui recouvre sa liberté, pour l'exilé qui va revoir son pays? Ce qu'est pour le mendiant affamé cette table abondante, un présent et un avenir d'autant plus radieux que le passé a été plus sombre. Liberté, patrie, bien-être, je vous dois tout, acheva le Français en pressant cordialement dans ses mains les mains rudes et calleuses du vieux marinier.

— Et j'en suis tout heureux, reprit vivement le pilote en jetant un regard de complaisance sur son hôte, qui mangeait comme mange un homme d'une force athlétique après vingt heures d'abstinence.

— Ainsi donc, reprit Vauvrecy, en buvant à la santé du batelier un large coup de vin de la Moselle, vous dites que vous m'avez déjà vu!... En vérité, je suis honteux de ne pas vous reconnaître, à mon tour.

— N'étiez-vous pas lieutenant aux grenadiers à cheval de la garde, à Vienne? répondit, en souriant, le vieillard.

— C'est vrai, dit Vauvrecy, en faisant de vains efforts pour se rappeler la figure de son hôte; et que faisiez-vous alors à Vienne?

— Je naviguais sur le Danube comme je navigue aujourd'hui sur le Rhin, — répliqua le Badois; et pour s'éviter d'autres questions auxquelles il n'eût pu répondre, ainsi que des mensonges qui, bien que pardonnables, répugnaient à sa loyauté, le pilote changea de conversation : — Vous voulez sans doute rejoindre les avant-postes français sur le Rhin ? dit-il.

— C'est mon plus vif désir, et sans vous j'aurais échoué au port.

— Eh bien ! à quelques lieues d'ici, vous pourrez être plus heureux ; mais il faut que vous repreniez des forces en dormant, car vous avez encore à traverser, à la nage, un assez large bras du fleuve. Trois ou quatre heures d'un repos dont vous devez éprouver vivement le besoin vous auront remis complètement ; à deux heures du matin, vous pourrez vous retrouver de nouveau sous les drapeaux français.

Ces arrangemens pris entre les deux convives et le souper terminé, Vauvrecy se jeta tout habillé sur un matelas étendu pour lui dans un coin de la cabane, et ne tarda pas à être plongé dans un profond et paisible sommeil.

Après un an de fatigues et de dangers, Vauvrecy était enfin en sûreté. S'il avait pu gagner les avant-postes de l'armée des alliés sur les bords du Rhin, il le dut bien à son indomptable énergie, à sa vigueur à toute épreuve ; mais le vieillard mystérieux, que la Providence avait poussé sur son chemin y contribua pour une large part. Peut-être sans lui le colonel n'eût-il jamais revu le sol de la France.

Parvenu aux avant-postes, Vauvrecy n'avait pas eu la patience d'attendre plus longtemps. C'est alors, qu'après être convenu avec son compagnon de voyage des signaux de reconnaissance pour se retrouver sur la rive française du fleuve, Vauvrecy essaya de forcer les lignes ennemies. Nous l'avons vu manquer de faire naufrage au port.

Cela dit, nous le laisserons dormir enfin en toute sécurité, pour reprendre le fil de notre récit.

Le pilote, après s'être assuré que rien ne manquait à son hôte, endossa de nouveau son caban et sortit de la cabane pour aller reprendre sa place au gouvernail.

Le souper des matelots était aussi terminé, et les feux s'éteignaient dans les cabanes comme au foyer principal. Le radeau continuait sa course au milieu de l'obscurité solennelle de la nuit. A l'exception des rameurs qui faisaient crier l'aviron, tout le monde dormait à bord. Le pilote, tout en dirigeant l'immense train, de manière à éviter les bas-fonds de l'îlot de la Mause-thürm que le radeau n'allait pas tarder à dépasser, semblait attentivement prêter l'oreille au murmure des eaux sous le tronc de sapins, aux aboiemens lointains des chiens de garde sur les rives du fleuve, ou au chant d'un matelot, qui s'élevait dans les ténèbres comme un hymne à la nuit.

Le vieux marinier fut tiré de ses méditations par l'officier russe qui s'était approché de lui.

— Eh bien? dit-il.

— Il repose, répondit le marinier, la fatigue a vaincu ce corps de fer.

— Et avant de s'endormir, reprit l'officier, vous a-t-il demandé l'explication que vous aviez prévue?

— Oui, et grâce à vos instructions, je m'en suis tiré à mon honneur.

— Ne vous a-t-il fait aucune confidence? ne vous a-t-il parlé de personne? ajouta l'officier avec quelque hésitation.

— Il m'a dit quelques mots d'un frère mort en Russie.

— Sa voix s'est-elle émue, en parlant de ce... de ce frère?

— J'ai vu ses yeux humides, reprit le pilote, j'ai entendu sa voix trembler.

— Merci, merci, vieillard, dit l'officier, fort ému lui-même et il ne vous a rien dit de plus de ce frère qui dort à jamais sous la neige?

— Rien, dit le vieux marinier, car j'ai détourné le cours de ses idées.

— Et que compte-t-il faire maintenant?

— Rejoindre les avant-postes français, près de Coblentz.

L'officier russe cessa ses questions et retomba de nouveau dans une profonde rêverie. Cependant, le radeau n'avait plus que peu de distance à franchir pour ranger l'îlot de la Mause-thürm, où le Russe était attendu, et il semblait l'oublier quand, une troisième fois, une lueur rouge vint illuminer le fleuve tout autour du train de sapins. Comme les deux fois précédentes, l'aigrette de pourpre brilla au sommet de la tour de Hatto, et s'éteignit subitement.

— C'est étrange, dit le vieillard; voilà trois fois, à des distances inégales, que la flamme brille, cette nuit, au sommet de la tour maudite. Est-ce bien la main de l'homme qui l'y allume?

— En doutez-vous? demanda l'officier. Cette barque que la clarté a laissé voir, au milieu de cette touffe de roseaux, là-bas, ne vous indique-t-elle pas que l'îlot est momentanément habité?

— J'en conviens, dit le pilote; en effet, je n'avais pas vu cette barque près de la tour.

— Ne savez-vous pas, continua le Russe, que sur ces terrains neutres, entre l'Allemagne et la France, que dans ces îles jetées sur le cours du Rhin, il se passe depuis plusieurs années des choses extraordinaires?

— C'est possible, dit le vieillard en hésitant.

— Je vais vous en donner la preuve.

A ces mots, l'officier s'avança sur les bords du radeau, et s'écria, le visage tourné vers la Mause-thürm:

— Est-il vrai que la flamme purifie l'air?

L'officier attendit quelques minutes la réponse à sa mystérieuse question; bientôt, de l'îlot, la voix de Lambert répondit:

— Elle sert aussi la nuit à écarter les bêtes fauves.

En même temps l'embarcation se détacha de l'îlot et se dirigea vers le radeau. Lambert tenait la barre, Rollon était debout les bras croisés et les deux rameurs faisaient force d'avirons pour rejoindre la gigantesque flottaison.

— Que vous disais-je! ajouta l'officier.

CHAPITRE IX.

L'eau et le feu.

Quoique l'embarcation parût se diriger en toute confiance vers le radeau, cependant, par un sentiment de prudence bien naturelle en une circonstance semblable, Lambert, qui était à la barre, ainsi que nous l'avons dit, fit signe aux deux rameurs de cesser de *nager* un instant. Tandis que, sous ses avirons immobiles, la petite barque dérivait doucement au fil de l'eau, l'ancien jéhuiste reprit la parole. Rollon restait toujours silencieux, et les bras croisés sous son manteau militaire.

— Salut aux bons cousins, dit d'abord Lambert.

— Salut aux bons cousins, répéta le pilote.

L'officier russe le regarda d'un air étonné.

— Et vous aussi, murmura-t-il.

Le vieux Badois sourit de la surprise de son passager, et, s'adressant à celui qui paraissait le chef pour le moment:

— Approchez, continua-t-il, approchez sans crainte, si votre cri est encore le mien: Vengeance au mouton opprimé par le loup!

Cet échange de demandes et de réponses conformes au formulaire des Carbonari, s'était fait à voix basse, et à une distance assez grande des rameurs de l'avant et de ceux de l'arrière, pour que ceux-ci ne les eussent pas entendues. Aux dernières paroles du vieux marinier, et sur un nouveau signe de Lambert, les deux hommes qui conduisaient son canot avaient repris leurs avirons, et une minute après, la barque était attachée par une chaîne de fer, à l'une des poutres du garde-fou, et les deux matelots prenaient pied eux-mêmes sur le plancher du radeau.

— Maintenant, reprit Lambert, je cherche l'homme qui doit conduire mon compagnon, —et il désignait Rollon,—boire à la source de l'éternelle vérité.

— C'est moi que les frères de l'Esprit ont chargé de l'y conduire, dit le Russe en s'avançant. Et il montra son visage, pendant que Rollon écartait également les plis de son manteau.

Le magnétisme de séduction qui s'échappait des yeux du philadelphe, le charme et le prestige de sa physionomie, opérèrent sur le Russe et le Badois leur effet accoutumé ; seulement, tous deux en subirent différemment l'impression. A la vue de Rollon, le vieux marinier s'écria avec enthousiasme :

— Quel noble cœur doit battre sous cette poitrine ! Laissez-moi presser votre main, monsieur : je ne suis qu'un obscur soldat de votre noble cause, mais...

Le vieillard, ébloui, balbutia, sans pouvoir achever.

Le Français tendit au vieux pilote une main d'une blancheur presque féminine, mais sous laquelle on devinait des muscles d'acier. A ce contact, le vieillard tressaillit, et par un mouvement spontané, dont il ne se rendit pas compte, au lieu de la presser dans les siennes, sa tête s'inclina, et ses lèvres la touchèrent respectueusement.

A ce naïf enthousiasme du vieux marinier, Rollon ne put s'empêcher de sourire ; mais il y avait dans l'expression de ses yeux plus de plaisir que de surprise. Il semblait accoutumé à exercer le merveilleux ascendant que subissait le vieillard. Sa figure reprit bientôt cependant l'expression sérieuse qui lui était habituelle.

Quant à l'officier russe, si le magnétisme qui s'échappait de toute la personne du Français agissait sur lui, ce n'était ni sans lutte, ni sans résistance de sa part : le malaise qu'il subissait n'échappa pas à l'œil perçant de l'inconnu.

— Au moment où l'Europe va engager une lutte décisive, dit le Russe, les forces doivent se compter ; c'est du moins le sens des messages qui nous ont été transmis.

— C'est la vérité, reprit Rollon. Les chefs des vrais croyans, de quelque nation qu'ils soient, ont besoin de se connaître. Vous êtes, je présume, un de ces chefs ?

— Et vous ? demanda le Russe.

Le Français répondit à l'officier dans une langue étrangère que ne comprit pas le batelier. Le Russe répondit aussi dans ce même idiome, après quoi, satisfaits tous deux sans doute, ils reprirent la conversation en français.

—Les bons cousins ne sont pas nombreux parmi les Russes, dit Rollon avec quelque dédain.

— On les compterait, et au delà, avec les deux doigts de la main ; mais la lumière ne se fait que dans les ténèbres. Que désirez-vous savoir ? continua-t-il avec quelque hésitation.

—Si, cette fois, le chef suprême des Philadelphes sera, enfin, l'un de ceux des Eveillés. Jusqu'ici je n'ai vu que de vaines promesses.

— Les Frères aiment l'homme patient, parce que c'est l'homme fort. Cette fois, du moins, votre espoir ne sera pas trompé.

— Et quelle force les Eveillés mettent-ils à la disposition de Philadelphie?

— Quarante-neuf îles s'élèvent au milieu de son cours, comptez-en, ce soir, dix dans chaque; chacun de ces dix répondra pour dix autres. Vous pouvez apercevoir, d'ici à demain matin, un nombre de feux, comme celui de cette vieille tour. égal au nombre des îles entre Cologne et Mayence. Cela veut dire que les croyans veillent et se comptent dans les ténèbres, — continua le Russe.

— Oui, reprit le Français, cela signifie bien que tous les amis doivent se chercher et se reconnaître dans la nuit qui enveloppe à présent les deux camps. Cette nuit va finir dans quelques heures ; mais il en est une plus profonde, qui couvre l'Europe, et qui n'est pas à la veille de se dissiper. Cette ombre épaisse est celle du crépuscule du soir d'une société qui va bientôt mourir, et ce n'est encore que celle du crépuscule matinal d'une société nouvelle qui surgit. C'est ce jour que les croyans doivent faire luire dans ces ténèbres, et dont nos feux allumés sont l'emblème.

A ces paroles, prononcées d'une voix basse et mordante, les yeux de l'inconnu, dont une sorte de brouillard avait jusque là voilé la prunelle, resplendirent d'un singulier éclat. Un rapide frisson de joie parcourut les veines du vieillard en écoutant l'étranger; quant au Russe, il n'avait pu s'empêcher de tressaillir sous l'impression de ces quelques mots.

Tout à coup les yeux du Français se voilèrent de nouveau, ses paupières s'abaissèrent, et sa physionomie reprit son expression de mansuétude et de gravité.

— Voulez-vous maintenant répondre à une question? dit-il en s'adressant au Russe et au vieux pilote.

— Volontiers! répliquèrent-ils à la fois.

— Il y a quelques instans, une scène étrange s'est passée sur la rive droite du Rhin. Un fugitif allait être frappé par la lance d'un Cosaque. Je ne sais quelle secrète sympathie me parlait pour cet inconnu; peut-être était-ce aussi ma haine pour l'un de ces barbares que la Russie s'apprête à jeter sur notre territoire. Toujours est-il que je n'ai pu résister au désir de sauver un homme sans défense d'un aussi vil ennemi que celui qui allait le percer de sa lance. J'ai fait feu, le Cosaque est tombé; puis j'ai vu vos efforts pour sauver le malheureux dont je venais de préserver les jours. Je serais heureux d'apprendre qu'il est sain et sauf parmi vous.

— Il dort là dans ma cabane, dit le pilote; c'est un prisonnier français que vous avez sauvé.

Le marinier n'avait pas fini que le Russe s'était emparé de la main du Philadelphe.

— Grâces vous soient rendues, monsieur, s'écria-t-il, pour votre généreuse intervention! Ce n'est pas seulement un prisonnier français que vous avez délivré, — qu'est-ce qu'un Français de plus pour un Russe, direz-vous? ajouta l'officier avec un sourire amer; mais, lui! — Oh! monsieur, outre le lien politique qui unit nos croyances et nos efforts, il y aura désormais entre nous un créancier et un débiteur qui ne croira jamais pouvoir s'acquitter.

Et, comme avait fait le vieux marinier, l'officier russe pressa également contre ses lèvres la main de l'officier français.

— Allez, monsieur, — répliqua celui-ci d'un ton plein d'une séduisante dignité, — contribuez, de toutes les forces que peut vous donner la reconnaissance pour un service si précieux pour vous, et qui m'a si peu coûté, au triomphe d'une cause qui est celle de l'humanité tout entière, et je me croirai suffisamment payé. Maintenant, — ajouta-t-il, — puisque vous avez pour mission de me guider vers la source de vérité, vous plaît-il que nous partions sans délai?

— Pas encore. Il est à peine minuit, et ce n'est que quelques instans avant le lever du soleil que je dois vous présenter à l'assemblée réunie pour vous admettre dans ses rangs. J'ai besoin d'être seul encore un peu de temps avec cet officier français que votre généreuse intervention a sauvé. Veuillez donc aller m'attendre dans la première des îles que vous rencontrerez après la tour de Hatto. Vous y pourrez vérifier par vous-même la vérité de mes renseignemens. Pendant cet intervalle, j'aurai terminé avec le... fugitif, et dans une heure au plus, quand le radeau atteindra l'île en question, vous viendrez à moi, et nous irons ensemble où le devoir nous appelle.

Rollon ne fit aucune objection à cet arrangement. Il appela Lambert; les deux affidés détachèrent la barque de l'amarre qui la retenait au radeau, et bientôt le pilote et l'officier russe virent le canot s'éloigner en descendant le courant. Le vieux marinier adressa encore un signe de respect, d'enthousiasme et d'adieu à cet homme étrange, et murmura :

— C'est un archange sous la figure d'un mortel.

— C'est à coup sûr un homme hors de toute proportion avec la plupart des autres, pensa le Russe. Est-ce un ambitieux ou un illuminé, et cette société, que nos pères nous avaient appris à respecter, est-elle réellement, comme il le dit, à la veille de s'écrouler?

Puis le Russe se mit à se promener de long en large pour secouer le charme sous lequel il se débattait en vain.

— Et cependant, — se disait-il en continuant son monologue, — si quelque enthousiaste semblable avait dit à César, quand il portait jusque sur ce fleuve la gloire et la domination du nom Romain, qu'il allait fermer l'ère de la société païenne, n'aurait-il pas dédaigneusement souri comme je le fais? En tout cas, si la société qui a succédé à la sienne chancelle prête à tomber, il est de mon devoir de m'ensevelir sous ses ruines. Oui! mais que parfois il en coûte de remplir certains devoirs, quand la voix des morts se fait seule entendre dans un cœur, à côté de la voix puissante des plus doux souvenirs de l'enfance! Et ce rôle qu'il me faut jouer, aurais-je jamais la force de le remplir!

Désireux sans doute de se distraire des pensées pénibles qui l'obsédaient, le Russe se dirigea vers le pilote, qui, depuis le départ du Français, avait repris son poste au gouvernail.

— Combien d'élémens de forces dissémi

nés sur la surface de la terre, — dit-il au vieux marinier,—qui périssent isolés, sans avoir pu rien accomplir du rôle auquel la Providence semblait les avoir appelés, faute de s'être rencontrés sur un terrain commun !

— A qui faites-vous allusion ?—demanda le Badois à l'officier.

— A deux hommes qui ne se sont pas vus ce soir, sur le radeau. A deux hommes d'une force d'âme égale, d'une volonté aussi puissante l'une que l'autre, et qui, du reste, tendent vers un but divergent ; à cet officier français qui vient de nous quitter, à ce séduisant prôneur des idées d'émancipation universelle, et à cet autre Français que les élémens eux-mêmes n'ont pu vaincre, qui semble se rire de tous les dangers, dont la force morale est supérieure encore à la prodigieuse vigueur physique, et qui personnifie en lui le dévoûment sans limites au glorieux règne de Napoléon. Supposez ces deux hommes, l'un puissant par sa magique éloquence et sa fascination presque surnaturelle ; l'autre redoutable par son indomptable énergie ; supposez-les, dis-je, tendant au même but, quels prodiges ne leur serait-il pas donné d'accomplir !

— C'est vrai, répondit le pilote, ce que j'ai vu ce soir de ces deux hommes, m'inspire le respect et l'admiration joints au plus vif intérêt ; puissent-ils un jour se rencontrer et s'unir ensemble, mais seulement pour le service de l'humanité.

— Il serait inutile d'essayer de joindre ces deux forces l'une à l'autre ; l'eau et le feu sont deux puissans moteurs, et cependant l'eau et le feu présentent le type de l'antagonisme le plus absolu. Le jour où ces deux élémens seraient réunis ensemble, la face du monde changerait.

—Eh bien ! s'écria le vieux marinier, d'un air d'enthousiasme, l'eau et le feu se combineront un jour ensemble, car c'est moi qui vous le dis, la face du monde est prête à changer.

L'officier russe sourit d'un air de dédain que le pilote ne remarqua pas, et le premier reprit, comme pour écarter une discussion qui lui répugnait :

— Un homme d'une force d'âme égale à celle du colonel de Vauvrecy ne change jamais ; or, son culte, à lui, est, je vous l'ai dit, le culte passionné de l'Empereur français ; l'autre est son ennemi déclaré. Comment voulez-vous que tous deux arborent jamais la même bannière?

— Qui sait ? répliqua l'obstiné vieillard.

La suite de cette histoire fera voir s'il avait raison ; quoi qu'il en soit, il n'insista pas davantage, et l'officier russe s'éloigna de nouveau pour reprendre sa promenade silencieuse.

Bien des fois le vieux pilote le vit passer et repasser devant la cabane où dormait toujours le fugitif, faire un pas, comme pour y entrer, et s'en écarter de nouveau. Ce mystérieux manège excitait au plus haut degré la curiosité du Badois, sans qu'il osât, toutefois, interroger l'officier sur les motifs qui le faisaient agir.

Une heure s'était ainsi passée, lorsqu'une île, encore éloignée, laissa voir des feux qui brillaient de distance en distance, et dessina bientôt elle-même la silhouette sombre des arbres dépouillés qui la couvraient. A cet aspect, l'officier sembla prendre une détermination arrêtée, et s'avançant vers le pilote :

— C'est ici que nous allons nous séparer, — dit-il avec un soupir ; — venez avec moi, j'ai besoin de voir, une fois encore, l'homme qui dort dans votre cabane. Je vous chargerai, pour lui, d'un message que vous ne lui transmettrez que demain matin, quand il vous quittera aussi à son tour.

Le pilote ne demandait pas mieux que de chercher à pénétrer le mystère des relations secrètes qui paraissaient exister entre ses deux passagers. Il s'empressa d'attacher le gouvernail sur sa fourchette de fer, et de suivre le jeune homme.

Une faible lueur brillait au foyer. Vauvrecy dormait d'un sommeil profond, et, au reflet mourant de la braise qui se voilait d'une cendre blanchâtre, l'officier considéra quelques instans, avec une mélancolie profonde, la mâle figure du fugitif.

—Dois-je l'éveiller ? demanda le pilote.

—Gardez-vous en bien,—s'écria le Russe avec une sorte d'effroi, — le rêve le plus triste qu'il peut faire en ce moment, n'est rien en comparaison de la réalité que lui offrirait ma vue.

Un rêve paraissait, en effet, répandre une teinte de souffrance sur les traits du dormeur.

Le Russe tira de sa poche une bourse rebondie à travers les mailles de laquelle étincelaient des pièces d'or.

—Vous lui remettrez ceci demain, dit-il au Badois. Le colonel marquis de Vauvrecy est aussi riche que moi, malgré sa détresse momentanée. Ce n'est ni un don ni un prêt ; il le verra quand il saura mon nom.

En ce moment l'officier russe tressaillit et se jeta vivement dans l'ombre, car des paroles sans suite, dans lesquelles revenait plusieurs fois le nom d'André, s'échappaient des lèvres de Vauvrecy, dont un soupir d'angoisse souleva la large poitrine. Bientôt cependant sa bouche redevint muette, et ne laissa plus passer que le souffle régulier et sonore d'un tranquille et profond sommeil.

Alors l'officier se rapprocha du dormeur. A l'aspect du ravage qu'avaient opéré sur sa figure quatorze mois de souffrances cruelles, à la vue de son visage hâve et décharné, de grosses larmes roulèrent dans les yeux du jeune homme qui, après une minute de contemplation douloureuse, s'agenouilla près de lui et, pour la seconde fois, pressa ses lèvres contre son front. Vauvrecy fit un mouvement sur sa couche; sa main nerveuse s'étendit, comme pour presser une main invisible; mais il ne s'éveilla pas.

— Dieu ne veut pas lui donner une douleur de plus, et il prolonge son sommeil. Adieu donc, vieillard, — ajouta l'officier en prenant le bras du Badois, — vous direz à Pierre de Vauvrecy qu'André n'est pas resté couché sous son linceul de neige; que son frère bien aimé vit encore, et qu'il le reverra, peut-être, un jour, quand la paix aura succédé à la guerre; mais sur le salut de votre âme, vieillard, ne lui apprenez pas que vous avez vu son André sous l'uniforme russe, il en mourrait de douleur!

Le pilote, demeuré debout sur le seuil de la porte, l'écoutait encore que déjà André de Vauvrecy s'était élancé hors de la cabane.

A un signal du jeune homme—le radeau rasait l'île, — une barque s'avança vers le train de sapins. Rollon y était seul, cette fois, avec les deux rameurs, et André, faisant au vieux marinier du Rhin de retour à son poste un dernier adieu de la main, sauta dans la barque et s'éloigna. A l'exception de deux matelots à l'avant et du vieux flotteur du Rhin, immobile et pensif à son gouvernail, tout semblait dormir à bord du radeau dont les sapins craquaient en suivant le cours de l'eau. Le Badois considérait en secouant la tête d'un air de sinistre augure la barque qui séparait les deux frères, lorsque tout à coup il entendit un cri retentir dans sa cabane. C'était la voix du fugitif qui s'élançait éperdu vers lui.

CHAPITRE X.

L'oriflamme et le drapeau tricolore.

Maintenant que nous savons le colonel Vauvrecy en sûreté et prêt à mettre le pied sur le sol français, nous devons accompagner le chef des Philadelphes dans sa dernière tentative pour relier à la société militaire qu'il commandait l'unique association avec laquelle il n'avait eu jusqu'alors que des rapports éloignés, c'est-à-dire l'association des Eveillés.

Jusqu'à ce moment il n'avait que le grade commun et insignifiant qui, en Allemagne, s'accordait souvent à des villages entiers, et pour un homme de l'importance de Rollon, comme pour l'exécution de son plan audacieux, cette faveur banale était bien loin d'être suffisante.

C'est aussi le moment de dire un mot d'André de Vauvrecy, que le lecteur a dû reconnaître déjà, longtemps avant qu'il ne se soit nommé lui-même. Son histoire est assez peu compliquée jusqu'au moment où il apparaît de nouveau sur la scène, à la suite des personnages principaux de ce récit. Des paysans russes, que le hasard avait amenés sur le lieu de sa chute, peu d'instans après que son frère avait été emmené captif par les Cosaques, étaient parvenus à le retirer, encore à temps, du gouffre dans lequel il était tombé, et l'avaient conduit d'abord dans leur village, puis remis ensuite à un dépôt de prisonniers français; le hasard, ou pour mieux dire la Providence, voulut encore qu'un émigré de sa nation passât quelques jours après dans le village où les prisonniers de guerre attendaient une destination définitive.

André s'était réclamé de lui; l'émigré qui avait précisément connu le marquis de Vauvrecy son père, fit rendre au fils la liberté, en se constituant sa caution.

L'émigré protecteur d'André n'ignorait pas que, de son vivant, le marquis de Vauvrecy avait toujours ardemment désiré que son dernier fils prît du service contre celui qui occupait le trône abandonné par les Bourbons qu'il avait si vaillamment défendus, et il représenta à André que le vœu de son père mourant était sacré pour lui. Le jeune homme, cédant à une volonté qu'il n'osa discuter, plutôt par respect filial que par conviction, entra dans l'armée russe.

C'est un fait acquis à l'histoire qu'Alexandre n'ignorait pas l'existence de la société militaire des Philadelphes, et même qu'il en favorisait secrètement le but avoué et accepté par la plupart d'entre eux, la chute de Napoléon et le retour des princes français exilés. Moreau et Bernadotte avaient gagné ce puissant allié à leur mystérieux parti, et le czar était trop bon politique pour ne pas essayer de diriger en maître cette redoutable société, en y faisant initier quelques-uns de ses agens, en son propre nom.

La majorité des Philadelphes, avons-nous dit, ne voulait que le retour des Bourbons, et un homme loyal, tout en servant dans l'armée russe, pouvait s'associer à leur cause, sans arrière-pensée de trahison. André de Vauvrecy avait donc accepté sans répugnance d'être l'un des agens secrets du czar. Les relations des Philadelphes avec les principales sociétés secrètes de l'Europe avaient conduit tout naturellement André à entrer dans celle des Eveillés d'Allemagne, société plutôt mystique que politique, et le hasard l'avait fait choisir pour être l'introducteur et le guide du chef des Philadelphes.

Ces explications préalables étaient nécessaires à la clarté du récit, comme à l'honneur d'André de Vauvrecy, dont le cœur ne savait pas abriter la pensée d'une trahison. Sa tendresse et son respect, presque filial pour son frère aîné, contre-balançaient seuls chez lui l'autorité des dernières volontés de son père, et tout en servant consciencieusement ce qu'il croyait être la bonne cause, il n'avait osé se montrer à son frère sous l'uniforme des ennemis de la France. Il connaissait trop les idées chevaleresques de patriotisme du colonel, et son dévouement sans bornes à l'Empereur, pour oser froisser ses sentimens en se révélant à lui dans sa nouvelle condition, et, quoiqu'il en eût coûté à son cœur, il s'était enfui sans le serrer dans ses bras.

André, encore sous l'impression de sa rencontre et de sa brusque et nouvelle séparation d'avec celui qu'il avait longtemps pleuré comme mort, gardait un profond silence que Rollon n'interrompit pas d'abord. Le chef des Philadelphes examinait, de son côté, avec une attention soutenue, l'officier russe que le hasard lui donnait pour compagnon de route.

La physionomie d'André n'avait rien que d'attrayant. La grâce toute juvénile de son front où siégeait la mélancolie, la douceur de ses yeux qu'obscurcissait une tristesse rêveuse et précoce, la pâleur laissée sur ses traits par les fatigues et les dangers auxquels il avait manqué de succomber, tout concourait à lui donner ce charme de faiblesse dont s'était éprise la force de son frère, et dont devait aussi s'éprendre l'âme généreuse et robuste de Rollon.

Tout en considérant le jeune et pâle officier avec intérêt, le Philadelphe l'examinait aussi avec curiosité. La vive reconnaissance que lui avait témoignée André, pour son intervention dans les événemens qui avaient signalé cette soirée, le contraste frappant qu'il offrait avec le Jéhuiste Lambert, n'éveillaient qu'une partie de cette curiosité; Rollon devait à sa position de ne jamais marcher en aveugle dans une carrière d'intrigues et de périls, et d'étudier les hommes avec lesquels le hasard le mettait en rapport.

— Vous me pardonnerez, monsieur, dit le Philadelphe en rompant le silence et en s'asseyant avec lui à l'arrière de l'embarcation, de manière que les deux rameurs ne pussent entendre leur conversation, si je reviens sur un service que j'ai été assez heureux pour vous rendre ce soir, et dont vous avez bien voulu me témoigner une reconnaissance...

— Profonde, éternelle, interrompit André.

— Si je vous parle de nouveau de ce service, quoiqu'il ne m'ait rien coûté, c'est que je ne m'explique pas l'intérêt qu'un homme de votre nation peut prendre à un prisonnier français.

— La raison en est simple : c'est que je suis français aussi, repartit André avec simplicité.

— Vous êtes gentilhomme, monsieur, émigré par conséquent, dit Rollon sans témoigner de surprise à l'aveu du jeune officier, et c'est en cette qualité que vous portez les armes contre la France.

— Contre Napoléon, s'écria vivement André, et non contre mon pays. C'est là notre pacte avec Alexandre, qu'on ne peut appeler l'ennemi de la France. Mais, vous même, monsieur, quel but est le vôtre? Notre cause n'est-elle pas la même à tous deux? Ne voulez-vous pas comme moi le retour des Bourbons?

Rollon fronça légèrement le sourcil, mais André ne vit pas ce geste imperceptible.

— J'ai voulu dire, continua-t-il qu'en votre qualité de gentilhomme émigré vous serviez contre la France, tandis que l'un des vôtres peut-être est resté sous sa bannière, n'importe en quelles mains elle se trouve. Notre histoire est pleine de ces contrastes ; les traditions de famille ont été oubliées par les uns et conservées par les autres. Un frère sert l'oriflamme et l'autre le drapeau tricolore.

— C'est la vérité; ce prisonnier est en effet mon frère ; il a bravé le courroux de son père pour rester fidèle à son pays, et moi... j'ai obéi...

En disant ces mots, André baissa tristement la tête.

— La famille, comme l'humanité tout entière, gémissent de ces divisions funestes, dit gravement Rollon, le germe n'en sera tari qu'au moment où les peuples cesseront de s'égorger pour des intérêts qui ne sont pas les leurs, qu'au moment où l'alliance des peuples émancipés aura succédé à l'alliance de leurs tuteurs royaux.

Sans laisser à André le temps de réfléchir au sens terrible de cette allusion, qui signalait les rois comme les seuls obstacles à la fraternité des nations, folles et dangereuses utopies que poursuivait le capitaine, il ajouta :

— Votre frère, monsieur, en sa qualité de gentilhomme de race antique, je suppose, ne doit pas occuper un rang inférieur dans l'armée du nouveau Charlemagne, qui a su rallier à sa cause la noblesse française, disséminée sur tous les points de l'Europe.

— C'est le colonel de Vauvrecy.

— Ah ! s'écria Rollon ; j'ai ouï dire que c'était un vaillant et chevaleresque officier que M. de Vauvrecy, dont le régiment du 1er des grenadiers à cheval de la garde impériale a porté le deuil, et qu'on croyait mort, tandis qu'il n'était que prisonnier ! Je suis heureux, continua-t-il vivement, d'avoir pu sauver sa vie, et je serais plus heureux encore de gagner à notre cause un homme dont il m'a été donné d'apprécier tout à l'heure l'indomptable courage. Les momens sont précieux, monsieur, car d'ici à quelques jours, nous allons jouer notre dernière partie, et si j'avais pu soupçonner que ce fugitif fût le colonel de Vauvrecy, je n'aurais pas quitté le radeau sans avoir essayé, je vous le répète, de le rallier à notre parti.

— Le capitaine Rollon et le colonel de Vauvrecy représentent deux principes trop irréconciliables, pour qu'ils puissent se trouver en face l'un de l'autre, autrement que l'épée à la main, — reprit André.

— M. de Vauvrecy serait-il en effet, comme je l'ai entendu dire, dévoué de corps et d'âme à l'empereur ?

— On ne vous a pas trompé ; il porte dans son cœur le culte de cet homme ; son pays n'y occupe que le second rang.

— J'en doute, monsieur, dit Rollon ; le gentilhomme qui, foulant aux pieds les idées de sa caste, qui bravant le courroux paternel, ne venez-vous pas de le dire ? est resté sur la terre française, quand la noblesse entière émigrait, cet homme, dis-je, ne saurait avoir dans le cœur d'affection plus forte que celle de son pays, et c'est déjà un point de contact entre nous que cet amour pour la patrie, qui produit toujours la haine pour l'envahisseur étranger. Sa longue captivité, les souffrances qu'il a dû endurer, les outrages qu'il lui a fallu, sans doute, dévorer, n'ont-ils pas redoublé cette haine ? Dans le cours de ma vie, ajouta Rollon avec un sourire, j'ai victorieusement combattu des convictions plus rebelles que celles-là, j'ai rapproché des opinions plus antipathiques que les nôtres.

André ne répondit rien ; il subissait si complètement le charme qui émanait du capitaine, qu'il ne s'étonnait plus que son frère pût le subir à son tour. Quant à Rollon qui ne laissait deviner à André qu'une partie de son terrible programme, il ne doutait pas qu'une fois l'empereur vaincu et renversé, il ne trouvât dans Vauvrecy, pour combattre et vaincre à leur tour les rois alliés, tout le secours qu'il attendait d'un pareil auxiliaire.

Pendant que les deux passagers de la barque gardaient le silence, les rameurs continuaient à battre le plus silencieusement possible de leurs avirons les eaux du fleuve, en se tenant éloignés d'une distance égale de chacune de ses rives. C'était, du reste, une chose facile que de glisser inaperçu sur cette large nappe du Rhin qui, entre Bingen et Coblentz, n'a pas moins de douze cents pieds d'un rivage à l'autre. Tout à coup André tressaillit ; il lui avait semblé entendre son nom apporté jusqu'à ses oreilles par le souffle du vent nocturne.

— Ecoutez, monsieur, s'écria-t-il en mettant sa main sur le bras du capitaine, une voix ne vient-elle pas de prononcer le nom d'André ?

— Non, dit Rollon, vous aurez sans doute entendu les sentinelles étrangères ou françaises échanger quelques mots d'ordre.

— C'est possible, répondit André.

— Et à propos de ces diverses armées qui campent sur ces bords, je ne dois pas oublier, reprit le capitaine, que, sous peine d'éveiller de terribles soupçons sur mon honneur, et d'être traduit peut-être devant un conseil de guerre, je dois être de retour demain à mon poste, avant le jour. La mission d'exploration que j'ai obtenue du général en chef ne comporte que trente-six heures d'absence. La société des Eveillés a des allures bien mystérieuses ; déjà, depuis quelques jours, trois rendez-vous m'ont été donnés, et à chacun d'eux, j'ai été trompé dans mon attente, malgré mon exactitude à m'y trouver. N'en sera-t-il pas de même encore cette fois ?

— Les frères de l'Esprit ont pour maxime que la patience est la première vertu d'un conspirateur, et ils l'exercent chez les aspirans à l'affiliation, avec d'autant plus de rigueur, qu'ils attachent plus de prix à l'admission du néophyte.

— Je suis flatté dès-lors de l'importance dont je dois être pour eux, répliqua Rollon en souriant, car ma patience est presque à bout. Me conduisez-vous encore loin d'ici ?

Le cours du Rhin commençait à être resserré entre un défilé de rochers grisâtres et escarpés. A gauche, les ruines du château d'Erenfeld dominent ces rochers, et plus loin, sur la droite, les restes d'un couvent s'élèvent au dessus des bords du fleuve. L'obscurité continuait à être trop profonde pour que le capitaine pût voir les lieux que lui montrait André.

— C'est là-bas, dit-il, à l'endroit où ce promontoire élevé s'avance dans le fleuve, que nous devons débarquer, et là, une demi-heure de marche à peine nous conduira au rendez-vous qui nous est assigné.

André s'interrompit brusquement ; cette fois son nom venait d'être jeté, d'une manière distincte, aux échos des rives, et en même temps une embarcation poussée par des rameurs encore invisibles, apparut sur la surface du Rhin.

— C'est lui, dit André d'une voix étouffée.

— Qui voulez-vous dire ?

— Le colonel de Vauvrecy !

En même temps l'officier fit signe aux rameurs de redoubler d'efforts, mais ce fut en vain, la barque du colonel continuait à gagner de l'avance sur la sienne, en même temps qu'une voix, dont il ne pouvait méconnaître la mâle harmonie, répétait le nom d'André.

— L'inimitié politique en est-elle à ce point, entre deux frères, que l'un doive poursuivre l'autre comme un ennemi mortel ? demanda Rollon, qui ne s'expliquait pas l'émotion pleine d'angoisses que le jeune homme laissait percer dans sa contenance.

— Lui mon ennemi mortel ! oh ! non, répondit André.

— Alors pourquoi le fuir ? reprit le capitaine.

— Oh ! monsieur, c'est une douleur poignante que je veux éviter à mon frère.... Il ne sait pas...

André n'acheva pas ; mais il entr'ouvrit son manteau et laissa voir à Rollon l'uniforme étranger dont il était revêtu.

— Ce vieux pilote aura parlé trop tôt, — continua le jeune homme. — Au fait, pourquoi fuir ? C'est Dieu qui veut que nous nous rencontrions à présent.

En même temps, la voix de son frère aîné retentit de nouveau sur le fleuve, en répétant encore son nom avec une intonation pleine de prières.

André fit signe aux rameurs de s'arrêter.

— Qui appelle André de Vauvrecy ? s'écria le jeune officier, pour expliquer, par son incertitude apparente, sa fuite devant un frère qui l'aimait si tendrement.

— C'est sa voix, reprit un personnage gigantesque qu'on vit tout à coup se dresser sur l'avant du canot déjà plus rapproché, c'est moi, André, mon frère bien-aimé... ne fuis plus... c'est moi, Pierre de Vauvrecy ! Allons, enfans, continua la voix rude du colonel, en jetant aux deux rives du fleuve un cri de joie formidable, faites que j'embrasse mon frère une minute plus tôt.

Et l'on vit le colonel de Vauvrecy étendre, dans la direction d'André, deux bras avides de presser ce frère si longtemps pleuré comme mort.

— Corbleu ! vous autres, cria Vauvrecy aux deux rameurs de l'embarcation d'André, ne sauriez-vous donner, de votre côté, un bon coup d'aviron vers nous ?

Puis, sans penser que son impatience même retardait la marche de la sienne, le gigantesque colonel, dressé sur l'avant, la faisait alternativement plonger et bondir sur l'eau du fleuve que parfois les avirons des rameurs ne pouvaient plus mordre.

— Ah ! ce vieux pilote qui ne voulait pas me prêter sa barque, sous prétexte qu'elle ne marchait pas. Il avait raison, continuait Vauvrecy, qu'une joie délirante faisait presque extravaguer. Béni soit-il néanmoins, car c'est à lui que je dois de t'avoir retrouvé, mon André, que je croyais avoir laissé enseveli sous les neiges de la Russie !

Alors André, rappelé par cette voix aimée, au sentiment de sa tendresse, André oubliant ses craintes et ses angoisses, pour ne plus se rappeler que le long et sublime dévoûment de son frère, se dressa aussi, de son côté, les bras tendus vers le colonel. Les rameurs comprirent son impatience, et sa barque remonta rapidement vers celle de Vauvrecy.

Un instant après, les deux embarcations se choquèrent avec un craquement sourd et s'arrêtèrent frémissantes, bord contre bord ; et au même moment André, enlevé dans les bras robustes du colonel, passa de son canot dans le sien.

Sans lui laisser reprendre pied sur le plancher de la barque, sans pouvoir trouver autre chose que des mots entrecoupés pour témoigner l'excès de sa joie, Vauvrecy tenait André pressé contre sa poitrine, comme un enfant qu'une mère tient entre ses bras.

Rollon, discrètement retiré à l'écart contemplait avec un sourire silencieux cette scène muette et l'énergique visage de Vauvrecy que sillonnaient deux larmes furtives.

—André, mon André! — put enfin s'écrier Vauvrecy d'une voix encore brisée par l'émotion, — qui m'eût dit, lorsque je t'ai vu disparaître dans ce gouffre de neige, que je dusse te retrouver un jour... sur ce fleuve que nos armes ont conquis... Comment y es-tu venu?... Mais qu'importe comment, puisque je te revois... Je n'ai qu'à remercier ce Dieu, dont la bonté t'a poussé dans mes bras.

A ces mots, le colonel sans cesser d'entourer tendrement son frère d'un de ses bras, de l'autre, lui ôta le bonnet de laine grossière, dont le vieux pilote avait couvert sa tête, et rejetant en arrière sa longue et inculte chevelure, il leva au ciel un long regard empreint d'une vive et muette action de grâces. Ramenant alors sur André ses yeux chargés de toute la tendresse d'un père, il commença un de ces examens rapides que suscite une inquiète sollicitude, quand après une longue absence, on retrouve tout à coup un objet aimé.

D'une main tremblante dans laquelle il cherchait en vain les muscles de fer qui la faisaient mouvoir d'ordinaire, il découvrit à son tour le front d'André. Le front du jeune homme ne portait plus qu'un souvenir lointain de ses fatigues; ses joues jadis pâles et décharnées n'avaient plus que la pâleur de l'émotion.

— Tu n'as donc pas longtemps souffert, toi? s'écria Vauvrecy, ravi de retrouver sur le visage de son frère les contours arrondis de son âge, — tu n'as donc pas trouvé des ennemis impitoyables? — reprit-il, tandis qu'un nuage sombre couvrait tout à coup sa physionomie radieuse, — Dieu ne l'a pas voulu; tu n'aurais pu supporter, comme moi, les souffrances... et les outrages!...

A cette question, une subite rougeur colora les joues pâles d'André; mais le colonel écartant rapidement les souvenirs poignans de sa captivité, reprit avec un doux sourire, et sans remarquer le trouble de son frère :

— Grâce à Dieu, tu es redevenu jeune et beau, tandis que moi les fatigues et les tortures ont brisé mes forces :

— Pauvre Pierre, que tu as dû souffrir! s'écria André en jetant un regard attendri sur les traits ravagés du colonel, sur ses joues caves qui semblaient se creuser encore plus sous la barbe épaisse qui les couvrait.

—Ah! oui, ce corps robuste a bien souffert; mais tu n'étais plus avec moi, mon André, et mon cœur a bien plus souffert encore. As-tu dit à ta mère qu'elle ne reverrait plus son fils aîné? as-tu dit à...

Le colonel fit une légère pause; il y avait un nom qu'il semblait ne pas oser prononcer.

— Je n'ai pas revu notre mère, répondit André avec quelque embarras.

— Ah! tu ne l'as pas revue? Tu ne l'as donc pas pu? Eh bien, c'est ainsi que je voudrais qu'elle pût te retrouver, jeune, beau, avec l'auréole de tes dangers sur le front. C'est ainsi que je voudrais que te revît... Vauvrecy nomma aux oreilles de son frère le doux nom d'Alexandrine. — Je n'ai pas oublié, continua-t-il, avec un sourire qui semblait coûter à ses lèvres pâlies un effort plus qu'humain, je n'ai pas oublié les aveux de ton délire.

André tressaillit et mit la main sur la bouche de son frère.

— Va! mon André, — reprit Vauvrecy, en écartant la main du jeune officier, — pourquoi le cacher? j'avais cru... un instant... Mais non, — le colonel raffermit sa voix tremblante, — mais non, la jeunesse attire la jeunesse, c'est la loi de la nature. Quant à moi, vois-tu, André, je serai toujours comme mort pour elle; car je ne veux plus la revoir. Je serai toujours un soldat grossier. La vie des camps est la seule qui me convienne; toi, c'est différent.

André n'eut pas la force de répondre; mais Vauvrecy sentit avec une angoisse indicible, à l'étreinte passionnée du bras de son frère, que cet héroïque sacrifice venait d'être silencieusement accepté.

— Pauvre enfant, — pensa-t-il, en s'oubliant comme toujours pour André,— comme il l'aime!

Puis, pensant qu'il n'y avait plus désormais qu'un seul lien qui l'attachât à la vie, et que ce lien ne devait plus se dénouer :

— Quoi qu'il en soit, dit-il, maintenant que je t'ai retrouvé, nous ne nous séparerons plus; tu me tiendras lieu de tout ce que j'abandonne pour toi. Ne me dois-tu pas ce dédommagement?

André ne put s'empêcher de frémir à ces mots, qui lui rappelaient qu'il ne s'appartenait plus comme jadis, et que le moment approchait où ce noble cœur, si tendrement dévoué pour lui allait être frappé d'une dernière et plus poignante douleur.

Il y a, dans la vie, de ces malheurs dont on se croit tellement à l'abri, que non seulement l'imagination se refuse à les prévoir, mais que les yeux se refusent aussi à en découvrir les apparences les plus évidentes. Vauvrecy allait être frappé d'un de ces malheurs imprévus, impossibles, et son cœur ne le pressentait pas. En vidant cette coupe à la fois pleine de douceur et d'amertume, en retrouvant ce frère si tendrement aimé qu'il s'estimait encore heureux de pouvoir lui faire le douloureux sacrifice de son premier, de son unique amour, la curiosité d'interroger le passé d'André, depuis leur séparation, ne s'était pas encore glissée dans son âme. Son frère était là, dans ses bras, sur sa poitrine, et plein encore d'une tendresse qui n'avait pas fini de s'épancher: peu lui importait de savoir quel événement l'avait de nouveau poussé vers lui.

Aussi, sans songer à l'interroger, mais par un de ces mouvemens de tendresse attentive que le cœur d'un père éprouve seul; comme pour se rassasier plus en détail de la vue du frère qui lui était rendu, le colonel, avant qu'André eût pu s'y opposer, écarta vivement le manteau dont il était resté enveloppé jusque-là.

Un cri sourd de douleur s'échappa de la poitrine du colonel.

La nuit n'était pas si obscure que Vauvrecy n'eût pu voir, sous ce manteau, l'uniforme détesté qui couvrait André. Un nuage passa devant ses yeux. Sous un soudain frisson de ses lèvres, ses noires moustaches semblèrent se hérisser, et d'une voix que l'angoisse arrêtait au passage:

— Quoi! s'écria-t-il, André porte l'uniforme des ennemis de son frère... de ceux dont le fouet a outragé son front!

— Oh! mon frère, si tu savais! dit André d'une voix brisée et en se rapprochant du colonel, qui s'étant écarté par une force invincible, restait debout, comme frappé de stupeur.

— Tu songes à t'excuser, dit-il en recouvrant la parole, au lieu de me dire que mes yeux m'ont trompé. Oh! mon Dieu! pourquoi me réserviez-vous cette douleur? pourquoi André n'est-il pas resté dans la steppe glacée où je l'avais vu tomber? — C'est vrai, reprit-il en se parlant à lui-même, comme si ce coup imprévu l'eût tout à coup détaché de ses affections terrestres, je me rappelle... un rêve... un fantôme... c'était le sien... Sa main me montrait le sud pour moi... le nord pour lui... Adieu, André, adieu! Mais, cette fois, ce n'est pas un rêve!

Un sanglot échappé du sein d'André rappela le colonel à la réalité. Une lutte terrible semblait courber le colosse, comme le souffle d'un ouragan fait tressaillir un chêne jusqu'en ses dernières racines. Un instant son cœur se fondit dans un flot de tendresse; il reporta vers André ses yeux que mouillaient des larmes amères. Pour la seconde fois, l'uniforme étranger les blessa de nouveau. D'un geste empreint d'une résolution inébranlable, il montra le canot d'André. André comprit ce geste; mais il resta.

— Va, André, dit le colonel d'une voix que la triste douceur de ses intonations rendait plus imposante, va, nos chemins ne peuvent plus être les mêmes dans ce monde. Va, car je t'embrasserais encore ou je te maudirais. Tu me ferais commettre une lâcheté ou un malheur.... Je t'aime... Je t'aimais comme un père aime le fils de son amour... Et ma malédiction serait sacrée aux yeux de Dieu... elle serait terrible comme la malédiction paternelle.

Et comme Marcus Sextus revenu s'asseoit au foyer près du corps de sa femme expirée; calme, noble, imposant dans sa douleur comme le stoïque romain, le colonel s'assit sur le bord du canot, les mains croisées, la tête inclinée sur sa poitrine; et, le dos tourné vers son frère, il resta dans l'immobilité du désespoir.

André voulut saisir une de ses mains que le colonel retira.

— Pierre! s'écria-t-il, Pierre! ne me maudis pas! Je n'ai fait qu'obéir aux volontés de notre père mourant.

Vauvrecy ne répondit rien; il se rappelait, lui, que sur la plage de Boulogne, il avait bravé le courroux et la malédiction de son père vivant.

Pendant ce temps les rameurs du colonel, indécis de ce qu'ils devaient faire, remettaient machinalement leurs avirons dans leurs anneaux de fer. André comprit que c'était le signal de leur séparation, et cependant il restait.

— Qu'attends-tu pour nous séparer? demanda Vauvrecy.

— J'attends un dernier embrassement, un dernier adieu de celui qui a protégé mon enfance, de celui qui se dépouillait pour réchauffer mes membres glacés, répondit André d'une voix brisée par la douleur.

A ces mots, qui rappelaient au colonel l'enfance et la jeunesse du frère qu'il aimait tant, et qui, maintenant, sollicitait en vain une dernière caresse, que son inexorable point d'honneur lui faisait considérer comme une lâcheté de lui accorder, la voix de sa tendresse, un moment éteinte, chanta de nouveau dans son cœur. Le rude soldat tressaillit, comme avait tressailli saint Pierre, quand le chant du coq lui révéla tout à coup la lâcheté qu'il venait de commettre en reniant son maître. Mais emporté par un irrésistible élan, le colonel ne put résister à la douce magie de la voix d'André.

— André, s'écria-t-il, je ne saurais te maudire... j'aime mieux être lâche.

Et avec un sublime mouvement de tendresse désespérée, Vauvrecy saisit de nouveau son frère dans ses bras. Il imprima sur son front un baiser fiévreux, comme celui qu'il eût déposé sur le front d'un mort bien aimé, sur lequel il allait refermer le cercueil, et il le déposa brusquement dans le canot qu'André avait quitté.

Puis, comme s'il eût encore redouté sa faiblesse, Vauvrecy poussa violemment la barque du pied. Le canot glissa sur la surface du fleuve, et un long espace s'établit entre les deux embarcations.

Tout était fini. Les deux frères étaient de nouveau séparés.

Mais le stoïcisme du soldat était vaincu. A travers les larmes qui voilaient ses yeux, André vit son frère s'asseoir loin de ses rameurs, pencher sa tête dans ses deux mains, et il entendit des sanglots étouffés se mêler aux grincemens des avirons qui fendaient le fleuve.

CHAPITRE XI.

Le Colporteur.

La barque qui emportait Vauvrecy n'avait pas encore disparu dans l'éloignement, et les rameurs de Rollon, sur son ordre, reprenaient aussi leurs avirons, quand une troisième embarcation remontant le fleuve passa tout à coup à quelque distance de la sienne.

Une voix connue s'éleva dans les ténèbres en même temps qu'un homme assis à l'avant se dressait de toute sa hauteur.

— Eh! capitaine, s'écria cet homme, vous n'avez pas répondu à mes offres; mais qui ne dit mot consent, et je suis désormais votre allié. J'ai trouvé mon plan et je remonte à Strasbourg.

Cette voix railleuse était celle de Lambert, le Jéhuiste.

— Ah! se dit Rollon, après le lion voici le tigre.

— Vous serez heureux un jour d'accepter mes offres, c'est moi qui vous le dis, continua le Jéhuiste.

— C'est possible, répondit froidement Rollon; il est plus d'un honnête homme qui se trouve forcé d'invoquer malgré lui le diable. Ainsi vous n'avez plus besoin de mes services?

— Merci, je veux vivre; et c'est à vous que je le dois.

— Adieu donc.

— Adieu! reprit Lambert.

Et son embarcation, un instant arrêtée, reprit sa course vers Strasbourg.

La barque de Vauvrecy n'avait pas encore disparu, avons-nous dit, et il arriva que dans un étroit passage, et en vue les uns des autres, un de ces fréquens hasards providentiels réunissait ces trois hommes, Rollon, Lambert et Vauvrecy, que nous verrons plus tard, dans un but commun, réunis par une même pensée, jouer un si étrange et si terrible rôle.

Bientôt les embarcations qui contenaient ces trois hommes, chacun si extraordinaire dans son genre, ne présentèrent plus que trois points à peine perceptibles sur l'immense et noire étendue du fleuve.

Pendant quelque temps encore, Rollon et André continuèrent leur navigation silencieuse jusqu'au moment où ils doublèrent le promontoire élevé, déjà signalé par le jeune officier.

C'était la fin de leur voyage. André, toujours absorbé dans ses tristes pensées, eut besoin que la voix de Rollon l'en arrachât.

—Pardon, monsieur, dit le capitaine, si j'interromps vos douloureuses méditations; mais voici les ruines du couvent du château dont vous m'avez parlé.

— C'est vrai, répondit André, en affermissant le son de sa voix, j'allais oublier le but de notre navigation.

Il donna l'ordre aux rameurs d'aborder à une espèce de petite crique, qu'il leur désigna du doigt.

Un instant après, André et Rollon prenaient pied à terre dans un endroit désert de la rive et sur la terre allemande.

— Je ne sais, monsieur,—dit André,—à quelle heure vous pourrez rejoindre votre canot; nos hommes le garderont pendan notre absence.

D'épais roseaux croissaient sur le bord du fleuve; les deux mariniers y poussèrent le canot, puis ils s'enveloppèrent de leurs manteaux et se couchèrent au fond de la barque.

— Je vous suis, monsieur,—dit Rollon à André.—Puisse cette fois mon espoir n'être pas encore trompé, car le temps est précieux.

André s'engagea le premier dans un étroit sentier pratiqué à travers les rochers qui dominaient le promontoire. Tous deux marchaient en silence; l'un, livré aux pensées mélancoliques que venaient de réveiller avec plus de force sa douloureuse séparation d'avec son frère; l'autre, préoccupé et du succès de son initiation, si souvent et si mystérieusement ajournée, et des vastes projets auxquels son alliance avec la société des Eveillés allait donner plus de chance de réussite.

La bise de décembre soufflait avec force sur ces hauts lieux, et quoiqu'en gardant le silence à l'envi l'un de l'autre, Rollon et son guide marchaient aussi rapidement que le permettait l'escarpement du sentier.

Après un quart-d'heure de marche environ, tous deux s'arrêtèrent pour reprendre haleine. Les ruines éparses à leurs côtés prêtaient un aspect particulièrement lugubre au paysage.

— Déjà deux heures du matin, —dit Rollon.

— Deux heures, s'écria André, à peine nous reste-il trente minutes. A trois heures la réunion serait dispersée; pressons le pas, nous n'avons déjà perdu que trop de temps.

Quelques minutes après, les deux compagnons de route parvinrent à l'entrée d'une vaste plaine que se partageaient des terres en friche et des terres labourées. Un large chemin de charroi succédait à l'étroit sentier de la côte. Ils le suivirent pendant quelques centaines de pas, jusqu'au moment où le chemin se divisait en trois branches bien distinctes, bordées de chaque côté de haies de clôtures.

Arrivés en cet endroit, André sembla hésiter et s'arrêta.

— Ne reconnaissez-vous donc plus votre chemin? demanda le capitaine.

— Je ne suis venu ici que de jour, et la nuit change l'aspect et la configuration des lieux. Je ne me rappelle plus si c'est le sentier de droite ou de gauche que je dois suivre. Pour éviter une perte de temps fâcheuse, qui pourrait vous faire manquer l'heure du rendez-vous, il n'y a qu'un moyen.

— Lequel ?

—Vous prendrez à gauche, tandis que je prendrai la droite. De cette façon, si vous êtes dans la bonne voie, vous arriverez à temps; si c'est moi que le hasard favorise, je préviendrai mes frères de votre arrivée, et ils vous attendront.

— Bien, repartit Rollon; mais qui me dira que je serai arrivé à l'endroit convenu ?

—Les indications que je vais vous donner : quand vous aurez marché une dizaine de minutes, si votre chemin est le bon chemin, vous arriverez à l'entrée d'un bois assez épais. Une croix de pierre qui surmonte trois degrés se présentera devant vous à l'angle d'un sentier. Suivez ce sentier au bout duquel vous déboucherez dans une clairière. Nos frères sont là. Vous connaissez comme moi les mots d'initiation et les signaux de reconnaissance des Eveillés; le reste est votre affaire. Je ne tarderai pas de mon côté à vous rejoindre, car on m'attendra pour que je sois, sinon votre introducteur de fait, du moins votre parrain.

— Soit, dit Rollon ; mais êtes-vous bien sûr que le sentier du milieu ne soit pas précisément celui que nous devons suivre ?

— J'en suis certain; ce sentier ne mène qu'au village et non pas à la forêt d'Ehrenfeld qui est à quelque distance encore. Vous êtes armé?

— Je n'ai que mon épée, car je m'aperçois à l'instant même que j'ai laissé mes pistolets dans le canot; quant à la carabine dont j'ai fait usage pour tirer sur le Cosaque qui allait percer M. de Vauvrecy de sa lance, elle appartenait au singulier personnage dont la barque a croisé tout à l'heure la nôtre.

— Une épée, c'est plus qu'il ne faut, au milieu de ces populations paisibles, reprit André.

— Mais, à propos, monsieur! s'écria vivement Rollon, comme si une idée soudaine venait frapper son esprit, et en enveloppant le jeune officier d'un de ces regards qui savaient lire, sur la physionomie de l'homme, des pensées profondément enfouies au fond du cœur.

— Qu'est-ce, monsieur? demanda André, sans que sa voix eut rien perdu de sa tranquille mélancolie.

— Rien, rien! repartit le capitaine, au revoir.

Sa main se tendit vers André, qui la pressa chaleureusement dans la sienne, et les deux compagnons se séparèrent, l'un suivant le sentier de droite, l'autre le sentier de gauche.

Prêt à quitter son guide pour s'avancer seul dans un pays qui lui était tout à fait inconnu, une idée de défiance s'était présentée à Rollon. Chef suprême d'une société redoutable que la police impériale, tout en n'en soupçonnant que vaguement la force, entourait d'une surveillance incessante, ne pouvait-il être tombé entre les mains d'un traître qui l'envoyait se livrer de lui-même aux embûches qu'on lui tendait? Mais la physionomie d'André rendait impossible un soupçon de lâcheté ou de perfidie, et voilà pourquoi Rollon, après un nouvel et dernier examen, avait refoulé au fond de son cœur l'expression même déguisée de ce soupçon.

Pendant que ces idées agitaient le philadelphe, André avait continué son chemin, et il ne tarda pas à le voir disparaître complètement derrière les haies de clôture, que sa tête avait dominées un moment.

Le plus profond et le plus solennel silence régnait dans la campagne endormie. Aucune maison, pas une masure ne se laissait voir au loin; rien n'y eût indiqué la présence de l'homme, si des charrues restées dans les champs, près du sillon commencé, n'eussent révélé les travaux humains.

Après un détour que faisait le sentier, et dont les hauts sureaux masquaient l'horizon, Rollon ne tarda pas à distinguer dans l'éloignement la masse sombre que formait la lisière d'un bois de jeunes taillis.

En marchant quelques minutes encore, une croix de pierre, semblable à un fantôme aux bras étendus, dessina ses lignes blanches sur le fond noir des arbres. La croix était bien celle indiquée par André; comme il l'avait dit, elle s'élevait sur trois degrés de pierre.

— Bon, pensa Rollon, j'ai été assez heureux pour que le hasard m'ait indiqué la bonne direction.

Conformément aux indications de son guide, la croix se trouvait à l'angle d'un sentier pratiqué dans l'épaisseur du bois.

Rollon n'hésita pas à s'y engager d'un pas ferme et rapide.

Cependant, quoiqu'en eût dit André, à l'exception du vent qui murmurait faiblement dans le taillis desséché et les sapins verts, rien ne troublait le silence profond de la nuit; rien n'indiquait qu'à quelques pas de là, peut-être, une nombreuse réunion d'hommes attendait la venue du néophyte.

Agité par la crainte d'arriver trop tard. Rollon doubla le pas, et déboucha tout à coup dans une clairière.

La clairière était silencieuse et déserte.

Un juron énergique trahit le désappointement du Philadelphe, quand un rapide examen ne lui montra que des buissons de houx, des genêts et de grandes fougères desséchées qui tremblaient au vent.

Rollon fit le tour de la clairière, essaya de percer du regard la profondeur du bois sur tous ses côtés; la solitude la plus complète continuait à y régner. Il appela à plusieurs reprises; des corneilles troublées dans leur sommeil répondirent seules, par quelques croassements lugubres, du haut des arbres sur lesquels elles étaient perchées.

Cependant, le capitaine ne se donna pas pour battu.

Il n'ignorait pas que, pour plus de sécurité dans leurs réunions, les sociétés secrètes savaient pratiquer des cachettes souterraines, et que peut-être, au moment où il s'y attendrait le moins, il verrait surgir de terre quelque guide mystérieux; ou que, sans qu'il se crut observé, bien des yeux pouvaient être fixés sur lui.

Il sonda donc, en frappant du pied, tout l'espace de terrain compris dans la clairière; mais partout le sol était ferme et plein. La cîme de chaque arbre fut examinée par lui, tour à tour, sans plus de succès, et il dut se convaincre que, cette nuit encore, ainsi que les fois précédentes, on voulait mettre sa patience à l'épreuve.

La crainte d'être observé, à son insu, arrêta néanmoins sur ses lèvres l'expression de son désappointement, qui, pour être intérieurement contenu, n'en devint que plus violent.

Au même instant, les sons lointains de cette même horloge qu'il avait entendue déjà, retentirent encore dans le silence nocturne; il compta trois heures, et ce fut là le seul indice qui pût lui révéler le voisinage d'habitations humaines.

La voix de l'horloge lui apprenait aussi que l'heure du rendez-vous était passée, et cette réflexion ne calma pas son désappointement.

Dès lors, le Philadelphe n'eut plus d'espoir que dans l'arrivée d'André qui, d'après ses calculs, ne devait pas tarder à venir le rejoindre.

Mais l'horloge avait encore sonné quatre heures du matin, et son guide n'était pas venu.

Rollon prit alors son parti. Eloigné de toute habitation, exposé à s'égarer loin du lieu du rendez-vous, qu'une circonstance fortuite pouvait avoir retardé et comptant toujours sur l'arrivée d'André, le capitaine se résolut à passer le reste de la nuit sur la mousse de la clairière.

— J'attendrai jusqu'au jour, — dit-il à voix haute, afin que ses paroles pussent arriver jusqu'à quelque écouteur caché; — et les frères de l'Esprit me trouveront ici jusqu'au lever du soleil.

En disant ces mots, le capitaine s'étendit au pied d'un chêne qui avait conservé tout son feuillage desséché, derrière un massif de houx et de jeunes pousses de sapins, pour se mettre à l'abri du vent. Heureusement la bise ne soufflait pas trop froide, et deux heures devaient être bientôt passées.

En dépit de la fraîcheur du ciel, grâce à une nuit passée presque entière sans avoir fermé l'œil, le capitaine n'aurait su dire s'il veillait ou s'il dormait, quand tout à coup un homme, marchant avec une précaution infinie, apparut au centre de la clairière.

Pensant que c'était André de Vauvrecy, le Philadelphe allait élever la voix, lorsqu'il s'aperçut de son erreur.

L'étranger était de beaucoup plus grand que son guide, dont l'absence paraissait inexplicable au capitaine. Il était vêtu d'un chapeau à larges bords et d'une longue redingote de couleur sombre, qui tombait presque jusqu'à ses talons.

Quand bien même les précautions que prenait cet intrus pour ne pas être aperçu ou entendu n'eussent pas annoncé des intentions suspectes, un certain air étrange et sinistre, répandu dans toute sa personne, eût été de nature à effrayer un homme moins brave que Rollon, ou tout au moins, à le faire mettre sur ses gardes.

Le capitaine n'éprouva ni crainte d'être vu, ni aucun désir de se mettre sur la défensive. Il se rappelait ces scènes d'initiation de la franc-maçonnerie, dans lesquelles l'on tentait tous les moyens d'intimidation les plus étranges et les plus puérils en même temps, contre un néophyte prévenu à l'avance. Le capitaine ne s'émut donc pas de cette apparence de mélodrame, et resta immobile à sa place, les yeux à moitié fermés, et feignant de dormir.

— Il faut montrer à mes nouveaux frères allemands, pensa-t-il, qu'un officier français ne s'effraie pas si facilement.

L'homme continuait à s'avancer avec les mêmes précautions, jusqu'au moment où il sembla, pour la première fois, apercevoir le capitaine couché sur la mousse.

Cependant, si c'était un rôle que jouait l'étranger, Rollon ne put s'empêcher de reconnaître qu'il s'en acquittait à merveille, car, à l'aspect d'un homme couché derrière les buissons, son premier mouvement fut un mouvement d'effroi; le second fut de s'enfuir. La pantomime de l'étranger était assez naturelle pour offrir l'aspect de la réalité.

Tout à coup, l'homme parut obéir à une impulsion toute contraire, car il s'arrêta, après quelques pas, et Rollon le vit tirer, de la poche de côté de sa redingote, un long couteau, dont la lame étincela dans les ténèbres. Alors, son arme à la main, il s'avança résolûment du côté du dormeur, quoique sans négliger les précautions qu'il avait prises jusque-là.

Non moins fidèle à son rôle, le capitaine ne bougea pas, et peut-être cependant les mouvemens de son cœur furent-ils plus accélérés que d'ordinaire.

Arrivé à trois pas du Philadelphe, l'étranger s'arrêta. Il tendit avidement la tête vers lui, son couteau levé; il fit un pas, puis deux, et enfin se trouva si près de lui que le capitaine pouvait toucher son pied, sans étendre la main. L'homme se baissa sans changer la position de son arme, prêt à frapper si le dormeur faisait un geste, et Rollon sentit presque le souffle de son haleine. Une longue minute se passa, pendant laquelle l'étranger semblait combattu par deux sentimens contraires : la crainte de commettre un meurtre peut-être inutile, et celle de laisser derrière lui un vivant, un homme qui pouvait devenir un délateur.

Le premier sentiment l'emporta; un sourire de satisfaction passa sur la physionomie sinistre de l'étranger, à la vue de l'homme qui dormait si profondément sous ses yeux. Il se releva, s'éloigna, à reculons, sans faire craquer les feuilles sèches sous ses pas, et Rollon ne tarda pas à le voir disparaître par le sentier opposé à celui par lequel il était venu lui-même.

Toute cette scène avait été empreinte d'une réalité si terrible, que le Philadelphe ne put s'empêcher de respirer avec une vive satisfaction, quand il se vit seul, au milieu de ce bois désert.

Le mot de cette énigme devait, du reste, lui être expliqué avant le point du jour.

L'horloge du village d'Ehrenfeld avait sonné cinq heures, puis six heures, sans qu'aucune nouvelle apparition fût venue troubler la solitude de la clairière, lorsque les pas pesans d'un piéton retentirent au milieu du profond silence de la nuit.

A de longs intervalles on entendait les chants lointains du coq, et une clarté grisâtre commençait à grandir sur le voile silencieux du ciel.

Pour la seconde fois, un homme s'arrêta non loin du capitaine; c'était un de ces marchands ambulans qui vont de village en village débiter leurs marchandises. Une lourde balle chargeait ses épaules.

A travers le rideau de verdure sombre qui le cachait, le capitaine put observer tous ses mouvemens et entendre aussi le souffle de sa respiration bruyante. Le porteballe commença par se décharger de son fardeau, en le jetant sur la mousse, avec assez peu de précaution pour qu'un son argentin arrivât jusqu'aux oreilles de Rollon.

Ce bruit fit tressaillir le marchand ; il déboucla précipitamment les courroies de sa balle et l'ouvrit. Le capitaine put le voir assujettir avec soin le sac d'argent dont l'harmonie pouvait le trahir, non sans jeter autour de lui un coup d'œil de défiance et d'effroi. Le colporteur s'assura, en secouant sa balle, qu'elle ne rendait plus aucun son de nature à lui susciter des envieux, au milieu de ces bois, sans doute dangereux : après quoi il le boucla de nouveau, s'assit dessus, et de son mouchoir épongea son front baigné de sueur malgré la saison.

Quelques instans après, comme si cette courte halte eût suffisamment reposé ses forces, le colporteur rechargea son fardeau sur ses épaules et se disposa à reprendre sa route.

— Au fait, pensa le capitaine, le jour va paraître; je ne verrai personne à présent, cet homme m'indiquera bien un endroit où je pourrai satisfaire deux besoins aussi impérieux l'un que l'autre : manger un morceau et réchauffer mes membres glacés.

Rollon n'hésita plus.

— Eh! l'ami, s'écria-t-il en se levant le moins brusquement qu'il put, pourriez-vous indiquer à un étranger le chemin d'Ebrenfeld?

Au son de cette voix, qui retentissait tout à coup dans les ténèbres, le colporteur poussa un cri d'effroi.

— Qui parle ici? s'écria-t-il, et que voulez-vous?

—Ne vous le dis-je pas? répondit le capitaine en souriant.

Mais sans répondre à la question, le colporteur, malgré le fardeau dont il était chargé, s'enfuit avec tant de rapidité, qu'il avait déjà disparu dans le sentier par lequel le sinistre étranger s'était éloigné, une heure ou deux avant, sans que le capitaine eût pu faire dix pas pour le joindre.

— Où diable aller, maintenant que cet imbécile me laisse sans renseignement sur le chemin que je dois suivre? se dit Rollon.

Et en se parlant ainsi, il battait la semelle contre le tronc du chêne qui lui avait servi d'abri, afin de réchauffer ses pieds engourdis par le froid. Au bout d'un quart d'heure, la chaleur était revenue dans ses membres; le capitaine se décida, non sans regret, à regagner, à jeun, son canot.

C'était la mesure la plus prudente et en même temps la seule à prendre.

Pendant ce temps, le crépuscule des matinées de décembre commençait à répandre sa lueur indécise. Le capitaine, prêt à partir, écouta, une dernière fois, si quelque signal n'arrivait pas jusqu'à lui.

En effet, un cri lointain résonna dans le silence des bois, mais si faible, que Rollon crut s'être trompé et avoir pris ses désirs pour la réalité.

Une minute après, il n'y eut plus moyen de douter.

Un cri déchirant, horrible, comme celui qu'arrache une détresse suprême à la voix humaine, fut répercuté par l'écho du bois.

— Dieu me pardonne! s'écria le capitaine en sentant son cœur se serrer, c'est ce malheureux colporteur qu'on assassine!

Le Philadelphe dégaina son épée, et n'écoutant que son humanité et son courage, sans réfléchir qu'il était en pays ennemi, il s'élança comme l'éclair, guidé par les cris désespérés qui continuaient à remplir les airs de leur lugubre harmonie.

CHAPITRE XII.

Les apparences.

Quoique les cris qui continuaient à frapper les oreilles du capitaine Rollon diminuassent graduellement, par l'épuisement des forces de la victime, il n'y avait pas à se méprendre sur la direction qu'il fallait suivre. L'officier français courait avec toute la rapidité dont il était capable.

Malheureusement au milieu de l'obscurité du bois, que la lumière crépusculaire n'éclairait encore que d'une faible clarté, son pied heurta violemment contre une souche d'arbre à fleur de terre, et il dut lâcher son épée pour prévenir une rude chute en étendant les bras. Le soin de retrouver et de ramasser son arme lui fit perdre plus d'une minute, un siècle en pareille circonstance.

Un peu plus loin, le sentier finissait brusquement, et il fallut s'engager dans le plus épais des taillis pour arriver à l'endroit où le malheureux colporteur continuait à crier d'une voix de plus en plus faible.

C'était un nouveau retard, une difficulté nouvelle dont l'ardeur du capitaine ne tarda pas à triompher.

— Par ici, messieurs, cria-t-il d'une voix de tonnerre pour faire croire aux assassins qu'il n'arrivait pas seul.

Les cris ne précédèrent sa venue que d'une autre minute à peine, tant il glissait rapidement à travers les arbres, sans se préoccuper des branchanges qui déchiraient son visage. Ce fut ainsi qu'il arriva à l'entrée d'une espèce de large carrefour où aboutissaient plusieurs longues et larges allées.

A l'extrémité de la clairière, un malheureux gisant sur le sol semblait se rouler dans les dernières convulsions de la mort.

Rollon ne s'était pas trompé ; c'était bien le colporteur qu'il avait un moment aperçu. Seulement sa balle n'était plus là.

Au même instant, l'ombre indécise de trois hommes, parmi lesquels il crut reconnaître aussi le sinistre étranger à la houppelande, détachaient leurs chevaux retenus par la bride au tronc d'un sapin.

A l'aspect de Rollon, ils semblèrent hésiter à fuir, et au même instant une triple détonation de carabines dirigées contre lui, déchira l'air comme un seul coup.

Par bonheur, le capitaine ne fut pas atteint.

— Lâches! s'écria-t-il, en courant vers eux l'épée haute, sans se soucier de leur nombre.

Mais il n'avait pas fait dix pas, que les bandits, enfourchant précipitamment leurs chevaux, piquèrent des deux et disparurent. Le Philadelphe, resté seul, n'eut rien de plus pressé que de s'élancer vers leur victime. Un triste spectacle frappa ses yeux.

Le colporteur, solidement garrotté à l'aide d'une longue corde, était couché sur la mousse : autant qu'on pouvait le distinguer, à l'aide du demi-jour, de nombreuses blessures couvraient son corps. Ses yeux paraissaient fermés pour jamais.

Le premier soin de Rollon fut de se baisser et de détacher les liens qui entouraient les membres du colporteur. Celui-ci un instant rappelé à la vie par le contact des mains qui cherchaient à dénouer les cordes dont les assassins l'avaient solidement lié, ouvrait les yeux ; et, à l'aspect de l'homme dont le souvenir se rattachait à cette sanglante catastrophe, le mourant fit un geste d'horreur et d'effroi, en disant d'une voix faible :

— Grâce, grâce ! Vous avez toute ma fortune, n'est-ce pas assez ?

Le malheureux confondait son sauveur avec ses assassins.

Le capitaine sourit amèrement à ce trait d'ingratitude involontaire. Son épée nue était à côté de lui, et, de ses deux mains, il continuait à essayer, mais en vain, à dénouer les nœuds compliqués des cordes.

Absorbé par l'ardeur qu'il mettait à sa besogne, le capitaine ne voyait et n'entendait rien autour de lui.

Tout à coup une main rude s'abattit sur son épaule, et deux autres bras enlacèrent les siens, tandis qu'un pied repoussait au loin l'épée restée sur l'herbe. Rollon voulut se retourner; il n'était plus temps. En moins d'une minute, il était garrotté solidement lui-même et jeté, sans cérémonie, la figure tournée vers le ciel, sur l'herbe de la clairière.

Il put voir alors que trois hommes l'entouraient. Ce n'était point, comme au milieu du choc violent de ses idées, il en avait conçu la pensée, les bandits qu'il avait mis en fuite qui l'entouraient. C'était trois gendarmes allemands qui jetaient sur lui un regard chargé de haine et d'ironie.

Le cas était plus grave, peut-être; Rollon le sentit. Etranger, seul dans ce bois sombre, penché sur un homme qu'on devait croire et qui se croyait lui-même sa victime, accusé par les plus terribles apparences, l'officier sentit un instant son cœur défaillir, tout intrépide qu'il était.

Ce n'avait été qu'un instant, il est vrai; mais ce rapide moment de défaillance avait suffi pour que l'œil inquisiteur de ces hommes eût discerné son trouble.

— De quel droit m'arrêtez-vous ? s'écria fièrement le capitaine, en retrouvant toute sa fermeté dans le sentiment de son innocence: déliez donc au moins cet homme que j'ai sauvé de ses assassins. En même temps un regard perçant échappé de sa prunelle d'aigle faisait succéder un air presque respectueux à l'ironie empreinte sur le visage des gendarmes.

— Nous voulons bien vous croire innocent, monsieur, mais qui êtes vous ? demanda l'un d'eux.

— Un officier français.

— Avez-vous des papiers, votre commission ?

Rollon ne répondit rien; il ne pouvait faire qu'une réponse négative, et par conséquent sans valeur.

— Quel motif vous amène sur une terre étrangère ?

— Je ne puis le dire.

— Bien ! y a-t-il ici quelqu'un dont vous puissiez vous réclamer ?

— Personne.

— Et vous-même, comment vous nomme-t-on?

— Je ne le dirai pas.

— Eh ! parbleu ! interrompit un des autres cavaliers de la maréchaussée, il y a un moyen bien plus simple de savoir la vérité.

— Lequel? demanda celui qui jusqu'alors avait interrogé le capitaine.

— C'est de le confronter avec la victime.

Rollon eut besoin de toute sa fermeté pour cacher le tressaillement de son cœur dans sa poitrine.

Le même cavalier qui avait proposé cette terrible épreuve s'approcha du moribond. Il coupa ses liens, le souleva dans ses bras, frappa dans la paume de ses mains. Le colporteur fit un léger mouvement bientôt suivi d'un soupir. Rollon obéit à l'ordre de pencher son visage contre le sien.

— Allons, mon brave homme, s'écria le le cavalier, ce que vous avez n'est rien, vous en reviendrez; ouvrez les yeux.

Le colporteur sembla l'entendre, et à la lumière du jour, qui devenait de minute en minute moins indécise, on le vit soulever languissamment ses paupières. En se retournant de nouveau face à face avec Rollon, le mourant fit un second geste d'effroi :

— Reconnaissez-vous cet homme? demanda le cavalier en se penchant vers son oreille.

En dépit de la faiblesse de sa voix, mais grâce au profond silence qui régnait dans le bois, Rollon, comme les autres, entendit d'une manière parfaitement distincte les paroles suivantes, qui résonnèrent à ses oreilles comme un arrêt de mort.

—Oui... je le reconnais... mes assassins... c'est lui... lui... qui... le premier...

Les forces épuisées du colporteur ne lui permirent pas de compléter sa phrase, assez claire d'ailleurs; ses yeux se refermèrent, cette fois pour ne plus se r'ouvrir et il retomba sur l'herbe.

En ce moment, un autre détachement de la maréchaussée, attiré par la détonation des carabines, vint rejoindre les trois cavaliers.

— Emportez ce cadavre, dit l'un de ces derniers. Quant à l'assassin, comme c'est nous qui l'avons pris, il est juste que ce soit nous qui le livrions à la justice.

On emporta le mort, et Rollon et les trois cavaliers restèrent seuls au milieu de la clairière. La dernière épreuve qui venait d'avoir lieu eût, à elle seule, suffi pour établir la culpabilité de l'officier français.

La maréchaussée se procura une charrette, et y jeta son prisonnier.

Le village où l'on conduisit Rollon était situé à l'extrémité de la plaine, et semblait se composer tout au plus d'une centaine de feux.

Nous voici bientôt arrivés, dit le conducteur de la charrette, et il est heureux que la prison se trouve de ce côté du village, car le colporteur Backer y était aimé de tous, et vous auriez eu de la peine à empêcher qu'on mît en pièces son assassin. Qui diable maintenant va fournir des étoffes et des rubans aux femmes d'Ehrenfeld?

En parlant ainsi, le paysan ne tarda pas à arrêter sa charrette dans une maison à laquelle de forts barreaux de fer, masquant les croisées des deux étages, donnaient assez l'air d'une prison.

C'était celle du village, et, nous devons le dire, elle servait rarement.

— Vous n'y serez pas foulé, dit l'un des cavaliers de la maréchaussée à Rollon; voici bientôt un an qu'elle est vide, et vous ne vous querellerez avec personne.

A la voix du paysan qui frappait la porte de la prison du bout de son aiguillon, un porte-clefs parut avec un énorme trousseau suspendu à sa ceinture. On l'instruisit que sa longue oisiveté allait cesser et qu'il aurait un personnage à garder.

—Est-ce un voleur ou un assassin? demanda le geôlier.

— Un assassin, répondit le gendarme.

— Ah! tant mieux, j'aurai moins longtemps à le surveiller; d'ici à trois jours au plus son affaire sera faite.

Le geôlier joignit à ces mots une effrayante pantomime, et prêta la main pour aider à faire descendre le capitaine, dont les bras étaient liés derrière le dos, et qui était incapable de descendre seul. De là, il fut conduit à une chambre du second étage, dans laquelle le geôlier le poussa, sans cérémonie, et dont il referma la porte à double tour sur le prisonnier.

Le capitaine eut du moins la triste satisfaction de rester seul.

Rollon n'était pas d'une trempe d'âme à pleurer longtemps sur son sort. Pendant le trajet, il avait, pour ainsi dire, chanté son chant de mort, comme l'Indien qu'on mène au poteau, ou plutôt son bardit funèbre, comme le chantaient les Gaulois, nos ancêtres.

Pendant ce court espace de temps, le Philadelphe avait dit adieu à ses gigantesques projets avortés, à la liberté du monde, qu'il espérait conquérir; enfin à tout ce qui, jusqu'alors, avait été pour lui la vie.

Un miracle seul pouvait le sauver; il ne l'espérait pas; il ne pouvait compter que sur son énergie, et la première chose qu'il fit, en se trouvant seul, fut d'examiner s'il n'y avait pas pour lui quelque chance d'évasion, quelque légère qu'elle fût.

Il n'y en avait aucune. Quoique ce ne fût qu'une prison de village, la chambre dans laquelle on l'avait enfermé n'en était pas moins impossible à forcer.

Il n'y avait pas de cheminée. De forts et lourds barreaux de fer défendaient les fenêtres. Les murailles n'étaient couvertes que d'un crépissage de plâtre ; mais, sous cette enveloppe friable, les murs montraient les tons de rouille de la pierre meulière dont ils étaient construits. Cette pierre dure, compacte, hérissée comme du mâche-fer, eût défié des instrumens d'acier, et Rollon n'avait que ses ongles.

Alors le Philadelphe résolut d'abréger du moins son agonie. Il prit une des chaises de bois qui, avec une couchette de fer sans draps, composait le mobilier de sa cellule, et commença, sur la porte, un vacarme à réveiller un mort.

Le geôlier n'eut garde de ne pas l'entendre, et comme, à tout prendre, il ne paraissait pas de la pire espèce des geôliers, ainsi que l'avait jugé Rollon, malgré ses paroles funèbres, il vint demander à son prisonnier, à travers la serrure, dans quel but il exécutait ce formidable tintamarre.

— Je veux deux choses, dit Rollon.

— Peste ! deux choses, et lesquelles, s'il vous plaît ?

— Du pain et du papier.

— La nourriture du corps et la nourriture de l'âme ! vous n'êtes pas exigeant, monsieur ! J'aime mieux vous donner du papier.

— Cela coûte moins cher.

— Non, c'est plus utile. Avec du pain, si j'en avais, vous ne pourriez pas changer votre position. Avec du papier et un crayon, que je vais vous passer sous la porte, c'est tout différent.

— Je pourrais changer mon sort, dites-vous ?—reprit Rollon.

— Certainement, de la manière la plus avantageuse. Avec du papier, en vous y prenant bien, vous pouvez obtenir d'être jugé ce soir, condamné séance tenante, et exécuté demain, entre midi et une heure, en plein jour.

— Ah ! tant mieux, — s'écria énergiquement Rollon.—Oh ! mon ami, veuillez m'indiquer les moyens.

Le geôlier fit silence une minute.

— Savez-vous, dit-il à la fin, que vous êtes un brave à trois poils, d'accepter aussi résolûment un marché semblable, et cela sans que le son de votre voix se soit altéré.

Rollon ne put s'empêcher de sourire à ce naïf et sincère éloge de son courage.

— Ecoutez-moi, dit le geôlier : le village d'Ehrenfeld, voyez-vous, n'est pas un village comme un autre. Tout petit qu'il est, il a un tribunal criminel qui a le droit de juger sans appel, et sans en référer à la cour de justice suprême, tous les crimes commis dans le territoire.

— Et quand le crime n'a pas été commis?

— C'est une affaire de conscience chez les juges. Or, ces juges sont comme moi, fort inoccupés; et le moindre criminel qui leur tombe sous la main est une bonne fortune, car on est très vertueux à Ehrenfeld.

— Ensuite ? demanda le capitaine.

— Si donc vous écrivez au juge criminel président du tribunal, que si ce soir on ne vous juge pas, vous vous casserez la tête contre les murs de votre prison, — ce que vous n'aurez garde de faire, car il n'y a que les innocens qui se suicident ainsi ; — les juges vont s'émouvoir, se dépêcher, se réunir, et, de crainte que vous ne leur échappiez, ils s'empresseront d'ouvrir l'audience ce soir. A propos, ajouta le geôlier, j'ai une nouvelle à vous donner, c'est que l'on a arrêté un de vos complices.

— Vraiment ! s'écria Rollon, qui sentit un flot d'espoir monter jusqu'à son cœur.

— Oui; à telle enseigne, qu'il vous charge horriblement.

— Et le colporteur, est-il mort ?

— Oh ! parfaitement; il paraît que vous n'y êtes pas allé de main morte, vous.

Le capitaine eut peine à contenir l'explosion du cri de l'innocence. Il y parvint pourtant ; à quoi bon chercher à convaincre ce suppôt subalterne de la justice ?

— Apportez-moi donc le papier et le crayon, dit-il froidement.

Le geôlier s'éloigna et ne tarda pas à revenir, avec une feuille à peu près blanche et un crayon assez proprement taillé. Il fit passer le tout sous la porte.

— Merci, mon ami, dit Rollon, merci de ce que vous faites pour moi.

— Hum ! dit le geôlier, ne me remerciez pas trop. Je m'accorderais fort bien du rôle de gardien qui n'a rien à garder ; aussi vous ne sauriez croire combien, moi qui ne sors jamais, je me sens d'envie d'aller me promener aux champs depuis que vous êtes entré sous ma surveillance.

— Merci, quoi qu'il en soit, dit Rollon.

— Il y tient, murmura le porte-clefs en s'éloignant.

Une demi-heure après, il revint. La lettre du capitaine était prête ; le geôlier la prit sous la porte, et s'éloigna de nouveau avec un geste étrange, qui eût donné fort à réfléchir au Philadelphe, s'il avait pu l'apercevoir par quelque fente de la porte.

Quand le bruit des pas du porte-clefs eut cessé de se faire entendre, le malheureux officier, livré à ses pensées, dont il faut renoncer à décrire l'amertume, ouvrit la fenêtre de sa cellule, qui donnait sur la campagne et laissait apercevoir une vaste perspective.

Le prisonnier jeta un mélancolique regard sur la plaine qu'il venait de traverser, sur le bois, dont le brouillard couronnait les cîmes, et dans lequel venait de s'accomplir le prologue étrange d'un drame terrible; et, enfin, bien au-delà du bois d'Ehrenfeld, sur les montagnes grisâtres qui marquaient le cours du fleuve qu'il avait descendu, en rêvant l'affranchissement de sa patrie et du monde entier.

Tout ce vaste édifice menaçait ruine, et allait probablement s'écrouler sous la sentence d'un juge.

Rollon resta longtemps dans cette silencieuse et amère contemplation, à laquelle vint se mêler une amertume nouvelle, à la pensée que sa disparition inexplicable du camp français, en face de l'ennemi, allait couvrir le nom du chef des Philadelphes de l'ignominie qui s'attache au déserteur et au traître.

Ces réflexions lugubres, jointes à la longue abstinence qui commençait, en dépit d'elles, à gronder dans ses entrailles; les sombres perspectives qui se déroulaient, sans cesse, aux yeux de sa pensée, tout cela commençait à se traduire, pour le prisonnier, en des accès de vertige.

Pour échapper à l'hallucination qui menaçait de s'emparer de lui, le prisonnier ferma sa fenêtre, se coucha sur son lit, et s'enveloppa la tête de son manteau.

Un sommeil réparateur ne tarda pas à fermer ses yeux; puis, quand il s'éveilla, il aurait cru n'avoir pas dormi plus d'une heure, si l'obscurité qui commençait à envahir sa chambre, ne lui eût révélé qu'après sa courte carrière le soleil allait se coucher, et qu'une nouvelle nuit allait commencer.

Rollon alors s'applaudit de nouveau d'avoir songé à hâter le dénoûment de cette mystérieuse affaire; car cette nuit même il aurait payé de sa vie le crime d'un autre, ou, son innocence reconnue, il lui restait le temps nécessaire pour regagner son poste.

La prison était toujours silencieuse, et parfois seulement la voix musicale d'un paysan, qui regagnait son gîte après les travaux de la journée, montait jusqu'à lui, comme l'hymne de sa liberté perdue.

Prêt à s'éteindre, comme le soleil dont le prisonnier suivait lentement les dernières traces derrière un dais de nuages, il était absorbé de nouveau dans une douloureuse et solennelle contemplation, lorsque du dehors un bruit de pas et de voix vint le troubler, et bientôt il entendit la clé grincer dans la serrure.

Le geôlier entrait dans sa chambre accompagné d'une demi-douzaine de ces mêmes cavaliers de la maréchaussée, qui l'avaient pris et escorté :

—Vous êtes heureux, dit le geôlier à son prisonnier, on vous juge ce soir même.

— Je suis prêt, répondit Rollon, marchons.

CHAPITRE XIII.

Le jugement.

Transportons-nous à présent dans la salle d'audience, où le prisonnier vient d'être introduit.

A en juger par les apparences, on eût pris cette salle plutôt pour une grange que pour le sanctuaire consacré à la justice. A la clarté des quinquets fixés aux solives, et des lampes debout sur les bureaux des juges, cette salle, grange ou prétoire, n'en avait pas moins le plus lugubre aspect.

Dans l'ombre noire que versait le cintre élevé et profond de sa voûte, les poutres, les solives s'enlaçaient comme les nervures des voussures d'un temple gothique.

La salle était encore déserte: les bancs, les fauteuils des juges étaient inoccupés, et il semblait qu'un manteau de glace et de plomb tombât sur les épaules quand on y pénétrait.

Toutefois, et malgré le délabrement de cet endroit, rien n'y manquait de l'appareil nécessaire à l'instruction d'un procès; on fit asseoir Rollon sur le banc des accusés, en face du fauteuil occupé par l'officier public ou fiscal.

Petit à petit la salle se peupla d'appariteurs, de gens de service; puis on ouvrit les portes à la foule frémissante, dont on entendait les mouvemens au dehors, et qui envahit la salle d'audience avec l'impétuosité du flot qui s'échappe d'une écluse ouverte.

Bientôt aussi des huissiers introduisirent solennellement le président, le fiscal et les juges. Tous prirent place, et rien n'empêchait plus qu'on commençât la séance, lorsqu'une des portes latérales s'ouvrit et donna passage à une demi-douzaine de soldats escortant un autre prisonnier.

Rollon tressaillit de surprise et de joie, à l'aspect du nouveau venu qui n'était autre que l'étranger à la figure sinistre et à la longue redingote, l'un des assassins du colporteur.

A l'aspect de Rollon, celui-ci ne put réprimer un geste d'étonnement, et le sang du capitaine bouillonna dans ses veines comme la lave dans celle d'un volcan, lorsqu'il entendit le coupable s'écrier, en jetant les yeux sur lui avec un air de componction hypocrite :

— Dieu est juste ; il ne veut pas que le crime demeure impuni, car voici l'infâme meurtrier du pauvre Backer !

—L'impudent drôle ! s'écria Rollon, incapable de maintenir son indignation à cette accusation de l'assassin lui-même, il ose parler de la justice de Dieu !

Cet incident passa inaperçu dans le premier moment de confusion ; mais le président ayant imposé silence aux accusés comme aux assistans, le calme se rétablit, quoique non sans peine, et la séance fut ouverte. Alors l'officier public prit la parole au milieu de l'attention profonde des spectateurs.

— Messieurs, dit-il, un crime horrible a été commis sur les terres d'Ehrenfeld. Un malheureux colporteur, au moment où il traversait le bois voisin de nous, est tombé dans une embuscade de malfaiteurs, qui, non contens de le dépouiller des marchandises qu'il portait avec lui, ont joint l'assassinat au vol. Ce crime fût demeuré impuni, si la Providence, aveuglant toujours le criminel, pour l'empêcher de se dérober à la justice des hommes, qui représente la justice divine, n'eût retenu, dirai-je l'assassin, ou l'un des assassins près de la victime, pour lui arracher, sans doute, un dernier aveu avec un reste de vie. Cet homme est ici, messieurs, dans cette enceinte, et c'est pendant l'accomplissement de cette dernière et cruelle tentative, que les ministres de la justice, attirés par les cris du malheureux qu'on égorgeait, guidés par des coups de feu qui retentissaient dans le bois, ont arrêté, sinon le seul coupable, au moins l'un des auteurs de ce vol et de cet assassinat. Tel est, messieurs, le déplorable ensemble des faits dont l'interrogatoire des inculpés va faire ressortir les horribles détails.

Ici, après les formalités d'usage en pareil cas, l'interrogatoire de Rollon commença ; mais comme nous voudrions, autant que possible, éviter de faire de ce chapitre un compte-rendu de cour d'assises, nous nous bornerons à dire que le capitaine, interrogé sur son nom, sur le motif de sa présence dans le bois d'Ehrenfeld, à pareille heure, refusa péremptoirement de répondre à ces questions, et se contenta de protester avec énergie de son innocence.

Un murmure de funèbre présage accueillit les paroles du capitaine, et cette disposition fâcheuse de l'auditoire ne fit que s'augmenter, après que l'un des cavaliers de la maréchaussée qui l'avaient arrêté eut prêté serment et déposé des faits à sa connaissance. Ces faits, qu'on se rappelle, étaient la présence de l'accusé sur le lieu du meurtre, les paroles suppliantes que lui avait d'abord adressées le malheureux colporteur, puis son geste d'horreur à la vue de Rollon, quand il avait, une dernière fois, recouvré ses sens, et enfin les terribles paroles qu'il avait prononcées avant de fermer les yeux pour jamais.

Alors vint le tour de l'étranger à la longue redingote et à la figure sinistre.

Il se nommait Jean-Georges Furstenbach, il était âgé de quarante-cinq ans, domicilié à un village voisin, et arpenteur juré, de profession.

De nombreux témoignages ne laissèrent subsister aucun doute sur ces premières assertions.

— Que faisiez-vous dans le bois d'Ehrenfeld, alors que par ces longues nuits de décembre tout le monde repose encore? demanda le président.

— Mon métier, parbleu ! à propos des bois d'affouage et des terrains vagues de la commune d'Ehrenfeld, et de celle à laquelle j'appartiens; j'avais à faire un arpentage légal et une besogne que je n'avais pas trop de toute la journée pour accomplir, et j'étais occupé à la commencer, lorsque, vers huit heures du matin, des cavaliers qui battaient le bois ont jugé à propos de m'arrêter. Ils peuvent le dire, mes chaînes, mes jalons, mes niveaux d'eau, tout était là et témoignait suffisamment de mon occupation et de mon métier.

En dépit de sa conviction profonde, au sujet de la culpabilité du personnage, Rollon ne put s'empêcher d'admirer intérieurement l'air d'aisance impudente, de naturel parfait qui présidait à ses réponses.

Sommés, à leur tour, de dire la vérité, rien que la vérité, les cavaliers qui avaient opéré son arrestation ne purent que confirmer encore l'exactitude de ces nouvelles assertions.

— Que savez-vous de votre co-accusé? reprit le président.

—Peu de chose, répondit effrontément Furstenbach, si ce n'est qu'à mon avis, il est bien et dûment l'assassin du colporteur Backer.

— Qui vous le fait croire? L'aviez vous vu dans le bois avant l'heure du meurtre?

— A quelle heure a-t-il été commis? demanda Furstenbach, sans répondre d'abord à la question qui lui était posée, et avec une assurance que rien ne semblait pouvoir déconcerter.

— Vous devez bien savoir que c'était vers sept heures du matin, reprit sévèrement le président; c'est à ce moment qu'ont retenti les coups de fusil; mais vous ne répondez pas à ma demande. Aviez-vous rencontré cet homme avant l'heure du meurtre?

— Pardon, c'était pour y répondre plus positivement, — reprit l'imperturbable Furstenbach, — le meurtre a été, dites-vous, commis vers sept heures, et il n'en était que cinq environ, lorsque, me rendant à ma besogne, j'ai trouvé, couché dans la clairière de la Croix-Blanche, cet homme endormi, ou plutôt faisant semblant de dormir; j'en sais quelque chose, ajouta-t-il, en jetant sur Rollon un regard d'ironie.

Or, tout le monde sait que pour venir de la mare aux Loups, où demeurait le pauvre Backer, au village d'Ehrenfeld, il devait forcément passer par la clairière de la Croix-Blanche, et voilà pourquoi l'homme qui en voulait à sa vie et à ses marchandises, s'y était posté en embuscade pour l'attendre.

Cette accusation donnait aux dernières et vagues paroles du colporteur : « Oui... je le reconnais... c'est cet homme qui le premier... » un sens clair et terrible. Un long frémissement parcourut un instant la salle silencieuse. Ce n'était pas tout encore.

— Pouvez-vous prouver ce que vous avancez au sujet de la présence de votre coaccusé dans la clairière, avant l'heure de l'assassinat? — demanda le président, — c'est important, car enfin, puisque c'est à sept heures qu'il a été pris en flagrant délit, sa présence dans le bois avant ce moment ajouterait une preuve de plus, celle de la préméditation.

— Quand j'ai été arrêté ce matin, lorsque j'ai appris de quel crime j'étais accusé, ma première pensée fut que l'homme qui avait assassiné Backer ne pouvait être que celui que j'avais trouvé en embuscade dans la clairière de la Croix-Blanche; alors j'ai prié l'un des soldats qui me gardaient de m'y accompagner. La mousse était encore foulée, les feuilles sèches et le gazon conservaient l'empreinte d'un homme couché; puis il y avait aussi autre chose.—Mon cher, ajouta Furstenbach en s'adressant avec un air de fatuité protectrice à l'un des soldats debout derrière lui, avez-vous remis à M. le président la pièce de conviction que nous y avons trouvée?

— Ah! pardon excuse, je l'avais oubliée, et le soldat tira vivement du fond de son chapeau un gant de peau de daim, qu'il fit passer au président.

—Les deux font la paire, dit celui-ci, voici l'autre qu'on a trouvé dans la poche du prévenu.

En même temps il montrait l'autre gant du capitaine.

— Il est évident, répéta-t-il, que ce gant n'a pas été oublié dans la clairière après l'assassinat, puisque son propriétaire était déjà entre les mains de la justice. Messieurs les jurés sauront, dans leur âme et conscience, apprécier cette preuve d'une horrible préméditation.

Un silence profond, pendant lequel la bise soufflait au dehors et faisait frisonner les longues toiles d'araignées aux solives du cintre, accueillit ces dernières paroles du président.

Furstenbach demanda s'il pouvait encore être entendu, et sur l'assentiment qu'il obtint, il reprit la parole, armé de cet air d'impudence qui ne le quittait pas.

— Je n'ai plus qu'un mot à dire, ajouta-t-il, pour ma justification à moi, qu'on a bien voulu confondre avec monsieur, honneur dont je suis assez peu jaloux pour le décliner de toutes mes forces. Qu'a-t-on à me reprocher? Ma présence dans le bois à l'heure du crime? N'ai-je pas prouvé que j'avais des raisons puissantes pour m'y trouver? M'a-t-on surpris dépouillant la victime comme monsieur? Avais-je du sang aux mains? Avais-je, comme lui, la figure déchirée par les ongles de la victime?

Tous les regards se portèrent avidement vers le capitaine. Jusque-là, les lampes encore baissées n'avaient jeté qu'une sombre et lugubre clarté dans la vaste salle d'audience. Tout à coup, sous la main d'un des huissiers, la lampe, qui était près des accusés, lança, le long de son tube de verre, un long jet de flamme, d'où jaillit sur eux un flot de lumière. A cette clarté soudaine, le visage de Furstenbach apparut avec son masque de sinistre ironie, et la figure pâle de Rollon laissa voir les sanglantes balafres imprimées par les branches des buissons, dans sa course ardente vers le malheureux qu'il voulait sauver.

Ainsi, l'excès de courage et d'humanité du Philadelphe fournissait une preuve de plus à ce faisceau de preuves accablantes, sous lesquelles l'innocence allait succomber.

—Voyons, messieurs, reprit Furstenbach en promenant effrontément ses regards sur tout l'auditoire, y a-t-il quelqu'un parmi vous qui se lève contre moi comme témoin à charge?

Un silence absolu suivit cette demande.

— Eh bien! messieurs, puisque aucune voix ne peut porter témoignage contre moi; puisque M. le président ne peut répondre d'une manière satisfaisante à mes questions; qu'il résulte de tout ceci que je reste blanc comme neige... comme je suis pressé...

En disant ces mots l'impudent personnage faisait mine de lever pied et de tirer au large, lorsque deux ou trois bourrades de ses gardiens lui rappelèrent que son rôle n'était pas encore si complétement fini qu'il semblait se plaire à le croire.

Cet incident dissipa pour une minute la tristesse morne qui planait au-dessus des assistans, mais qui reprit tout aussitôt son empire lorsque le président continua :

— L'audience, messieurs, dit-il, va être suspendue jusqu'à ce que le prévenu ait fini de conférer avec l'avocat nommé d'office pour le défendre. Il est juste que la défense ait le temps de préparer ses moyens et de fourbir ses armes pour le combat,—ajouta-t-il par une de ces métaphores prétentieuses si chères, de tous temps et en tous pays, aux avocats de quelque classe qu'ils soient.

Au moment où l'assistance désappointée recevait, avec une défaveur marquée, l'annonce d'un entr'acte dans ses plaisirs, le chef des Philadelphes demanda qu'on voulût bien le laisser parler un instant.

— Parlez, dit le président.

Alors, en promenant sur l'auditoire ce regard magnétique qu'il savait si puissant, Rollon, en quelques termes énergiques et nobles, pria le président de ne pas suspendre l'audience, attendu qu'il ne voulait confier le soin de sa défense à personne autre qu'à lui-même; que sa défense serait brève, et surtout immédiate.

Peu s'en fallut qu'à ces mots, à la manière dont ils furent prononcés, l'auditoire ne battît des mains, par un mouvement presque irrésistible, et à la vue surtout de ce jeune officier, fier, beau, comme le plus beau et le plus fier des brigands de Schiller, et dont la voix harmonieuse n'avait pas un instant tremblé, et dont l'œil bleu n'avait pas cessé de lancer de magiques éclairs.

Quand le calme se fut rétabli, sur une menace du président de faire évacuer la salle, le capitaine commença sa défense.

A l'exception du mystérieux motif de sa venue dans la juridiction d'Ehrenfeld, il n'avait besoin que de dire la vérité dans toute sa simplicité.

Il raconta son attente dans la clairière, l'apparition d'un étranger marchant sur la mousse des bois, avec les précautions du démon de la nuit, l'espionnage dont il avait été le sujet pour cet homme, et les tentatives qu'il avait faites pour s'assurer si le témoin qui se trouvait couché au pied d'un chêne, dormait bien réellement. Rollon raconta ensuite l'apparition du colporteur, ses efforts pour dissimuler et étouffer le son du sac d'argent enfermé dans sa balle, l'effroi et la fuite de ce malheureux quand lui, étranger, perdu dans la contrée inconnue, où l'avait engagé la perfidie d'un guide, il s'était adressé au colporteur pour lui demander où il pourrait trouver un gîte contre le froid et la faim. Il raconta enfin comment les cris du colporteur lui avaient fait oublier le soin de sa personne; comment, à son approche, trois malfaiteurs, les auteurs du crime, avaient pris la fuite en déchargeant sur lui leurs carabines.

Ici le président interrompit Rollon.

— Pourriez-vous reconnaître l'un de ces hommes si vous le voyiez une seconde fois?

— Une quatrième fois, voulez-vous dire, car il y en a un que j'ai vu déjà trois fois : la première, dans la clairière, quand il est venu espionner mon sommeil; la seconde, quand je l'ai vu tourner contre moi sa carabine; la troisième, quand je l'ai vu là près de moi, sur ce banc des accusés où je ne devrais pas être.

En disant ces mots, Rollon désignait du doigt l'honnête et toujours imperturbable Furstenbach.

Ce fut un coup de théâtre auquel personne ne semblait s'attendre, excepté lui qui haussa les épaules en murmurant :

— Bah! au fait, on se défend le moins mal qu'on peut.

— Il n'est pas le seul, mais il est l'un des assassins, — reprit le capitaine. — Quant à moi, si le malheureux Backer a manifesté de l'horreur à mon égard, c'est qu'à ses sens troublés, n'apparaissait plus que l'homme qui l'avait involontairement effrayé, et dont le souvenir se mêlait, malgré lui, à celui des auteurs de cette sanglante catastrophe. Je n'ajouterai pas un mot de plus, dit-il, en finissant, fort de mon innocence, et devant le Dieu qui la protège, j'attends, sans trembler, le verdict des juges.

Et le Philadelphe se rassit, l'œil calme et le front haut.

L'officier public se leva à son tour.

— Messieurs les jurés, dit-il, le résumé de

ces courts débats sera bref lui-même ; il est des choses tellement évidentes qu'on ne doit pas perdre son temps à les prouver.

Après ce préambule, il fit une pause d'un instant, comme pour donner au mouvement favorable à l'accusé, qu'avait suscité sa courte et chaleureuse défense, le temps de s'apaiser.

— Il est des choses, ai-je dit, — reprit-il — tellement évidentes, qu'on ne doit pas perdre son temps à les prouver, la culpabilité de l'accusé est une de celles-là. Un homme, étranger au territoire, s'y introduit nuitamment, sans pouvoir expliquer le motif de sa venue. On trouve cet homme embusqué dans le seul chemin que puisse prendre sa victime future qu'il guette, comme le tigre guette sa proie. Le colporteur Backer tombe dans le piège ; il est pris, poignardé. On surprend son meurtrier attaché à sa victime ; on entend la victime lui demander grâce de la vie, puisqu'elle a déjà donné toute sa fortune. L'assassin, la figure ensanglantée, est appréhendé, je le répète, au moment où il garrotte le colporteur, pour faire croire à l'attaque de plusieurs hommes, et, avant de mourir, Backer le déclare comme son meurtrier. Que veut-on de plus? Rien. De longs discours feraient croire que la justice n'est pas convaincue de l'infaillibilité de l'accusation ; je la borne donc là, et je laisse à la conscience du jury le soin de prononcer un verdict de condamnation.

L'officier public se rassit après cette tirade, et le jury quitta la salle d'audience pour passer dans celle des délibérations.

Quelque claire, quelque évidente que soit la culpabilité d'un homme, et malheureusement celle de l'officier français paraissait indubitable, c'est toujours une solennelle et terrible décision que celle dont la vie humaine va dépendre.

Cependant, malgré la gravité des circonstances, en dépit de l'aspect lugubre de cette grande et sombre salle qu'on semblait laisser à dessein presque envahie par les ténèbres, les spectateurs paraissaient plutôt en proie à la curiosité qu'à l'émotion.

Pendant plus d'une demi-heure d'intervalle, les regards ne cessèrent de se porter sur le capitaine avec plus d'avidité que d'intérêt. On eût dit qu'on redoutait moins une condamnation, presque certaine pour l'accusé, que de le voir fléchir sous son poids.

Avec une sagacité qui s'était déjà étonnée de quelques irrégularités dans les débats, le capitaine Rollon sembla comprendre cette disposition de la foule à son égard. De vagues soupçons lui revinrent en mémoire ; il ne put se dissimuler que sa condamnation était résolue à l'avance, et qu'une circonstance fortuite, incompréhensible servait de prétexte à une trahison occulte dont il était victime.

Ce long jeûne qu'on lui avait imposé à dessein pour troubler la lucidité de son cerveau par les défaillances du corps ; ce conseil perfide qu'on lui avait donné de hâter son jugement, tout cela lui paraissait un piège habilement ourdi, dans lequel il devait succomber.

Rollon s'apprêta donc à mourir, et à recevoir son arrêt de mort sans pâlir.

La rentrée des jurés vint interrompre ses lugubres pensées.

Tous les bruits divers d'un auditoire impatient du dénouement cessèrent subitement comme par magie.

Alors, le chef du jury s'avança, et d'une voix ferme et distincte :

— Sur notre honneur, — dit-il, — sur notre âme et sur notre conscience, l'accusé Furstenbach est innocent; l'accusé étranger est coupable de meurtre sur la personne du colporteur Backer; et d'après les lois particulières de la juridiction d'Ehrenfeld, le meurtrier a mérité la mort sans appel... et sans sursis.

Le capitaine s'était levé, et le visage pâle, mais calme, sans que le feu de ses yeux se fût éteint, sans que ses muscles eussent tressailli, il entendit la sentence de mort que ses pressentimens lui avaient annoncée.

CHAPITRE XIV.

La dernière heure.

Quelques instans après le prononcé de la sentence de mort, le capitaine Rollon avait été ramené à sa prison, et c'est là que nous le retrouvons de nouveau seul, les mains soigneusement attachées derrière le dos pour qu'il ne pût essayer d'attenter à sa vie, tandis que, prêts à accourir au moindre bruit, le geôlier et deux ou trois gardiens de supplément se promenaient dans le corridor ou se tenaient en sentinelles près de la porte.

Par un excès de rigueur qu'il ne concevait pas, on lui avait refusé la triste consolation de pouvoir écrire à ses amis absens ses derniers vœux et ses adieux suprêmes.

La nuit était sombre ; l'horloge du village achevait de sonner onze heures, et quelques lumières errantes, qui semblaient celles d'un cortége funèbre, brillaient dans la campagne, au-dessous du prisonnier; tandis que, du côté des habitations, des bruits confus et insolites, à cette heure de la nuit, arrivaient de temps en temps à ses oreilles. Parfois aussi, du côté de la rive du Rhin, lorsqu'une bouffée de vent balayait les vapeurs nocturnes, il pouvait apercevoir les lueurs lointaines des bivouacs de l'armée d'invasion.

A cet aspect surtout, son cœur se serrait dans sa poitrine. Il y avait à peine vingt-quatre heures que, guettant l'arrivée du radeau de la Mürg, il déployait avec un secret orgueil aux yeux de Lambert le Jéhuiste, le tableau de son occulte et formidable puissance.

Un événement mystérieux, incompréhensible, venait de le briser en un instant.

Il maudissait amèrement la folle confiance qui l'avait livré à ses ennemis. Plus il réfléchissait aux événemens extraordinaires qui achevaient de s'accomplir, plus il était persuadé que le hasard n'était pour rien dans leur combinaison, et qu'il était tombé dans une trame ténébreuse habilement ourdie et plus audacieusement refermée sur lui.

Cependant, il répugnait à sa loyauté, comme à sa pénétration presque infaillible, de croire que ce jeune André ne fût qu'un traître, lui qui portait si visiblement écrits sur son front les caractères de la droiture et de la sincérité.

L'enchaînement des circonstances était néanmoins de nature à ébranler sa conviction à cet égard. André, après sa séparation d'avec lui, à l'embranchement des trois sentiers, n'avait plus reparu; il est vrai qu'il n'avait osé interroger personne à son sujet, et peut-être veillait-il sur lui à son insu. Mais, sauf cette exception douteuse, Rollon voyait partout l'empreinte d'un pouvoir occulte qui l'avait environné à son entrée sur le territoire d'Ehrenfeld, et dont la main n'avait pas reculé devant l'assassinat d'un malheureux colporteur, pour le lui faire expier comme un crime. Ce crime, Fürstenbach l'avait commis, et la justice dérisoire de ses juges l'en avait absous. Puis, par un nouveau retour sur le passé, il lui semblait impossible qu'André, par intimidation, peut-être, n'eût pas révélé le secret de son nom et de sa qualité.

André pouvait être tombé entre les mains d'assassins apostés pour le surprendre, et la crainte de la mort l'avait fait parler. Cette idée n'avait rien d'invraisemblable; n'était-il pas tombé, lui-même, entre les mains de bourreaux déguisés en juges?

Le capitaine revenait ensuite à cette horrible pensée, qu'il lui fallait mourir sans avoir accompli ses vastes et audacieux projets; qu'il lui fallait mourir de la mort du criminel, sur l'échafaud d'Ehrenfeld, tout en laissant, dans le camp français, la mémoire d'un traître, d'un déserteur en face de l'ennemi.

Au moment où le capitaine retournait, pour la vingtième fois, toutes les faces diverses de ses tristes pensées et de ses conjectures, le bruit de la clé dans la serrure lui annonça que la porte allait s'ouvrir. Le geôlier entra presque aussitôt.

— Eh bien, monsieur, vous pouvez vous vanter d'avoir une fameuse chance.

Rollon sourit douloureusement et ne répondit rien.

— Vous vous rappelez, reprit le geôlier, que je vous avais prévenu que vous seriez exécuté douze heures après la sentence?

— Eh bien! s'écria vivement Rollon, à qui une pensée, rapide comme l'éclair, fit tout à coup entrevoir un long sursis, pendant lequel André, peut-être, et les Eveillés, dont il connaissait la puissance, auraient le temps de venir à son secours;—eh bien?

— Eh bien! c'est demain le jour de Noël, et, de mémoire d'homme, jamais exécution n'eut lieu ce jour-là.

— A quel jour est-ce remis? demanda le Philadelphe avec un tressaillement nerveux de la plante des pieds à la racine des cheveux.

— Remis! reprit le geôlier. Dam! je le veux bien, quoiqu'il y en aurait d'autres qui appelleraient cela autrement, attendu qu'au lieu de demain... c'est ce soir.

L'énergique officier eut besoin de faire appel à toute la puissance de ses muscles pour empêcher ses jarrets de ployer sous lui. C'est que tout impatient d'en finir qu'il se fût d'abord montré, la mort, cette mort surtout, se présentait dans son horrible réalité.

Il put cependant montrer un front calme au geôlier.

— Ainsi, c'est ce soir, dit-il d'une voix qui ne laissa rien soupçonner de ses angoisses.

— Tout à l'heure. Hein! c'est de la chance, vous qui étiez si pressé d'éviter tout une longue journée de tortures morales.

— C'est vrai, pensa le capitaine.

Le geôlier, après lui avoir renouvelé ses complimens allait sortir, quand Rollon le retint.

— Pouvez-vous répondre à une question? dit-il.

— C'est selon.

— N'a-t-on pas aperçu dans les environs quelqu'un, un jeune homme, un officier étranger, je crois?

— Un officier russe?

— C'est possible.

— Ah! parbleu! vous me faites penser qu'Ehrenfeld, mon pays, a du malheur depuis ce matin..., un village si vertueux!

— Encore un crime! s'écria Rollon.

—Précisément, on vient d'apporter, tout à l'heure, aux flambeaux, le cadavre d'un jeune officier russe. Par exemple on n'a pas pris l'assassin, cette fois.

— Je m'en doutais, se dit Rollon à lui-même; puis il laissa le geôlier s'éloigner en disant:

— Ma foi! je me donne congé demain toute la journée.

Le capitaine, resté seul, se rappela ces lumières qui avaient frappé ses yeux, dans la campagne, quelques instans avant l'entrée du geôlier, et, tout en déplorant le triste sort du jeune guide, victime, comme lui, d'une ténébreuse intrigue, il aima mieux le savoir mort que traître. Il donna aussi une dernière pensée à la douleur de ce frère qui l'aimait tant.

Il n'y avait plus d'espoir de secours, plus de chance d'échapper à sa destinée. Rollon se réjouit de mourir plus vite, et n'eut plus, dès lors, besoin d'efforts pour bien mourir.

L'horloge sonna de nouveau, et le prisonnier compta douze coups.

— Minuit! dit-il. Comme elles s'écoulent rapidement les dernières heures de la vie! La vie est comme le temps, un son qui vibre un instant dans les airs et s'éteint, un souffle qui s'échappe de la poitrine humaine et se perd, marquant la chute du temps dans le gouffre du néant et celle d'un homme dans l'abîme de l'éternité.

Les tintemens lugubres d'une cloche se mêlèrent aux dernières vibrations de l'horloge. Ces tintemens étaient lents, espacés comme ceux par lesquels, du haut de ses clochers, l'église signale l'agonie d'un chrétien aux prières des fidèles.

Cent fois, sur les champs de batailles, le capitaine avait entendu, sans s'émouvoir, les grondemens du canon précurseur de la mort; mais il ne put entendre, sans tressaillir, ce glas funèbre d'un vivant retentir et mourir tour à tour au milieu du silence de la nuit.

Un bruit d'une autre nature vint bientôt résonner dans le corridor de sa prison, c'était celui de la crosse d'une demi-douzaine de mousquets qui tombaient sur le carreau. Ce bruit était aussi facile à interpréter dans son véritable sens que la voix des cloches de l'église.

La porte s'ouvrit une seconde fois, et deux cavaliers de la maréchaussée entrèrent dans la cellule de Rollon.

— Etes-vous prêt? dit l'un d'eux.

— Je vous attendais, répondit le capitaine.

— Eh bien! en route!

Le bonnet de police et le manteau de Rollon étaient jetés sur une chaise.

— Quoique ce soit pour un court et dernier trajet, il fait froid ce soir,— dit l'un des cavaliers à l'autre à demi-voix,—et ce pauvre diable ne sera pas fâché d'avoir la tête et les épaules couvertes.

—Je lui mettrai son manteau et son bonnet de police, répondit le second cavalier.

En même temps il couvrit les épaules et la tête de Rollon.

— Merci, camarade, dit-il; et si maintenant on me voyait trembler, on ne pourrait dire que c'est de froid.

— Oh! je suis tranquille là dessus, reprit le soldat, vous m'avez l'air d'un gaillard qui sait regarder la camarde sans trembler. Si vous êtes réellement militaire et officier supérieur, comme l'annonce votre tenue, plaise à Dieu, pour l'honneur du métier, que vous ne vous démentiez pas en face de l'échafaud.

— Ne craignez rien. Aucun ne sait mourir avec calme, comme l'innocent! mais dites-moi, camarade, en ma qualité de militaire, je ne serai donc pas fusillé? demanda tristement le capitaine.

—Non; et c'est parce que vous allez monter sur la guillotine des pékins que j'en redoute pour vous la vue. Marchons, on nous attend.

En disant ces mots, l'espèce de compassion que cet homme avait montrée pour Rollon sembla faire place à l'indifférence habituelle des gens accoutumés à ces tristes scènes.

Les deux cavaliers se mirent à ses côtés, et tous trois sortirent de la prison. Dans le corridor, le détachement des soldats se joignit à eux, et, les uns devant, les autres derrière le prisonnier, le cortége descendit l'escalier et gagna la cour. Le froid, en effet, était devenu plus vif, et dans l'intérêt de son honneur, Rollon sut intérieurement bon gré au soldat du service qu'il lui avait rendu en l'abritant, sous son manteau, de la froidure d'une nuit de décembre.

Quand Rollon, escorté comme nous l'avons dit, eut traversé la cour et gagné la rue, les deux cavaliers qui se tenaient à ses côtés montèrent à cheval et se joignirent à dix autres postés pour les attendre. Puis, il y avait encore six hommes portant des torches allumées qui prirent les devans, et le cortége, ainsi complété, prit d'un pas lent le chemin du village.

Ce déploiement de forces indiquait aux yeux de Rollon quelques craintes à l'égard des Eveillés, et fit revivre quelque espoir au fond de son cœur. Il n'était pas naturel qu'on prît tant de précautions pour un coupable ordinaire.

— A-t-on donc si peur que je m'échappe? dit le capitaine en souriant à l'un des soldats qui marchaient à ses côtés.

— Qui sait? répondit celui-ci. Tel, qui paraît être sans appui, a peut-être des frères qui veillent pour lui dans l'ombre; mais pas un mot de plus, monsieur, ajouta-t-il, nous avons ordre formel de ne pas répondre à une seule de vos questions.

On gagna bientôt les premières maisons du village, qui était plus considérable, en réalité, qu'il ne le paraissait, et, à ce moment, la cloche commença de nouveau à retentir.

Les rues étaient désertes, les maisons sombres et silencieuses, aucune lumière n'apparaissait derrière les fenêtres dont les volets étaient presque tous fermés. Le cortége semblait traverser une ville morte. Les seuls bruits qui la fissent retentir, étaient ceux des fers des chevaux sur le pavé; les seules lueurs qui l'éclairaient, étaient celles que répandaient sur les maisons, les torches secouées, de temps à autre, par les porteurs. Ces clartés rougeâtres et sanglantes, qui baignaient les murs des maisons, les sons lugubrement cadencés de la cloche mortuaire, qui recommandait aux prières des vivans l'homme près de mourir, ces cavaliers et ces piétons, marchant silencieusement par une nuit sombre, tout concourait à donner au cortége le plus effrayant aspect.

Cependant la fermeté du capitaine ne se démentit pas un seul instant, durant une mortelle demi-heure que, de détour en détour, de rue en rue, il mit à traverser le village. Un moment, même, il s'imagina qu'on le faisait, à dessein, prolonger son dernier itinéraire pour prolonger son agonie.

Pas un seul être vivant ne s'était montré dans tout le trajet de la prison à une vaste place qu'il aperçut enfin au loin après avoir dépassé les dernières maisons du village.

La lune se montra un instant par une trouée de nuages noirs et vint mêler ses clartés pâles aux rouges clartés des torches. La lumière éclairait en plein une masse noire de sombre charpente au milieu de l'immense place, et jetait des éclairs bleuâtres sur les armes d'un corps de cavalerie qui entourait le sinistre échafaudage.

Il n'avait pas besoin qu'on lui en dît le nom et la destination pour le reconnaître. Le mouvement de répulsion horrible qui fit battre son cœur le lui révéla soudain.

De grands bâtimens en ruines bordaient la place de chaque côté, et sur ces ruines toute la population d'Ehrenfeld groupée confusément expliqua aussi au capitaine le silence et la solitude de ses rues. Aucun habitant n'avait voulu perdre, en restant chez lui, le spectacle de cette sanglante solennité.

Quelques instans plus tard, le capitaine atteignait les premiers degrés de l'échafaud.

— Faut-il vous soutenir pour monter? demanda l'un des soldats qui accompagnaient le prisonnier.

Un regard ferme et méprisant fut la seule réponse de Rollon, et d'un pas hardi, d'un pied assuré, il fit craquer les marches de planches du fatal escalier.

Quand il fut arrivé au sommet de la plateforme, un officier de justice s'avança, déploya un papier, et s'approchant d'un des porteurs de torches, il lut à haute voix la sentence de mort du tribunal.

— Inique sentence, contre laquelle proteste l'innocent qui va mourir par elle! s'écria Rollon d'une voix non moins retentissante, quand l'officier eut achevé sa lecture.

Après cette courte protestation, la seule qu'il crut de sa dignité de faire, Rollon s'adressa aux deux aides de l'exécuteur des hautes œuvres, qui semblaient hésiter.

— Qu'attendez-vous? leur dit-il.

Les deux aides se retournèrent vers leur chef, comme pour lui demander s'ils devaient commencer leur terrible besogne. Rollon l'aperçut pour la première fois.

C'était un homme de taille moyenne, et dont la stature et les membres accusaient la jeunesse; mais une espèce de cagoule rouge, qui n'avait que deux ouvertures pour laisser aux yeux leur rayon visuel, cachait entièrement sa figure. D'un geste, il fit signe à ses deux valets d'attendre un instant; il semblait qu'il manquât quelque chose à cette lugubre mise en scène.

Le capitaine dévorait cet homme du regard. Il n'aurait su dire pourquoi, ni comment sa tournure, son attitude semblaient ne pas être celles d'un étranger pour lui, et si, à ce moment, ses mains eussent été libres, le capitaine eût essayé de soulever ou d'arracher cette cagoule, sous laquelle il eût peut-être découvert le nœud de cette mystérieuse affaire.

Tandis que le Philadelphe faisait de vains efforts pour deviner qui pouvait être cet exécuteur si jaloux de cacher ses traits, les six porteurs de torches étaient venus se mettre aux quatre extrémités et au centre de la plate-forme de l'échafaud, et secouant leurs six flambeaux, ils enveloppèrent le captif d'un cercle de lumière éblouissant. Au loin, les spectateurs silencieux, groupés sur les ruines qui entouraient la place et qu'éclairaient les rayons de la lune, semblaient, hors de ce flot de lumière rouge, une armée de pâles fantômes évoqués pour une cérémonie infernale. Rollon les vit se lever tous avidement pour le contempler.

Alors, un des aides s'approcha de lui pour le dépouiller de son manteau et de son bonnet de police. Le patient se sentit frémir au contact de cette main impure; mais les spectateurs lointains purent voir, au milieu de la zone enflammée dans laquelle il était enfermé, le prisonnier secouant fièrement la tête, pour jeter loin de lui sa coiffure et s'éviter une souillure d'un bourreau subalterne. Le bonnet de police tomba à quelques pas de Rollon, qui, par un geste de lion, rejeta en arrière les boucles brunes de sa chevelure, et laissa voir à la foule un front intrépide, que rien ne savait faire courber.

Cet homme, la tête nue, les bras liés derrière le dos, pâli par la défaillance physique, semblait cependant si majestueux et si beau, qu'un long murmure d'admiration monta de la foule lointaine jusqu'à lui. Ce murmure expira subitement à l'aspect d'un cavalier qui apparaissait tout à coup, à quelque distance, dans le cercle de la lumière des torches.

C'était un homme vêtu du costume civil, et décoré des insignes de la magistrature. Il arrivait lentement, comme un personnage important, bien sûr que le dénouement du drame ne devait pas avoir lieu sans qu'on l'attendît.

Cependant, à sa vue, l'exécuteur à la cagoule rouge fit un geste d'impatience qui impliquait un ordre formel d'en finir avec le patient. Les aides s'approchèrent de lui, et l'un d'eux trouva moyen de lui glisser à l'oreille :

— Demandez un sursis de quelques minutes, le magistrat qui s'avance a peut-être... votre grâce dans sa main.

Le capitaine tressaillit d'allégresse, et s'adressant à l'exécuteur :

— Un instant, dit-il, je ne vois point de prêtre ici, et je veux adresser à Dieu une prière suprême.

Le bourreau s'inclina silencieusement et attendit.

Pendant ce court débat, le magistrat s'était avancé jusqu'aux bords de la plate-forme.

— Vous êtes singulièrement pressé, maître Hermann, dit-il au bourreau, d'une voix pleine d'autorité, oubliez-vous donc qu'il est telle circonstance qui pourrait amener la grâce d'un criminel, fût-il souillé de dix meurtres au lieu d'un ?

— Vous êtes le seul devant qui je n'aie pas fait de protestation d'innocence ; je la renouvelle solennellement devant vous, monsieur, s'écria Rollon, sur le Christ mort pour les péchés des hommes, je suis innocent du crime dont on m'accuse.

— Je ne saurais que faire grâce à un coupable, tout en reconnaissant la justice de l'arrêt qui vous condamne, répondit le magistrat. Ecoutez donc les dernières paroles que vous entendrez peut-être en ce monde.

Alors élevant la voix de manière que tous l'entendissent :

— Ecoutez, vous tous ici présens, s'écria-t-il, ce que moi, Christian Folkenstein, juge du district d'Ehrenfeld, suis chargé de faire savoir :

A ces paroles un religieux silence se fit.

— Parmi toutes les sociétés secrètes que le gouvernement a mission d'étouffer, il en est une particulièrement redoutable, par le nombre de ses affiliés, les ressources formidables dont elle dispose, à ce point que des populations entières, hommes, femmes, autorités judiciaires, civiles et militaires en font partie, c'est la société des Eveillés. Or, par un édit du gouvernement, édit que je suis chargé de faire exécuter, grâce pleine et entière, dans toute l'acception du mot, est accordée à tout criminel, eût-il commis vingt meurtres, eût-il vingt fois mérité l'échafaud, s'il peut ou s'il veut révéler à la justice les mots d'initiation et de reconnaissance des Eveillés.

Un silence plus profond, plus absolu que celui qui avait précédé le discours du juge de district, régnait partout lorsqu'il eut achevé de parler.

— Ne savez-vous rien de semblable ? reprit le magistrat, en lançant sur le capitaine un regard perçant.

Il est certaines limites que l'héroïsme de l'homme ne saurait dépasser, ou du moins des bornes que cet héroïsme ne peut franchir sans avoir besoin de se replier sur lui-même. Une lutte terrible s'engagea dans le cœur de Rollon — l'humanité n'a-t-elle pas ses faiblesses? — mais dans une âme de la trempe de la sienne, la voix de la conservation, le cri de la vie, le tressaillement du corps qui ne veut pas mourir, toutes les angoisses de la matière s'effacèrent et se turent devant la voix et le cri de l'honneur.

Quelque terrible qu'eût été cette lutte intérieure, elle fut si courte, que Dieu et Rollon seuls purent en avoir la conscience et qu'il ne fut donné à aucun œil humain d'en sonder le secret. Le noble Philadelphe ne laissa même pas deviner l'héroïsme de son sacrifice.

— C'est la justice pour l'innocent, que je réclame, dit-il froidement, et non pas la grâce d un coupable.

Et Rollon se livra aux mains des exécuteurs.

La voix du capitaine avait semblé parvenir, comme le son retentissant du clairon, aux oreilles de la foule attentive, haletante et muette.

Une immense acclamation d'enthousiasme fit retentir les échos jusqu'alors silencieux. Puis les porteurs de torches secouèrent leurs flambeaux, dont la clarté se répandit au loin, et, au milieu d'un cercle de lumière éblouissante, on vit le magistrat, à cheval, faire signe de la main pour imposer silence à la foule.

Quand le calme se fut rétabli, et d'une voix qui se fit entendre de tous :

— Frères de l'Esprit, s'écria-t-il, vous tous qui m'écoutez, répétez à nos frères, jusqu'aux extrémités de l'Allemagne, qu'en quelque endroit, que dans quelque position qu'ils se trouvent, ils doivent obéissance au troisième de leurs chefs suprêmes, dans la personne du noble chef des Philadelphes, dont ils sont désormais aussi les frères.

Puis, se tournant vers Rollon stupéfait, qu'il désignait du doigt, en parlant ainsi :

— Vous l'entendez, capitaine Rollon, vous qui alliez mourir pour ne pas trahir un serment que vous n'aviez pas fait encore, les Eveillés s'inclinent devant vous, devant un de leurs chefs suprêmes qui devait conquérir le plus haut grade par la plus terrible épreuve.

En même temps, l'exécuteur à la cagoule rouge, rabattant son capuchon sur ses épaules, montra au capitaine la figure bien connue d'André de Vauvrecy.

— Permettez, dit-il, que votre parrain vous donne l'accolade. — Et il l'entoura respectueusement de ses deux bras étendus, tandis que les cris retentissaient de nouveau, et que la foule accourait, avide de lui témoigner l'enthousiasme longtemps contenu que la fascination émanée de sa personne, que la noblesse de son attitude avaient excité depuis quelques heures.

Est-il besoin de dire que l'allusion faite par le faux magistrat à ces villages entiers affiliés aux Eveillés n'était que l'histoire d'Ehrenfeld, et que cet assassinat, ce procès simulés, n'étaient qu'une terrible initiation proportionnée à la haute réputation du néophyte qui l'avait si victorieusement subie?

Le capitaine n'eût pu s'y méprendre non plus, quand même il n'aurait pas vu à côté de lui Furstenbach donnant le bras au colporteur Backer, dont les blessures sanglantes n'avaient dû un moment d'horrible réalité qu'à la faveur de l'obscurité d'un crépuscule de décembre.

— Corbleu! dit le capitaine bas à André, je meurs de faim.

— Soyez tranquille, répondit André, l'épreuve est finie; on va pourvoir à tous vos besoins, et demain, au point du jour, vous serez de retour au camp français, plus puissant encore que vous n'en êtes sorti.

La foule s'écoula enfin, quand elle eut satisfait à sa curiosité et à son enthousiasme, et Rollon, André et le faux magistrat, restés seuls, prirent une direction différente et s'éloignèrent pour conférer, en secret, des immenses intérêts dont l'Europe était occupée, tandis que le marteau qui abattait l'inutile et sinistre échafaud, retentissait encore au loin, dans le silence succédant aux clameurs, et que la lueur des torches n'éclairait plus que la place devenue déserte.

CHAPITRE XV.

Le chasseur de nuit.

Trois mois et demi se sont écoulés depuis les scènes du dernier chapitre, et, des bords du Rhin, nous nous trouvons transportés sur les rives de la Seine, dans les plaines où le fleuve français coule entre Villeneuve-Saint-Georges et Paris.

Nous voici à ce moment fatal, qui ne précède la chute de l'empereur que de quelques heures, et où les deux rives de la Seine présentent un sombre tableau. Les Alliés, descendus des hauteurs de Vincennes, ont forcé le pont de Charenton, et se sont répandus dans les plaines de Villeneuve-Saint-Georges. La nuit commence à se faire!

Sur la rive droite, des clartés plus vives

que celles des bivouacs prussiens ou cosaques teignent les eaux du fleuve. Une ferme y est livrée à l'incendie, et, de la rive gauche silencieuse, on peut apercevoir, autour de la maison en feu, de sinistres figures de cavaliers formés en cercle, repoussant du fer de leurs longues lances, les malheureux qui veulent se dérober aux flammes; on peut entendre leurs cris lamentables se mêler aux hurlemens de joie de leurs bourreaux.

De la rive droite aussi on peut voir à travers l'ombre transparente qui couvre la rive gauche comme un voile de deuil, des tombereaux, des tapissières, chargés de blessés et de mourans; des courriers effarés qui galopent en descendant le cours du fleuve; des officiers, des soldats qui vont et viennent, soit à pied, soit à cheval.

Mais le silence le plus profond ne cesse de régner de ce côté du fleuve, silence de désolation qui fait ressembler tous ces passans à des fantômes comme en évoquent les mauvais rêves.

Ce jour est le 31 mars 1814.

A quelque distance, à cent pas environ du fleuve, sur la rive gauche, l'intérieur d'une ferme présentait un spectacle moins sombre que celui de la route qui longeait la Seine. Une tranquillité, mais une tranquillité morne régnait dans la vaste pièce où étaient réunies une demi-douzaine de personnes de conditions différentes.

Le froid était humide et pénétrant, et un feu vif de sarmens et de javelles pétillait sous le large manteau de la cheminée. Deux personnages de tournure et de physionomie bien distinctes étaient assis aux deux extrémités du foyer, de manière à n'en pas intercepter la chaleur aux autres.

Le premier, à cheval sur sa chaise de paille, et un coude appuyé sur le dossier, fumait une pipe remplie du plus rude et du plus âcre tabac de la régie. Son autre bras était tenu en écharpe par un mouchoir tacheté de sang. C'était un soldat tout récemment blessé, que les hasards de la guerre avaient jeté loin de son régiment dans cette ferme isolée.

Ses traits bronzés, sa moustache grisonnante lui donnaient l'air d'un Egyptien, c'est à dire d'un des soldats qui avaient accompagné Bonaparte en Egypte. Pour éviter une plus ample description, c'était le type du grognard, si heureusement et si souvent reproduit par Bellangé.

L'autre personnage, assis vis-à-vis de lui, était un homme de taille moyenne, à la physionomie effacée, placide et débonnaire, enveloppé d'une houppelande fourrée, et à son aspect pacifique, on se fût demandé ce qu'il venait faire au milieu des scènes sanglantes dont les bords de la Seine étaient le théâtre.

Assis à une longue table, non loin de la cheminée, deux valets de ferme expédiaient leur repas du soir, en face d'un broc de vin de Beaugency, et enfin la maîtresse du logis s'occupait, à l'extrémité de cette même table, à dresser un couvert pour l'un ou l'autre des deux personnages assis, tandis que son mari allait et venait de la porte au foyer, et du foyer à la porte.

Des fourches, des fléaux, et une longue carabine, de celles qu'on appelle *canardières*, étaient déposés le long des murailles, à portée de la main des deux robustes garçons de ferme, pour leur servir en cas de besoin.

Tout en dressant le couvert avec soin, la ménagère semblait effrayée; et il y avait de quoi trembler, en effet, à la vue de l'impitoyable ennemi qui couvrait la rive droite jusqu'à Paris. La femme du fermier était grasse, fraîche et avenante, et le grognard blessé la suivait dans tous ses mouvemens avec un certain air de plaisir et de complaisance.

— Ne tremblez pas ainsi, la petite mère, disait l'Egyptien en caressant sa moustache grise, nous sommes ici quatre hommes résolus, — il paraissait ne pas compter celui qui se chauffait sous sa houppelande, — et tout blessé qu'on est, on brûlerait encore volontiers une cartouche en votre honneur.

— Mon doux Jésus! ne pas trembler, est-ce possible, quand on peut voir du grenier la maison de ces pauvres Léonard en flammes, et qu'on est exposé à voir brûler la sienne?

—Toute la rive gauche de la Seine est libre, dit-on, et ces gueux de keyserlicks et de Cosaques ne se hasarderont pas à passer du côté que l'Empereur,—l'Egyptien porta la main à son bonnet de police, comme le prêtre en chaire, qui se découvre en prononçant le nom de Dièu,—que l'Empereur occupe, n'eût-il qu'un régiment de sa garde avec lui.

En ce moment l'homme à la houppelande prit la parole :

— Mon bon ami, dit-il en s'adressant au soldat, avec un grasseyement prononcé, affecté même, pourquoi donc ne comptez-vous ici que quatre hommes, quand j'y suis? Serait-ce que vous avez la modestie de ne pas vous mettre dans le nombre?

Le grognard regarda le bonhomme qui lui tenait ce langage, avec un air d'étonnement semblable à celui que dut éprouver Balaam en entendant parler sa monture.

— Mon bon ami ! répéta-t-il, je ne suis pas l'ami du premier pékin venu, et celui à qui je fais cet honneur doit être autrement ficelé que vous ne l'êtes, *primo* d'abord et d'un; *secundo*, je n'ai l'habitude d'appeler un homme que le particulier susceptible et décoré d'une barbe *quelqueconque* dont vous semblez complètement dénué jusqu'à la troisième capucine... Suffit, je m'entends; donc je ne vous compte pas.

— Mon bon ami, vous avez tort, peut-être, de juger d'un homme d'après les apparences, répondit tranquillement le voyageur à la houppelande.

— Dam ! si j'en juge par votre fourrure, vous êtes sans doute un habitant du Canada ?

—J'en viens, peut-être.

En disant ces mots, le bonhomme ferma ses yeux, comme le chat un instant réveillé à demi et qui se rendort dans les cendres du foyer.

La ménagère avait craint un instant qu'une rixe ne s'élevât sous son toit; elle ne put s'empêcher de sourire, malgré sa frayeur, de la conclusion pacifique de cette légère altercation, qui se dissipait comme une des bouffées de la pipe de l'Egyptien, grâce au caractère moins que provoquant de l'une des deux parties.

— C'est un épicier que sa femme doit battre, dit le soldat, à mi-voix, à l'oreille de la ménagère, il n'aime pas la fumée de tabac de caporal.

Le bonhomme, en effet, toussait violemment chaque fois qu'un nuage, dirigé vers lui par l'Egyptien, s'envolait en tournoyant de son côté.

— Ainsi vous prétendez que la route est libre de ce bord de la rivière jusqu'à l'Empereur, reprit la ménagère.

— Sans aucun doute, l'Empereur...

— Oui, chère madame, soyez sans crainte, interrompit l'homme à la houppelande, je viens de Strasbourg par St-Dizier, et si Paris ne capitule pas...

— Paris capituler ! allons donc, — s'écria le grenadier, avec un sourire de dédain, — le Cosaque ni l'Autrichien, pas plus que le Prussien, ne verront jamais la colonne Vendôme, c'est moi qui le leur défends ! Mais où est donc votre chaise à bras, pour être venu de si loin, continua-t-il, d'un air de mépris, en s'adressant à son interrupteur.

— Elle est à quelque distance d'ici,... avec mes porteurs,—répondit le bonhomme, en souriant de son plus placide sourire. — Oh ! bon Dieu, mon ami, quel horrible tabac vous fumez là ?

— Quintessence de caporal numéro un fâché si cela vous déplaît, mon bon ami.

Un tourbillon d'âcre fumée s'élança en volutes bleues et grises vers le bonhomme, soufflé par la bouche du grognard.

Le bonhomme s'écarta en tirant de sa poche une bonbonnière d'écaille, il y prit une pastille contre la toux, qu'il mit dans sa bouche, de l'air de la plus parfaite quiétude, puis il ferma de nouveau les yeux.

Le fermier, absent depuis un instant, rentrait en ce moment, la figure enflammée et les poings crispés, tandis que ses yeux exprimaient toute l'indignation dont il était animé.

A son aspect, sa femme poussa un cri qui fit courir les deux garçons de ferme à leurs fourches ; l'Egyptien lui-même, sa pipe à la main, se leva de son siége ; le bonhomme seul, les yeux à demi clos, ne fit pas un geste ; son masque impassible ne s'anima pas : il paraissait se laisser bercer au tic-tac monotone du *coucou* suspendu à la muraille.

— Les coquins ! les infames ! s'écria le fermier.

—Les Cosaques? dit la femme, ils sont là ?

— Non, grâce à Dieu ! mais du grenier je viens de les voir, à la clarté de la ferme des Léonard qui brûle, à cheval, leurs grandes lances à la main, repoussant dans les flammes ceux qui essayent d'échapper à l'incendie !

— Jésus Dieu ! reprit la fermière plus rassurée en pensant que le danger ne menaçait que ses voisins, l'Empereur ne viendra donc pas balayer ces voleurs et ces assassins !

— Patience, ajouta le vétéran, l'Empereur n'est pas loin, et dans une heure, peut-être, nous allons le voir arriver avec sa garde toujours victorieuse.

Tous s'étaient rassis en frémissant encore, et ce fut à qui raconterait les actes de cruauté sans nombre que partout les alliés avaient commis sur leur passage.

A Saint-Dizier, des femmes et des enfans, des vieillards étaient morts par suite des mauvais traitemens des Cosaques ou des Prussiens.

Partout les fermes étaient incendiées, et des familles opulentes ou aisées se trouvaient tout à coup réduites à la mendicité. En vain les habitans s'empressaient-ils de satisfaire à leurs désirs pour échapper à leur férocité. Les barbares, échauffés par la boisson, se saisissaient des filles, des femmes, des servantes, les battaient à outrance pour les forcer à boire l'eau-de-vie qu'on leur présentait, et quand, à force de traitemens brutaux, ces malheureuses consentaient à s'enivrer plutôt qu'à mourir, quand elles étaient tombées dans un état complet d'anéantissement, c'en était fait de leur avenir, heureuses encore quand elles n'étaient pas mutilées, tuées ou jetées vivantes dans les feux des bivouacs.

Ces récits n'étaient pas exagérés, et les provinces de l'Est de la France n'ont pas encore perdu le sanglant souvenir de ces atrocités qui trouvaient alors, et ont trouvé depuis, des apologistes pour les excuser, ou des plaisans pour en rire.

— Ah ! si le *chasseur de nuit* était ici près de la ferme des Léonard, l'affaire ne se passerait pas ainsi, dit un des garçons en achevant le récit d'un de ces affreux exploits.

— Le chasseur de nuit! qu'est-ce que cela ? demanda le fermier.

— Ah ! un brave fini. J'étais, au mois de janvier dernier, garçon de ferme chez mon ancien bourgeois, M. de Mullfern, qui est plus pauvre que moi à présent, tout riche qu'il était alors, quand cet homme vint tout à coup se montrer près de Strasbourg.

— L'avez-vous vu ?

— Jamais ; mais j'en ai tant entendu parler par des gens qui l'ont vu, que je le reconnaîtrais si je me trouvais en sa présence: un homme de près de six pieds, avec une barbe noire, épaisse comme celle du Juif-Errant, et une voix de tonnerre. Toujours est-il qu'il vint seul et qu'il se mit à prêcher la haine de l'étranger si fort et si ferme qu'il ne tarda pas à se trouver à la tête d'une troupe composée de tous les gars les plus résolus du pays. Tremblement du bon Dieu ! dire ce qu'il a fait, ce gaillard-là, c'est pas croyable.

—Vraiment ? dit le grognard.

—On voyait partir un convoi prussien ou autrichien... Pst !... il n'arrivait jamais : à tous les arbres on trouvait des fourrageurs ennemis, c'est à dire des morceaux de fourrageurs ; car le chasseur de nuit, qu'on appelait ainsi parce qu'on supposait qu'il faisait tout ça de nuit, avait soin de les faire couper en quatre, au moins. Un jour, un bataillon entier fut consumé dans les flammes d'un village ; et jusqu'autour des feux des bivouacs, lui ou ses gens venaient égorger les alliés.

— Dites donc, mon bonhomme, s'écria l'Egyptien, en s'adressant au voyageur pacifique, qu'il avait pris décidément pour objet de ses railleries, m'est avis que c'est peut-être vous ce terrible chasseur de nuit.

Le vétéran accompagna cette raillerie d'un formidable éclat de rire, dont le bonhomme ne s'émut pas ; une expression de dégoût se peignit seule sur sa figure.

— Mais, chère madame, s'écria-t-il avec le grasseyement affecté dont il faisait usage, je ne suis pas un buveur de sang, et vous me donnez là une tranche de gigot sanglant. Remettez-moi cela sur le feu ; ma gastrite ne s'accommoderait pas de cette viande saignante; j'ai l'estomac si délicat ! Je crois que vous me faisiez l'honneur de me parler, mon bon ami, reprit-il en s'adressant au vieux soldat avec un air de placidité que rien ne semblait pouvoir lui faire perdre.

— Je demande, mon bon ami, répondit l'Egyptien en contrefaisant d'une manière grotesque le grasseyement de son interlocuteur, si ce n'est pas vous, par hasard, qui êtes le chasseur de nuit dont ce garçon nous narre les exploits ?

— Qu'est-ce que cela vous fait ? répondit le bonhomme, avec un grand sérieux.

— Voyez-vous, le pékin ! s'écria le soldat ; il ne dit pas non, mille millions de diables ! et ça voudrait laisser croire que ce peut être ce dur à cuire de chasseur de nuit.

— Je n'y ai nulle prétention en vérité, parole d'honneur, je dis seulement que cela ne vous regarde pas.

— Le chasseur de nuit, reprit le garçon de ferme, avait une diable de manie, c'était d'enlever les cheveux, la peau de la tête avec, bien entendu, à tous ceux qu'il tuait de sa propre main. Il disait qu'il avait appris cela dans les guerres d'Amérique.

— Les guerres d'Amérique ! interrompit le grognard d'un ton de dédain.

— Avec votre permission on n'appelle pas ça des guerres, attendu que le titre de la chose ne peut se donner qu'à celles d'Europe, et que celles-là ne sont que des *excarmouches*.

— Mon bon ami, dit le voyageur débonnaire, vous avez la déplorable manie de parler de tout sans savoir; il y a tel grognard qui a pu se distinguer aux batailles des Pyramides, de Marengo et d'Austerlitz, et qui dans ces *excarmouches* ne vaudrait pas une pipe de votre affreux tabac.

— Mille milliards de cartouches ! s'écria l'Egyptien, les yeux enflammés de colère, vous êtes donc las de vivre ?

— Possible, mon bon ami.

— Je ne connais pas un homme qui m'empêchera de vous passer mon briquet au travers du corps, — reprit le soldat exaspéré de l'audace du pékin qui semblait faire si peu de cas de lui, et en s'avançant le sabre levé.

— J'en connais un, néanmoins, qui vous en empêchera, — mon bon ami, — répondit l'homme à la houppelande, sans cependant faire un mouvement sur sa chaise.

Le grognard serait sans doute passé de la menace aux voies de fait, si la fermière et son mari ne se fussent résolûment jetés entre eux deux; le dernier, en essayant de contenir et d'apaiser le soldat, la première en s'adressant au bourgeois.

— Pour l'amour de Dieu, monsieur le.... mon cher monsieur, — s'écria-t-elle, ne lui faites pas de mal, à ce brave militaire, épargnez-le, je vous prie.

Le vieux soldat, qui avait combattu en Egypte, en Italie et presque partout, sans avoir obtenu d'autre récompense qu'une croix d'honneur justement méritée, n'eût pas été plongé dans un étonnement plus profond, en se trouvant tout à coup nommé empereur et roi, ou czar de toutes les Russies, qu'il ne le fut en entendant la fermière prier ce chétif pékin d'épargner un soldat vainqueur dans cent batailles.

— M'épargner ! balbutia-t-il enfin, quand il put retrouver la parole, m'épargner, moi ! laissez-moi montrer à ce crétin que c'est lui qui doit humblement implorer mon pardon.

La fermière échangea un rapide regard avec le voyageur, puis elle reprit :

— C'est le contraire, que je voulais dire ; vous n'auriez pas le cœur de faire du mal à ce cher homme du bon Dieu, qui n'a pas plus de malice qu'un agneau. Allons, c'est moi qui vous en prie, remettez votre lame dans le fourreau.

— Le soldat français, troubadour et galant, ne sait rien refuser à la beauté, répondit le grenadier radouci. Pékin, rendez grâces à madame, continua-t-il, elle vous sauve la vie.

L'Egyptien se rassit alors, non sans toutefois laisser tomber sur son chétif adversaire le regard superbe du lion sur le roquet.

— Chère madame, je suis à vos ordres, quand il vous plaira, dit ce dernier, sans paraître avoir pour la magnanimité de son antagoniste toute la reconnaissance à laquelle celui-ci s'était attendu.

La fermière s'empressa de servir le voyageur, et tandis qu'il mangeait du bout des lèvres deux tranches de gigot aussi minces que possible, et qui lui parurent cette fois cuites à point, le garçon de ferme, heureux de retrouver chez ses auditeurs le silence, sinon l'attention qu'il souhaitait, ne se fit pas prier pour reprendre le récit de sa légende si brusquement interrompu.

— C'était ma foi, continua-t-il, le 29 janvier, et il y a aujourd'hui trois mois que j'ai entendu parler pour la dernière fois du chasseur de nuit. On n'avait pas encore ouï-dire que l'ennemi fût près de notre village, et ce jour-là, mon pauvre bourgeois, le père Mullfern, mariait sa fille. Il faisait bien froid, et en attendant l'heure de se rendre à la mairie, les deux futurs et leurs familles se chauffaient auprès d'un bon feu.

Le futur était un jeune homme des environs, qui ne possédait pas de bien au soleil, et ce n'était pas sans peine que mon bourgeois lui avait accordé sa fille, qui devait être riche après lui. Mais, dam ! ils s'aimaient tellement qu'elle en dépérissait à vue d'œil, et que pour qu'il pût laisser sa ferme à quelqu'un, il fallut bien qu'il consentît à la fin à les marier tous deux, sans quoi son bien eût passé à son cousin par la mort de son héritière.

C'était donc une grande joie après tant de déboires, et comme une jeune fille, jolie déjà par elle-même, ne s'enlaidit pas à l'idée d'épouser un quelqu'un qui lui tient au cœur, la fille au bourgeois était plus belle ce jour-là que d'habitude, sous ses beaux habits blancs de mariée, avec son bouquet de fleurs d'oranger à son côté et dans ses cheveux blonds couleur de blé bien mûr.

Le marié faisait aussi plaisir à voir par la joie qu'il éprouvait, de façon qu'on pouvait dire que c'était un beau couple que celui-là.

J'achevais de panser mes bêtes qui, ce jour-là, ne travaillaient pas plus que nous, quand, tout à coup, des cris retentissent dans le village, des détonations de fusil s'en mêlent, et finalement l'ennemi se lance au galop dans la grand'rue. Chacun se sauve comme il peut, excepté dans la maison Mullfern, où nous nous trouvons bloqués par un détachement de Cosaques, Prussiens, et autres animaux de la même nichée.

Quant à moi, j'avais pu me sauver pardessus le mur de clôture pour aller faire quoi ? je n'en sais rien; car pour du secours, je n'en pouvais espérer trouver nulle part ; mais c'est que, ma foi, j'avais peur sans doute. Mais aujourd'hui, mille-z-yeux ! il n'en serait plus de même, continua le garçon, en jetant un coup d'œil de confiance sur sa fourche aux dents aiguës comme des poignards.

Maintenant, ce que je vais vous dire, poursuivit-il, m'a été raconté par mon pauvre bourgeois :

Ce qui rassurait un peu ces braves gens,

surpris ainsi au moment où tous allaient être si heureux, c'est que l'officier qui se trouvait à la tête du détachement ennemi était un jeune officier si blanc, si blond et si rose, que ça devait avoir un cœur compâtissant et tendre comme celui d'un poulet.

Pour lors, néanmoins, il s'installe avec ses hommes, renvoie se chauffer au soleil tous les vieux parens, ne garde que la mariée, le père, la mère et le futur. On leur sert à boire et à manger du mieux qu'on peut, puis voilà que l'officier cause avec deux de ses soldats dans leur jargon russe, allemand et cosaque, car il y avait de tout et personne ne les comprend. Ils avaient l'air cependant d'avoir comploté un joli coup, à en juger par le jeune officier qui se frottait les mains, quand un Cosaque s'avance vers la mariée toute tremblante, lui prend son bouquet de fleurs d'oranger et le jette au feu en semblant dire à son officier : vous allez voir, ça va être drôle, vous allez rire.

Sauf vot' respect, la bourgeoise, enlever à la future son bouquet de fleurs d'oranger c'était comme qui dirait vouloir... enfin... lui enlever... le droit de le porter. Le futur se précipite vers le foyer pour l'en retirer, quand, tout à coup, une explosion terrible se fait entendre, et le pauvre jeune homme tombe mort.

Au moment où il se baissait, le Cosaque avait jeté par derrière lui, un paquet de cartouches dans le feu, et voilà d'où venait la détonation.

La pauvre fille pousse un cri terrible, se précipite vers le jeune homme, quand tout à coup on la saisit elle-même, et depuis ce temps-là M. Mullfern ne sut plus ce qui se passa, c'est à dire de quelle manière, car il n'y a que des malheurs dont il est trop certain, à savoir que sa fille fut déshonorée, sa maison brûlée, son linge, son argenterie pillés, et qu'aujourd'hui il est ruiné à plate couture.

Bref, pour en revenir à mon histoire, le lendemain, après avoir passé la nuit dans les bois, comme fou, en pleurant et en s'arrachant les cheveux, il retrouva sa fille à moitié morte, chez un voisin; et sur les ruines de sa maison, ce qui ne le consola qu'à moitié, des Cosaques, des Prussiens et des Russes coupés en morceaux, et à côté d'eux le jeune officier, qui n'était pas coupé en quatre, sans qu'il en valût mieux : il vivait, il est vrai, mais il avait la peau du crâne enlevée.

Cela prouvait que le chasseur de nuit avait passé par là : en effet, un voisin avait entendu ce terrible homme dire à l'officier : « Je sais comment vous avez traité ces pauvres gens, en sauvage, eh bien! je vous traiterai en sauvage que vous êtes, » et à ce qu'il paraît, il lui avait enlevé la peau du crâne en moins d'une minute. « A sauvage, sauvage et demi, continua le chasseur de nuit, vous vous rappellerez cette agréable importation d'Amérique. » A ces mots il disparut avec sa bande.

— C'est celui-là qu'on peut appeler le bourreau des crânes sans craindre de se tromper! s'écria le grognard.

— C'est ma foi vrai, dit le garçon avec un gros rire, et je voudrais bien voir ce gaillard-là une fois dans ma vie! Quel terrible aspect ça doit avoir!

Il y eut un court moment de silence après ce récit, pendant lequel la fermière jeta un coup d'œil presque craintif du côté où le bonhomme à la houppelande, les pieds sur les chenets, semblait, une fois son repas fini, avoir repris son air de somnolence habituel.

Tout à coup, trois hommes apparurent sur le seuil de la porte : à leur vue, la fermière eut de la peine à étouffer un cri d'effroi, trop bien justifié par la tournure de ces individus. Ils étaient vêtus de lambeaux d'uniformes russes, cosaques ou prussiens, et il fallait savoir, sans doute à l'avance, à quel parti ces gens appartenaient, pour ne pas voir en eux des rôdeurs de l'armée d'invasion.

La fermière avait, sans doute, le mot de cette énigme, puisque, après le premier moment de surprise, elle salua amicalement les nouveaux venus.

— Ce sont des amis, soyez sans crainte, —dit-elle aux assistans.

— Le capitaine est là?—dit l'un des trois hommes.

La fermière fit un signe affirmatif.

— Un capitaine ici! — s'écria l'Egyptien surpris.

— C'est moi, mon bon ami,—dit le voyageur à la houppelande.

— Bah!

Cette simple exclamation peignait toutes les nuances de la surprise la plus profonde; puis le vieux soldat, esclave de la discipline, se demanda avec terreur comment il avait pu insulter un capitaine et lever la main sur lui.

Heureusement pour le grognard, l'inconnu n'était que capitaine de l'un des corps de cavalerie les plus irréguliers qui fussent en France, sans compter les cosaques du Don eux-mêmes.

— Capitaine, dit l'un des arrivans, la nuit

est noire et sombre en diable, nous venons chercher vos ordres.

— Qu'on amène ma chaise à porteur, dit l'inconnu.

— Ici?

— Sans doute; la pièce est assez vaste. Mon bon ami, je vous offre une place dedans, continua-t-il en s'adressant au vétéran qui, vaincu par la surprise où tout ce qu'il voyait le tenait plongé, ne répondit rien à l'offre courtoise d'un aussi prodigieux personnage.

Mais l'Egyptien n'était pas au bout.

Quelques minutes après, les deux battans de la vaste cuisine s'ouvrirent de plain-pied sur la cour, et l'un des soldats à mine farouche entra en tirant après lui par la bride un cheval effrayé qu'il ne faisait avancer qu'avec peine.

Ce cheval devait sans doute avoir été enlevé à quelque Hettman des Cosaques, car les plaines de l'Ukraine n'auraient pas fourni sans peine un second animal aussi noble de formes, aussi fougueux d'allures.

Son œil sauvage brillait comme des escarboucles sous les mèches de la longue crinière qui flottait sur son front et sur son cou, sa queue balayait presque le pavé de la pièce qui criait sous le fer de ses sabots. En un mot, c'était un de ces chevaux que brûle de monter un ardent et intrépide cavalier, mais qui font passer un frisson d'angoisse dans le cœur de l'écuyer malhabile et timide.

— C'est une chaise à bras, mon bon ami; le cœur ne vous en dit pas? reprit l'inconnu avec un redoublement de grasseyement.

— Corbleu! murmura l'Egyptien, j'aimerais mieux monter un obusier auquel on va mettre le feu.

Alors l'inconnu se leva, s'étira, puis ôta sa houppelande, qu'il jeta à un de ses hommes, pour l'attacher en croupe derrière lui. Une veste d'officier de cavalerie étrangère le couvrait en dessous, et quand il eut remplacé son bonnet de soie noire par une espèce de képi à gland d'or, il sembla tout à coup plus transformé encore d'expression que de costume.

Ce n'était plus l'air engourdi, somnolent du chat qui se pelotonne sur la brique chaude du foyer; c'était le chat démesurément grandi, et converti en tigre prêt à se mettre en chasse; c'était, en un mot, l'ancien Jéhuiste, jadis livré au plus incurable marasme, aujourd'hui retrempé par ses sanglans exploits.

Je ne pense, du reste, surprendre personne, en révélant si tardivement le nom de l'homme à la houppelande, sous laquelle nous le retrouverons encore plus tard.

— Qui êtes-vous donc, mille millions de tonnerres? s'écria le vieux soldat, dont la surprise, tout extrême qu'elle fut, allait croître encore.

— Qui je suis, mon bon ami? Tenez, cette chevelure blonde que vous voyez suspendue au frontail de mon cheval, c'est celle de ce jeune officier prussien, si blond, si rose dont nous parlait monsieur tout à l'heure. C'est une importation que j'ai faite d'Amérique. Savez-vous qui je suis maintenant?

— Le chasseur de nuit!

— Si vous voulez bien le permettre, mon bon ami.

A ces mots, Lambert, Boit-Rouge, Cap-de-Fer ou le chasseur de nuit, comme on voudra l'appeler, se mit en selle avec une aisance parfaite, sous laquelle se trouvait subjuguée l'ardeur fougueuse de son noble cheval; puis il s'élança comme une flèche par la porte ouverte, et se perdit bientôt dans la nuit.

CHAPITRE XVI.

Les Lions vaincus.

Quand les portes furent refermées et que l'on n'entendit plus le bruit des pas des cavaliers :

—Cet homme est effrayant, dit la fermière, j'en ai plus peur après l'avoir vu, qu'avant de le connaître.

— Vous saviez donc qui c'était, ma'me Tournut? demanda l'un des garçons de ferme.

— Sans doute, répondit le fermier, il nous avait dit son nom à ma femme et à moi, en nous priant de loger une vingtaine des hommes qui lui restent, dans la grange, là-bas au bout de la ruelle, et de ne rien dire à personne. J'ai essayé, comme vous l'avez vu tous, à l'intéresser au sort de ces malheureux Léonard, et Dieu sait s'il s'en est ému.

—Ces hommes sont aussi à craindre pour les Français, peut-être, que pour les alliés, et, à tout prendre, je ne suis pas fâchée d'en être débarrassée, quoique, au besoin, ils eussent pu nous protéger contre ces bandits de Cosaques, reprit la fermière.

Le vieux soldat seul ne disait rien; il se sentait humilié du rôle qu'il avait joué malgré sa crânerie de troupier devant l'inconnu, avant et après qu'il se fut révélé sous son véritable jour.

— Et où croyez-vous qu'il aille maintenant, ma'me Tournut? demanda de nouveau le garçon.

—Qui sait! peut-être au secours des Léonard. Il arrivera trop tard; mais peu lui importe, pourvu qu'il trouve des Cosaques à massacrer.

Cependant la soirée s'écoulait; les garçons de ferme avaient fini leurs travaux et leur repas, et ils se retirèrent dans la grange qui leur servait de chambre à coucher. Le vieux troupier sortit aussi pour gagner la soupente que le fermier mettait à sa disposition pour une nuit, et ce dernier resta seul avec sa femme dans la cuisine, où nous les laisserons pour nous transporter sur cette même rive de la Seine, à une heure plus avancée de la nuit.

Il était deux heures du matin environ; la nuit était sombre, humide et froide, comme il arrive encore souvent au commencement du printemps.

Tout était redevenu désert et silencieux sur la rive gauche du fleuve. Les courriers avaient fini de passer, les charretées de blessés de sillonner la route. Sur la rive droite, les débris de la ferme incendiée fumaient sur les cadavres des malheureux qui avaient trouvé la mort dans les flammes à présent éteintes.

La Seine coulait tristement ses eaux noires que les feux des bivouacs ennemis ne teignaient plus que de loin en loin, comme nous les avons vus sur le Rhin, avec cette différence que l'épopée impériale était finie, car à cette même heure de la nuit, la capitulation de Paris se signait, et au point du jour, et comme le dit le poète, les barbares du Nord allaient sur les bords de la Seine:

De leurs manteaux secouer les frimas.

Le silence lugubre de la nuit ne tarda pas à être troublé par le retentissement lointain d'un fouet de poste, des grelots des chevaux, et bientôt une petite carriole s'arrêta sur le bord de la Seine, du côté gauche.

Un homme en descendit, et la forme de son chapeau militaire, la redingote grise qui couvrait son uniforme, ses culottes de peau blanche et ses bottes molles le faisaient aisément reconnaître.

C'était l'Empereur qui cherchait à savoir son sort, car il faisait alors nuit dans les destinées impériales, comme dans le ciel et sur la terre.

Forcé d'être partout pour soutenir, avec une poignée d'hommes, sa dernière et sa plus gigantesque lutte, Napoléon n'a dormi qu'à peine, depuis trois mois qu'il a quitté Paris. Tant qu'il l'a pu, il s'est avancé avec les débris de ses troupes, et lorsque leur fatigue a trahi sa fiévreuse impatience d'arriver, s'il est possible, à temps sous le canon de Montmartre qu'il croit encore défendu, il s'est jeté, accompagné de quelques serviteurs, dans l'humble carriole dont il descend.

Il est seul sur la rive déserte du fleuve, dont la largeur le sépare seule de l'ennemi sur la rive opposée, et il attend les dernières nouvelles qui doivent décider de sa marche ultérieure.

Que se passe-t-il dans l'âme de César trahi, mais non vaincu? lui seul a pu le savoir et le dire.

Celui dont les pas ont ébranlé le monde est là, presque seul, sur les bords de la Seine, dont le talon de la botte déchire le gazon ou pétrit l'argile. Il attend la réponse du duc de Vicence pour savoir s'il a décidément perdu la partie, dont l'empire de l'Europe est l'enjeu.

Une heure entière s'est écoulée, et le même silence règne sur la rive du fleuve.

Tout à coup le bruit du galop d'un cheval fait tressaillir l'Empereur, le cavalier ne vient pas de Paris, il arrive de Troyes, et Napoléon reprend sa promenade. Il sait ce qui se passe derrière lui.

Cependant deux cavaliers s'arrêtent près de la carriole, échangent quelques mots avec ceux qui y sont restés, mettent pied à terre, et s'avancent vers l'Empereur.

— Ah! c'est vous, monsieur de Vauvrecy, dit Napoléon.

—Oui, sire.

—Et qui vous accompagne?

—Un homme dévoué à Votre Majesté, dit un inconnu, quoique Russe; un homme qui ce matin a cru tenir en sa puissance, pour vous le livrer, le czar de toutes les Russies, et qui n'avait saisi que l'empereur d'Autriche.

— Vous l'avez relâché? Qu'aurais-je fait de lui? demanda Napoléon avec un sourire de dédain. Ah! si ç'avait été Blucher! Du reste, s'il avait dû être pris, il l'eût été par le colonel de Vauvrecy.

— Et je n'y ai pas renoncé, sire! Je ne sais quelle fortune Dieu réserve aux armes de l'Empereur; mais en quelque lieu qu'il soit, j'ai juré de lui livrer Blucher, pieds et poings liés, et je tiendrai mon serment ou je mourrai à l'œuvre!

—Que me vouliez-vous, colonel, dit Napoléon avec quelque impatience, ce n'est pas pour me parler de Blucher ou de l'Empereur d'Autriche, que vous courez après moi à franc étrier?

— Sire, reprit Vauvrecy, je parle couramment la langue russe; monsieur que voici, le comte de Rostoï, la parle encore mieux, puisque c'est la sienne; donnez-nous vos ordres, et nous les porterons à Paris, à travers la ligne ennemie.

— J'ai envoyé le duc de Vicence, reprit l'Empereur, mais qui êtes-vous, monsieur le comte, continua-t-il en fixant ses yeux d'aigle sur le Russe, pour solliciter cette marque de confiance?

— Sire, j'ai possédé une partie des mines de l'Oural, et je n'ai pas hésité à en sacrifier les immenses richesses au bien de mon pays, pour enlever le sceptre aux mains des Romanoff; ma tête est mise à prix, j'ai vécu dix ans caché dans un désert sans renoncer à mes projets; je suis l'ennemi d'Alexandre, l'ennemi mortel, et c'est là mon titre à l'honneur que je sollicite.

— Je réponds du comte de Rostoï comme de moi-même, interrompit le colonel,—c'est à lui que je suis redevable d'avoir revu la France, et du bonheur de mourir, s'il le faut, pour Votre Majesté.

— Bien, répondit l'empereur, avec un sourire d'amertume; puis, après avoir fait quelques pas saccadés, Napoléon revint brusquement vers ses interlocuteurs.

— M. de Vauvrecy, dit-il, retournez à l'arrière garde; c'est votre poste. Ah! qui nous arrive ici?

Le colonel allait obéir lorsqu'un autre cavalier se présenta à son tour devant l'empereur, c'était le capitaine Rollon.

L'obscurité de la nuit empêchait de lire sur la figure du chef des Philadelphes les passions fougueuses et contradictoires qui passaient sur son front comme le flux et reflux de la mer.

— Vous ici, monsieur, s'écria Napoléon d'un ton à donner le frisson au plus vieux maréchal de France, car le merveilleux et infaillible instinct de l'Empereur lui avait fait deviner un ennemi; mais le Philadelphe soutint sans pâlir le courroux impérial, et ses premiers mots révélèrent l'immense déception que les évènemens plus forts que lui allaient réserver à ses prodigieux efforts.

— Le temps presse, sire, répondit Rollon; les alliés nous ramènent les Bourbons, le roi va remplacer l'Empereur.

— Et vous ne voulez ni Empereur ni roi?

Le capitaine allait répondre que tel était son vœu le plus cher; mais il y avait tant de majesté dans cette grandeur prête à périr, qu'un sentiment jusqu'alors inconnu se fit jour tout à coup dans son cœur, et que cet aveu mourut sur ses lèvres.

— Le temps presse, sire, reprit-il; — à l'heure qu'il est, la capitulation se signe dans Paris.

— Vous le savez, vous, et je l'ignore, moi! répliqua l'Empereur d'un ton où le dédain le disputait à la douleur et à l'étonnement.

— Je le sais, reprit humblement Rollon.

Au même instant, et comme si le hasard eut voulu offrir une dernière chance aux gigantesques tentatives du Philadelphe le bruit des grelots d'un cheval de poste retentit dans la nuit. Cette fois le courrier venait de la direction où était Paris; l'Empereur tressaillit, car bientôt à l'aspect des officiers français groupés autour de lui, la voix du courrier fit entendre ces mots: Courrier du duc de Vicence pour l'Empereur.

— Sa Majesté est ici, s'écria Vauvrecy.

Le courrier se jeta à bas de cheval, présenta à l'Empereur un pli cacheté, et à la lueur d'un falot détaché de la carriole, Napoléon brisa le cachet d'une main convulsive.

— Les traîtres! les lâches! dit-il. Deux heures de plus, et j'étais avec eux. Puis, rassérénant son front et sa voix par un effort de sa toute puissante volonté: — Vous aviez raison, monsieur, dit-il au capitaine: A deux heures du matin, Paris s'est rendu; au point du jour les Alliés s'en empareront.

Un cri de douleur s'échappa de la poitrine du colonel de Vauvrecy; une larme mouilla la paupière du Philadelphe: pour la première fois, ces deux hommes venaient de se comprendre.

— Capitaine Rollon, dit l'Empereur d'un ton de mélancolie profonde que suscitait en lui la trahison de ses serviteurs qui lui devaient tout; vous n'eussiez pas fait comme eux, et cependant comme eux, au lieu d'être resté capitaine, vous seriez général, si vous aviez voulu vous incliner devant l'Empereur debout.

— Le capitaine Rollon s'incline devant l'empereur trahi! s'écria le Philadelphe profondément attendri et en mettant un genou en terre devant le moderne César.

Puis, au moment de voir s'écrouler ses rêves insensés, mais caressés si longtemps, le fougueux capitaine reprit d'une voix que lui seul savait prendre, et sans changer d'attitude:

— Trahi! sire, s'écria-t-il, mais non pas vaincu; sire, l'homme qui peut mettre sa botte éperonnée sur un trône est plus grand que celui qui daigne s'y asseoir. Ces rois qui se sont ligués pour vous en arracher, votre génie peut les en arracher encore! Rien n'est impossible à la volonté de l'Empereur. Sire, parlez, et alors...

— Silence, monsieur, dit Napoléon d'une voix imposante et qui fit tressaillir le chef des Philadelphes, j'ai été l'un de ces rois, et je refuse de briser les trônes de l'Europe. A Fontainebleau, messieurs.

Alors l'Empereur se rejeta précipitamment au fond de la carriole qui l'emporta au grand galop de ses quatre chevaux.

Le drame était accompli, et les trois personnages si étrangement rapprochés, et qui, désormais, devaient faire cause commune, suivirent d'un œil voilé de larmes ou d'angoisses la voiture qui s'enfonçait dans les ténèbres : Vauvrecy, le cœur brisé de la chute de son maître bien-aimé; Rollon, attendri malgré lui de cette immense et sublime infortune, et l'âme pleine d'une déception amère, en voyant s'anéantir son dernier espoir.

— C'en est fait! dit Rollon d'une voix brisée, en voyant s'éloigner la carriole.

— L'empereur l'a bien dit, monsieur, s'écria le colonel, si des hommes comme vous et moi avaient eu l'honneur d'être de ses généraux, nous ne l'aurions jamais abandonné.

— Je sais votre histoire, monsieur, répondit gravement Rollon, et vous ne savez pas la mienne: autant vous avez été dévoué à César, autant j'ai été son ennemi.

— Un généreux ennemi peut parfois se convertir en un ami sûr, répliqua Vauvrecy, Ne vous vois-je pas attendri, ne vous ai-je pas vu vous agenouiller devant l'homme dont vous avez, toute votre vie, affronté la puissance et la colère?

Le Philadelphe réfléchit profondément, puis semblant s'arrêter à un parti, il tendit sa main au colonel. Vauvrecy la saisit avec empressement et la serra énergiquement en signe d'une indestructible alliance.

Ainsi se trouvait accompli ce rapprochement annoncé par Rollon à André, la nuit où tous deux se trouvaient sur le Rhin.

— Nous enlèverons Alexandre au milieu de son armée, s'écria le roi des mines de l'Oural, — resté jusqu'alors silencieux ; j'ai des trésors pour soudoyer une armée.

— Nous amènerons Blucher, pieds et poings liés, à l'Empereur, comme je le lui ai juré, ajouta Vauvrecy.

— Nous scalperons des Cosaques! — s'écria une voix railleuse qui retentit tout à coup aux oreilles des trois nouveaux alliés, sans que, dans la nuit et la préoccupation qu'ils éprouvaient, ils eussent entendu s'approcher celui auquel elle appartenait.

C'était le chasseur de nuit, les vêtemens en désordre, la tête nue et le visage sanglant, monté sur son cheval cosaque.

Selon toute apparence, l'ancien Jéhuiste sortait de quelque affaire chaudement disputée, dans laquelle il n'avait pas eu le dessus.

— Pa'ole d'honneur! c'est p'ovidentiel comment on se ret'ouve, — se hâta de continuer le chasseur de nuit, à l'aspect de Rollon, que sa tournure rendait aisément reconnaissable malgré les ténèbres.

De son côté, Rollon avait reconnu de suite son ancien compagnon de la Tour-de-Halto à sa voix et à son accent.

— Chut! — lui dit-il gravement; — ne raillez pas ; c'est une nuit de deuil celle où la capitale de la France s'est rendue aux barbares, comme jadis Rome aux bandes d'Attila.

— Il est donc vrai que Paris est au pouvoir de l'ennemi?

— Ce n'est que trop vrai, dit le colonel de Vauvrecy.

— Et l'Empereur?

— Sublime d'abnégation dans son immense infortune, il recule devant la guerre civile...

— Ma foi, cher capitaine, s'écria Lambert, puisque vous ne me demandez pas comment il se fait que vous ayez le plaisir de me revoir, après une absence de trois mois, je vous dirai que je viens d'être si complètement frotté par les Russes, que j'ai perdu cette nuit vingt gaillards de la plus belle venue et féroces comme des tigres. Vous voyez aussi en moi un capitaine sans soldats, et qui abdique jusqu'à nouvel ordre.

L'ancien jéhuiste, en mettant son cheval au pas des trois cavaliers, continua quelque temps encore, sur ce même ton, sans qu'aucun d'eux songeât à l'interrompre. De fait, la rencontre de Lambert pouvait n'être pas sans utilité au capitaine Rollon, malgré la répugnance instinctive qu'il éprouvait pour lui. Son courage à toute épreuve devait seconder ses projets, et la verve du jéhuiste fit le reste, car la vie aventureuse qu'il menait depuis trois mois avait retrempé une tournure d'esprit fort original.

Rollon résolut donc de l'accepter comme instrument dangereux et utile à la fois.

— D'où venez-vous? lui demanda-t-il.

— Des provinces de l'Est, où j'ai joué de nouveau, comme jadis à Lyon, le rôle de chevalier errant, redresseur de torts. Cette fois, du moins, c'était contre l'ennemi ; j'ai accompli à la lettre le programme que j'avais eu l'honneur de vous soumettre dans la vieille Mause-thürm, et la Lorraine et l'Alsace se rappelleront longtemps le chasseur de nuit, qui a tant de fois vengé les crimes dont tous les habitans avaient été victimes. Nous avons égorgé des Cosaques par centaines.

Cette dernière partie du discours de Lambert lui gagna aussi quelque sympathie de la part du colonel.

— Vous êtes venu poursuivre votre tâche dans les environs de Paris?

— Oui, dit Lambert, nous étions, mes hommes et moi, comme les loups qui suivent les grandes armées, et, de proche en proche, à la suite de toute cette canaille prussienne, autrichienne et russe, nous sommes arrivés jusqu'ici une vingtaine environ, de plus de cent hommes que j'avais sous mes ordres. Ce soir, il m'avait pris fantaisie de tomber sur un détachement isolé de Cosaques qui s'étaient donné pour passe-temps d'incendier une ferme et d'en brûler les habitans. Malheureusement un autre détachement russe est venu à leur secours, après toutefois que nous en eussions tué bon nombre, et l'affaire a été si chaude que je n'ai dû mon salut qu'à l'excellence de mon cheval; mes hommes ont été massacrés, et je reste seul, prêt à recommencer une campagne plus sanglante encore dans les environs de Paris. Le nombre est si considérable de ceux que la guerre a ruinés, de ceux qui ont à venger les outrages faits à leurs sœurs ou à leurs femmes, les meurtres commis sur leurs parens, qu'avec une solde toute mince qu'elle puisse être, — et je suis assez riche pour me donner cette satisfaction, — je n'aurai qu'à choisir, pour remplacer mes tigres, que le fer de l'ennemi a moissonnés. Avec plus d'argent encore, nous en couvririons la surface de la France, et une fois le moindre empereur enlevé, le signal de sang vole de bouche en bouche, l'esprit national se ranime, et la France n'a plus qu'à étreindre l'armée des Alliés de ses bras puissans pour les y étouffer jusqu'au dernier. J'ai conçu, à cet égard, un charmant petit plan que je me ferai un plaisir de vous communiquer, messieurs, si vous voulez bien m'accepter pour associé.

— Nous en reparlerons, dit Rollon, quand le Jéhuiste eut achevé son long discours, un pareil projet mérite qu'on le mûrisse.

— J'ai de l'or à votre disposition, ajouta le roi des mines de l'Oural, nous en prendrons à pleines mains pour susciter des vengeurs sur tous les points du royaume.

Les quatre cavaliers poursuivirent leur route en silence, car en avançant vers Paris, elle présentait un trop douloureux spectacle pour que le cœur des deux officiers français n'en fût pas brisé.

Le jour était venu, et la route était encombrée de régimens de toutes armes, qui marchaient à l'aventure, de blessés chancelant sur leurs chevaux, ou trébuchant contre les pierres du chemin.

Sur toutes ces figures énergiques, endolories par la souffrance des blessures, ou celle d'une humiliation profonde, se peignait une farouche douleur. Trahis et non vaincus, ces hommes, l'œil flamboyant, se répandaient en malédictions, en menaces furieuses contre les traîtres qui les avaient livrés, et quand bien même le remords n'eût pas déchiré le cœur de Rollon, le spectacle seul de ces soldats qui redemandaient leur Empereur avec des cris déchirans et des larmes, eût suffi pour lui inspirer le désir de les venger. C'était aux dépens de sa vie qu'il se jurait d'expier le mal qu'il avait fait avec ses rêves de liberté universelle.

Le colonel de Vauvrecy tordait et mâchait ses longues moustaches pour dissimuler le tremblement nerveux de ses lèvres et, de temps en temps, il échangeait un éloquent regard avec le capitaine, comme pour lui dire qu'il fallait mourir pour réparer sa faute, et le Philadelphe y répondait par un sourire de douloureuse amertume.

—C'est à Fontainebleau que vous retrouverez l'empereur, disait le colonel à chaque groupe qu'il rencontrait; il vient de nous quitter, il y a quelques heures.

Et, à chaque groupe, des vivats frénétiques s'élevaient au nom magique de Napoléon, et toutes les mains se tendaient pour presser celles des officiers qui venaient de voir l'Empereur sain et sauf.

Beaucoup de ces vieux soldats connaissaient le colonel de Vauvrecy, et d'autres vivats accueillaient le serviteur vaillant et fidèle qui n'avait cessé jusqu'au dernier moment de combattre pour son maître.

Des larmes de douleur et de plaisir à la fois roulaient dans ses yeux.

— Nous le vengerons ou nous mourrons pour lui! s'écriait-il. — Et les quatre cavaliers continuaient leur route.

Bientôt cependant ils arrivèrent près des avant-postes ennemis. La capitulation de Paris était signée, et ce ne fut qu'à grande peine néanmoins qu'ils obtinrent la permission de passer outre.

L'armée russe, divisée en plusieurs corps, couvrait les routes de Chartres, d'Orléans et de Melun, par laquelle les quatre cavaliers se dirigeaient vers Paris, que ces troupes allaient occuper. Elles paradaient en grande tenue, et de tous côtés de joyeuses fanfares sonnaient la victoire.

Ce bonheur contrastait horriblement avec les scènes de désolation dont Rollon et Vauvrecy venaient d'être témoins, et un délire frénétique monta un instant à leur tête. Ce n'était plus des larmes de regrets, mais bien de rage, que versait le colonel.

La honte couvrait son front, son sang bouillonnait dans ses artères, et le remords tenaillait le cœur du capitaine. Leur main saisissait convulsivement la poignée de leur épée, et, un moment, tous deux, en échangeant un intraduisible regard, furent sur le point de s'élancer sur ces bataillons victorieux, dont les hourrahs insultaient à leur défaite, et d'y chercher la mort du désespoir.

Lambert fixait ses yeux injectés de sang sur l'ennemi vainqueur: la taie blanche, qui chez lui révélait la pensée du meurtre, s'abaissait sur ses prunelles.

Le comte de Rostoï seul conservait son sang-froid qu'entretenait l'espoir de la vengeance.

Ce sang-froid du gentilhomme russe, qui semblait réserver ses forces et son énergie pour une partie plus égale, fût une leçon pour ses compagnons; la raison leur revint, et ils comprirent que le sacrifice de leur vie devait être plus profitable à leurs projets, et qu'il y avait plus de grandeur à exécuter froidement leur terrible plan qu'à chercher une mort inutile.

Bien que le comte de Rostoï, autrement le Roi des mines de l'Oural, fût encore proscrit, et dans la nécessité de se cacher, son audace et son calme servirent à protéger ses compagnons de route.

On ne voyait en lui qu'un officier russe, chargé de conduire trois officiers français au czar, qui allait faire son entrée triomphale à Paris, et partant on les laissait passer après un court interrogatoire.

Ce fut ainsi qu'ils arrivèrent à Paris.

L'histoire a dépeint longuement la physionomie de Paris, le jour où les alliés y firent leur entrée, et nous n'en parlerons pas. Nous franchirons d'un coup cette longue et néfaste journée, pour nous transporter au soir du jour où l'on apprit à Paris l'abdication de l'Empereur, le 11 avril 1814.

Deux hommes enveloppés de leur manteau se promenaient sur les hauteurs qui dominent la rive droite de la Seine, à l'endroit où s'élevaient les fondations inachevées du palais du roi de Rome, en face du pont d'Iéna.

Ce palais qui ne devait jamais se terminer, et dont les assises seules étaient sorties de terre, était comme un muet, mais éloquent et mélancolique emblème des plans gigantesques, arrêtés tout à coup, du grand homme qui le faisait construire.

Au pied de ces gradins de pierre de taille aujourd'hui disparus, la Seine étendait la courbe sombre de ses eaux autour de Paris, dont les dômes, les clochers et les maisons disparaissaient tour à tour dans le crépuscule; et bientôt, de toutes ces coupoles, celle des Invalides fut la seule qui profilât encore sa masse noire sur le ciel brumeux.

Bientôt après, les lumières de la grande ville s'allumèrent une à une, comme les étoiles au firmament, puis la colline de Montmartre et toutes les hauteurs qui dominent le fleuve du côté de Meudon, de Bellevue et de St-Cloud, se couronnèrent successivement des feux des bivouacs ennemis.

A cet aspect, les deux hommes qui se promenaient silencieusement semblèrent s'arracher à leurs réflexions.

— Voilà cependant la capitale de la France, dit l'un d'eux, que son manteau faisait paraître plus grand encore, qui va s'endormir dans le sommeil de la nuit, sous l'œil et sous la garde des nations que la France a vaincues quinze ans, sans que personne, excepté nous, songe, peut-être, à vaincre encore une fois ces hordes barbares, et à en purger le sol français. Qui m'eût dit, il y a un an, au milieu des déserts de la Russie, où j'étais le captif de ces chiens de Cosaques, que j'aurais à lutter contre eux sur les bords de la Seine!

Ce qu'il y a de plus douloureux encore, mon cher Vauvrecy, répondit le second,— car enfin le sort des armes est journalier,— c'est que ces ennemis ont été accueillis au bruit des réjouissances publiques des vaincus, comme des amis et des libérateurs!

— Ecartons tout triste souvenir, s'écria Vauvrecy, et revenons à la réalité. Dans la lutte mortelle que nous engageons, le passé n'existe plus pour nous, effaçons-en donc jusqu'à la mémoire. Rayés du cadre de l'armée, vous et moi ne serons bientôt, demain peut-être, que des soldats obscurs dans les rangs des frères du Fer-et-du-Plomb.

— Rostoï et Lambert ont tenu leurs promesses; plus de mille déjà de ces malheureux qui ont à venger dans le sang les outrages des vainqueurs sont enrégimentés, classés par sections; et, un de ces soirs, ils doivent élire leurs trois chefs suprêmes. Il faut que ce soit nous et Lambert! dit Rollon.

— Quelles bêtes féroces nous avons déchaînées, s'écria Vauvrecy; — je sens parfois le cœur me manquer à l'idée de me faire le complice et le chef de ces hommes altérés de sang.

— Je le sais, répondit Rollon, je l'éprouve aussi; ces meurtres isolés me répugnent, quoique mes mains comme les vôtres soient pures de tout ce sang, mais cette guerre sanglante, silencieuse, implacable, frappe l'esprit du vulgaire, et répand la terreur parmi les Alliés. Ce n'est qu'ainsi que nous pouvons espérer faire sortir la France de l'apathie dans laquelle elle est plongée. Vienne un grand coup ensuite, et le pays, sourdement excité déjà, se lève en masse! Eh! qui peut prévoir les résultats d'un soulèvement général contre l'ennemi! Vous même, colonel, n'avez-vous pas fait contre les Russes et les Cosaques un vœu de vengeance implacable?

— Oui, à visage découvert, mais non dans l'ombre.

— Aussi, à Lambert et ses complices le poignard, les embûches nocturnes et le meurtre dans les bois; à nous la capture de ce Blücher qui souille Saint-Cloud, ou du czar de toutes les Russies, à nous la lutte audacieuse; à eux la guerre invisible. Pour eux la part des tigres, pour nous la part des lions. N'y a-t-il pas un rôle superbe à jouer pour une poignée d'hommes qui déclarent une guerre à mort à cinq cent mille ennemis?

—Hélas! ce n'est qu'ainsi que nous pouvons lutter dans cette effrayante disproportion.

La France humiliée et envahie, le génie que Vauvrecy adorait comme un Dieu, renversé de son trône, c'est à dire les deux objets de son culte outragés, c'était plus qu'il n'en fallait pour exciter les passions du colonel, et le rendre sourd à toute autre considération. Son pays et son Empereur passaient avant ses scrupules de conscience, et ne pouvaient être contrebalancés que par sa tendresse pour André; mais son frère ici était hors de cause.

— Voyons donc, reprit-il, si, comme on nous l'a dit, à quelque heure du jour et de la nuit que nous donnions le signal convenu entre les frères du Fer-et-du-Plomb, on y répondra des quatre points de l'horizon.

En prononçant ces mots, le colonel battit le briquet, après avoir tiré de sa poche une fusée de signaux qu'il alluma.

La fusée s'échappa bientôt de ses mains, en décrivant dans l'air une ligne courbe d'un blanc pâle, et s'éteignit sans explosion au haut du ciel.

Les deux conjurés attendirent quelques instans, puis devant eux, au sud, une autre traînée de flamme verte sillonna la brume nocturne; une troisième fusée, d'un rouge de sang, dessina sa trace à l'ouest, et enfin, du côté de l'est, une quatrième traça sur le ciel une parabole d'un azur foncé.

— Le Roi des mines de l'Oural ne nous a pas trompés, dit le colonel, les frères veillent aux quatre points cardinaux.

Et, jetant un coup-d'œil de colère sur les bivouacs ennemis, plus ardens au haut des collines, à mesure que la nuit s'épaisissait :

— Eh bien donc! reprit-il, guerre à mort, guerre sans paix ni trêve aux envahisseurs de la France, aux rois conjurés contre celui d'entre eux qui est le seul digne de porter une couronne, parce qu'il est le seul qui l'ait conquise.

FIN DE LA PREMIÈRE PARTIE.

LA

CHASSE AUX COSAQUES.

DEUXIÈME PARTIE.

UN BIVOUAC DE COSAQUES.

CHAPITRE I.

Le bois de Boulogne.

Quoiqu'en 1814 le bois de Boulogne ne fût déjà plus ce qu'il était avant la révolution, et malgré les ravages qu'y avait exercés la hache révolutionnaire, l'aspect de l'ancienne forêt de Rouvray, ainsi qu'on l'appelait jadis, était bien différent de celui qu'il présente de nos jours. La seconde invasion de 1815 n'avait pas alors achevé encore tout-à-fait de le dépouiller de son ancienne majesté ; les hautes futaies le couvraient en partie, les taillis n'avaient pas servi à construire les cabanes des troupes écossaises et anglaises; en un mot, il offrait encore, lors de la première invasion des Alliés, en 1814, l'ombre épaisse de ses chênes et de ses sapins centenaires, des clairières abritées par des rideaux de verdure touffue aux malfaiteurs qui s'y cachaient, aux duellistes et aux rendez-vous de tous genres dont il était le but, des asiles à peu près impénétrables.

Vers la fin d'avril 1814, le bois de Boulogne présentait un aspect de nature à offrir le plus étrange exemple des vicissitudes humaines. C'était le soir, alors que la végétation renaissante se développe dans toute sa pompe, et répand vers la chute des jours plus longs le parfum des feuilles nouvelles.

Depuis la sombre avenue qui menait, à cette époque, de Saint-Cloud jusqu'à Auteuil, des feux allumés de distance en distance projetaient sous l'ombre épaissie des chênes et des bouleaux des lueurs rougeâtres. Cette ligne de feux indiquait le développement d'une partie de l'avant-garde russe qui bivouaquait près du château de Saint-Cloud. Des clartés espacées brillaient également sous les avenues de Longchamp, jusqu'à la Muette, mais d'une façon plus inégale et signalaient des bivouacs avancés hors de la ligne régulière des feux.

Parmi les endroits que la hache, le feu ou la dent des chevaux avait épargnés, il en était un, aussi caché alors qu'il est aujourd'hui découvert. C'était un étroit espace, un carré long enseveli au milieu d'une épaisse ceinture de hêtres aux troncs moussus, de frênes pleureurs dont les longs rameaux s'inclinaient jusqu'à la surface d'une mare alimentée par les pluies de l'hiver et par quelques sources cachées, aujourd'hui à peu près taries : on le nommait la *Mare aux biches*.

Ce soir là, un brasier allumé au sommet du petit amphithéâtre qui borde l'une des extrémités de la *Mare aux biches* étendait comme une nappe de flammes sur l'eau dormante. Des chevaux à longue crinière, au harnachement étrange étaient attachés çà et là aux arbres qui bordaient l'étang. D'autres chevaux, dessellés et en pleine liberté, broyaient sourdement les jeunes pousses des taillis; quelques-uns, enfin, s'approchaient curieusement d'un groupe de cavaliers étendus près du feu sur la plate-forme de l'amphithéâtre gazonné, et montraient à la lueur du foyer leurs formes grêles et leur œil sauvage brillant sous une épaisse crinière.

Comme les cavaliers au repos, ces chevaux paraissaient écouter un musicien dont la voix nasale leur rappelait un des chants mélancoliques d'une patrie, hélas! bien loin d'eux.

La musique de tous les peuples primitifs n'est guère qu'une mélopée traînante dont les notes plaintives font la base ; depuis les sauvages cavaliers de l'Ukraine jusqu'aux Indiens des prairies américaines, tous chantent de même. Aux longues lances çà et là fichées en terre, aux bonnets d'Astracan à flammes rouges et aux nez épatés des cavaliers, il était facile de reconnaître en eux un des détachemens cosaques de l'armée russe.

Voilà le tableau qu'aurait pu contempler le Parisien assez curieux et assez osé pour s'aventurer dans le bois à cette heure de la nuit ; mais ce qu'un coup d'œil furtif n'aurait pu lui apprendre, c'était la cause de ce redoublement de postes avancés, non plus que la terreur secrète des soldats qui les composaient. Depuis une quinzaine de jours environ, une main, jusqu'alors invisible, avait frappé une incroyable quantité de soldats cosaques ; presque chaque matin, on retrouvait sous les arbres du bois le cadavre d'un ou plusieurs d'entre eux, tous différemment atteints de blessures d'armes blanches seulement, quelques-uns même n'offraient aucune espèce de trace de violence. La mort semblait les avoir surpris de la manière la plus naturelle, comme le sommeil surprend le voyageur fatigué qui se repose à l'ombre de la route. D'autres cavaliers avaient été retrouvés pendus par le cou à des branches élevées. Il était évident enfin que celui ou ceux qui exerçaient ces terribles représailles sur les envahisseurs de leur pays jouaient intrépidement leur vie dans ces expéditions tentées et exécutées pour la plupart dans le voisinage même des postes avancés.

Le groupe de Cosaques de faction ce soir-là à la Mare-aux-Biches, tout en prêtant une oreille charmée aux chants de leur compatriote, qui s'accompagnait d'une guitare semblable à la Guzla d'Orient, était cependant parfois agité de vagues terreurs comme celles qu'inspire aux plus braves un danger présent mais invisible. De temps en temps, un des soldats se levait, prenait un tison au foyer commun, se détachait pour explorer les alentours, et ne rejoignait le groupe qu'au moment où il avait aperçu le cavalier de planton faisant bonne garde à son poste.

Cependant l'heure s'avançait, les horloges sonnaient au loin huit heures, et la fraîcheur des nuits d'avril se faisait sentir. Le chanteur fatigué s'était tû, les soldats cosaques dormaient étendus sur le gazon, les sentinelles seules veillaient en s'avertissant de la voix ; l'obscurité, le frissonnement du vent dans les feuilles prêtaient à ces appels répétés je ne sais quelle lugubre harmonie.

Ce même soir d'avril, un vieillard voûté par l'âge traversait d'un pas pesant une des allées de ce qu'on appelle enceinte de la *Muette*, en se dirigeant, non vers Passy, mais vers le milieu du bois par l'allée de Longchamp. Arrivé, après avoir laissé le Ranelagh désert ce soir-là, sur la droite, à l'endroit à peu près où tourne le mur d'Auteuil, le vieillard entra dans la maison de l'un des gardes du bois de Boulogne. Dans presque toutes les maisons, le promeneur qui redoute la cherté des restaurateurs voisins est certain de trouver à un prix plus modéré un repas substantiel accompagné d'un vin, non pas généreux, mais du moins franc et loyal. Le vin, en général, est partout l'image de l'hôte ; défiez-vous de l'hôte dont le vin est perfide.

L'intérieur de la maison offrait un de ces aspects qu'on aime à trouver quand sous l'air frais du soir la faim fait sentir son aiguillon. Devant le feu clair et brillant d'une large cheminée, une éclanche de mouton rôtissait en tournant au bruit monotone du tourne-broche, qui semblait, comme le balancier d'une horloge, mesurer lentement les heures à l'estomac impatient.

Mais le vieillard sembla en entrant ne pas prêter toute l'attention convenable à ce riant tableau. Après avoir légèrement haussé le collet de sa grande houppelande couleur de tabac d'Espagne, après avoir un peu abaissé sur son front le chapeau de feutre hérissé qui couvrait sa tête, de manière à masquer une partie de son visage avec l'aide de longues mèches de cheveux blancs qui flottaient sur ses épaules, il s'assit à l'une des tables de la cuisine le plus loin possible de la lumière du foyer. Le demi-jour qui régnait au dehors, ne pénétrait qu'imparfaitement à travers le grillage de l'unique croisée, et en deçà de la vive clarté de la cheminée l'ombre de la pièce masquait complétement le vieillard.

— Que faut-il vous servir ? demanda le gardien à son nouvel hôte.

— Une tranche de ce rôti de mouton, s'il est cuit, et une chopine de vin à dix, reprit celui-ci, — et si le rôti n'est pas cuit, j'attendrai, j'ai le temps.

La voix sonore du vieillard contrasta dans ce peu de mots avec sa taille voûtée et ses cheveux blancs. Quant à son visage, il était difficile d'apercevoir autre chose que la coupe débonnaire de ses traits, l'obscurité en dissimulait sans doute les rides.

Pendant quelques instans de silence, on n'entendait que le son monotone de la chaîne du tourne-broche et le sifflement de la graisse dans la lèchefrite ardente ; puis une servante apporta une chandelle dans un long flambeau de fer ; mais la lumière brillait au-dessus de la tête inclinée du nouveau venu, et l'ombre que projetait son chapeau sur sa figure n'en laissait voir que la partie inférieure soigneusement rasée. Puis, comme le rôti était cuit à point, la servante plaça sur la table un broc de vin, une assiette fumante et une large tranche de pain. C'était pour la famille du garde l'heure du dernier repas. Les maîtres et la servante ne tardèrent pas à prendre place à une grande table assez près du foyer, et chacun s'occupa de manger sans plus faire attention à son voisin.

L'appétit des convives, l'air d'aisance qui régnait dans la maison du garde, ne rendaient pas cette seconde partie du tableau moins agréable à l'œil que les apprêts du souper devant le feu clair de l'âtre.

— Nous n'avions pas — dit le garde, ancien soldat comme presque tous les hommes de la classe moyenne à cette époque — un ordinaire semblable, dans la campagne de Moscou. C'était une rude campagne et on aurait payé bien cher un brasier comme celui-là, sans compter un rôti de viande quelconque à mettre devant.

— Vous avez fait la campagne de Russie, demanda le vieillard sans paraître prendre à cette question un bien vif intérêt.

— Je m'en vante, dit le garde, quant à vous vous étiez trop ancien pour en avoir tâté. Peut-être cependant....

— Je n'y ai même eu aucun des miens — interrompit le vieillard — par la raison toute simple que je n'ai plus aucun parent dans le monde.

— C'est une excellente raison.

— Mais pourquoi me faites-vous cette question ?

— Pourquoi ? répondit le garde, parce que je demande à tout le monde ce qu'est devenu mon ancien colonel, un brave fini dont personne ne peut me donner des nouvelles ; je servais dans son régiment : les grenadiers à cheval. Puisse le vaillant colonel de Vauvrecy avoir échappé à cet affreux désastre comme moi.

En disant ces mots, le garde portait à ses lèvres un verre rempli de vin, tout en regardant du côté de l'inconnu qui passa sans affectation sa main devant son front.

— La dernière fois que je le vis, reprit le garde, le pauvre colonel demandait à tous les échos des nouvelles de son jeune frère, mais c'était à la Bérésina, et ma foi, personne n'eût cherché même son père dans un pareil moment. Aussi aucun de nous n'y faisait attention. Le colonel aura péri sans doute avec son frère.

— C'est probable, dit froidement le vieillard ; nos amis les Cosaques n'épargnaient pas les traînards.

—Nos amis les Cosaques ! s'écria le garde avec force, appeler nos amis de pareils gredins !

— Et pourquoi pas ? —reprit le vieillard avec le même sang-froid—n'étions-nous pas leurs ennemis ? Ils faisaient leur devoir en conscience et voilà tout. Chacun son goût, moi j'aime les Cosaques.

— Comme vous dites, chacun son goût — dit avec ironie le garde que la crainte de quelque disgrâce empêcha tout à coup de s'expliquer plus ouvertement — mais cependant...

Le bruit d'une cavalcade interrompit le garde qui se tut pour écouter. En même temps un coup, comme celui du pommeau d'un sabre contre la porte, retentit presque aussitôt. La servante se leva pour ouvrir et donna passage à deux officiers de l'armée d'invasion. Au frac étranglé et aux plumes de coq du chapeau de l'un d'eux, il était facile de reconnaître un officier russe, et le dolman bleu de l'autre, ainsi que son bonnet d'Astracan à flamme rouge, indiquaient suffisamment un des chefs des Cosaques réguliers.

Le garde se leva à son tour en homme dont la profession étouffe les antipathies politiques, tandis que, immobile à sa place, le vieillard les considérait d'un air attentif, mais dont l'expression étrange semblait démentir la bienveillance de son langage envers les Cosaques.

Les rôles avaient subitement changé. Les deux officiers demandèrent un morceau de ce qu'on pourrait leur donner, et quand ils furent assis non loin du vieillard, ils cessèrent de parler français, pour s'entretenir en une langue inconnue. Le vieillard paraissait plongé dans une méditation profonde, et ne plus faire attention à ce qui se passait dans la salle commune autour de lui. Les deux officiers payèrent et sortirent sans qu'il eût daigné, en apparence du moins, s'en apercevoir.

— Avez-vous compris ce qu'ils ont dit, demanda le garde, après leur départ.

— Qui ça?

— Eh! parbleu, ces deux officiers.

— Non, dit le vieillard, et vous?

— Oh! moi, reprit le garde, j'ai compris qu'ils demandaient à souper.

— Tiens! ils vous l'ont dit en français.

— Histoire de dire, — reprit le garde en riant,— que le français est tout ce que je comprends du cosaque. Mais c'est égal, c'est une honte que ces hordes sauvages campent aux portes de Paris.

— C'est le droit de la guerre, et nos amis les Cosaques en profitent, reprit sentencieusement le vieillard.

Le garde ne répondit pas. Le silence régna de nouveau dans la salle, et ne fut plus interrompu que par la voix enrouée d'un étameur qui offrait ses services sans doute à la ménagère du garde, dont la maison était isolée dans ce coin du bois.

— Voilà, dit le vieillard, un homme qui commence la journée quand les autres la finissent, avez-vous quelque ouvrage à lui donner?

— Non, répondit sèchement le garde dont les sentimens patriotiques se trouvaient froissés par les hérésies du vieillard.

Alors celui-ci se leva, paya son modeste repas à son hôte qui l'accompagna jusqu'à la porte et la referma sur lui en disant d'un air de mépris:

— Nos amis les Cosaques! quel blasphème! vieille bête va! On voit bien qu'il a eu le bonheur de ne jamais passer sous le fouet ou la lance de ces mécréans!

Puis il entendit mourir au loin la voix de l'Auvergnat, qui répétait son monotone refrain dans une direction opposée à celle que suivait le vieillard, si fervent ami des Cosaques.

CHAPITRE II.

Deux braconniers.

Le bois de Boulogne était désert au moment où le vieillard sortit de la maison du garde. La lune à son déclin n'était pas encore levée, mais les étoiles brillaient au ciel. Le vent agitait les feuilles desséchées des chênes qui tombaient par flocons pour faire place aux feuilles nouvelles. Sous les arcades sombres des allées nul promeneur ne se laissait voir, de temps à autre seulement des feux brillaient dans les interstices du feuilllage pour disparaître aussitôt, et les bouffées de vent apportaient les cris des sentinelles étrangères qui s'appelaient et se répondaient dans toutes les langues du Nord.

Le vieillard se dirigea du côté de l'allée de la Muette. Là c'était la même solitude, le même bruit parfois, le même silence par intervalle. Il remonta d'un pas pesant la grande allée sous les acacias aux branches épineuses, puis arrivé au point d'intersection, où l'allée de la Reine-Marguerite coupe à angle droit celle de la Muette, il tourna sur sa droite dans le premier de ces deux chemins.

Plusieurs fois il eut à répondre pendant le trajet aux sommations des sentinelles, et chaque fois ce fut dans la même langue, bien que devant le garde il eût affirmé n'entendre ni le russe, ni le cosaque. Au milieu de genêts et de mûriers sauvages qui formaient la lisière de l'allée de la Reine-Marguerite, s'ouvrait alors un étroit sentier, élargi depuis, et qui, à cette époque, n'était guère connu que des duellistes ou des braconniers. C'était à la droite de l'allée que suivait le vieillard; il s'y engagea sans hésiter.

Mais un changement s'était opéré dans ses allures. Au lieu du pas allourdi par l'âge dont il avait marché jusqu'alors, et sous lequel son pied brisait les pousses nouvelles qui empiétaient sur le chemin, à peine entendait-on crier, à mesure qu'il s'avançait., le gravier des allées ou les branches sèches détachées des arbres. Le jaguar des savanes qui veut surprendre les petits endormis du buffle ne rampe pas avec plus de précaution ni plus d'agilité que n'en déployait le vieillard.

Il quitta bientôt le petit sentier, et ce fut avec le même silence qu'il s'enfonça dans les fourrés; les branches s'ouvraient et se refermaient sans le plus petit bruit sur son passage. Au bout de quelques minutes il s'arrêta, puis écarta le feuillage.

Il put voir alors un coin de la Mare-aux-Biches vivement éclairé par les feux du bivouac, puis les Cosaques étendus et dormant déjà pour ne plus s'éveiller qu'aux premières lueurs matinales, et non loin de lui la sentinelle allant et venant le mousqueton au bras. Alors il laissa les branchages se rejoindre doucement devant lui. Il ôta son chapeau et le déposa sur l'herbe. Après avoir tiré d'une des poches de sa houppelande un bonnet d'Astracan, semblable au bonnet tartare, dont il se coiffa, et une gourde d'eau-de-vie qu'il posa près de son chapeau, il se dépouilla de la lévite.

Un dolman également d'uniforme, qu'il portait par dessous, et un pantalon dont les plis se gonflèrent autour de ses hanches, achevèrent de compléter sa ressemblance avec les Cosaques étendus non loin de lui. Il ne lui manquait plus que la longue barbe à la mode parmi eux. Le vieillard avait tout prévu, car il tira également de son chapeau la barbe grise dont il avait besoin. Cela fait, il dégaîna un couteau tranchant et pointu, qu'il coucha le long de son bras gauche, la pointe vers le coude, et prit sa gourde de la main droite.

C'était quelque chose d'étrange de voir ce vieillard qui semblait toucher aux extrêmes limites de la vie, se préparer minutieusement au rôle sanglant qu'il paraissait sans nul doute s'apprêter à jouer.

Toutes ces précautions prises, le vieillard s'avança du côté où se promenait le factionnaire; cette fois seulement il s'inquiéta peu de trahir sa présence tout en évitant de faire trop de bruit : il n'en était plus qu'à quelques pas, quand il fut arrêté par une voix qui s'écria :

— Qui va là ?

— C'est moi, répondit le vieillard assez bas pour être entendu de la sentinelle.

La réponse du faux cosaque ne fut pas faite en français.

— J'apporte de quoi boire un coup d'eau-de-vie à un camarade, mais silence, que l'officier de garde ne nous entende pas, ou gare le knout.

En disant ces mots il frappa du doigt sur le ventre de la calebasse.

Le regard du cosaque essaya de percer l'obscurité, il n'y réussit qu'à moitié.

— Ah — dit-il en riant — c'est le vieux cantinier Korski.

— Lui-même, mais chut, buvez un coup pour votre salaire et laissez-moi passer au bivouac. La nuit est fraîche et l'eau-de-vie est chaude, on l'appréciera deux fois.

— Voyons, dit-il, et il étendit la main.

Celui que le soldat prenait si malencontreusement au milieu des ténèbres pour un vieux Kalmouck en retraite, qui suivait les Alliés, et avait obtenu par forme de pension la permission de vendre de l'eau-de-vie à ses camarades, s'avança le bras tendu.

Le Kalmouck prit la gourde, la porta à ses lèvres en penchant la tête en arrière. Dans cette posture, la barbe levée laissait voir la naissance de la gorge sous son épaisse toison.

— Bois, dit le vieillard.

Et son couteau se plongea jusqu'au manche dans le cou tendu du Cosaque, qui s'affaissa sur l'herbe en poussant un sourd gémissement, tandis qu'un flot de sang et d'eau-de-vie jaillissait de ses lèvres. Les branchages n'avaient craqué qu'un instant sous le poids du cadavre près duquel le vieillard s'accroupit.

Quelques secondes après, le meurtrier avait regagné l'endroit où il s'était déguisé, et, tout en reprenant tranquillement son costume précédent, il prêta l'oreille, et attendit le couteau à la main, mais avec autant de sang-froid qu'un braconnier y attend le passage d'un daim. Et cependant il avait trop d'expérience pour se faire illusion sur le danger qu'il courait.

En plein jour, en effet, alors que l'air est ébranlé de mille rumeurs lointaines, le gémissement qui avait précédé la chute du Cosaque, comme le froissement des branches dont il avait été suivi, n'eût pu être perceptible ; mais au milieu du silence de la nuit, ce bruit, quoiqu'étouffé, troubla le sommeil des dormeurs.

En un clin d'œil, vingt cavaliers Cosaques se levèrent en sursaut, et dirigés par cet instinct, merveilleux apanage presqu'exclusif des sauvages, ils se précipitèrent du côté où le gémissement s'était fait entendre. Mais, à l'exception de la sentinelle qui gisait sur l'herbe rougie de sang, il n'y avait pas près de là un être humain autre qu'eux-mêmes.

Pendant ce temps, le vieillard se tenait blotti dans le fourré, à peu de distance du petit sentier qu'il avait quitté quelques instans auparavant, prêt à s'y élancer de nouveau quand il aurait eu le temps de juger les manœuvres de ses ennemis.

Frappés de stupeur à la vue de cette nouvelle victime, les cavaliers l'entourèrent; plusieurs secouèrent le cadavre pour l'interroger s'il lui restait un souffle de vie, mais l'âme avait abandonné le corps à jamais. Incertains de la route qu'ils devaient suivre pour trouver le meurtrier, qui ne pouvait être seul, redoutant quelque embuscade d'ennemis aussi audacieux qu'invisibles, les Cosaques hésitèrent un instant à se disperser.

Les arbres pressés, quoique encore peu garnis de feuillage, obstruaient la vue de tous côtés. C'était donc plutôt aux oreilles qu'aux yeux qu'il fallait s'en rapporter. Ils écoutèrent, mais le vent du soir semblait seul, dans les feuilles, soupirer un chant de mort.

Ce répit donna au vieillard, qui le devina, le temps de prendre une course rapide en remontant le petit sentier, jusqu'au moment où les cavaliers cosaques, enfin honteux de leur frayeur, se décidèrent à se disperser dans plusieurs directions.

Le vieillard, avec une habileté surprenante, semblait avoir deviné tous ces mouvemens.

Non loin de l'endroit où l'allée de la reine-Marguerite traverse à angle droit celle de la Muette, plusieurs sentiers se croisent en un réseau sombre de feuillée. Au centre de ce carrefour à peu près, le vieillard s'arrêta. Il reprit haleine, puis écouta à son tour. Des voix confuses et déjà lointaines arrivaient jusqu'à lui de plusieurs directions. C'était ce qu'il voulait savoir ; il s'agissait alors de donner le change à ses ennemis dispersés, et de les faire se réunir de nouveau, mais dans une fausse voie.

Avec une vigueur de jarret qu'on ne devait pas attendre d'un homme de son âge, le vieillard s'élança dans l'allée de la Reine-Marguerite en la remontant dans le sens de la porte Saint-James où elle aboutit.

Alors au bout de quelques minutes et sans s'arrêter, pour laisser à sa voix au contraire toutes les palpitations d'une course forcée, il fit entendre un signe de ralliement en langue cosaque. L'écho des bois ébranlé répercutait encore le signal, auquel répondait déjà un long cri de joie féroce que le vieillard, revenu sur ses pas, se jetait vers une des allées sombres du carrefour qu'il avait rejoint à toute course.

Il reprit haleine de nouveau et prêta l'oreille au succès de son stratagème ; il était complet : comme une meute de chiens dépistés, les Cosaques s'élançaient bien loin du lieu sombre de sa retraite.

Un sourire d'orgueil plutôt que de joie d'avoir échappé au danger se dessina sur la figure du vieillard. Il essuya son couteau sur l'herbe, et sans le quitter il prit d'un pas rapide l'allée de la Muette, dans la direction du Ranelagh, tandis que ses ennemis cherchaient dans celle de St-James.

De temps à autre seulement, il entrait par précaution dans les taillis, s'arrêtait, puis reprenait son chemin.

Pendant ce temps, les Cosaques désappointés battaient tous les buissons, interrogeaient de l'œil le sommet des arbres pour voir si personne ne s'y cachait. Ce fut en vain. Ils prirent alors le parti de revenir à l'endroit où gisait leur camarade. La sentinelle fut transportée près de la Mare, et en le déshabillant pour laver sa plaie, ils s'aperçurent pour la première fois que le sang avait coulé aussi de son épaisse chevelure, et que cette chevelure ne cachait plus d'oreilles. Un couteau tranchant les avait séparées de la tête.

A l'aspect de cette audacieuse mutilation, les Cosaques poussèrent de nouveaux cris de rage, puis ils étendirent le cadavre sur l'amphithéâtre de gazon.

Alors, quand le silence se fût rétabli, le chanteur reprit la guzla, s'assit non loin du mort, et fit entendre, en s'accompagnant de son instrument, un chant plaintif et monotone, le chant des funérailles.

Tel était le silence du soir que les oreilles du vieillard, déjà bien éloigné, saisirent avec facilité tous les sons qui venaient de la Mare-aux-Biches ; alors il jugea prudent de gagner une petite clairière ouverte non loin de la lisière du chemin. L'air était lourd, et le vieillard se défit de sa houppelande pour laisser quelque fraîcheur arriver jusqu'à lui. Des érables épais étendaient leur ombre sur lui pendant qu'il gagnait l'endroit où il voulait faire halte.

Tout à coup le vieillard se sentit arrêté dans sa marche : un nœud coulant venait de tomber autour de son cou, et une main vigoureuse, quoique invisible dans l'épaisseur des feuilles, essayait en l'étranglant de l'enlever du sol.

C'en était fait du vieillard s'il n'avait pas gardé à la main le couteau affilé dont il était armé : en un clin-d'œil la corde fut tranchée, puis, enlevant les yeux au-dessus de lui, il aperçut, à cheval sur une grosse branche, une forme humaine encore indistincte. La première pensée du vieillard fut de saisir par une jambe le corps suspendu au-dessus de sa tête ; mais comme il était impossible d'y atteindre, il changea d'avis.

— Qui diable êtes-vous, et que faites-vous là? demanda-t-il brusquement.

— Vous le voyez, je chasse le Cosaque à l'affût, reprit l'homme à cheval, en raccourcissant ses jambes par précaution. Et vous?

— Moi je suis chassé par eux.

— Mais les Cosaques sont donc en guerre civile?

— Pourquoi cela?

— Vous me le demandez?... Et votre costume.

— Ah! s'écria le vieillard en jetant un coup d'œil sur son déguisement. Vous avez pris le chasseur pour le gibier.

— Si vous dites vrai, n'est-ce pas le gibier qui poursuit le chasseur?

— C'est la vérité, corbleu! Mais il me semble que nous pourrions nous entendre, reprit le vieillard.

— Si toutefois vous voulez rengaîner ce grand coutelas, je descendrai à terre, et nous verrons à faire affaire.

— Je le garde, — dit le vieillard, — an

cas où il vous plairait d'essayer de m'étrangler de nouveau.

— Soit, répliqua l'homme à cheval sur sa branche, je vous donne l'exemple de la confiance.

A ces mots, il saisit à deux mains la branche qui le soutenait, s'enleva à la force des poignets, se balança un instant à l'arbre, et tomba droit et ferme sur ses pieds devant le vieillard. Les deux hommes se regardèrent un instant en silence : la nuit n'était pas si obscure que, tout près l'un de l'autre comme ils l'étaient, ils ne pussent se distinguer facilement.

L'inconnu était vêtu d'un bourgeron de toile bleue et d'un pantalon de même étoffe et de même couleur, mais en dépit de cette enveloppe grossière, il ne paraissait pas appartenir au dernier rang de la société. Les deux nouveaux amis s'assirent à l'ombre de l'érable au bord de la clairière.

— Soyez donc assez bon, dit l'inconnu, pour cacher cet uniforme en boutonnant votre houppelande, il m'inspire de mauvaises pensées.

— Vous chassez donc à l'affût, demanda le vieillard qui, pour obéir à la prière de son ami, fit disparaître en un clin d'œil toute trace de déguisement.

— Oui, reprit l'inconnu ; j'ai pris même passablement de gibier au *collet*, et vous?

— Moi!... mais c'est t'es d'ôle, pa'ole d'honneu' de se 'encont'é ainsi, s'écria le vieillard qui tout d'un coup s'était, involontairement ce semble, repris à grasseyer de la façon la plus affectée.

A ce singulier accent, l'homme au bourgeron, qui paraissait examiner la figure du vieillard comme s'il retrouvait dans ses traits quelque analogie frappante avec des traits que lui rappelait sa mémoire, s'écria vivement :

— C'est singulier, comme vous le dites, de se rencontrer ainsi, et il est étrange... combien votre visage me rappelle un homme... Mais non, c'est impossible... Cet homme serait donc votre fils... Ces cheveux blancs qui flottent sur vos épaules...

— N'est-ce que cela? reprit le vieillard. J'aiderai vos souvenirs.

En disant ces mots, le vieillard arracha de sa tête la chevelure blanche qui mettait en défaut les souvenirs de l'homme au bourgeron, et parut à ses yeux ce qu'il était réellement, un homme de quarante-cinq ans environ, aux cheveux noirs et frisés.

— Le chasseur de nuit! s'écria-t-il.

— Lui-même, mon bon ami, reprit Lambert; le lecteur avait déjà reconnu l'ancien Jehuiste malgré son déguisement, à sa manière de parler. Mais vous, qui êtes-vous donc?

— Qui je suis? répliqua l'homme au bourgeron; je suis ou j'allais être le gendre du malheureux Mullfern, celui qui devait épouser une pauvre jeune fille que des monstres avaient déshonorée et mutilée, lorsque je vous ai vu arracher la chevelure sanglante de l'instigateur du crime.

— Un souvenir de mes voyages, mon bon ami.

— Vous avez si vite disparu que je n'ai pu vous remercier, monsieur, mais à présent — continua le jeune homme — c'est entre nous à la vie et à la mort, vous qui avez vengé la pauvre Louise. Ah! combien j'ai souffert depuis trois mois — continua-t-il — je ne puis oublier un désespoir profond que, dans cette vengeance affreuse, car la vue de ces barbares allume dans mes veines une soif inextinguible de leur sang ; j'allais être si heureux quand ils sont venus!

Le jeune homme garda le silence un instant sous le poids de souvenirs poignans, puis il reprit :

— Vous devez avoir sous vos ordres quelques-uns de ces hommes que j'ai vus à votre voix braver tous les dangers, frapper sans pitié; laissez-moi être l'un d'eux, monsieur.

— Volontiers, mon bon ami, — répondit Lambert, — je n'ai plus, il est vrai, un seul de mes chasseurs ; c'est mon sort de survivre ainsi à tout mon monde, dans les plaines de France comme dans les prairies d'Amérique ; mais j'en ai trouvé d'autres, quoique le même sort les attende sans doute ici. Je ne puis mourir, moi, — ajouta le Jéhuiste d'un air sombre, — et je dois vous avertir des chances que vous courez avec un homme que la mort semble respecter.

— Qu'importe! répondit le jeune homme, je ne cherche que la mort; puisse-t-elle venir, mais que je sois vengé! Nous sommes trois enfans perdus, résolus à mourir en cherchant la vengeance, et nous nous joindrons à vos hommes. Nous n'en sommes pas indignes, car nous avons déjà fait bien du mal aux Alliés.

— Je le veux bien, mon bon ami, si cela vous fait plaisir. Quel est votre nom?

— Je n'en ai plus. Mes frères m'ont nommé Pelure-d'Oignon, pour la finesse et l'astuce que j'ai déployées dans les circonstances terribles où nous nous sommes trouvés.

— C'est ainsi que l'un des nôtres a été surnommé *Perce-Neige* pour avoir échappé aux neiges de Russie, dit Lambert.

Puis enfin, reprit Pelure-d'Oignon, l'*Etameur* est le nom du troisième parce qu'il a le plomb fondu pour spécialité.

— Ces noms me plaisent, reprit Lambert, puis ces sobriquets sont indispensables quand on vit en dehors de la vie sociale. J'en ai porté beaucoup et le dernier sous lequel mes nouveaux hommes me connaissent est celui de Macaron tiré de la douceur de mes mœurs...

De longs cris interrompirent le Jéhuiste. C'étaient les hurlemens que poussaient les Cosaques à l'aspect de la mutilation dont leur camarade avait été l'objet.

— Qu'est-ce? demanda l'homme au bourgeron.

— Rien, un Cosaque que je viens d'égorger, et que ses compatriotes pleurent à leur manière.

Quand le silence se fut rétabli, Lambert reprit la conversation interrompue.

— Ainsi, dit-il, tandis que je chassais à l'arme blanche, vous ne chassiez qu'au nœud coulant?

— Oui, et avec quelque bonheur, je puis le dire.

— Alors j'ai vu partout vos traces, continua le Jéhuiste, et je me suis souvent pris à regretter de ne pas connaître celui dont la main suspendait aux arbres des fruits de l'espèce de ceux que j'y rencontrais parfois dans mes courses au milieu de ces fourrés.

— J'ai souvent trouvé enfouis sous des branchages des Cosaques que je ne pouvais accuser de cette mauvaise volonté à leur égard, et je me disais : Qui diable peut partager à ce point ma sympathie pour les Kalmoucks?

— C'était moi, reprit Lambert.

— C'était moi qui les pendais, reprit Pelure-d'Oignon. Parfois aussi je me déguisais comme ce soir, en étameur, et je m'établissais à travailler au coin d'une allée sombre. L'étameur, le véritable étameur, faisait le guet. Souvent les enfans de l'Ukraine venaient alors nous voir travailler; puis si l'un d'eux était seul, nous le saisissions délicatement et nous lui infusions du plomb fondu dans les oreilles. C'étaient les délices de l'Etameur. Le Cosaque avait l'air de sommeiller; mais je puis vous affirmer qu'il ne se réveillait jamais.

— Je m'étais douté, à votre costume, que c'était vous dont j'ai entendu ce soir la voix chez le garde du bois.

— Je faisais ma tournée, il y a déjà quelques jours que je suis oisif. J'ai entendu alors des cris dans le bois. J'ai soupçonné quelque catastrophe, et je me suis dit en montant dans un arbre que celui que ses recherches pousseraient jusque sous l'érable n'irait pas dire à ses compagnons le résultat de ses recherches. Votre costume a manqué de vous être fatal, et je vous étranglais de la meilleure foi du monde.

— Je m'en apercevais ; vous faites consciencieusement les choses. A présent nous n'aurons plus à craindre de semblables méprises.

En ce moment la brise apporta aux deux futurs associés quelques notes lugubres : c'étaient celles du chant des funérailles près de la Mare-aux-Biches, que l'écho des bois répétait au milieu du silence de la nuit.

L'obscurité la plus complète enveloppait la clairière au bord de laquelle Pelure-d'Oignon et Macaron étaient assis. Ils avaient instinctivement choisi l'endroit où le feuillage des arbres versait l'ombre la plus épaisse. Le ciel, bien qu'étoilé, ne laissait tomber aucune lueur qui pût les trahir, et ils parlaient d'un ton bas, quoique distinct, familier aux gens qui vivent en plein air et connaissent le danger de certains échos. Les derniers frémissemens de la *guzla* et les dernières notes du chant funèbre venaient de se faire entendre : tout était retombé dans le silence le plus complet. Les feuilles immobiles se taisaient, et à peine la brise de nuit murmurait-elle en rasant la clairière, parmi les tiges des asphodèles et des ciguës.

— Si j'en crois le silence qui règne autour de nous, dit Macaron en rompant le premier le silence, quand le chant de mort ne résonna plus, nos ennemis ont renoncé à de vaines recherches. Nous sommes ici tout à fait en sûreté, et nous ferons prudemment en restant encore cachés ici quelques instans.

— C'est mon avis, répondit Pelure-d'Oignon, et au cas où quelques éclaireurs battraient encore le bois, ce n'est pas si près d'eux qu'ils viendraient nous chercher.

— Et puis, reprit à son tour Macaron, il n'a pas plu depuis longtemps, et la terre des allées est assez sèche pour transmettre à mon oreille exercée un avertissement dont nous ferions notre profit.

— Vous avez donc étudié l'acoustique? demanda Pelure-d'Oignon en riant.

— Non, mais j'ai mené longtemps la vie errante en Amérique, où l'existence de l'homme dépend de la finesse de son oreille, de la pénétration de ses yeux, tout autant et même plus que de son intelligence : j'ai appris des Indiens à distinguer le jour comme la nuit un danger à éviter, ou un ennemi à surprendre.

— Soit, — dit Pelure-d'Oignon, — je m'en rapporte à votre expérience.

— Je profiterai de ce moment, reprit Macaron, — pour vous dire en deux mots que le lieu de réunion des Frères du Fer-et-du-Plomb, c'est ainsi que nous nous appelons, est au petit café du passage Feydeau, où la police des Alliés est loin de soupçonner qu'il se complote de semblables choses. Précisément, nous devons avoir ce soir, à minuit, une séance pour la réception de deux nouveaux Frères, et je vous présenterai moi-même. Il est des choses que j'ai vues et entendues tout à l'heure, et qui permettront de faire de cette séance une des plus intéressantes qui se puissent désirer.

—J'accepte, dit Pelure-d'Oignon, et quand il vous conviendra de partir, je suis à vos ordres.

Cet instant ne se fit plus longtemps attendre. Au bout d'une demi-heure environ le silence devint profond dans le bois. Lambert colla son oreille contre terre, et se relevant bientôt :

— Suivez-moi, dit-il, et tous deux se coulèrent silencieusement le long des fourrés jusqu'à la porte de Passy.

Là, un cabriolet s'en retournait à vide, les deux amis y prirent place.

— Passage Feydeau, dit Pelure-d'Oignon; seulement vous vous arrêterez une minute rue de Chaillot, c'est votre chemin.

Selon l'ordre qu'il avait reçu, le cocher s'arrêta à l'endroit désigné. C'était une maison sans portier. Pelure-d'Oignon descendit seul, et le Jéhuiste resta dans la voiture. Quelques minutes après le premier le rejoignit. Il avait quitté son costume d'étameur, pour prendre celui de la classe à laquelle il appartenait.

— Maintenant—dit-il au cocher—passage Feydeau et rondement.

Comme le cocher se garda bien d'obéir à cette injonction, il ne nous sera pas difficile de précéder ces deux personnages au passage Feydeau où ils se rendent.

CHAPITRE III.

Le rendez-vous des chasseurs.

Il est cependant une explication préalable qui doit trouver sa place ici, avant que du bois de Boulogne nous ne transportions la scène au passage Feydeau. Nous avons trop brusquement retrouvé deux de nos acteurs principaux sur les bords de la Seine, des rives du Rhin où nous les avions laissés, pour ne pas donner sur les aventures intermédiaires du capitaine Rollon et du colonel de Vauvrecy les quelques mots qui suivent :

Lorsque le colonel s'était, dans son impatience, séparé de son compagnon de fortune, le roi des mines de l'Oural, pour franchir les avant-postes ennemis où il avait manqué trouver la mort, il avait assigné, pour rendez-vous avec lui, la maison qu'occupait en Champagne la marquise de Vauvrecy sa mère.

Jusque là le colonel avait cru que son retour dans la maison maternelle serait à la fois un jour de joie et de deuil puisque de deux fils qu'elle devait croire morts, un allait lui être rendu. Sa rencontre avec André l'avait détrompé et ne laissait plus le deuil que dans son cœur à lui ; car, au lieu de se repaître plus longtemps des idées de bonheur qu'y faisaient naître le souvenir et la présence prochaine d'Alexandrine, il devait, en faveur d'André, imposer, comme il le lui avait promis, un éternel silence à sa passion.

Le peu de jours qu'il passa chez sa mère furent donc pleins d'une tristesse amère.

Si timide pour exprimer la passion profonde qu'il ressentait, le colonel ne l'avait pas été pour dépeindre celle d'André à Alexandrine elle-même.

Eut-il quelque difficulté à persuader la jeune fille, c'est ce qu'il est impossible de préciser ; nous dirons seulement que, grâce à l'éloquence du colonel, qui se fermait généreusement tout espoir, la peinture du silencieux dévouement d'André, qui s'était engagé pour conquérir son amour, la toucha profondément. De la compassion à l'amour la distance est si courte !

C'est à ce moment même que nous allons retrouver le colonel, récemment affilié aux frères du Fer-et-du-Plomb, sous le nom significatif et héroïque dans sa simplicité de Perce-Neige, comme l'avait dit Lambert, ainsi que l'ancien chef des Philadelphes sous son nom de Curtius, qui rappelait le dévouement du chevalier romain.

La déception du Philadelphe n'avait pas été moindre que celle du colonel.

Il s'était flatté en pensant que dans les six mille adeptes que comptait Philadelphie, la moitié partageait ses rêves de république universelle. Ennemis du gouvernement de Bonaparte, les Philadelphes étaient presque tous royalistes et le nombre de ceux qui nourrissaient les mêmes illusions que Rollon fut en définitive si imperceptible, qu'il dut renoncer à tout espoir.

Cela dit, rien ne nous empêche plus de continuer notre récit.

Il serait peut-être plus curieux qu'on ne le pense généralement, d'étudier l'histoire de France depuis le milieu du 18e siècle jusqu'à nos jours, dans les divers cafés en vogue aux époques les plus marquantes de ces deux siècles. Le café Procope, par exemple, représenterait l'époque philosophique; d'autres retraceraient les diverses phases de l'Empire et la gloire militaire de la France; les fastes de la splendeur éclipsée du café Tortoni pourraient fournir de précieux documens à l'histoire financière contemporaine. N'est-ce pas encore un estaminet, sorti tout à coup de son obscurité, dont les habitués ont prêté quelques membres à l'un de nos derniers gouvernemens?

Cependant il semblerait que, de jour en jour, les cafés, à mesure qu'ils gagnent en dorures, perdent de leur importance, et qu'ils ne sont plus destinés qu'à refléter simplement les habitudes et la physionomie des quartiers où ils sont établis; tandis que plus d'une fois, jadis, le sort de la France s'y décidait entre deux parties de billard. A mesure aussi que le marteau de l'édilité a fait pénétrer dans presque tous les points de Paris l'air et la lumière, les associations ténébreuses, qui tenaient leurs séances dans les cafés, ont fui devant le jour et se sont dispersées dans d'autres endroits, où le public ne peut plus pénétrer.

Parmi les quartiers que les vingt dernières années qui viennent de s'écouler ont le plus complètement transformés, il faut compter celui de la Bourse. Des maisons sales et crevassées entouraient la place de tous côtés et fermaient presque toutes les issues qu'elle possède aujourd'hui. L'hôtel des commissaires-priseurs n'était qu'un hangar servant de Bourse, en attendant que le somptueux palais du tribunal de commerce fût débarrassé de ses langes de poutres et de planches. Une partie de ces maisons occupait l'emplacement des rues Neuve-Vivienne et de la Bourse, celui du vaste pâté compris entre cette dernière et la rue Feydeau et le Vaudeville actuel.

L'Opéra-Comique, théâtre Feydeau, était enclavé dans cet amas de maisons que coupait en diagonale un passage étroit et sombre. Ce passage se terminait par une galerie plus sombre encore, et si obscure, que pendant le jour même il était nécessaire de l'éclairer comme de nuit. Quelques quinquets fumeux suppléaient de leur mieux à la clarté du soleil. Leur lumière inégale rampait sur un sol accidenté par les creux qu'y traçaient les pieds des promeneurs, ou pour mieux dire des passans, car on ne s'y promenait guère, et par les reliefs de la boue alternativement durcie ou détrempée que leurs semelles y amoncelaient.

Dans la zone indécise où finissait pour le passage Feydeau le demi-jour du dehors, et où commençait la lumière des quinquets de la galerie sombre qui aboutissait à la rue des Colonnes, s'ouvrait en 1814 une espèce de bouge décoré du nom de café.

Placé comme il l'était entre les confins du jour et de la nuit, ce réduit obscur méritait par l'extension du mot — borgne — par lequel on désigne les cafés de ce genre, l'épithète de café *aveugle*. Deux caisses de bois vermoulu, jadis peintes en vert et supportant chacune une maigre pousse de pin étiolée, jaunie par le défaut de lumière, ornaient l'entrée du café. Des vitres si sales qu'on n'avait pas besoin de les dépolir, et des rideaux roux à hauteur d'homme, en masquaient complétement l'intérieur. Enfin un transparent de verre, laissant lire quand l'œil était accoutumé à la demi-obscurité qui régnait dans cet endroit du passage: *Café de la Réunion* en lettres presque effacées.

L'intérieur du *Café de la Reunion* répondait dignement à l'extérieur. Des tables de marbre, poisseuses et mal assurées sur leurs pieds ferrés, garnissaient la première pièce. Un comptoir où s'asseyaient alternativement le maître et la maîtresse du café, l'un vieillard à l'allure pesante, l'autre d'un âge moins avancé, alerte et vive, mais bossue, s'élevait devant la porte d'entrée. Aucun garçon n'allait ou ne venait dans la pénombre éternelle de l'établissement, dont les deux maîtres, le frère et la sœur, étaient les seuls desservans. Une porte vitrée et criarde donnait entrée dans la salle du billard, d'où s'échappaient des bouffées d'odeur de tabac refroidi qui se mêlaient aux fades effluves de la cuisine. Le drap du billard reprisé en vingt endroits, constellé de tâches huileuses et horriblement râpé présentait une surface d'un vert jauni du même ton à peu près que le feuillage des deux pins mis en vedette à la porte du café.

Quoique à la date de cette histoire les dernières bises de l'hiver eussent à peine cessé de souffler, le poêle indiquait par le lustre de ses bandes de cuivre que depuis longtemps déjà on avait cessé de l'allumer. En un mot, l'aspect du *Café de la Réunion* s'harmonisait d'une manière lugubre avec celui de ses propriétaires. Quels pouvaient être les habitués de ce morne et froid établissement? C'est ce qu'il n'était pas facile de préciser; car le 25 avril 1814, à sept heures du soir, il était encore désert.

Aucun des rares passans qui traversaient la galerie mal éclairée ne semblait tenté de s'y arrêter, et sans doute les pratiques habituelles étaient retenues au dehors par la première brise du printemps, dont l'haleine tiède pénétrait parfois dans le passage Feydeau. Cependant les deux propriétaires s'occupaient activement en attendant les consommateurs, l'homme essuyait les tables de marbre ou avivait la lumière des quinquets, tandis que sa sœur allait et venait des fourneaux de la cuisine à son comptoir, et de son comptoir à la cuisine.

— Allons, dit-elle, en consultant de l'œil un cartel fixé à la muraille, le riz au lait est prêt, et M. Lambert peut venir quand il voudra.

Ce nom sembla faire éprouver au vieillard un mouvement de contrainte, car il interrompit son occupation d'un air d'impatience :

— Je t'ai dit cent fois, Marguerite, de ne pas appeler ces messieurs autrement que par leur nom de guerre. Si nous nous compromettons pour eux, nous n'avons pas le droit de les compromettre nous mêmes. Que diable le nom de *Macaron* n'est pas plus difficile à prononcer ou à retenir qu'un autre.

— M. Macaron soit, reprit la bossue. Pourvu qu'il ne se plaigne pas qu'il y ait encore trop de fleur d'oranger dans son riz au lait. C'est égal, Macaron est un drôle de nom, pour un homme de la trempe de ce M. Lamb..., de ce M. Macaron, veux-je dire.

— Il aime les douceurs, cet homme, chacun son goût ; et puis, il est aussi rond que sucré dans ses manières : ce nom lui convient à merveille.

— C'est vrai, reprit Marguerite, il paie toujours avec autant de générosité que de politesse.

— Le fait est qu'il est bien aimable ; il a toujours le petit mot pour rire.

En disant ces mots, le vieillard reprit son torchon et se remit à frotter ses tables de marbre avec la vigueur rendue nécessaire par la force de résistance qu'offrait leur surface poisseuse sur laquelle le linge vieilli laissait s'incruster un épais duvet. Le timbre du cartel sonna huit heures ; la bossue arrangeait symétriquement les soucoupes et les tasses éparses sur son comptoir, tout en remuant la tête d'un air de mécontentement ou d'inquiétude.

— C'est égal, vois-tu, Jean, j'aimerais mieux des habitués moins dangereux que ceux-là, car avec le nouveau ministre de la police installé par les Alliés qui sont aujourd'hui maîtres de Paris, nous jouons un jeu bien dangereux.

— Et nos habitués, donc, — répliqua Jean, — qui jouent leur vie chaque jour, comme si cela ne les regardait pas.

— C'est leur affaire, — dit la bossue, — il n'en est pas moins vrai que le jour qu'on les pincera nous ne serons pas à la noce. Quoique tu en dises, j'aimerais mieux avoir pour pratiques les Alliés que leurs ennemis mortels.

— Fi donc! s'écria vivement le vieux cafetier. Et pourquoi cela?

— Tiens! parce qu'ils sont cinq cent mille, reprit la bossue, et qu'outre qu'ils sont les plus nombreux, ils sont aussi les plus forts.

— Eh bien! moi, reprit Jean, je préfère courir le risque de servir les braves restés fidèles au culte de notre grand Empereur, que de servir sans danger ceux dont la présence à Paris est une honte pour la France, et qui ont exilé le grand homme.

— Avec ça qu'ils y pensent, à ton Empereur, — repartit la bossue, qui, en sa qualité de femme, ne se laissait pas facilement éblouir, et envisageait plutôt le côté réel et positif des choses que leur côté brillant. — *M. Macaron* se bat sans savoir pour qui, et pour le plaisir seul de se battre ; et tous les autres, dont j'oublie les noms, vont comme on les pousse, et selon qu'on les paie, je crois, Dieu me pardonne!

Quoique trop âgé pour avoir pris part aux guerres de l'Empire, le vieux cafetier n'en avait pas moins servi sous le général Bonaparte en Égypte, et l'enthousiasme qu'il avait conservé pour le jeune vainqueur des Pyramides n'avait pas décru, comme on le pense bien, sous le prestige des victoires de l'Empereur. S'attaquer à lui, c'était s'attaquer à son idole ; il détestait cordialement, en outre, les envahisseurs de son pays.

— Ton Empereur! ton Empereur! — s'écria-t-il avec un ton d'indignation; — je soutiens, moi, que tous se battent pour lui. Ne se battent-ils pas contre ses ennemis? Eh bien, alors, c'est donc pour lui, et quoi qu'il advienne, je donnerai toujours asile chez moi aux ennemis de ses ennemis.

— Qu'ont-ils donc fait jusqu'à présent en sa faveur ces *Frères du fer et du plomb?* — comme ils s'appellent, — demanda aigrement la bossue, que la discussion irritait.

— Ce qu'ils ont fait? s'écria de nouveau le vieillard, demande donc... ajouta-t-il en baissant la voix et en jetant autour de lui un regard de circonspection comme si les murs eussent pu avoir des oreilles...

— Eh ! mon Dieu, il n'y a personne ici, interrompit la bossue en faisant mine de hausser les épaules.

— Demande à la Seine, reprit le vieillard, combien de cadavres de Prussiens et de Russes elle cache au fond de son lit, sans compter ceux qu'elle a charriés aux filets de Saint-Cloud; demande à la terre, aux égouts des rues, combien de corps ils recèlent, et tu sauras alors ce qu'ont fait les Frères du fer et du plomb !

— A vrai dire, continua Jean, l'association toute récente manque encore de chef, mais patience, peut-être n'en manquera-t-elle plus longtemps ; j'ai entendu parler par M. Macaron de deux braves dont on raconte des choses étonnantes et dont l'un se nomme Curtius et l'autre Perce-Neige.

Je ne sais qui est ce dernier, mais il a dû accomplir des traits d'audace à faire frémir, et ce serait pour la société une acquisition bien précieuse. M. Macaron les présente tous deux ce soir.

— Mais comment sais-tu tout cela en détail, quand moi je le sais à peine en gros.

— Ils ne se gênent pas entr'eux pour parler tout haut de leurs affaires, pas ici, par exemple, mais dans la salle du billard. Ils savent que je leur suis tout dévoué, et ils n'ont rien de caché pour moi, mais quoiqu'ils en parlent moins devant toi, ils savent aussi que la sœur du vieux Jean ne les trahira jamais.

— Non, certes, s'écria la bossue, mais, dis-moi donc quelque trait de ces hommes si mystérieux dont je n'avais jamais entendu parler jusqu'à ce soir.

— Ah ! voilà, reprit le vieillard en riant. Tu sauras donc...

Le vieux cafetier fut interrompu par le bruit de la porte qui s'ouvrit pour donner passage à deux de ses cliens, qui n'étaient autres que Macaron et Pelure-d'Oignon.

Celui qui eût rencontré une heure plus tôt, dans le bois de Boulogne, les deux hommes fuyant les soldats étrangers, n'eût pu les reconnaître bien certainement dans les personnages qui se présentaient à ce moment aux yeux du cafetier.

Pelure-d'Oignon était un jeune homme de tournure distinguée, agile et robuste à la fois, qui ne ressemblait plus en rien à l'homme au bourgeron, chassant les Cosaques à l'affût ; mais la transformation de Lambert était plus frappante encore.

Personne n'eût pu soupçonner quelle besogne terrible le Jéhuiste venait d'accomplir. Il avait également changé de costume et d'expression de visage.

L'air de marasme profond qui s'y lisait jadis en avait complétement disparu.

Selon la mode d'alors, l'ancien Jéhuiste était vêtu d'un surtout qui descendait jusqu'à ses talons, et ne laissait voir que la tige de ses bottes molles et plissées sur le coude-pied. Son chapeau, largement évasé par le haut, couvrait une physionomie qui tenait à la fois de l'oiseau de proie, non pas de ceux qui ne vivent que de cadavres, mais de l'espèce de l'aigle ou du milan, et du bourgeois inoffensif, dont le type est plus commun en France que partout ailleurs.

Cependant il y avait dans sa contenance en général, dans sa manière de porter un énorme gourdin, plus de l'oiseau de proie rassasié de carnage que de bonhomie réelle, quoique cette dernière expression fût peut-être plus apparente à l'œil d'un observateur inexpérimenté. Sa bouche souriait constamment, il est vrai ; mais son œil rond, voilé de paupières mobiles, démentait presque aussitôt l'expression souriante de ses lèvres.

— Bonsoir, chère madame Marguerite et cher monsieur Jean — dit Macaron en entrant — vous êtes encore seuls à ce que je vois, et cependant il y a foule dans la rue Feydeau, car l'empereur Alexandre, que Dieu conserve, daigne honorer ce soir l'Opéra-Comique de sa visite.

En disant ces mots, il dépouillait son surtout et passait une main blanche et potelée alternativement dans des cheveux bouclés qui commençaient à grisonner, et dans les plis d'une cravate gigantesque de mousseline blanche.

—Mon riz au lait est préparé, je suppose, reprit-il.

—Et bien sucré, dit dame Marguerite, fait exprès pour vous, car vous êtes le seul parmi ces messieurs qui en demandiez.

— Que voulez-vous, j'ai l'estomac si délicat ! reprit en minaudant M. Macaron, qu'on a sans doute reconnu à son régal favori. Et vous, que prendrez-vous ? dit-il à son compagnon ?

— Un verre de punch, s'il est possible, répondit Pelure-d'Oignon.

En une minute, tout fut disposé devant eux par les soins de la bossue, qui regarda d'un œil inquiet le Jéhuiste porter à la bouche la première cuillerée de son riz au lait. M. Macaron fit une petite moue de mécontentement, mais fort gracieuse.

— Toujours trop de fleur d'oranger, chère madame, dit-il, rien n'ébranle plus violemment chez moi le système nerveux que la fleur d'oranger prise en trop grande quantité, je vous l'ai dit cent fois.

— Vous êtes bien honnête, M. Macaron, vous me l'avez dit beaucoup plus souvent, repartit la bossue, mais, en vérité, vous feriez mieux d'assaisonner vous-même votre riz au lait, comme cela se pratique partout, vous ne pourriez pas alors vous refuser une approbation que vous ne prodiguez pas, c'est une justice à vous rendre.

— Fi donc! chère madame, descendre à ces détails de cuisine, mais je mourrais de faim devant un plat quelconque, où il me faudrait ajouter quoi que ce fût!

En faisant cette aristocratique profession de foi, M. Macaron secouait la rosette de sa cravate avec une élégance qui sentait son Directoire d'une lieue, et dégustait à petites cuillerées son mets parfumé. En dépit de ses critiques, l'air de sensualité satisfaite qu'il trahissait, adoucit la blessure infligée à l'amour-propre de la bossue, qui, attachant sagement plus de prix aux actes qu'aux paroles, se prit à sourire en regardant faire son habitué favori. Quant au vieillard, il allait et venait dans la salle, sans plus faire attention à la petite scène muette exécutée entre sa vieille sœur et le fat suranné. A l'air de contentement épanoui sur la figure de ce dernier, on l'eût pris certainement pour quelque paisible père de famille se livrant loin de l'œil redouté de sa ménagère à une innocente débauche de lait sucré.

Tout en ne s'occupant plus de lui en apparence, mais sans le perdre de vue en réalité, la bossue s'était assise de nouveau dans son comptoir. Elle suivait de l'œil les évolutions gastronomiques de son délicat consommateur, quand tout d'un coup elle tressaillit à l'aspect du changement qui s'opérait dans la physionomie de Macaron, ou plutôt de Lambert. L'air de placide contentement répandu sur tous ses traits avait fait place insensiblement à une expression étrange. Le sourire de sa bouche s'était effacé, puis changé en une contraction violente qui agitait d'un tremblement nerveux les muscles de ses joues.

— M. Lambert, qu'avez-vous? s'écria la bossue épouvantée.

Lambert ne répondit pas, et continua de la regarder de ses yeux fixes.

— Au nom de Dieu, monsieur Macaron, ne me regardez pas ainsi — s'écria-t-elle de nouveau — Jean, continua-t-elle en s'adressant à son frère — ferme la porte pour que personne ne vienne.

Jean obéit, et se colla contre la porte.

— Ce n'est rien, dit-il, l'accès va se passer. Chut! laisse-le et ne lui parle pas — ajouta-t-il à voix basse.

— Lambert! Macaron! — reprit lentement celui qui portait ces deux noms — il y avait un Lambert jadis qui s'est tué et jeté dans le Rhône pour éviter l'échafaud. Est-ce celui-là que vous voulez dire?

— Pauvre cher homme, ce n'est pas de lui qu'il veut parler bien sûr, murmura la bossue.

— M. Macaron — dit à son tour le vieillard avec le sangfroid qu'on affecte d'habitude envers un homme ivre — M. Macaron on pourrait vous entendre.

— Ah bah! — reprit Macaron — eh bien alors il ne fallait pas me donner du sang à boire, dit-il, avec un éclat de rire effrayant.

— Mon Dieu! s'écria Marguerite, personne n'est donc capable de remettre à la raison ce pauvre cher homme?

— Aujourd'hui, continua l'halluciné, pourquoi me faire boire encore du sang malgré moi. Pouah! cette tasse en est pleine.

Et il repoussa avec dégoût son bol encore à moitié plein, car à ses yeux le remords convertissait le lait en sang.

Au moment où l'effroi de la bossue arrivait au plus haut degré, on heurta à la porte d'entrée.

— Ah! çà, s'écria du dehors une voix rude, on ne peut donc pas entrer ce soir?

En même temps, le vieux cafetier fut violemment repoussé par le battant de la porte qui s'ouvrit, et donna passage à un nouvel arrivant.

— Dieu soit loué! s'écria la bossue, c'est l'ami de M. Macaron.

— Oui c'est moi, parbleu! répondit le capitaine Rollon. Eh! bien quoi? Pourquoi faut-il donc entrer aujourd'hui de force chez vous?

Le vieux cafetier et sa sœur montrèrent du regard Lambert toujours sous l'oppression des horribles visions qui semblaient passer devant ses yeux, mais pour le moment du moins silencieux et morne comme le criminel qui sent sa raison et son énergie s'éteindre sous le doigt de Dieu.

Rollon n'entrait pas seul dans le *Café de la Réunion*. Un second personnage l'accompagnait. C'était le colonel de Vauvrecy, Perce-Neige, comme il s'était fait appeler.

Ainsi qu'on l'a vu dans la Tour-des-Rats, quelques mots et un de ses puissans regards suffirent à Rollon pour dissiper le terrible vertige de Lambert.

Rappelé à la réalité complète, Macaron retrouva un de ses plus gracieux sourires, et s'adressant à la bossue, en minaudant de plus belle :

— Chère madame, dit-il, j'ai dû vous dire quelque grosse extravagance, mais je sais — ajouta-t-il — que vous n'avez pas de mémoire pour ces sortes de choses. Votre riz au lait, du reste, était excellent.

En disant ces mots, Macaron se dirigea vers la salle du billard ; Rollon et Vauvrecy le suivirent. Quant à Pelure-d'Oignon, il comprit qu'il pouvait être de trop, et il resta dans la première pièce.

Lorsqu'ils furent entrés, la bossue fit courir sur une tringle de fer une portière qui masqua l'entrée complétement, et ne devait plus s'ouvrir qu'aux mots de ralliement des adeptes.

— Ce sont les chefs en question, dit Marguerite à voix basse ; quel regard a le plus petit ! J'en suis comme ébaubie ; qu'il est beau ! et le grand, quelle noblesse et quel éclat ont son front et ses yeux !

Le vieux cafetier fit un signe d'acquiescement, et tandis que dans le passage Feydeau la lumière des quinquets commençait à devenir plus morne encore, le *Café de la Réunion* où Pelure-d'Oignon restait seul, retomba dans le tranquille silence qui paraissait lui être habituel.

CHAPITRE IV.

La partie de billard.

Nous abandonnerons la première pièce du café de la *Réunion* à sa solitude habituelle, et ses deux propriétaires à leurs réflexions, et Pelure-d'Oignon avec son bol de punch, pour suivre dans la salle du billard, convenablement éclairée, les trois personnages qui venaient d'y entrer.

Comme chez les acteurs qui, au sortir de la scène, déposent pour un moment dans les coulisses jusqu'à une entrée nouvelle leurs allures d'emprunt tout en conservant leurs costumes, un certain changement s'opéra chez les trois associés quand la porte se fut refermée sur eux. Macaron perdit l'air d'afféterie qu'il prenait devant toutes les femmes, même les plus laides, par suite d'une propension exagérée vers le beau sexe, qu'il trouvait moyen de concilier avec ses penchans sanguinaires. Perce-Neige redressa sa haute taille jusqu'alors courbée, et frisa impatiemment ses longues moustaches. Rollon seul resta ce qu'il était réellement, un homme à la tournure militaire, au front doux, calme et rayonnant, et au maintien énergique. Mais, quand à son tour il ôta un pardessus râpé que la saison avait jusqu'alors rendu nécessaire, son habit de drap bleu d'une coupe élégante mais non prétentieuse, laissa voir à sa boutonnière la rosette d'officier de la Légion d'honneur.

Les scènes étranges et terribles qui vont suivre ont besoin d'un mot d'apologie, ou pour mieux dire, d'explication qui les rende vraisemblables.

Pour ne pas s'étonner de voir deux officiers du mérite de Rollon et de Vauvrecy finir par accepter, sans trop de répugnance, un rôle dans une association sanglante comme celle des Frères du Fer et du Plomb, il faut se rappeler que trente-six ans ont mis un abîme entre la génération passée et la génération actuelle.

Nous ne chercherons à atténuer la férocité de Lambert qu'en le représentant comme une de ces déjections impures du limon révolutionnaire, et nous garderons nos explications pour les deux nouveaux adeptes qui allaient se faire initier sous les noms de Curtius et de Perce-Neige.

Rollon et Vauvrecy appartenaient à cette génération que la révolution française avait surprise de dix à quinze ans, et que le vertige sanguinaire dont toute la France semblait alors travaillée, avait jetée en dehors des voies ordinaires.

Cette génération avait pour ainsi dire grandi dans le sang dont la vue et les vapeurs avaient développé chez elle l'instinct de férocité qui sommeille presque toujours, mais ne meurt peut-être jamais au fond du cœur humain. Les guerres de l'Empire avaient dirigé cet instinct vers un but plus noble, mais ne l'avaient pas éteint. La paix survenue brusquement en 1814 laissait chez la plupart des hommes que les batailles n'avaient pas moissonnés et qui appartenaient à cette génération une soif de carnage désormais sans aliment. C'est à cette génération qu'appartenaient encore sous la Restauration la plupart des conspirateurs et des duellistes qui se battaient ou conspiraient pour le plaisir seul de conspirer ou de se battre.

Tous deux avaient servi sous l'Empire, pour obéir aux nécessités fatales de leurs instincts et de leur éducation. Tous deux avaient fait la campagne de Russie, et y avaient contracté contre les Russes et les Cosaques une haine implacable, avide de représailles sanglantes. Outre les raisons que nous avons précédemment déduites, la présence de leurs ennemis à Paris, était une occasion qui leur permettait de satisfaire leur soif de vengeance, et cette soif de sang que le sang ne désaltère jamais complètement. Il avait été facile à Lambert de s'adjoindre des complices. Tant de gens rêvaient le retour de l'Empereur, qu'en formant une association secrète dans le but d'arriver à ce résultat, ils n'avaient eu qu'à choisir. Comme le disait le vieux Jean, combattre les ennemis de Napoléon, n'était-ce pas combattre pour lui; mais ainsi qu'on le pense bien, ce n'était pour le jéhuiste qu'un prétexte qui favorisait ses projets.

Cette explication, peut-être un peu longue, était nécessaire avant de les montrer à l'œuvre, pour bien faire comprendre le but de l'association des *Frères du fer et du plomb* et la conduite de ses chefs.

Si l'on se rappelle l'épreuve terrible à laquelle avait été soumise l'initiation de Rollon parmi les Eveillés d'Allemagne, on ne s'étonnera pas que la cérémonie qui allait s'accomplir ce soir-là ne le préoccupât pas considérablement.

Quant à Vauvrecy il vivait plus dans le passé que dans l'avenir, et il était plongé dans cette mélancolie pensive qui lui était devenue habituelle depuis son retour en France.

Macaron seul se frottait les mains d'un air de satisfaction fort vive, comme si quelques minutes auparavant il n'eut pas éprouvé le terrible accès d'hallucination auquel il venait d'être en proie.

— Messieurs — s'écria-t-il dès qu'ils furent seuls — ce soir la société du Fer et du Plomb aura trois chefs au lieu d'un, et les nouvelles que j'apporte sont de nature à vous faire dignement inaugurer parmi les frères.

— Ah ! dit Rollon, quelles sont ces nouvelles ?

— Si je me souviens bien de vos paroles sur la route de Villeneuve-St-Georges à Paris, reprit Lambert, notre féal cousin le roi des mines de l'Oural, ne parlait de rien moins que de se rendre maître de l'empereur Alexandre. Le colonel ici présent ajoutait : Nous amènerons Blücher pieds et poings liés à l'empereur Napoléon. Eh bien, messieurs, je ne sais si nous prendrons Blücher, mais je crois qu'il ne tiendra qu'à nous que demain à pareille heure Alexandre soit entre nos mains.

— Est-ce possible ? s'écria Vauvrecy les yeux étincelans.

— Ce soir, reprit Macaron, comme je me trouvais au *bois* avec l'intention de m'y entretenir la main, je suis entré pour manger préalablement un morceau chez l'un des gardes. Deux officiers, un russe et un cosaque, ne tardèrent pas à y entrer aussi. Je comprends quelque peu le russe, et le second se félicitait de son prochain mariage. Avec qui ? je l'ignore ; mais j'ai appris de lui qu'un repas de fiançailles, qui aura lieu demain, doit être honoré de la présence du czar. Pour peu que son escorte soit modeste, vous le laisserez dîner, puis, le soir, nous l'enlevons aux flambeaux. Ce sera superbe, pa'ole d'honneur !

— C'est très bien, dit Rollon, sans manifester d'autre émotion devant ce hardi projet ; mais où se donne ce dîner ?

— Je l'ignore, répondit Macaron ; mais je connais la maison d'où partira demain l'officier russe compagnon du Cosaque. Nous nous y rendrons de bonne heure tous les trois, et nous suivrons à cheval l'officier et la voiture qui le portera ; de cette façon, nous saurons au juste à quel endroit se donne le dîner.

Le jéhuiste développa longuement un plan que nous verrons exécuter et dont nous ne parlerons pas davantage, et quand les trois associés l'eurent convenablement mûri, ils attendirent l'arrivée des Frères du Fer et du Plomb qui n'allaient pas tarder à se présenter les uns après les autres.

— Que ferons-nous pour passer le temps, messieurs ? dit Macaron, car nous avons encore quelques instans devant nous avant l'ouverture de la séance.

— Jouons au billard, dit Rollon ; mais comme des chefs ne doivent pas jouer ainsi que de simples soldats, j'ai une idée pour frapper l'esprit des nôtres. Macaron, je vous joue un Cosaque en trente points. En êtes-vous, colonel ?

En disant ces mots, Rollon ou Curtius, comme nous l'appellerons désormais, disposait avec un sang-froid parfait les billes d'ivoire sur le tapis râpé.

— Si j'en suis ! s'écria Perce-Neige, mais certainement ; c'est fort original.

— Comment l'entendez-vous ? demanda Lambert.

— Comment je l'entends ! J'entends que celui d'entre nous qui sortira le dernier devra, dans les vingt-quatre heures, apporter aux deux gagnans les oreilles d'un Cosaque ou d'un Russe. C'est tout un, et corbleu ! ceux qui nous surprendront occupés d'une partie semblable penseront que nous sommes dignes de les commander.

—Russe ou Cosaque? dit Macaron.

— Comme vous voudrez, messieurs, reprit Curtius.

—Je préfère un Cosaque, dit Perce-Neige; mais je vous prierai de vouloir bien écouter une objection dont vous reconnaîtrez la validité.

— Parlez, dirent à la fois Curtius et Macaron.

— Je déclare, pour ma part, continua Perce-Neige, que, par point d'honneur, je vais faire exprès de perdre, car j'aurais l'air, autrement, de redouter la conclusion de la partie. Vous tomberez donc d'accord avec moi, qu'il faut, sans changer l'enjeu, convenir qu'au contraire le premier qui sortira en trente points aura seul l'avantage d'apporter aux deux perdans les susdites oreilles. Est-ce convenu?

— Oui, dit Rollon.

— Distinguons, messieurs, objecta Macaron. Que diable tuer un Cosaque, c'est une corvée quand c'est à heure dite, et surtout, ajouta le fat, quand il faut, pour se mettre à l'affût d'un de ces drôles, manquer avec quelque Chloris l'heure du berger qui ne sonne qu'une fois. Cependant, messieurs, je suis entièrement à vos ordres, et pa'ole d'honneur, je jouerai de mon mieux!

— Va donc! le Cosaque fourni aux deux perdans, et il y aura partie et revanche, s'écria Rollon, qui frappa de la queue sur le parquet trois coups retentissans.

— Qu'y a-t-il, messieurs? demanda le vieux cafetier en entr'ouvrant la porte.

— Un bol de punch au kirsch, dit Curtius, et dans le bol d'Hercule.

— Pourquoi pas à l'alcool! s'écria Macaron en grasseyant d'un ton de dédain; ce serait plus fort.

— Si vous y tenez?

— Au diable! Je demande pour moi une bavaroise au chocolat.

Jean ne tarda pas à revenir portant, non pas un bol, mais une terrine de punch flamboyant qu'il déposa sur une des tables, à côté du svelte flacon de cristal qui contenait le breuvage affadissant de M. Macaron. Puis la partie commença. C'est une justice à rendre aux trois joueurs, que chacun d'eux jouait en conscience et avec une ardeur égale à celle qu'eût excité l'espoir d'un gain exorbitant.

—Mordieu! s'écria tout d'un coup Rollon en bloquant la rouge dans la blouse avec une vigueur sans égale. J'en ai déjà vingt-deux, et il doit y avoir, de par le monde, un Cosaque dont les oreilles tintent à l'heure qu'il est. A vous! Macaron.

— Voyons! dit celui-ci; j'en ai dix-sept, voici un carambolage, — dix-neuf. — Laissez, laissez! un raccroc. — Vingt-un. — Il y a un fils de l'Ukraine dont l'étoile doit singulièrement pâlir. — Permettez, — autre carambolage, — vingt-trois! — Décidément je suis en veine ce soir. Bérénice m'attendra vainement; c'est fâcheux, car c'est demain qu'elle devait me sacrifier une vertu d'autant plus précieuse qu'elle y tenait...

— Qu'elle y tenait comme à toute nouvelle acquisition. Perce-Neige, c'est à votre tour, n'allez pas me souffler mon Cosaque.

Perce-Neige étendit sur le drap du billard une main large, puissante et nerveuse, sillonnée d'un réseau de muscles recouverts d'un épiderme velu; une main de Milon de Crotone quand elle pouvait encore fendre le tronc d'un chêne sans le laisser se refermer sur elle. On pouvait pressentir que toute étreinte de cette main, même désarmée, devait être mortelle.

— Ne vous vantez pas, dit-il d'un air sombre; j'en ai ving-trois aussi.

La main du colonel, ramenée en arrière, sembla poussée par un ressort d'acier, et la bille d'ivoire, décochée avec une précision et une vigueur à toute épreuve, traversa comme une balle toute la longueur du billard, heurta violemment la bille rouge, qui rebondit sous le choc, frappa la bande et vint s'engouffrer dans une des blouses avec un retentissement lugubre.

— Cinq ajoutés à vingt-trois, vingt-huit, dit-il; encore deux, et le tintement de l'agonie aura sonné pour un Kalmouck.

Après ces mots, Perce-Neige remplit jusqu'aux bords un large verre de punch dont la flamme avait à peine épuisé l'alcool, et l'avala d'un trait, sans plus sourciller que si la coupe eût été pleine d'une eau limpide. Seulement ses yeux jetèrent un éclair plus vif, et le billard gémit dans sa membrure sous le poids de la main qui s'y appuya de nouveau.

A partir de ce moment la partie devint plus solennelle. Chacun des joueurs gardait le silence, car quelques points encore allaient décider d'un terrible gain, — le sang d'un homme.—L'air échauffé par les lampes, saturé des chaudes émanations de l'alcool volatilisé et des parfums irritans qui s'échappaient incessamment de l'immense terrine remplie de la liqueur allemande, faisait monter au cerveau d'enivrantes vapeurs. L'œil ardemment fixé sur le tapis, où les derniers roulemens de la bille allaient peut-être remettre entre les mains du colonel seul une obligation sanglante que chacun d'eux ambillonnait, d'abord par point d'honneur, Macaron sentit au milieu de cette atmosphère spiritueuse, redoubler sa sanguinaire convoitise. Le colonel subissait-il lui-même cette influence? ses libations de géant troublaient-elles la justesse de son coup-d'œil? Toujours est-il que la bille que sa main lança battit éperdûment les bandes, comme l'oiseau effarouché qui heurte en volant les grilles de sa cage, et fut frapper avec la force d'un biscayen le mur opposé. C'était un manque de touche complet, mais Perce-Neige ne sourcilla pas.

— Vingt-deux et un, vingt-trois, s'écria Curtius.

— Vingt-trois et un, vingt-quatre, s'écria aussi Macaron.

En ce moment, on heurta derrière la porte d'entrée.

— Qui est là? demandèrent les joueurs?

— Judith et Sisara, répondit une voix du dehors. La porte du billard s'ouvrit pour laisser entrer, non pas deux femmes comme ces noms pouvaient le faire supposer, mais un homme, puis un second, puis successivement trois ou quatre autres encore à la faveur de ce mot d'ordre. On doit se rappeler en effet que le glaive de Judith et le clou de Sisara ont été entre les mains de ces deux femmes deux instrumens de délivrance à deux époques d'invasion étrangère.

C'était cette réminiscence de l'histoire juive qui avait motivé l'adoption de ce mot de passe et de ralliement par une société établie dans le but d'exterminer en détail les envahisseurs du pays.

D'autres adeptes ne tardèrent pas d'arriver et de former autour des joueurs, après avoir été mis au courant des conditions de la partie, une galerie attentive et frémissante. Des bols de punch allumés de nouveau flambaient sur trois tables; la lueur bleuâtre tachetée de langues de feu faisait tomber d'étranges et fantasques reflets dans les angles de la pièce où n'arrivait pas la lumière des quinquets. Tous retenaient jusqu'à leur haleine, et l'on n'entendit plus pendant une minute que le choc de l'ivoire et le pétillement de la liqueur qui se consumait, tantôt en une flamme d'azur douce et vague comme les premières clartés du jour, tantôt en une flamme d'un rouge ardent comme les éclairs d'orage dans un ciel sombre.

C'était au tour de Macaron de recommencer. Ses allures avaient complétement changé. Ce n'était plus le fat minaudier, prétentieux et affecté que nous avons vu jusqu'à présent, à l'air doucereux du tigre qui fait patte de velours. La taille courbée, l'œil à la hauteur du billard, l errait autour de la table, sa queue à la main, comme le bandit qui, armé de sa carabine, se courbe derrière un buisson prêt à faire feu sur sa victime. Ce dernier coup devait terminer la partie, car par une singularité qui résultait de l'égalité de leur force, et de leur ardeur à jouer *jeu serré* en style d'usage, les trois adversaires étaient arrivés à vingt-huit chacun. Ce fut donc avec un redoublement de soin qu'après avoir mesuré de l'œil et calculé les chances mathématiques de réussite, Macaron poussa la bille. Mais la force nécessaire, celle suffisante à déplacer un cheveu manquait à son évolution. Après avoir effleuré la première, la bille vint expirer si près de la seconde que Macaron s'écria d'un air de triomphe féroce:

— J'ai gagné!

— Non pas! non pas! s'écrièrent à la fois les deux adversaires. La bille n'a pas touché.

Et la galerie se resserra plus étroitement derrière les joueurs, autour des bandes du billard.

— Elle touche! elle touche! hurla Macaron. J'en appelle à la galerie!

Mais, examen fait, un jour à peine perceptible séparait les deux sphères d'ivoire. De dépit, Macaron jeta sa queue sur le tapis, et quelque léger que fût l'ébranlement communiqué à la table massive, il suffit pour faire joindre les deux billes avec un bruit que l'oreille la plus exercée put à peine saisir, mais qui prouvait irrévocablement que ses prétentions étaient vaines.

— Heureux vaincu, l'heure du berger vous dédommagera, dit Rollon d'un air goguenard.

Macaron se mordit les lèvres; mais le railleur ne fut pas plus heureux lui-même, et il dut renoncer à son tour à l'espérance du gain de la partie. Restait Perce-Neige, ce visage inconnu de tous, cette vigueur herculéenne que trahissaient tous ses mouvemens; son œil ardent sous ses sourcils d'un noir de jais, impressionnèrent vivement la galerie; mais le colonel ne fit pas un point de plus.

— Je devais gagner, s'écria Lambert avec une joie féroce. Et il se coucha de nouveau sur le billard.

— Bon pour un Cosaque, dit-il.

La bille bloquée frémissait encore dans la blouse, au milieu d'un murmure d'approbation, que Macaron tirait de la poche de son habit un carnet de maroquin parfumé, écrivit quelques mots au crayon sur un feuillet blanc qu'il déchira et jeta sur le tapis du billard. Rollon le ramassa et lut:

— Bon pour deux oreilles de Cosaque.
Paris, ce 27 avril 1814.

— C'est parfait! — s'écria le lecteur. — Holà! qu'on éteigne la flamme du punch, et qu'on boive au succès de notre nouveau frère.

— Les dettes de jeu sont payables dans les vingt-quatre heures,—interrompit Perce-Neige d'un ton où perçait quelque jalousie, —et votre bon ne porte pas d'échéance.

Le Jéhuiste sourit.

— Qu'à cela ne tienne,—dit-il.—Désirez-vous que je mette payable à vue?

— Pour manquer de parole, à quoi bon? répliqua Rollon avec un rire ironique. Vous n'avez pas de Cosaques ici, que je sache.

— Qui sait? dit Macaron, et reprenant son bon à l'un des assistans qui se le passaient de main en main, il le déchira en morceaux.

Cette fois, ce fut un murmure improbateur qui courut parmi la galerie. Il parut évident que le Jéhuiste avait trop présumé de ses forces en acceptant cette terrible partie, et qu'il reculait devant ses conséquences. Pendant ce temps, Macaron écrivait de nouveau, et quand pour la seconde fois il jeta sur le billard la feuille détachée du carnet, ce fut à qui s'en emparerait le premier.

Mais le premier qui s'en empara se frotta les yeux.

— Je lis mal, sans doute — dit-il; — bon pour...

— Voyons donc! s'écrièrent impatiemment et à la fois les curieux tenus en suspens.

Le lecteur reprit :

— Bon pour quatre oreilles de Cosaques, dont deux payables à vue, le reste dans les vingt-quatre heures, si on l'exige, ajouta Macaron en frappant d'un air de joie sinistre sur l'une de ses poches.

—Vous faites les choses en conscience — ajouta Perce-Neige — et vous ne boudez pas devant la besogne.

— A demain soir les deux autres, reprit Macaron, passons maintenant aux affaires sérieuses.

— Hourra! pour le tueur de Cosaques, s'écria-t-on en chœur.

Et l'alcool qui continuait à brûler dans les terrines, vivement remué par des mains enthousiastes, lança de longs jets de flammes qui éclairèrent d'un reflet sanglant la figure des Frères du Fer et du Plomb, et s'éteignit sous le souffle de vingt bouches. Un moment de silence presque lugubre succéda au tumulte, puis un bruit vague se fit entendre au dehors comme la voix d'une multitude qui grondait au loin, et ces mots arrivèrent distinctement aux oreilles de tous :

— Vive l'empereur Alexandre! Vivent les alliés sauveurs de la France!

Il était onze heures; le czar de toutes les Russies sortait du théâtre.

— Et ce sont des voix françaises! s'écria Perce-Neige en grinçant des dents. Mort aux ennemis de la France! continua-t-il, et saisissant un verre où fumait la liqueur ardente :

— Extermination aux hordes du nord, et Vive l'Empereur... Napoléon-le-Grand!

CHAPITRE V.

Perce-Neige.

Une longue mais sourde agitation succéda au toast porté par Perce-Neige comme un audacieux défi aux puissances qui humiliaient l'orgueil français. Macaron saisit cette occasion pour dire tout bas à l'oreille de Curtius :

— Il est cha'mant, ma pa'ole d'honneu', avec son empereur Napoléon-le-Grand.

Rollon fit un geste de résignation.

— Que voulez vous, reprit-il, c'est sa religion, son Dieu; mais en tous cas le culte des grandeurs déchues n'est-il pas plus noble que l'idolatrie des grandeurs sur pied?

— Messieurs, dit Macaron, nous avons deux frères à recevoir parmi nous; c'est l'objet de notre réunion de ce soir, que chacun prenne place, les récipiendaires sont là pour répondre à nos questions.

En disant ces mots, Lambert désignait du doigt le colonel, aux oreilles de qui retentissaient encore douloureusement les vivats adressés au czar russe et à ses alliés, et qui, pâle et immobile, gardait le silence des fortes émotions. A côté de lui se tenait Rollon, promenant ses regards sur toute l'assemblée. Puis on fit entrer Pelure-d'Oignon à son tour.

Chacun prit place autour des tables rangées le long du billard; les verres furent remplis et vidés, puis remplis et vidés de nouveau, après quoi on attendit que le président — c'était Macaron — prît la parole. Celui-ci assis à une des tables placée à l'extrémité de la salle se leva, et s'adressant au colonel :

— Levez-vous, dit-il.

Perce-Neige obéit et se leva de toute la hauteur de sa taille, que la roideur militaire rendait plus imposante encore.

— Vous, reprit le président, qui ambitionnez l'honneur de devenir l'un de nos frères, nous voulons savoir, avant de vous le conférer, qui vous êtes, c'est-à-dire votre nom.

— Je le dirai tout à l'heure, reprit Vauvrecy.

—Nous voulons savoir quels sont vos droits.

— Mes droits sont dans mon sang que j'ai versé pour la France sous les aigles de l'Empereur, dans celui que je suis disposé à verser encore pour son retour, et dans ma haine pour les barbares d u Nord dont la présence nous outrage.

— C'est bien, nous voulons savoir encore les motifs de cette haine pour apprécier jusqu'à quel point nous pouvons compter sur vous.

— Qu'importent les causes—reprit le colonel d'un air impatient — quand les effets parlent d'eux-mêmes? Cependant, s'il est indispensable que j'explique ces motifs, je suis prêt à le faire.

— Oui, oui — s'écrièrent à la fois plusieurs membres de l'assemblée.

—J'obéirai, messieurs, reprit Perce-Neige.

Préalablement les verres furent encore remplis et vidés, puis, quand on se fut assuré que le petit nombre de consommateurs entrés pendant la soirée dans la première pièce du café s'étaient tous retirés, les assistans prirent l'attitude la plus commode pour écouter attentivement Perce-Neige.

Le colonel se rassit et commença le récit des faits dont se compose le prologue de cette histoire. Peut-être cependant, et cela se conçoit, appuya-t-il plus que nous ne l'avons fait sur les outrages qu'il avait subis cette nuit fatale où il avait cru André enseveli à jamais dans la fondrière de neige, et ceux dont il avait été abreuvé pendant sa captivité.

Plusieurs fois, en rappelant ces affreux momens où le fouet d'un Cosaque imprimait sur son front une marque sanglante, la voix du conteur s'affaiblit et trembla, une vive rougeur colorait son front basané, comme un éclair qui brille sur le ciel cuivré du couchant.

Puis d'autres fois il y avait un si frappant contraste d'orgueil et de honte sur l'énergique visage du colonel, ses yeux exprimaient une haine si implacable, que ses auditeurs tressaillaient presque en l'écoutant.

Ensuite il parla de son retour en France, de ses luttes sur le bord du Rhin, et comme il entra dans quelques détails inconnus du lecteur, nous transcrirons mot à mot cette partie de son récit.

On était dans l'hiver quand le prisonnier revit la France, — dit-il; — il avait quitté le toit maternel alors que les feuilles versaient leur ombre fraîche sur les tuiles rouges, alors que les plantes grimpantes entrelaçaient aux grilles leurs épais réseaux, alors que l'azur des bluets et l'or des moissons lui rappelaient partout les yeux bleus et la blonde chevelure, objets de ses rêves. C'était ainsi seulement qu'au fond de l'Ukraine, le captif se rappelait ce riant tableau. C'est ainsi qu'il se flattait presque de le retrouver au milieu des brumes de l'hiver en France.

Ce fut le lendemain d'une bataille qu'il arriva dans la vallée. Des cadavres épars la jonchaient encore; une dernière déception, la plus cruelle de toutes, l'attendait là.

Les deux maisons contiguës n'étaient plus qu'un monceau de ruines; les grilles tordues par le canon gisaient à terre, ou n'offraient plus que des tronçons informes encore entrelacés des tiges mortes des chèvrefeuilles et de la vigne vierge. Un silence de mort planait sur ces débris des deux habitations, que ne protégeaient plus de leur ombre des arbres aux troncs fendus et mutilés. Personne n'était là non plus pour dire ce qu'en étaient devenus les habitans.

Perce-Neige se tut un instant. Ses yeux humides et son front pâle indiquaient l'intérêt qu'il prenait aux personnages que son récit avait invoqués. Mais tous se demandaient, à l'exception de Macaron et de Curtius, qui pouvait être ce nouveau venu auquel ils ne savaient quel rôle assigner dans l'histoire qu'il avait contée. Il comprit qu'une dernière explication était nécessaire.

— Eh bien! maintenant, reprit-il, pensez-vous que celui dont vous avez entendu l'histoire ait des motifs suffisans de haine contre les barbares du Nord, pour que ses nouveaux frères puissent compter sur lui?

En disant ces mots, le colonel déboutonna le haut de sa houppelande, et découvrit à ses auditeurs le ruban rouge de commandeur de la Légion-d'Honneur passé autour de sa cravate noire. Alors seulement il parut ce qu'il était en réalité : un gentilhomme de bonne race avec le front ennobli d'un soldat, un magnifique échantillon en un mot des guerriers héroïques de l'Empire.

Ce coup de théâtre inattendu obtint tout le succès que Perce-Neige en avait espéré en ne dévoilant qu'à la fin qui il était. Bien que son rang dans l'armée eût pu lui faire conférer seul le titre qu'il ambitionnait, il avait voulu frapper vivement l'esprit de ses nouveaux frères.

A l'aspect du récipiendaire ainsi transformé en officier de la garde impériale, à la stature herculéenne, au cœur intrépide, un vivat d'enthousiasme accueillit sa demande.

— Nous avons besoin de trois chefs, qu'il soit l'un d'eux, s'écria un des plus ardens. Vive Perce-Neige!

— Vive Perce-Neige, répéta toute l'assemblée. Le grenadier s'inclina noblement.

— Frère, dit Macaron, vous le vainqueur des frimas, vous êtes des nôtres sous le nom bien mérité de Perce-Neige. Jurez donc...

— Non! pas de sermens! s'écrièrent à la fois les plus enthousiastes. Ce qu'il a fait, et sa parole nous suffisent!

Perce-Neige s'inclina de nouveau.

— Merci, frères, dit-il, vous m'avez élevé à l'honneur d'être l'un des vôtres et à l'honneur plus grand encore d'être l'un de vos chefs. Mais en cette qualité même il est de mon devoir de ne pas accepter de dérogation aux statuts de l'ordre. Chefs et soldats doivent passer sous le même niveau sans exception. Je jure donc — et il étendit sa main nerveuse — je jure sur le Christ, sur l'âme de ma mère, l'honneur de ma sœur, le mien, guerre et extermination sans paix ni trève, par le fer, le feu, la corde, le plomb, aux envahisseurs du pays; je jure de contribuer de tous mes efforts au retour de notre glorieux empereur, et à ces fins de n'épargner ni mon argent, ni mon sang, ni ma vie.

L'œil étincelant du gentilhomme, son attitude pleine de noblesse; le souvenir de ce qu'il avait souffert, de ce qu'il avait accompli à lui seul, électrisèrent l'auditoire et tous voulurent presser la main redoutable qui s'étendait pour prêter le serment de l'ordre.

Ce fut au tour de Rollon, envers lequel le même cérémonial fut employé et les mêmes formules mises en usage.

Le capitaine n'avait pas à raconter, comme le colonel, de ces actes de valeur personnelle et d'actions héroïques qui impressionnent si fort le vulgaire; mais cependant quand, avec cette voix si douce et si puissante à la fois, il raconta une partie de son passé seulement — car à ses yeux ses nouveaux frères étaient bien au-dessous des nobles Philadelphes — quand il détailla, quoique avec modestie, sa terrible initiation aux Eveillés d'Allemagne, il excita aussi ce frémissement d'enthousiasme qu'il était accoutumé à produire.

Ensuite il développa le plan audacieux qu'il avait conçu, d'accord avec les deux autres chefs, et fit partager à ses frères attentifs l'espoir de purger le sol français de la présence des Alliés en les écrasant par un soulèvement général.

— Ces descendans des Huns, s'écria-t-il, sont-ils appelés à remplir encore auprès de l'Europe occidentale la mission du *fléau de Dieu*? On pourrait le croire, car nos aigles françaises, qui tenaient à la fois dans leurs serres la foudre et la lumière se sont abaissées devant les barbares du Nord. Le froid a paralysé leur essor, et nous voyons les Cosaques camper dans nos rues, baigner leurs chevaux sanglans dans la Seine...

— Je les ai vu faire pis encore, interrompit Pelure-d'Oignon, d'une voix sourde.

— Je les ai vu fouler sous les fers de ces chevaux le pavé de nos églises, camper dans nos palais, y secouer la vermine dont ils sont rongés, et tenez, nous pouvons presque entendre d'ici les dents de leurs sauvages coursiers dépouillant de leur écorce les arbres, orgueil de nos promenades publiques. Le jour n'est pas loin peut-être où le vent qui amène ces bandes impures parmi nous les remportera comme une nuée de sauterelles, mais ils ne nous laisseront que des champs dévastés, des monumens dégradés et partout des excrémens et des souillures.

— C'est vrai! c'est vrai! s'écria-t-on de tous côtés.

— Alors j'ai pensé que la civilisation était vaincue par la barbarie, mais qu'elle ne devait pas succomber sans vengeance, et j'ai trouvé glorieux pour moi d'être un des champions chargés de la venger. Nous sommes les fils d'une génération qui brisa violemment les préjugés du vieux monde, nos oreilles se sont ouvertes aux mots d'affranchissement, de fraternité universelle, et nous devons adopter ces principes sublimes, et consacrer nos forces réunies à l'accomplissement des grandes destinées de la famille humaine et à la vengeance de la civilisation outragée.

Le capitaine se tut forcément, car l'enthousiasme des auditeurs l'interrompit; son triomphe était plus complet encore que celui de Perce-Neige, sans que celui-ci s'en sentît jaloux, et l'un des frères mêmes, celui qui le premier avait demandé que Perce-Neige fût l'un des chefs, saisit la main de Rollon:

— Je baise, dit-il, la main de l'homme qui fait luire à nos yeux ces brillantes perspectives; je baise la main du grand-maître.

En disant ces mots, il appuya respectueusement ses lèvres sur la main du Philadelphe.

Cette action fut si soudaine, si imprévue, que ce fut comme une étincelle électrique qui parcourut la salle. Les cris, mais étouffés, de : vive le Grand-Maître ! passèrent de bouche en bouche. Curtius était ce qu'il voulait être : le chef suprême de ces enfans perdus.

Puis enfin le silence se rétablit; dès ce moment, la séance interrompue, recommença, passionnée, ardente comme le chef qui la présidait.

On en verra plus tard le résultat ; elle ne cessa qu'au moment où les lampes commençaient à pâlir et jetaient parfois en pétillant des lueurs fumeuses le long des tubes de cristal, tandis que depuis longtemps déjà les réverbères du passage Feydeau avaient lancé leurs dernières clartés.

CHAPITRE VI.

Alexandrine.

Le lendemain, ou plutôt quelques heures après les scènes qui avaient eu lieu au café de la Réunion, une autre scène d'un genre tout différent se passait à quelque distance de la galerie Feydeau. C'était dans une des maisons situées au sommet du triangle que baignent les deux bras de la Seine, et qui commence au Pont-Neuf, et dont la rue de la Barillerie, le pont St-Michel et le Pont-au-Change forment la base. La maison dont il est question s'élevait à l'angle du pont et de la place Dauphine, de manière à dominer en aval le cours de la rivière.

Dans un des appartemens du quatrième étage, derrière une des croisées d'où la vue s'étendait jusqu'aux collines qui bordent la Seine, une jeune fille était assise, un ouvrage de broderie à la main. Elle n'était pas précisément seule ; par une porte dont les deux battans étaient ouverts on pouvait apercevoir une femme plus âgée, sa mère, assise dans un fauteuil, un journal à la main; mais elle était assez isolée pour pouvoir suivre à son aise le fil de ces douces méditations si chères aux jeunes filles.

Tout, chez les deux femmes, indiquait une aisance si voisine de la gêne, que la plus stricte économie seule pouvait la tenir à distance. Qu'importe, du reste, à la jeunesse cette existence plus pénible peut-être que la pauvreté, dont elle n'éprouve jamais les âpres joies, quand les illusions dansent autour d'elle, quand un sang ardent chante à ses oreilles de suaves mélodies que le sommeil lui-même n'interrompt pas. Mais Dieu tient aussi en réserve pour la vieillesse de merveilleuses compensations.

La mère et la fille paraissaient donc aussi profondément absorbées l'une que l'autre, la première par la lecture de la gazette, la seconde par sa broderie.

Nous ne nous complaisons guère à décrire de vieilles femmes, à moins toutefois qu'elles n'aient la solennité ou l'horreur de certaines ruines qui émeuvent le paysagiste ou le philosophe.

Mme de la Roche-Launay, car c'était elle que l'incendie de sa maison avait forcée à venir chercher un asile momentané à Paris, n'avait que cette vieillesse douce et sereine qui succédait à une jeunesse occupée constamment des doubles devoirs d'une femme envers son mari et ses enfans.

En attendant que la marquise de Vauvrecy lui donnât un logement dans l'hôtel qu'elle se faisait préparer et meubler, les deux amies étaient momentanément séparées.

Il était dix heures. Par des échappées de ciel bleu, le soleil lançait sur la Seine des rayons encore obliques, mais déjà chauds. Une brise tiède d'avril annonçait les brises de mai, qui, aux champs comme à la ville, murmurent aux oreilles virginales des notes enivrantes, quoique incomprises encore. En dehors des vitres fermées et à travers lesquelles le rideau de mousseline laissait une étroite échappée de vue, un bouvreuil chantait dans sa cage, et d'une caisse sur l'appui de la croisée, les cobées grimpantes enlaçaient déjà leurs premières vrilles aux impostes de pierre.

La jeune fille rêvait; c'est-à-dire qu'elle souriait et soupirait tour à tour. Peu de passé, beaucoup de présent, un avenir sans bornes, tels sont les rêves de la jeunesse; à laquelle de ces trois divisions de l'éternité s'adressaient ces sourires et ces soupirs, nous le saurons sans doute. Puis, de temps à autre, ses yeux se levaient de sa broderie pour jeter sur la Seine, le pont et les quais un rapide et furtif regard. La voix de sa mère ne tarda pas à interrompre ses méditations.

—Allons, dit-elle, les nouvelles sont bonnes, car elles sont toutes pacifiques, et chaque jour la France se sent plus heureuse, plus soulagée du joug pesant qui l'opprimait.

La jeune fille ne répondit rien, mais une légère contraction de ses traits indiqua qu'elle ne partageait pas tout à fait peut-être l'opinion de sa mère.

— C'est l'avis de la *Gazette*, maman, répondit-elle, et vous êtes toujours de l'avis de votre journal.

— Tu te trompes, Alexandrine, répliqua Mme de la Roche-Launay, en s'avançant après avoir déposé ses lunettes sur le journal. C'est toujours lui qui est de mon avis, c'est bien différent.

Il y eut un moment de silence.

— Voyons, reprit la mère, ne trouves-tu pas que le temps présent ne ressemble plus au temps qui vient de s'écouler?

— Oh! certes! pas plus que ces tiges frêles ne ressemblent au rideau de plantes grimpantes qui abritait l'entrée de notre jolie maison près de Vassy.

En disant ces mots, Alexandrine montrait du doigt les cobées dont les feuilles clairsemées jetaient sur les vitres une ombre presque imperceptible.

— Tu regrettes notre maison, mon enfant, je le conçois; cela te rappelle des souvenirs.

— D'enfance, oui, ma mère, — reprit Alexandrine en rougissant; puis, comme elle sentait son front et ses joues s'empourprer davantage, malgré ses efforts pour cacher son trouble à l'œil d'une mère, elle se jeta dans le sein de la sienne en s'écriant:

— Mais avec vous, maman, je ne regrette rien.

— Trompeuse — dit la mère avec toute la naïveté d'une mère tendre, mais plus habile à exécuter des recettes de ménage qu'à lire dans le cœur humain — tu regrettes le bien-être dont nous jouissions là-bas, tu regrettes nos campagnes, l'air dont nous sommes privées ici, mais patience — ajouta-t-elle, en souriant d'un air d'intelligence que sa fille ne vit pas — peut-être sommes-nous à la veil e de retrouver tout ce que nous avons perdu.

— Je ne regrette rien quand vous êtes près de moi.

— Tu regrettes encore, continua l'excellente femme, les bulletins pompeux de l'Empire qui déroulaient chaque jour à nos yeux tant de hauts faits, le récit de tant de victoires merveilleuses. Oh! je me rappelle bien l'enthousiasme qui faisait briller tes yeux et trembler ta voix en les lisant.

— Mais je ne regrette pas ces victoires, elles... coûtaient trop cher! — répondit Alexandrine d'une voix faible.

— Oh! oui, n'ont-elles pas manqué de coûter à notre pauvre amie, ses deux fils, Pierre et André!

A ce souvenir, Alexandrine inclina tristement son front devenu pâle, et fixa sur sa broderie ses yeux bleus doucement voilés de mélancolie, comme deux saphirs dont le souffle de la bouche ternit un instant l'éclatant azur.

Il faut en quelques mots combler l'intervalle qui s'est écoulé entre le départ de P. de Vauvrecy, en 1812, et son retour en 1814. On sait que les deux maisons avaient été détruites par une de ces catastrophes qu'entraîne la guerre avec elle; il reste à dire sous l'empire de quelles circonstances les habitans de ces maisons les avaient abandonnées.

A la veille d'un de ces engagemens nombreux dont la Champagne avait été le théâtre, un corps d'armée de Prussiens et de Russes était venu prendre position dans la vallée où étaient situées les deux maisons contiguës. Il devenait indispensable de les occuper et de les fortifier. Deux officiers russes, transformés pour le moment en aides-de-camp du général Blücher, avaient reçu l'ordre d'en faire *déguerpir* les habitans. C'était l'expression dont s'était servi le général prussien, peu connu, comme on le sait, par ses habitudes de courtoisie. Heureusement, des deux aides-de-camp, l'un était André de Vauvrecy lui-même; l'autre, de race slave, était un jeune Hetmann des Cosaques réguliers de l'armée russe.

Ce dernier était jeune, élégant, et parlait le français avec cette pureté d'accent qui distingue les Russes de bon lieu, dont la langue française est presque la langue maternelle. Il s'était associé de grand cœur aux efforts d'André pour accomplir cette pénible mission, et un sauf-conduit avait été obtenu en faveur des deux familles pour traverser l'armée des alliés au cas où elles les rencontreraient dans le voyage qu'elles allaient entreprendre à Paris. Par la protection des deux officiers dont l'un, l'officier russe, obéissait à une impulsion plus forte que celle de l'humanité et du savoir-vivre, un fourgon capturé sur les Français fut mis à la disposition des voyageuses pour emporter leurs effets les plus précieux, puis elle partirent.

Quant aux maisons, Perce-Neige n'avait rien exagéré en disant qu'elles n'étaient plus qu'un monceau de ruines, car elles avaient alternativement été prises et reprises, et canonnées par les deux parties.

Mme de Vauvrecy, en arrivant à Paris, s'était retirée momentanément dans une petite maison louée par elle sur les bords de la Seine, près du pont de Suresne, et située sur la lisière du bois de Boulogne. Quant au colonel, il ignorait encore où se trouvaient sa mère et sa sœur.

La mère d'Alexandrine avait loué le modeste appartement où nous la retrouvons, dans un quartier près duquel elle se trouvait avoir quelques amis. Les événemens avaient matériellement marché, comme on vient de le voir, mais voici quelles en avaient été les conséquences morales.

Les nations ont beau se déchaîner, ravager mutuellement leurs territoires, la femme sera toujours le lien qui servira à réconcilier les vainqueurs avec les vaincus. Depuis les Sabines, l'histoire des peuples ennemis est constamment la même, et les bienfaits obligent plus le bienfaiteur que l'objet de la bienfaisance. L'officier russe l'avait éprouvé. La beauté, l'éducation parfaite de Marie de Vauvrecy n'avaient pas tardé à produire leur effet sur le jeune Hetmann, et peu à peu, l'amour avait succédé chez lui à la galanterie, et ses assiduités l'eussent dit assez si lui-même ne l'eut déclaré à Mme de Vauvrecy. Peut-être à la seconde invasion n'eût-il pas agi de même, mais à cette époque l'officier apportait comme la plupart de ses compatriotes du Nord, un cœur droit et prompt à s'enflammer.

Sa naissance, sa position élevée dans l'armée des alliés, la faveur dont il jouissait auprès de l'Empereur de toutes les Russies et du général en chef prussien, et par-dessus tout la protection généreuse dont il avait couvert des femmes privées d'appui, suffisaient pour le faire bien accueillir.

André, de son côté, n'avait pas été inactir près de Mme de Laroche-Launay. Les deux mères, cependant, n'avaient consenti à accepter l'offre matrimoniale des prétendans que sous la réserve de l'assentiment de leur fille; et ceci explique le sourire de la mère d'Alexandrine et ses paroles : Peut-être sommes-nous à la veille de retrouver tout ce que nous avons perdu !

Encore un mot maintenant sur les chances qu'avaient les deux officiers d'être acceptés ou éconduits.

Est-il besoin de dire que dans la solitude où avaient vécu les deux familles jusqu'au moment où les hasards de la guerre leur avaient fait rencontrer deux protecteurs, le cœur de Mlle de Vauvrecy était resté libre. Il est encore plus inutile d'ajouter qu'au jour où commence ce récit, il ne l'était plus; elle avait à l'avance annulé la réserve de sa mère, l'affaire était déjà convenue entre sa mère, et le jeune Hettmann, tandis qu'André n'avait pas encore parlé. Peut-être les encouragemens d'Alexandrine lui avaient-ils manqué plus qu'à son ami.

Si, prêt à partir pour la campagne de Russie, le colonel eût osé parler, il n'eût pas emporté dans son cœur le doute qui l'obsédait. Il n'eût cependant pas emporté non plus la conviction de voir partager aussi vivement que lui l'amour profond, nous dirons presque fatal, qui le dévorait. De la part de cette jeune fille, c'était un sentiment tendre, vif, enthousiaste, mais peut-être passager, comme l'admiration que produit l'éclat et la course rapide d'un météore, et qui s'éteint comme lui. Ce sentiment avait à peu près la même cause pour origine : tous ces soldats que la guerre moissonnait n'avaient ils pas l'éclat comme la courte durée des météores ?

Mais quand les bulletins apprirent les nouvelles de l'immense désastre de Moscou, quand au prestige de la gloire vint se joindre le prestige du malheur, dès-lors un sentiment plus tendre, plus intense, prit naissance dans le cœur d'Alexandrine. Son héros grandit à ses yeux. Par une transition toute naturelle, l'amour se convertit en passion ; son enthousiasme ne lui représenta plus le paladin qui foulait ses ennemis sous les pieds de son cheval, mais le géant qui luttait contre les élémens déchaînés.

Malheureusement, un an s'était écoulé sans aucune nouvelle de Pierre ni d'André ; l'espoir est l'aliment indispensable de tout amour dans ce monde, et l'espoir de revoir le capitaine de Vauvrecy s'éteignit de jour en jour dans la douleur d'Alexandrine qui le pleura comme mort. Une seconde année succéda à la première. Alexandine ne pleura plus, elle se contentait de soupirer au souvenir du passé, puis bientôt de rêver à l'avenir.

Ce fut alors, ainsi que nous l'avons dit, que le colonel revint et plaida la cause de son frère. André n'était plus, il est vrai, comme Pierre, le type des fortes races, mais il était élégant et brave ; il avait manqué de périr pour l'amour d'elle, et le colonel semblait ne pas l'aimer comme elle l'avait pensé. C'était donc sur les confins indécis d'un amour qui va faire place à un autre, d'une passion qui s'éteint, mais qu'une étincelle peut rallumer, et d'une passion qui commence, que nous retrouvons Alexandrine rêvant sur sa broderie, d'abord souriant et soupirant tour à tour, puis à présent le cœur ému, l'œil voilé par un ressouvenir soudain.

Maintenant nous avons fini avec le passé. Comme pour une partie qui va s'engager nous avons fini de ranger les pions sur l'échiquier ; nous avons assigné à chaque pièce sa valeur relative, son rôle et sa marche, ou bien comme jadis les maréchaux de camp dans les tournois, nous n'avons plus qu'à dire : *Laissez aller*.

Par un mouvement machinal, Alexandrine jeta ses regards à travers la vitre, comme pour chercher une distraction à des souvenirs pénibles. Tout à coup la jeune fille pâlit, étouffa un cri prêt à s'échapper, et serra fortement sa main sur son sein, comme pour contenir les battemens de son cœur. Il n'y avait rien cependant sur le pont, ni sur la Seine, ni sur les quais, de nature à justifier cette subite et vive émotion.

La Seine roulait paresseusement ses flots jaunis et gonflés par la fonte des dernières neiges. Quelques trains de bois en descendaient lentement le cours.

Les quais étaient encombrés de monde de toute sorte, mais dans ce monde presque perdu dans la brume matinale; les yeux les plus perçans n'eussent pas distingué un ami d'un ennemi.

Excepté la sentinelle étrangère qui arpentait d'un pas monotone le terre-plein du Pont-Neuf, le pont était presque désert. Un homme seul, d'une taille élevée, se tenait adossé contre une des échoppes de pierre du trottoir opposé. A sa culotte et à sa veste de panne, ce devait être un commissionnaire. Il était immobile, et ce n'était que lorsqu'il levait les yeux vers la croisée de la jeune fille qu'on pouvait distinguer sous les larges ailes de son chapeau une sévère et mâle figure ; mais il ne leva les yeux qu'une fois ou deux de l'air distrait d'un oisif qui regarde tout sans rien voir, mais eût-il cherché à sonder l'intérieur de l'appartement, le rideau de mousseline presqu'entièrement baissé ne lui eût permis de voir qu'une boucle ou deux des cheveux blonds de la jeune fille.

— Oh ! ma mère, dit-elle en montrant du doigt le quai opposé, tandis qu'une pâleur mortelle couvrait ses joues devenues blanches comme une feuille de camélias.

Au moment où, justement effrayée, la mère allait suivre de l'œil la direction que lui indiquait le doigt tremblant de sa fille, le commissionnaire lui tournait le dos et s'éloignait d'un pas rapide.

Un landau lourd et massif s'arrêtait en cet instant à la porte ; un jeune homme en descendit, puis il suivit du regard à son tour le commissionnaire qui remontait vers la rue Dauphine.

— Oh ! reprit Alexandrine, si vous saviez qui j'ai cru voir....

La sonnette qui retentit à la porte de l'escalier interrompit Alexandrine, et fit tressaillir les deux femmes.

CHAPITRE VII.

Les Chasseurs sur la piste.

Il est certains momens dans la vie où le système nerveux vivement impressionné communique à l'âme de folles terreurs. Une sonnette, agitée par une main qu'on ne voit pas, une corde de harpe ou de piano qui se brise résonnent jusqu'au fond du cœur comme l'annonce de quelque catastrophe. C'était sous le poids d'une impression semblable que le retentissement de la sonnette de l'escalier avait fait tressaillir les deux femmes. Toutes deux se serrèrent l'une contre l'autre en frissonnant, mais ce fut rapide comme la pensée et le son vibrait encore qu'elles souriaient de leur frayeur.

— J'ai entendu une voiture s'arrêter, dit la mère, c'est sans doute M. de Vauvrecy qui vient nous chercher pour nous conduire chez sa mère, comme il nous l'a promis.

— Ah ! mon Dieu ! je l'avais oublié, s'écria Alexandrine, et je cours m'habiller.

En disant ces mots, légère comme un de ces rayons de soleil que répercute et lance une glace mobile, elle s'élança hors du salon dont elle ferma la porte derrière elle.

La porte opposée s'ouvrit au même instant, et une domestique annonça :

— M. le comte de Vauvrecy.

Et le jeune homme entra dans le salon. Quoiqu'il ne fût plus en uniforme, il était facile de reconnaître en lui un des deux officiers que Macaron avait vus dans la maison du garde du bois de Boulogne la veille au soir.

Si Pierre de Vauvrecy rappelait, par sa stature et la souplesse de sa force, un de ces chevaliers normands, toujours bardés de fer, qui passaient toute leur vie le casque en tête et la lance en main, son frère offrait le plus parfait modèle de l'élégant officier de nos jours. Son teint, d'un blanc mat légèrement doré, des yeux noirs et vifs, des moustaches peu fournies, d'une couleur de jais et d'un éclat soyeux, rehaussaient l'aisance parfaite de ses manières et la distinction de sa personne.

Il fut reçu avec l'aménité et la bonne grâce que toute belle-mère future met à accueillir l'homme qui doit être son gendre, quitte à s'en dédommager après.

Quand il fut assis :

— Je crains presque d'être en retard, dit-il, mais un service extraordinaire m'a retenu toute la nuit et une partie de la matinée auprès du général ; peut-être, du reste, Mlle Alexandrine n'a-t-elle pas daigné s'apercevoir comme moi de quelques minutes d'inexactitude.

La veuve rassura le comte par une de ces phrases de politesse qui ne veulent dire ni oui ni non.

— Il est en vérité bien heureux, — reprit André en souriant, — que l'hospitalité toute gracieuse de quelques-uns de nos compatriotes dédommage les alliés de la haine sauvage dont ils sont l'objet de la part de beaucoup d'autres, car le métier de restaurateur de rois ne serait pas tenable.

— Que voulez-vous dire?

— Qu'en dépit de l'accueil... cordial — le comte ne voulut pas dire un mot plus fort de peur d'humilier son pays — des hautes classes à Paris, il couve contre nous parmi le peuple une haine sourde qui éclate aujourd'hui en conflits sanglans, que dis-je? en assassinats!

— En assassinats! reprit la veuve.

— Depuis quelque temps des meurtres audacieux ont été commis sur nos soldats. Je ne sais quelles mains les frappent, car elles demeurent toujours invisibles, mais ces catastrophes me reportent involontairement au souvenir de ces redoutables sociétés secrètes de l'Allemagne et aux romans que j'ai lus à ce sujet. Seulement, dans le cas présent, la réalité me semble dépasser la fiction.

— En vérité, mon cher comte, vous m'effrayez! s'écria la veuve.

— Je vous effraierais bien davantage, repartit André, si je vous racontais tout ce qui s'est passé.

Sans se préoccuper si ces récits effraieraient ou non la digne et excellente femme, qui n'avait pas au suprême degré l'art de la causerie, et ne brillait pas non plus par la repartie, l'officier saisit cette occasion de prolonger la conversation. Il lui apprit ce que le lecteur sait déjà, c'est à dire les meurtres commis dans le bois de Boulogne, y compris celui de la veille; puis il parla des mesures qu'on allait prendre pour y mettre un terme et faire exemple des coupables.

En ce moment la porte du salon s'ouvrit doucement, et un frôlement de mousseline, une fraîche et suave odeur, plus douce que celle qu'exhalent les feuilles mouillées par la rosée du matin, annoncèrent la présence d'Alexandrine.

Ses yeux avaient repris tout leur éclat; la blancheur de son cou veiné de bleu le disputait à celle de sa fraise de gaze, et la réaction de ses sensations ou la présence du jeune officier avait teint ses joues du carmin foncé de la rose au centre de sa corolle.

En dépit des horribles modes en vigueur à l'époque impériale, Alexandrine était charmante dans sa toilette blanche, dont la fraîcheur faisait la seule richesse. Un signe de Mme de la Roche-Launay à André pour l'engager à changer de conversation, fut parfaitement inutile: le comte eût oublié, à l'aspect de la jeune fille, l'extermination même de toute l'armée des alliés. Nous sommes forcé d'avouer que, de son côté, Alexandrine semblait avoir perdu le souvenir de ses émotions récentes, et de l'apparition du mystérieux commissionnaire.

Il ne fut donc plus question des catastrophes qui avaient ensanglanté le bois de Boulogne; puis, comme l'heure marchait, la veuve sonna sa bonne, se coiffa du chapeau qu'elle lui apporta, prit le bras du comte de Vauvrecy, et tous trois descendirent l'escalier. Le marchepied du landau fut abaissé par le cocher, les deux femmes aidées de leur cavalier, — comme on disait alors, — prirent place sur le derrière de la voiture, et les chevaux partirent au grand trot.

Le landau descendait à peine la chaussée bombée du Pont-Neuf, prêt à tourner dans la direction des Tuileries, par le quai de l'Ecole, quand deux hommes, qui se promenaient sur la place Dauphine, en ayant l'air exclusivement occupés à lorgner d'un côté opposé à celui à la maison de la veuve, débouchèrent de la place dans la même direction.

— Ah! Dieu merci, dit l'un d'eux, nous sommes donc enfin sur une belle et noble piste.

— C'est fort heureux, dit l'autre avec un léger bâillement, car j'avoue qu'il est horriblement fastidieux de ne... fêter que de simples tartares, ou d'obscurs kalmoucks. Vous direz à cela que ça entretient la main?

— Oui; mais un chevalier des ordres de Saint-Wladimir et de Sainte-Anne et autres, pour arriver peut-être au czar lui-même!

— Curtius, mon ami, vous avez un cœur de roc, moi, je plains cette petite femme; je la consolerai.

— Bah! alors je vais la plaindre aussi.

— Pour avoir le plaisir de la consoler?

— Non, je la plaindrai d'être consolée par vous.

Macaron, car c'était lui, imprima au gourdin qu'il portait, selon la mode d'alors, un mouvement de moulinet rapide à l'effet d'étouffer la sensation désagréable que lui causa ce compliment imprévu.

— J'en appelle au beau sexe de votre jugement, Curtius: je pourrais vous fournir une foule d'attestations de femmes qui ont trouvé leurs malheurs moins grands après que j'eus entrepris de les consoler, reprit le fat.

— Je le crois, répondit froidement le capitaine Rollon, un plus grand malheur console toujours d'un plus petit.

Macaron résolut de n'en plus appeler qu'à lui-même des incongruités de langage de son ami Curtius à son égard. Il ôta son chapeau et se mira dans une petite glace enchâssée dans la coiffe de soie. Le miroir était sans doute plus flatteur que son compagnon, car à la vue de sa figure flétrie, de ses yeux éraillés, Macaron se sourit comme Narcisse et fut consolé. Il remit son chapeau sur sa tête, puis portant son lorgnon à ses yeux, il le braqua d'un air d'adorable fatuité.

— Ah ! çà, reprit-il, à moins que j'aie la berlue, ce n'est plus Perce-Neige qui tient nos bêtes. Eh ! l'ami, continua-t-il en s'adressant à un véritable Auvergnat cette fois, qui vous a donc confié ces chevaux ?

Le commissionnaire, avant de répondre, examina Macaron et son compagnon, et, reconnaissant le signalement exact de ceux qu'on lui avait dépeints :

— C'est un confrère, répliqua-t-il ; il m'a chargé de vous dire qu'il s'était rappelé tout à coup une course indispensable, que vous n'aviez pas à vous inquiéter de lui, et qu'il vous retrouverait au pont de la Révolution, au pont Louis XVI, veux-je dire. Il y a bientôt une heure de cela, ainsi il ne peut tarder.

Macaron et Curtius se mirent en selle, et tournèrent bride à leur tour dans la direction du quai du Louvre.

— Quelle idée lui aura donc pris? demanda Macaron à son compagnon.

— Celle d'aller monter à cheval lui-même, pour suivre comme nous le chevalier des ordres de Sainte-Anne et de Saint-Wladimir.

— Ah ! çà, dit Macaron, Perce-Neige attache donc bien de l'importance à la capture de ce pâle et beau jeune homme.

— Pas plus qu'à celle de tout autre Russe ou Cosaque, je suppose, mais celui-ci est le gluau à l'aide duquel il espère faire un magnifique coup de filet. Quant à sa fantaisie de ne pas nous attendre comme il l'avait promis, je ne sais... je ne m'explique pas...

En accentuant ces derniers mots, comme si la vue de quelque objet extérieur venait subitement interrompre le cours de ses idées, Rollon suivait des yeux le landau qui roulait sur le quai du Louvre, bordé par les arbres des Tuileries, dont la brume du matin azurait encore les premières feuilles. A l'aspect de la longue lance, et du cheval à tous crins du soldat cosaque qui trottait derrière la voiture, Rollon se frappa le front.

—Voyez-vous, dit-il, il aura eu quelque idée à l'égard de ce Kalmouck ; Perce-Neige n'oublie pas que vous nous devez encore deux oreilles tartares, et il veut vous souffler celles-là.

— Cordieu ! ce serait indélicat. Si nous le prévenions, s'écria Macaron sans minauder selon que c'était son habitude ; mais avec une expression de férocité qui faisait luire ses yeux comme ceux du tigre.

— Ce soir, nous avons assez de besogne ; peut-être aurons-nous du sang jusqu'au coude si nous exécutons le coup dont vous avez conçu l'idée.

— Eh ! s'écria Macaron, avec une joie sauvage et en éperonnant son cheval qui bondit en tressaillant sous l'éperon, ce serait pour peloter en attendant partie.

— Non pas, n'effrayons point le jeune couple qui marche devant nous dans ce landau. Songez qu'au dîner de fiançailles d'un hettmann de Cosaques qui fait le rôle du fiancé, où se rendent ces jeunes gens, le czar de toutes les Russies doit assister, et qu'il s'agit tout simplement de l'enlever, et de jeter à la Seine son état-major.

— C'est fort simple, en effet, répliqua Macaron, surtout après l'exécution, mais enfin on fera de son mieux.

Puis il reprit :

— C'est dommage qu'il n'y ait ici ni loups, ni vautours, nous les aurions magnifiquement traités ce soir.

Les deux cavaliers échangèrent un de ces regards terribles et tranquilles à la fois, comme ceux du tigre qui s'étire après son sommeil, alors que la faim commence à gronder déjà sourdement dans ses entrailles.

Nous laisserons les deux Frères du fer et du plomb trotter silencieusement le long du quai derrière la voiture qu'ils suivaient, pour jeter un regard dans l'intérieur du landau.

L'air tiède, le soleil qui étincelait joyeusement sur la Seine, les émanations vivifiantes du matin qui s'harmonisent si bien avec le matin de la vie, et par-dessus tout la présence de l'objet aimé, tout concourait à faire affluer au cœur des deux jeunes gens des sensations trop vives pour les exprimer par des mots. La voiture roulait tout au milieu du silence. Elle avait déjà dépassé les Tuileries et longeait en partie les Champs-Elysées sans qu'aucune des trois personnes qu'elle contenait eût échangé autre chose que des paroles sans suite : Alexandrine et André parce qu'ils avaient trop à dire, Mme de la Roche-Launay par une cause peut-être contraire ; du reste, quand une mère ne parle pas elle n'en observe que mieux.

L'ouvrier solitaire, entretenu plus tard par M. de Corbières pour l'achèvement de l'arc de triomphe de l'Etoile, n'avait pas encore pris possession de sa sinécure, de sorte que quand le landau gagna la barrière, le monument gisait encore dans la léthargie la plus complète. Les échaffaudages, dont on ne devait le débarrasser que vingt-deux ans plus tard, l'enveloppaient de la base au sommet. L'arc de triomphe était ainsi l'emblème de la France vaincue, garrottée, enlacée d'ennemis.

A force d'observer en se taisant, Mme de la Roche-Launay avait insensiblement fermé les yeux, puis s'était tout doucement assoupie. C'était cependant un charmant tableau à contempler que celui de ces deux jeunes gens, beaux tous deux, tous deux aspirant par tous les pores ces délicieuses effluves que la jeunesse envoie à la jeunesse. De telles scènes sont faites pour réveiller chez les vieillards des feux mal assoupis, ou leur arracher tout au moins de longs soupirs de regret. Pourquoi faut-il qu'en général la vue d'un couple amoureux endorme la vieillesse? Serait-ce que la vieillesse ait pour les folies du jeune âge le même dédain que deux amans de vingt ans protestent pour leur toupie ou leur poupée? Nous le craignons.

Pour la première fois peut-être Alexandrine se trouvait sous l'œil de Dieu, seul en tête-à-tête avec le jeune homme qu'elle commençait d'aimer. Une brise saturée des émanations des feuilles nouvelles et du parfum des fleurs écloses sous le soleil d'avril se jouait d'une portière à l'autre de la voiture. Elle soulevait sur le front de la jeune fille les boucles de ses cheveux comme la brise folle qui courbe les blés mûrs. Le sable criait doucement sous les roues, les oiseaux gazouillaient leurs premières amours du printemps, mille bruits vagues s'entre-croisaient dans l'air tiède. Alexandrine écoutait en frémissant ces notes éparses de l'hymne que chante la nature dépouillée de son manteau de neige, hymne à laquelle se mêlait la voix intérieure de ses vingt ans.

Un instant la brise qui caressait son visage lui sembla tout à la fois plus chaude et plus fraîche, plus parfumée; c'était le souffle du jeune comte. Elle s'émut d'une chaste et voluptueuse terreur, et Alexandrine ouvrit la bouche pour éveiller sa mère.

Un regard passionné retint la parole sur ses lèvres, qui ne murmurèrent qu'un son à peine formé. Le comte saisit sa main qu'il couvrit du premier baiser. Un nuage passa sur les yeux de la jeune fille comme une ombre sur un lac bleu.

— Où sommes-nous donc? s'écria la veuve, en se réveillant en sursaut.

Un air d'ébahissement sur la figure d'André, une teinte d'un rose plus vif sur le visage d'Alexandrine, indiquèrent à la mère que ni l'un ni l'autre n'en savaient plus long qu'elle. La veuve sourit au fond de son immense capote de taffetas, et se rendormit.

Arrivés à la hauteur du pont de la Concorde, Macaron et Curtius avaient cherché vainement Perce-Neige; mais, après avoir longtemps regardé, ils n'avaient vu de l'autre côté de la rivière que deux cavaliers marchant parallèlement avec eux sur le quai d'Orsay. L'un était vêtu du costume d'un officier russe; l'autre portait sur une énorme chevelure rousse un bonnet microscopique retenu par une mentonnière de cuir à moitié perdue dans les flots d'une barbe épaisse d'un rouge plus violent encore que les cheveux. Le Cosaque, car tel était son costume, marchait en ordonnance derrière l'officier, comme son compatriote derrière la voiture du comte de Vauvrecy.

Après s'être un instant arrêtés, Macaron et Rollon se remirent à suivre le landau, sans remarquer que les deux étrangers suivaient aussi la même route. Après avoir gagné la place Louis XV et de là les Champs-Elysées, l'officier russe et le soldat cosaque semblèrent régler leur pas de manière à maintenir la voiture devant eux, et à se tenir eux-mêmes à une distance toujours égale des trois autres cavaliers qui l'accompagnaient, savoir, l'ordonnance d'André, Macaron et Curtius.

Pendant le trajet des Champs-Elysées, Macaron avait tout en causant avec son ami, employé son temps à lorgner de tous côtés avec la grâce minaudière qui le distinguait. Mais quand les promeneuses à pied ou en voiture devinrent plus rares, quand, après avoir dépassé l'Arc-de-l'Etoile, il se fut engagé dans les chemins bordés d'arbres et de haies que suivait le landau, et qui s'étendaient à la place où fut depuis percée l'allée Charles X, le temps lui parut plus long et sa selle fort dure. Il essaya quelques tirades *bergeresques* et sentimentales sur l'aspect des champs et les charmes de l'idylle en action; puis, malgré les senteurs du matin, le parfum des haies en fleur et le gazouillement des oiseaux, Macaron se prit à bâiller d'une manière effroyable.

— Au diable, dit-il, quand on demeure si

loin, on donne des dîners le moins possible.

— De quoi vous plaignez-vous, reprit son compagnon, croyez-vous que sans la circonstance de l'éloignement, il fût facile d'enlever et de jeter à l'eau un empereur quelconque et tout son état-major ?

Cette excellente raison ne diminua pas la mauvaise humeur de Macaron.

— Je ne dis pas, grommela-t-il ; mais tenez, je dois vous avouer que je meurs d'envie de tuer cet insolent Cosaque qui trotte devant moi, ça me distrairait.

— Vous êtes fou, mon cher, ce sont de ces tentations dont on se débarrasse.

— En y succombant, comme je l'entendis un jour dire à Mme de Staël, reprit Macaron.

— Attendez au moins que Perce-Neige nous rejoigne.

— Soit, dit Macaron en gémissant, mais ce landau va bien loin.

— Eh quoi ! reprit Rollon d'un air narquois, vous feriez-vous vieux, par hasard ?

Cette tactique changea, comme il s'y attendait, le cours des idées de Macaron qui, à cette supposition, se redressa sur sa selle avec vivacité et fit exécuter à son cheval deux ou trois courbettes.

— Marchons et n'en parlons plus, dit-il ; je suis encore comme au bon temps, capable de passer quarante-huit heures sur les étriers.

Pendant ce dialogue, les deux cavaliers avaient ralenti le pas, et le landau avait allongé la distance qui les séparait.

La voiture, sortie de la route sinueuse qu'elle avait suivie jusqu'alors, était arrivée près de la Muette, qu'elle longea. A cet endroit, le cocher s'arrêta comme pour prendre des ordres de l'intérieur, puis au lieu de suivre la route dite de la Muette, il coupa en biais et prit la route de Saint-Cloud.

Au moment où les deux chasseurs allaient donner de l'éperon pour rattraper le temps perdu, le bruit soudain du galop de deux chevaux frappa leurs oreilles ; Macaron et Curtius se retournèrent vivement. Un officier russe et son Cosaque d'ordonnance, les mêmes qui les suivaient depuis le quai, s'approchaient d'eux avec rapidité.

— Qu'est-ce ceci, s'écria Macaron, deux des convives, sans doute, qui se rendent à l'endroit désigné ? En tous cas, soyons sur le qui vive, je me défie toujours des gens de cet uniforme qui galopent après moi. Il serait fort plaisant que nous fussions encore cette fois des chasseurs chassés.

En effet, à travers un flot de poussière qui se levait sous les pieds des chevaux, à l'entrée verdoyante de l'allée, on voyait ondoyer les plumes de coq sur le chapeau d'un officier d'une taille gigantesque, et briller les éclairs de la lance du Cosaque qui galopait à ses côtés sans laisser entre le chef et le soldat la distance voulue par les convenances militaires. Tous deux s'engagèrent à leur tour avec une vélocité croissante sous les arcades de l'avenue de Saint-Cloud.

Le Philadelphe lança un regard rapide sur son compagnon. Sa figure était devenue plus pâle que d'habitude, et sur ses yeux s'étendait cette taie blanche de sanglant augure dont on a déjà parlé.

— Pas d'imprudence, Macaron ! — s'écria Rollon, — trop de précipitation gâterait tout. Je vous vois sourire d'une si agréable façon, que vous devez penser à quelque mauvais coup.

— Je pense, reprit Macaron, que jamais de longtemps nous ne trouverons une plus favorable occasion de tuer galamment et en hommes bien élevés les deux ennemis qui s'avancent vers nous. Je suis un peu las de nos guet-apens à la mode des sauvages.

— Vous ferez manquer notre coup, s'écria le capitaine.

Mais ces mots s'adressaient à un sourd de la pire espèce, celui qui ne veut pas entendre, et Macaron n'en continuait pas moins à déboucler la courroie qui assujétissait le couvercle des fontes de ses pistolets, quand son compagnon poussa une exclamation de surprise.

— Décidément vous baissez, mon cher, lui dit-il en riant ; faites-moi le plaisir de regarder qui vous voulez tuer.

Macaron leva ses yeux clignotans vers les deux cavaliers qui s'avançaient, mais le sang l'aveuglait sans doute comme il l'avait rendu sourd tout à l'heure, et ce ne fut qu'au bout d'une minute qu'il s'écria :

— Tiens, c'est Perce-Neige.

— Lui-même, et avec un Cosaque de sa façon, s'écria le chef des Frères du Fer-et-du-Plomb.

C'était en effet Perce-Neige qu'un déguisement avait rendu méconnaissable de loin aux yeux de ses complices. En mettant son cheval au pas de ceux qu'il avait rejoints, l'ex-officier de la garde impériale ne soupçonnait pas que dans le landau qui marchait devant lui, celle pour laquelle il aurait donné sa vie, mollement bercée par les ressorts moelleux de la voiture, plus mollement bercée encore aux sons de la douce mélodie des mots d'amour mêlés aux brises du printemps, était sur le point d'oublier jusqu'au souvenir de Pierre de Vauvrecy

CHAPITRE VIII.

L'Allée de la Vierge-des-Berceaux

— Je vous demande grâce pour mon Cosaque, — dit Perce-Neige en désignant du doigt le cavalier qui l'accompagnait, et qui, la figure ensevelie sous les flots d'une épaisse barbe postiche, le corps engouffré littéralement dans un immense pantalon, tandis que son dolman l'enveloppait ainsi qu'un manteau, paraissait avoir pris les précautions les plus exagérées contre une croissance subite, — mais nécessité n'a pas de loi, et j'ai été obligé d'affubler Pelure-d'Oignon d'un de mes déguisemens particuliers.

C'était, en effet, le nouveau frère, dont nous n'avons pas rapporté l'initiation en suite de celles de Curtius et de Perce-Neige, et qui n'avait pas voulu laisser échapper une occasion de prendre activement part à la première et à la plus importante expédition de la nouvelle société.

— Pourrais-je, dit Macaron, demander avec tout le respect que je dois à l'un des chefs suprêmes issus de l'acclamation de ses frères, si vous êtes bien sûr de l'endroit où se rend ce jeune couple.

— Au pont de Suresnes sur les bords de la Seine, répondit Perce-Neige, quoiqu'à vrai dire ce landau prenne, ce me semble, le plus long chemin pour s'y rendre. A ce propos, avez-vous pu distinguer la figure de ce jeune russe, que sa mauvaise étoile pousse sur notre chemin; moi je n'ai pu distinguer ses traits.

Il était vrai que le colonel n'avait pu distinguer les traits de son frère bien-aimé, qui n'avait fait qu'un bond de sa voiture dans l'allée de la maison de Mme de la Roche-Launay.

— C'est un joli garçon, ma foi, répondit Lambert. Curtius ne l'a pas vu non plus. Mais quant à la route qu'il prend, cela se conçoit avec une aussi jolie compagne que celle qu'a l'officier russe dans sa voiture : je ne me rendrais, moi, au pont de Suresnes, qu'en ayant soin de passer par Bordeaux. Celui-là est plus modeste, il se contente de passer par St-Cloud.

—Vous avez vu cette jeune fille, demanda Perce-Neige?

— Oui, une nymphe blanche et blonde, comme les dieux devaient s'estimer heureux d'en rencontrer une dans leurs momens d'ennui. Si on la jette à la Seine, je déclare que je plonge après elle.

Un nuage passa sur le front sévère de Vaudrecy, au souvenir de la jeune fille dont l'image répondait dans son cœur à la description mythologique de Macaron. Mais tout entier à l'exéeution du terrible projet qu'il devait exécuter, il écarta ces douces pensées comme un poison énervant dont la senteur seule fait défaillir.

— Messieurs, dit-il en contenant l'ardeur d'un excellent cheval bai-brun sur lequel il était monté, vous avez jeté les premiers fondemens d'une société qui peut plus tard étendre partout de puissantes ramifications. Je vous seconderai de mon mieux, mais hâtons-nous. Frappons par des coups hardis l'esprit public; demain tout Paris parlera de celui que j'espère exécuter ce soir, et tous se demanderont avec étonnement qui aura si audacieusement accompli le projet que nous avons en tête.

— Ma foi, dit Macaron, je suis presque fâché d'aller si vite en besogne. Si vous proposiez au propriétaire d'un riche domaine abondant en gibier qu'il a le plaisir de tuer tous les jours, de se débarrasser en bloc de ses daims, de ses chevreuils et de ses cerfs, il refuserait sans aucun doute. Mes Cosaques sont mon gibier quotidien, et je me demande ce que je ferai quand ils me manqueront.

— Soyez sans crainte, répliqua Rollon, vous aurez bien du guignon si vous n'êtes pas tué un jour ou l'autre, dans la croisade que nous entreprenons à nous seuls contre les barbares.

— Ah! vous m'en direz tant, reprit Macaron.

— En attendant, messieurs, poursuivit Perce-Neige, il faut aussi parler à l'imagination de nos frères, leur apprendre à compter aveuglément sur le courage comme sur la parole de leurs chefs; je n'oublie pas que Macaron leur a promis deux oreilles de Cosaque pour ce soir, et j'ai besoin de celles du coquin qui chevauche là-bas, derrière ce landau.

— A la bonne heure, interrompit de nouveau Macaron. Voilà qui est plus raisonnable. Cependant, je vous ferai observer que c'est moi que cela regarde.

— Cette idée m'est revenue ce matin, et sachant d'avance à peu près la route que prendrait l'officier russe, je vous ai laissé le suivre pour aller me déguiser, comme vous le voyez, et affubler en cosaque le brave garçon qui trotte derrière nous, bien certain de vous rejoindre bientôt. Mettez de côté tout amour-propre et laissez-moi faire.

— Soit, répondit Macaron, j'en retrouverai d'autres, et j'y consens.

Puis les trois cavaliers firent halte.

Le landau quittait la route de Saint-Cloud pour tourner sous la route verte d'une allée plus étroite. Cette allée, qui se dirige vers la Seine, confirmait aussi les suppositions de Perce-Neige.

—Vous le voyez, dit-il, quoique par une route détournée, c'est vers la rivière que le landau s'achemine. Maintenant c'est à moi de le suivre de près ; je ne vais pas tarder à trouver moyen de dire deux mots à ce Cosaque. Vous allez ralentir le pas de vos chevaux et me laisser prendre l'avance avec mon ordonnance. Bien qu'éloignés de la voiture, il vous sera toujours facile de suivre la trace de ses roues sur le sable. Je ne sais ce qui peut advenir ; peut-être aurai-je à fuir devant nos ennemis, une fois mon Cosaque à terre; mais, quoiqu'il arrive, c'est au mont Valérien que vous devez aller m'attendre, et que je vous rejoindrai, au plus tard, au coucher du soleil. Quarante hommes sont disséminés aux abords du pont de Suresnes où ils attendent vos ordres; vous en laisserez une partie sur les bords de la rivière; vous irez avec les autres vous cacher dans les bâtimens en construction au sommet du Calvaire, et ceux restés en sentinelle vous préviendront par un signal quand le temps sera venu de nous abattre sur notre proie. Elle ne peut nous échapper, soyez-en sûrs.

En disant ces mots, Perce-Neige lâcha légèrement la bride de son cheval. Curtius et Macaron continrent les leurs, et l'officier ne tarda pas à se trouver seul avec son faux Cosaque sur les traces du landau, dans lequel les promeneurs suivaient sans défiance l'allée dont il est peut-être bon de préciser la situation.

Dans la partie de la route de St-Cloud qui se trouve aujourd'hui courir à peu près parallèlement aux fortifications, à égale distance de l'allée de la Muette et du Rond-Mortemart, s'ouvre à la droite du promeneur qui se rend à ce rond-point une étroite allée. La cîme entrecroisée des arbres qui le bordent forme au dessus d'elle une arche de verdure. Cette route ombragée, assez étroite du reste pour qu'une voiture la remplisse presque tout entière, a reçu le nom de l'allée de la Vierge-des-Berceaux.

D'où lui vient cette gracieuse et poétique dénomination ? Cette allée est-elle un temple aux verts arceaux sous l'invocation de la vierge protectrice du berceau de l'enfance ? Y avait-il jadis quelque rustique chapelle, quelque image de Madone sous les berceaux que forme le feuillage ? Est-ce un souvenir de quelque légende druidique de l'antique forêt de Rouvray ? C'est ce que nous ne pouvons décider. Toujours est-il que sous le portique prolongé de verdure de l'allée de la Vierge-des-Berceaux, sous l'ombre bleue qui la baigne, le soleil ne laisse tomber que des rayons brisés qui se jouent sur le sable ou tremblent suspendus aux rameaux mobiles; toujours est-il qu'aux soupirs de la brise imprégnée des senteurs pénétrables des pins et des mélèzes, sainte ou profane, la Vierge-des-Berceaux éveille dans l'âme du rêveur qui s'égare sous ses voûtes vertes les plus douces idées ou évoque à ses yeux les plus attrayantes images.

Il était évident que ce n'était sans doute que pour prolonger, sous ces arcades ombreuses, le plaisir d'un tête à tête presque complet, qu'André avait abandonné la grande et longue allée de la Muette, qui, ainsi que le disait Macaron, l'eût conduit plus directement à son but, et fait suivre l'allée de la Vierge-des-Berceaux. Qui n'a senti, en effet, cette peur d'arriver qui serre le cœur, dans un de ces trop courts trajets pendant lesquels on s'est trouvé réuni dans l'étroite caisse d'une voiture avec une femme aimée? Qui n'a maudit la vitesse des chevaux—souvent hélas ! bien pacifiques — qui semblent, comme des hippogryphes, dévorer l'espace et arriver d'un bond à leur but ? C'est que ce but est l'endroit où il faudra mettre fin à un tête à tête que l'œil jaloux des compagnons de route ne peut empêcher. On ne retrouvera plus le parfum de la femme aimée, qui remplit la voiture, ces cahottemens qui lui arrachent un cri, puis un doux sourire, et nous font frissonner sous un contact forcé, fût-il si léger qu'une feuille de rose n'en serait pas froissée.

André éprouvait une terreur semblable. Il entrevoyait avec effroi le moment où il lui faudrait rompre le tête-à-tête que lui ménageait le sommeil de la mère d'Alexandrine, et il avait voulu le prolonger. Celle-ci dormait, du reste, consciencieusement.

Ce n'était qu'à de longs intervalles, — lorsque la branche inclinée froissait avec un sourd retentissement la capote de cuir du landau, — lorsqu'un rayon de soleil tombait furtivement par la portière et lançait un éclair sur la robe blanche d'Alexandrine, — que la veuve ouvrait les yeux. Mais elle les refermait aussitôt. Pour elle, les senteurs résineuses des mélèzes et des pins, l'odeur des mousses et des genêts, tous ces parfums vivifians dont l'air des bois et des champs est saturé semblaient n'être que des vapeurs somnifères.

Le jeune homme savourait donc avec

ivresse le charme de ces trop rapides momens qu'on ne retrouve guère deux fois dans sa vie, car le printemps, qui s'harmonise si bien avec la jeunesse, a sur elle l'avantage de renaître toujours jeune, tandis que d'un printemps à l'autre nous avons toujours un peu changé.

Le maintien d'Alexandrine paraissait avoir perdu beaucoup de sa timidité, et son cœur avoir fait beaucoup de chemin depuis la barrière de l'Etoile : elle osait à son tour lever les yeux, sourire parfois, et le sommeil de sa mère ne lui semblait plus trop profond.

Au moment où nous retrouvons les deux jeunes gens, Alexandrine semblait en être au chapitre de ces reproches sous le manteau desquels la femme cherche souvent les occasions de s'entendre dire qu'elle est aimée, douce musique que la jeune fille tremblait et brûlait à la fois d'écouter. Comme à son tour le jeune officier brûlait de la lui faire entendre, il était probable que, grâces au sommeil de la veuve et sous l'influence mystérieuse d'un tête-à-tête complet au milieu des bois, tous deux ne tarderaient pas à s'expliquer.

— Puisque nous allons au pont de Suresnes, disait-elle, pourquoi n'avoir pas suivi la belle et large allée de la Muette au lieu de cette allée où j'aurais presque peur tant elle est étroite et sombre ? Marie va s'impatienter de ne pas me voir arriver.

— C'est pour une raison toute simple que je l'ai choisie, reprit André en souriant, elle est la plus longue.

— Ah ! c'est ainsi que vous vous disculpez ? dit Alexandrine.

—Suis-je donc coupable, reprit André, de chercher à prolonger les plus doux instans de ma vie ?

Alexandrine garda le silence, mais ce silence disait, tout aussi clairement que sa bouche aurait pu le faire, que le crime du jeune homme n'était à ses yeux qu'un péché véniel. Puis, pour cacher sous une plaisanterie le trouble que portait dans son cœur la réponse du jeune officier :

— Au fait, de quoi pourrais-je avoir peur? reprit-elle après un moment. N'avons-nous pas derrière nous un invincible chevalier armé de sa lance ?

— C'est à mon Cosaque que vous faites allusion, mademoiselle, dit André d'un ton de bonne humeur ?

— Oui, et le pauvre garçon qui... n'a pas peut-être... les mêmes motifs que vous, trouve en revanche le temps et le chemin aussi longs l'un que l'autre.

En effet, le Cosaque qui n'était pas amoureux, tout en trottant sur les traces de la voiture, abattait en sifflant pour passer le temps, les branches les plus élevées que pouvait atteindre le fer aigu de sa longue lance.

—Qu'importe ? mais laissons cela de côté, reprit André, cette brute peut à peine se rendre compte du temps ou de la distance.

Alexandrine sentait que le moment approchait où le comte de Vauvrecy allait enfin lui apprendre plus clairement que jusqu'à ce jour le motif de ses assiduités chez sa mère. Quoique son cœur battît bien fort, il y avait peut-être plus de plaisir que d'appréhension dans ses battemens ; nous ne déciderons rien à ce sujet.

Le lieu du reste était propice aux douces confidences. Les dernières brumes matinales se fondaient au loin sous l'arche verte des arbres en une teinte d'azur, au milieu de laquelle le soleil d'avril jetait à travers les feuilles les rayons dispersés de ses faisceaux d'or. Les senteurs des pins embaumaient l'air, les merles sifflaient sous la feuillée, et les notes mélancoliques du coucou, rappelé par le printemps, retentissaient par intervalles dans les profondeurs du bois.

— Alexandrine, dit le comte, et sa voix chargée de tendresse en prononçant ce mot tout court pour la première fois, imprima au cœur de la jeune fille une palpitation plus violente. — André ! tel fut l'écho qu'y éveilla son nom si doux, mais l'écho resta muet et vint expirer chastement de son cœur à ses lèvres.—Alexandrine, répéta le comte, vous avez deviné n'est-ce pas que ce n'était point votre excellente mère seule qui m'attirait si souvent chez vous ?

La jeune fille n'osa pas dire non, elle n'osa pas dire oui; un sourire imperceptible effleura ses lèvres roses pour toute réponse.

— Si vous ne l'avez pas deviné, c'est à moi de vous le dire; mais alors le langage des yeux ne suffit donc plus à exprimer ce que le cœur éprouve ? Voulez-vous m'écouter, Alexandrine ?

— Ma mère dort, monsieur, murmura timidement la jeune fille; peut-être vaudrait-il mieux que... ma mère... vous écoutât... aussi.

Le comte n'eut pas de peine à comprendre qu'on ne refusait pas la permission qu'il sollicitait.

— Ne l'éveillez pas, dit-il vivement, quoi qu'à voix basse. Je ne lui apprendrais rien qu'elle ne sût déjà ; aujourd'hui, — ajouta-t-il plus bas encore, — Dieu seul et vous devez m'entendre.

Alexandrine murmura quelques mots que l'oreille du jeune officier ne put saisir, car la brise du matin qui effleurait à peine les brins d'herbe chargés de rosée ne soupirait pas plus faiblement. Il est vrai que c'était pour éveiller sa mère. Cependant un souvenir triste et doux à la fois vint se glisser dans le cœur de la pauvre enfant. Elle se rappela que jadis un homme aux muscles de fer, à l'âme inaccessible à la peur, n'avait pas eu, lui, le courage de demander à se faire entendre; cet homme qui, le premier, lui avait fait éprouver le trouble délicieux qu'elle ressentait maintenant, qu'était-il devenu? Un soupir gonfla le sein d'Alexandrine. Ce fut la goutte d'amertume que contient toute coupe de jouissance humaine.

Par un étrange caprice du sort, le capitaine Pierre de Vauvrecy était séparé de celle qui donnait un soupir d'amour à sa mémoire par une si courte distance qu'il pouvait respirer la brise encore imprégnée du parfum de son haleine.

A quelle femme est-il nécessaire de dire qu'on l'aime, sans qu'elle le sache souvent même avant nous, et cependant une déclaration d'amour a pour l'oreille de la femme aimante ou indifférente tout le charme de l'imprévu. Mais pour une jeune fille, il se mêle encore à ce charme la satisfaction enfantine d'une curiosité à la fin satisfaite. Ce mot aimer condense à ses oreilles une mélodie dont elle n'a rêvé que des notes éparses. L'orgueil de l'initiation à une vie nouvelle, initiation instinctivement désirée, rend toujours bienvenues, quoique sous toutes réserves, les premières paroles d'amour, quelle que soit la bouche qui les profère.

Maintenant si c'est une voix sympathique qui les prononce dans la solitude des bois, quand la nature revêt le manteau vert du printemps, quand tout chante l'amour: l'oiseau sous la feuillée, l'insecte sous l'herbe; quand la brise charrie le pollen des fleurs, quand la sève nouvelle monte des racines aux rameaux, que les lilas s'épanouissent, que les cytises vont fleurir, l'âme immortelle subit à son insu la tyrannie des sens, femme et vierge s'abandonnent à la fascination du moment, toutes deux sont exposées à se méprendre sur leurs sensations, et à confondre avec l'amour l'une le souvenir qui précise, l'autre l'espérance qui rêve.

La jeune fille ne devait pas échapper à la loi commune.

Ceci sert à expliquer comment le souvenir de Pierre de Vauvrecy, déjà bien affaibli dans le cœur d'Alexandrine au moment où nous l'avons retrouvée pour la première fois, achevait sous les influences extérieures de s'effacer, de s'évanouir comme les derniers vertiges du brouillard dans la perspective fuyante de l'allée de la Vierge-des-Berceaux. Et cependant hors de ce milieu énervant une étincelle, un rien pouvait peut-être suffire pour rallumer cette flamme presque éteinte faute d'alimens.

André, également troublé, cessa d'aligner symétriquement ses phrases; il devint plus pressant, il balbutia des mots sans suite et n'en fut que plus persuasif; car rien n'est contagieux comme les regards humides qui s'échappent d'un œil voilé, comme les mots d'amour inintelligibles que murmurent des lèvres tremblantes.

Au moment où le jeune officier allait entourer de son bras la taille d'Alexandrine, le landau s'arrêta subitement.

— Eh bien! s'écria le comte, qu'y a-t-il?

— Il y a, répondit le cocher, que voilà bien longtemps que le Cosaque de M. le comte ne trotte plus derrière la voiture, et je ne sais en vérité ce qu'il peut être devenu, voilà pourquoi je m'étais arrêté un instant.

La veuve avait ouvert les yeux aussitôt que le mouvement de la voiture avait cessé. Peut-être jugea-t-elle dans sa sagesse qu'il était bon de rester éveillée désormais.

Certes, quoique l'ange gardien de la jeune fille n'eût pas eu à se voiler en entendant les paroles que les deux amans avaient échangées entr'eux, Alexandrine cependant eut pour sa mère, quand elle s'éveilla, un sourire plus doux, un regard plus caressant, quelques chatteries plus câlines, c'est que, quoique bien innocente, il devait y avoir entre elle et sa mère un secret de quelque baiser pris, et peut-être rendu, ou tout au moins permis.

De son côté, Mme de la Roche-Launay souriait en dessous, Alexandrine rougissait parfois, André rêvait comme on rêve à vingt-cinq ans. Au-dessous de ce groupe d'heureux les mélèzes laissaient tomber leur ombre parfumée de résine; sous les roues le sable constellé des paillettes d'or du soleil semblait bruire en cadence, quand un cheval sans cavalier sortit tout effrayé d'un des taillis que le landau laissait derrière lui. A sa crinière désordonnée, à son harnachement, André le reconnut.

— Encore une victime! s'écria-t-il en bondissant sur le coussin de la voiture, et je n'ai pas d'armes!

A ces mots, Alexandrine tressaillit; elle pressentait un danger qu'elle ne s'expliquait pas; puis, sans peut-être se rendre compte précisément de ce qu'elle faisait, l'instinct de sa faiblesse, un mouvement dont elle ne fut pas maîtresse, la poussèrent tremblante à chercher un abri dans les bras du jeune homme. Celui-ci oublia tout pour ne plus savourer que l'ivresse de sentir frémir contre son cœur la charmante créature qui se mettait sous sa protection.

—Alexandrine, dit-il d'une voix étouffée, nous allons assister à un repas de fiançailles, voulez-vous qu'il y ait deux fiancés de plus?

La jeune fille inclina sa tête sur l'épaule de l'officier, une vive rougeur monta vers son visage pâli par l'effroi.

— Elle est à moi, s'écria André, et tandis qu'il tendait une main en signe d'alliance à la mère à la fois effrayée et ravie, il déposa sur la bouche d'Alexandrine un long et ardent baiser.

Les boucles blondes d'Alexandrine effleuraient encore le front d'André de Vauvrecy, dont le visage était caché sous ce voile odorant, quand deux cavaliers passèrent à toute bride entre les roues et les arbres du chemin. C'étaient Perce-Neige et son cosaque. Cette fois, malgré la différence du costume militaire, Alexandrine reconnut dans le plus grand des deux cavaliers l'héroïque officier de ses premiers souvenirs : elle poussa un cri et tomba évanouie; mais par une réaction soudaine, qui faisait monter à son cœur un flot de tendresse pour l'homme de ses premières amours, ce fut cette fois dans les bras de sa mère qu'elle se réfugia.

Le cheval de Vauvrecy avait passé comme un trait, non cependant sans que son cavalier eût distingué Alexandrine dans les bras d'un homme dont l'œil éperdu du colonel ne put distinguer les traits cachés, comme nous venons de le dire, sous le nuage blond des cheveux de la jeune fille, et déjà il était bien loin de la voiture.

La veuve, aussi pâle et aussi défaite que sa fille, contemplait, éperdue, cette terrible apparition qui fuyait, semblable à celle d'un mort ressuscité, et qui disparut bientôt dans un flot de poussière sous les dernières arches de l'allée de la Vierge-des-Berceaux.

CHAPITRE IX.

Le Débûché.

Pendant les premiers momens qui suivirent la rencontre fortuite qu'il venait de faire, le colonel de Vauvrecy, sans savoir où il allait, oubliant le but qu'il poursuivait, le costume qui le rendait si remarquable, poussé enfin par une force irrésistible, précipita son cheval à l'aventure dans les allées du bois.

Alexandrine, en compagnie de l'un des ennemis que poursuivait sa vengeance, presque dans les bras d'un officier russe, se présentait à lui comme une image enfantée par le délire. A peine se mêlait-il dans son âme un souvenir pour sa mère et sa sœur, que la vue de la jeune fille lui avait rappelées, et qui probablement devaient être à Paris ou dans les environs. Alexandrine absorbait ses facultés tout entières. Etait-ce donc pour la jeter aux bras d'un Russe qu'il avait si douloureusement renoncé à la voir jamais?

L'écume baignait les flancs de son cheval, que le colonel, malgré l'énergie de son caractère, n'avait pu parvenir encore à reprendre quelque sangfroid. Sous l'empire des passions contradictoires et furieuses qu'excitait encore la rapidité de l'animal qu'il montait, et qui hennissait en dévorant l'espace, il parcourut pendant plus d'une heure au hasard une grande partie du bois qui méritait encore à cette époque le nom de forêt.

Le faux Cosaque qui l'accompagnait n'avait pu le suivre dans sa course désordonnée; moins bien monté que lui, Pelure-d'Oignon errait au hasard à la recherche du capitaine, fort embarrassé de son déguisement, et surtout de la pièce de conviction accusatrice que, d'après l'ordre du capitaine, il avait coupée lui-même — les oreilles de la victime. — Au détour d'une allée ils se rencontrèrent enfin face à face. Cette vue rendit sinon le sangfroid, au moins la raison au colonel. Il se rappela pourquoi il était sorti, et donna à Pelure-d'Oignon ses ordres avec assez de précision et le congédia.

Peu à peu il se remit de son trouble, et enfin il put se rendre compte de sa position. Sa première réflexion fut que s'il continuait à surmener ainsi son cheval, il allait infailliblement le crever, et se priver d'un auxiliaire si indispensable. Il résolut donc de s'arrêter à la première auberge venue, ce qu'il ne tarda pas à rencontrer. Puis, tandis que sa monture se refaisait de sa course furieuse en broyant une large mesure d'avoine, Vauvrecy se laissa aller lui-même à prendre quelque nourriture et un verre de vin.

Vauvrecy avait mis pied à terre dans la grande rue du village de Boulogne; tandis qu'en dépit des passions qui l'agitaient, il sacrifiait aux besoins impérieux de l'homme, il fut frappé du mouvement inusité de fourgons, de voitures et de coursiers, qui régnait dans le village. Il interrogea l'hôtelier machinalement à ce sujet.

— Eh quoi ! lui répondit l'aubergiste, ne savez-vous pas qu'il y a ce soir bal au château de St-Cloud ?

—Bal au château de Saint-Cloud ? répéta Vauvrecy.

—C'est monseigneur le prince de Schwartzenberg qui le donne aux princes alliés.

—Ah ! dit le capitaine avec plus de présence d'esprit cette fois, car ce mot : Alliés, produisait toujours le même effet sur lui.

— Et, reprit l'aubergiste, l'homme le plus important, sans contredit, après l'empereur Alexandre, le feld-maréchal Blücher, doit y assister. Son aide-de-camp vient de passer ici à l'instant même, et de me le dire; car, comme vous, il m'a fait l'honneur de m'interroger... et de me répondre.

Le nom de Blücher avait rappelé brusquement le capitaine à la réalité qu'il poursuivait.

— Que vous a-t-il répondu ? demanda-t-il.

— Qu'il était dépêché par monseigneur le feld-maréchal à l'un des aides-de-camp de monseigneur le prince de Schwartzenberg pour assurer Son Altesse qu'il ne manquerait pas de se rendre à son invitation, mais à la condition qu'il n'y viendrait qu'éperonné et botté comme il convenait que le conquérant entrât dans le palais du vaincu.

Blücher, dans un de ses accès de forfanterie spartiate, préludait déjà, comme on le voit, à l'incroyable brutalité dont il donna plus tard l'exemple en 1815, en se couchant éperonné et botté sur les riches tentures du palais de Saint-Cloud, qu'il habitait, et en rivalisant lui-même de souillures avec la meute de chiens qu'il faisait coucher sur les ottomanes du cabinet de Marie-Louise.

—Gueux de Prussien, murmura Vauvrecy entre ses dents, je te donnerai ce soir la vase du fond de la Seine pour tombeau.

Le singulier message dont le hasard rendait le colonel confident, lui rappela le but qu'il poursuivait. Ce fut comme un révulsif à la douleur qui le torturait. C'était Dieu qui, outre le czar, lui livrait le feld-maréchal pendant le long trajet de Suresnes à St-Cloud, qu'il ferait à cheval, puisque c'était en bottes et en éperons que le général prussien voulait faire son entrée au château de Saint-Cloud, sans penser que cette grossièreté était plus insultante pour le prince autrichien que pour l'ennemi vaincu qu'il tentait d'outrager.

Le plan à suivre pour l'exécution du hardi coup de main qu'il voulait accomplir se compliquait par la révélation fortuite de l'hôtelier. Il s'agissait pour Vauvrecy de faire un double enlèvement, et, à cet effet, d'aller rejoindre ses compagnons, déjà réunis sans doute au Mont-Valérien; d'examiner la route que devait suivre le général prussien, et d'y aposter le nombre d'hommes nécessaire. Le costume même que portait le colonel devait favoriser l'accomplissement de son projet.

Vauvrecy s'empressa donc de remonter à cheval, et quoique l'orage grondât encore au fond de son cœur, il put, tout en se dirigeant vers le Calvaire, combiner plus froidement ses projets pour le soir.

Arrivé à la porte de Boulogne, Vauvrecy s'arrêta. Une large et longue route, qu'on appelle l'allée des Gravilliers, conduit en ligne droite jusqu'à la porte de Longchamps. De la porte de Longchamps, il n'y avait plus qu'une courte distance en dehors des murs du bois de Boulogne, en marchant vers la Seine jusqu'au pont de Suresnes. Cette route parut au capitaine celle que devait suivre infailliblement le feld-maréchal pour se rendre à Saint-Cloud.

A mi-chemin à peu près des deux portes de Boulogne et de Longchamps, l'allée des Gravilliers, celle du pavillon de Boufflers et celle de la Reine-Marguerite, que le lecteur connaît déjà, se croisent et se coupent, et forment un triangle obtus dont la base s'appuie sur l'allée des Gravilliers. Tout l'espace compris entre la pointe et la base du triangle est rempli aujourd'hui par des taillis, jadis des futaies épaisses. Ce fut l'endroit que Vauvrecy, en partisan habile, choisit pour y dresser son embuscade.

Après avoir minutieusement examiné et reconnu les lieux, le colonel ne fit plus qu'un temps de galop jusqu'à la Seine. Le long des rives en deçà du pont de Suresnes, sous les peupliers qui bordaient la rivière, une demi-douzaine d'hommes étaient nonchalamment couchés, d'autres, sans qu'aucun d'eux parût se connaître, semblaient, la ligne à la main, absorbés par le plaisir de la pêche.

Vauvrecy n'eut besoin que d'un coup-d'œil pour reconnaître ses hommes à leur poste. Quelques promeneurs oisifs s'étaient cependant mêlés, comme il arrive toujours, aux divers groupes des Frères du Fer et du Plomb. Dès lors, il fallut user de précaution pour les interroger, mais le déguisement de Vauvrecy rendait toute naturelle la question qu'il allait faire.

— Dites donc, mon brave, demanda-t-il à l'un des pêcheurs à la ligne, y a-t-il longtemps qu'un landau découvert a passé par ici?

Le pêcheur tressaillit imperceptiblement au son de la voix de Perce-Neige, et jetant au colonel un regard rapide, il répondit en amorçant flegmatiquement son hameçon :

— Il y a deux ou trois heures j'ai vu passer, en effet, une voiture avec deux femmes, la mère et la fille probablement, et un jeune homme. La jeune personne était pâle comme un de ces nénuphars blancs que vous voyez là. Si c'est la voiture que vous cherchez, elle s'est arrêtée dans cette petite maison là-bas.

Le pêcheur désignait du bout de sa ligne une maison entourée de murs située de l'autre côté de la Seine, et dont on ne voyait que les toits d'ardoises et quelques volets verts à moitié cachés par les peupliers du bord opposé.

— Merci, mon brave, dit le colonel, puis il éperonna de nouveau son cheval, traversa le pont de bois et se perdit aux yeux des promeneurs. Vauvrecy galopa jusqu'au Mont-Valérien.

On sait que l'Empereur avait fait raser par les grenadiers de la garde l'église et le couvent bâtis sur le sommet du Calvaire.

De nouveaux bâtimens, destinés d'abord à servir de succursale à la maison d'Ecouen, puis de caserne, ne tardèrent pas à s'élever à leur place, mais les événemens de 1814 avaient arrêté la fin des travaux.

Au Mont-Valérien comme aux bords de la Seine, Vauvrecy trouva ses hommes, au nombre de vingt-cinq, disséminés dans les diverses parties des bâtimens, mais Curtius et Macaron étaient absens. Ils s'étaient éloignés pour aller reconnaître les abords de la maison dans laquelle était descendu André. Peu importait, Perce-Neige savait ce qu'il voulait savoir.

— Frères, dit-il, quand il eut obtenu que les acclamations qui l'accueillirent fissent place au silence; car le faux Cosaque avait apporté la nouvelle de sa venue prochaine, — le débiteur n'a pas oublié sa promesse d'hier soir. Vous en avez la preuve; maintenant, il est quitte pour le moment envers vous.

En disant ces mos, il donna l'ordre au faux Cosaque de présenter à ses affidés le mouchoir qui contenait le trophée sanglant promis par Macaron; puis, profitant de l'enthousiasme que cette nouvelle prouesse excitait de nouveau chez ces hommes toujours prêts à s'enthousiasmer de la valeur personnelle, quelque mal employée qu'elle pût être, le colonel harangua sa petite troupe.

Il n'eut pour ainsi dire qu'à laisser déborder le flot des passions qui bouillonnait au fond de son cœur pour l'épancher dans l'âme de ses auditeurs. Bientôt après, il leur donna une description minutieuse de l'endroit où il devait se mettre en embuscade, il convint avec eux d'un cri de ralliement au bout duquel ils devaient s'élancer, et les congédia. Deux par deux ou seul à seul, tous s'éloignèrent, et Vauvrecy resta seul.

Alors, comme le Christ sur ce nouveau calvaire, Vauvrecy se trouva livré à lui-même, et à la passion qui le torturait. Pendant de longues heures, il épuisa dans la solitude la coupe d'amertume tout entière; mais, au lieu de prier Dieu qu'elle fût détournée de ses lèvres, c'était presque avec une joie sauvage qu'il s'en enivrait. Plus d'une fois il eut besoin de toute son énergie pour s'empêcher de fondre comme l'aigle du haut de l'aire qu'il occupait sur la maison où le démon de la jalousie, en déchirant son cœur, lui montrait Alexandrine prodiguant à son rival, à celui d'André, ses doux sourires et ses doux regards dont le souvenir avait été son égide dans les déserts glacés de la Russie. Mettre le feu à cette maison, lancer son cheval au milieu des flammes, poignarder ce pâle et frêle officier, emporter Alexandrine dans ses bras et s'ensevelir avec elle, s'il le fallait, au fond de la Seine, tout cela lui paraissait facile.

Plus d'une fois le colonel mit le pied à l'étrier pour aller exécuter ce projet insensé, mais il y avait dans cette indomptable nature autant peut-être de besoin de vengeance que d'amour, et l'idée de voir s'écrouler obscurément ses plans de représailles sur toute une armée, le retint autant de fois. Ne savait-il pas en effet où retrouver plus tard l'officier russe, en supposant que ce soir-là même sa mauvaise étoile ne le livrât pas entre ses mains?

Le soleil s'abaissait; déjà des ombres plus longues s'étendaient dans les plaines à ses pieds, et Vauvrecy luttait encore contre ses désirs contraires. Assis sur une large pierre, la tête entre les mains, il laissa longtemps ses regards errer sur l'horizon à travers la baie encore démantelée d'une fenêtre. A ses pieds les moissons prochaines étalaient leurs verts tapis, et sous les rayons déjà plus obliques du couchant, le calme du soir envahissait graduellement la campagne.

Grâces à l'influence de ces tranquilles tableaux, le cœur de Vauvrecy se dégonflait petit à petit quand le son d'une voix connue vint l'arracher à ses méditations. C'était celle de Curtius, suivi de Macaron. La pâleur du colonel ne les frappa point d'abord, car à travers l'ouverture de la fenêtre, le soleil versait sur son visage un faisceau de rayons rouges.

— Eh bien! s'écria le Philadelphe, nous avons découvert le nid des tourtereaux, et si nous sommes bien informés, le repas servira à célébrer deux fiançailles de plus; mais qu'avez-vous, Vauvrecy? Vous êtes pâle comme la mort; avez-vous été poursuivi?

L'allusion de Rollon, quelque obscure qu'elle eût été pour tout autre, était pour Perce-Neige d'une désespérante clarté, n'avait-il pas vu les boucles blondes de la jeune fille caresser le front de l'officier russe?

— Je n'ai pas été poursuivi, répliqua-t-il.

— Mais vous avez tué votre Cosaque et pris ses oreilles, je suppose? interrompit Macaron.

— Je l'ai tué, reprit simplement Perce-Neige.

— Mais, demanda de nouveau Rollon en riant, vous avec donc eu quelque horrible vision?

— Une horrible vision! vous l'avez dit, répéta lentement le colonel, seulement, vous me permettrez...

— De n'en pas parler, soit; causons donc alors d'affaires plus urgentes.

Les deux éclaireurs rendirent à Perce-Neige un compte détaillé et précis de ce qu'ils avaient vu ou entendu, du plan de la maison, du nombre des domestiques ou des convives. Enfin, ils avaient tout prévu au cas où l'on voulut attaquer la maison elle-même.

Cette supposition déjà d'accord avec les desseins secrets de Perce-Neige, fit chanceler de nouveau sa fermeté, mais la réflexion le retint; on lui représenta que ses hommes l'attendaient à l'embuscade des trois chemins, et qu'il était trop tard. Ce fut à son tour de rapporter à ses deux compagnons les renseignemens qu'il avait obtenus sur les intentions du feld-maréchal et les dispositions qu'il avait prises, ainsi que les ordres qu'il avait donnés.

Ses communications furent, comme on le pense bien, fort goûtées de ses deux complices, car le bois de Boulogne tout entier était pour leurs évolutions un théâtre bien plus commode que l'espace resserré d'une maison située à peu de distance de la grande route. Macaron, à l'idée d'une embuscade semblable, passait sa langue sur ses lèvres en clignotant de l'œil.

— Que ferons-nous du Prussien, demanda-t-il, pour le punir de son étrange fantaisie d'entrer éperonné et botté dans le palais des rois?

— Nous le pendrons, dit Rollon.

— Non, nous mettrons ses oreilles dans ses bottes. Je le prendrai en travers sur mon cheval, et je le jeterai au fond de la Seine, reprit Perce-Neige. Mais maintenant attendons les signaux qui nous apprendront la venue, puis le départ pour St-Cloud de ce Prussien si digne d'être Tartare.

— Laissons-le seul, dit Curtius à Macaron, il a des idées sombres qu'il faut respecter.

Tous deux s'éloignèrent insensiblement de Vauvrecy. Les trois chevaux furent enfermés dans la même pièce que leurs maîtres, et chacun d'eux s'accommoda de son mieux pour passer quelques heures d'attente.

C'était un singulier tableau que celui de ces cavaliers et de leurs montures campant au milieu d'un salon inachevé. Les yeux dirigés vers l'horizon, Macaron et le Philadelphe étaient assis immobiles et silencieux. A quelque distance d'eux, Perce-Neige, plongé dans ses réflexions, allait et venait à grands pas, en proie à la plus violente anxiété. De temps en temps il s'approchait aussi pour consulter l'horizon compris entre le Calvaire et le bois de Boulogne, dans la direction du pont de Suresnes. Le soleil lançait déjà dans la vaste salle la brume dorée qui précède son coucher, et les chevaux et les cavaliers semblaient nager dans cette lumineuse vapeur.

Tout à coup une fusée serpenta dans l'air en sifflant, mais sans sillonner encore d'aucune raie de feu l'azur déjà plus foncé du ciel. C'était le signal qui annonçait qu'à la porte de la maison du bord de l'eau le czar de Russie mettait pied à terre avec son état-major.

Le Philadelphe, le colonel et Macaron ne se parlèrent pas, mais ils échangèrent un de ces regards ardens de chasseurs intrépides à l'affût d'un lion.

Puis le temps se passa, grave et solennel comme celui qui précède la bataille; bientôt les horloges lointaines sonnèrent huit heures. Le soleil était enfin couché; mais une large trace de lumière signalait encore le point de l'horizon, où, après avoir radieusement brillé tout le jour dans l'azur, il s'était enseveli dans la pourpre.

Excepté sur la hauteur du Calvaire, au sommet duquel le crépuscule luttait encore avec la nuit, l'obscurité se faisait complète dans la plaine. Le bois de Boulogne présentait une masse de verdure sombre que les voitures sillonnaient de rapides lueurs en se perdant comme des fusées parmi les arbres. Car, nous l'avons dit, ce soir-là le prince de Schwartzenberg donnait une fête brillante aux Alliés dans le palais impérial de Saint-Cloud.

Vauvrecy s'accouda sur la fenêtre ; mais il ne considérait que d'un œil distrait le spectacle que présentait la plaine ; il cherchait plutôt à percer le rideau de peupliers qui lui dérobait la maison où se trouvaient réunis les objets de sa plus vive tendresse et de sa haine la plus implacable.

Au pied du Calvaire, de légères vapeurs indiquaient seules le cours de la Seine, dont on ne pouvait apercevoir à travers la cime des peupliers que des flaques d'eau noires, encadrées de roseaux et de sagittaires.

Plus loin, Paris, comme un vaste incendie qui va s'allumer, rougissait déjà le ciel des premières étincelles de son éclairage nocturne. Enfin le couchant pâlit à son tour comme l'Orient, le ciel devint partout d'un bleu sombre semé d'étoiles, et la nuit régna de tous côtés, au sommet des hauteurs comme dans les bas-fonds.

La petite maison blanche au toit d'ardoises et aux volets verts que le pêcheur à la ligne — l'un des Frères du Fer-et-du-Plomb mis en vedette aux bords de la rivière—avait montrée au colonel, présentait un aspect de confusion inaccoutumé.

Le long des murs qui bordaient la Seine, dont les eaux plombées coulaient avec un murmure alors étouffé par le bruit, deux voitures dételées, dont l'une était le landau du comte de Vauvrecy, l'autre la berline de l'hettmann des Cosaques, dont on se souvient sans doute, étaient rangées le timon en l'air. A côté de ces voitures, les deux cochers qui les conduisaient s'occupaient de harnacher leurs chevaux pour les atteler de nouveau.

De l'autre côté de la grille, toujours en dehors de la cour d'entrée trop petite pour contenir tout le monde, six chevaux bridés et sellés, appartenant au feld-maréchal et à sa suite, étaient gardés par douze cavaliers, les uns descendus, les autres restés en selle, et dont l'uniforme était celui des Cosaques réguliers. C'était un bruit confus de piétinemens de chevaux, de retentissemens d'éperons et de fourreaux de fer traînant sur le pavé de la route, de jurons et de chuchottemens étouffés par la discipline militaire. Mais rien n'indiquait la présence de l'empereur Alexandre.

Des lumières se croisaient en tous sens aux fenêtres ou allaient et venaient dans les corridors ; des domestiques empressés descendaient et montaient, puis enfin des trois croisées d'un salon converti pour le moment en salle à manger, tombaient à travers la mousseline des rideaux des gerbes de clartés. Pénétrons dans ce salon.

Autour d'une table ovale décorée avec tout le luxe qu'avait pu y déployer le restaurateur en vogue chargé de l'ordonnance et du menu de ce repas de fiançailles, sous les feux qui tombaient d'un lustre suspendu au plafond, et dont les surtouts de glace renvoyaient les lueurs mille fois répercutées, douze convives étaient assis. A l'exception de Mmes de la Roche-Launay et de Vauvrecy, d'André, d'Alexandrine et du jeune Nettmann, un instant apparu chez le garde du bois de Boulogne, les huit autres convives sont inconnus au lecteur.

Celui qui paraissait le roi de la fête était un vieillard revêtu d'un uniforme de drap grossier ; seulement les plaques qui brillaient sur sa poitrine révélaient le haut rang qu'il occupait. Des cheveux blancs comme la neige ombrageaient son front basané et sillonné de rides pressées et profondes. Sous ses sourcils également blanchis par l'âge, des yeux bleus brillaient d'un éclat presque sauvage. Sa figure anguleuse et dure, ainsi que le pli de ses lèvres, dénotaient un caractère dur et brutal.

A cette description, on a reconnu le feld-maréchal Blücher, prince de Wahlstadt. Le général prussien paraissait porter sans s'en apercevoir le poids de ses soixante-douze ans. Sa mission, en effet, n'était pas encore accomplie, et la Providence semblait lui avoir conservé toute sa vigueur pour décider à lui seul, un an plus tard, du gain de la plus grande bataille des temps modernes, la bataille de Waterloo. Il occupait le milieu de la table ; parfois ses sourcils froncés et son front plissé indiquaient une sombre préoccupation.

Les seuls convives qui paraissaient goûter sans arrière-pensée les plaisirs d'un bon repas étaient les six officiers de la suite du feld-maréchal. Quant au jeune Hettmann et à sa fiancée, Mlle de Vauvrecy, tous deux étaient absorbés par un bonheur d'une nature plus délicate et ne s'apercevaient ni de la préoccupation du général, ni de celle de trois des autres convives : la veuve, Alexandrine et le comte de Vauvrecy.

La première était en proie à une incertitude poignante. Elle n'avait pas osé faire part à Mme de Vauvrecy de l'apparition du colonel dans la crainte d'éveiller dans le cœur de la mère des inquiétudes sans fondement sur le sort de son fils. D'ailleurs était-ce bien lui en effet, lui sous le costume russe? n'était-elle pas plutôt dupe de quelqu'illusion ou d'une ressemblance trompeuse? Elle attendait donc au lendemain pour faire des démarches qui devaient fixer ou dissiper ses doutes.

Blanche et pâlie sous sa couronne de cheveux blonds, Alexandrine penchait tristement sa tête sur sa poitrine. Meilleur juge que sa mère, car c'était avec le cœur qu'elle avait reconnu le colonel, la jeune fille flottait éperdue entre le présent et le passé que sa pensée troublée essayait d'oublier. C'était en vain. Comme la brume pâle qui blanchit l'azur de l'horizon, une teinte de mélancolie voilait ses yeux bleus, à mesure que de douces et chères visions surgissaient de nouveau devant elle, et luttaient avec avantage contre la fascination involontaire dont sa jeunesse, la solitude et la brise des bois l'avaient enivrée tout à l'heure.

Quant à André il était triste tout simplement de la tristesse d'Alexandrine, il était triste du sourire à peine ébauché qu'il pouvait cueillir sur ses lèvres, puis il sentait que tout à coup le cœur de la jeune fille avait cessé de répondre au sien. Il le devinait, disons-nous, car il n'attribuait l'évanouissement de la jeune fille qu'à la peur que lui avait causée le cri poussé par lui à la vue du cheval de son cosaque. Ni Alexandrine ni sa mère ne l'avaient détrompé.

Telle était la situation respective des divers personnages acteurs ou comparses dans ce drame. Le dîner tirait à sa fin, quand on entendit un cavalier galoper sur la chaussée pavée qui bordait la maison, puis le cavalier s'arrêter à la porte d'entrée. Quelques secondes après on remettait au feld-maréchal un pli cacheté apporté par l'exprès. Le général le prit brusquement des mains du soldat, et repoussant loin de lui son assiette chargée de dessert qu'il n'avait pas goûté, il brisa le cachet de la missive, sans songer le moins du monde à s'excuser, et se mit à lire. Pendant cette lecture son sourcil se fronça plus d'une fois encore, puis lançant du côté de l'officier russe un regard clair et froid :

— Le comte de Vauvrecy, dit-il sévèrement, ne m'avait pas dit qu'un nouveau meurtre eut été commis cet après-midi dans le bois de Boulogne, près d'ici...

— En effet, répondit le comte, le temps m'a manqué pour faire cette communication au général, et j'ai craint de jeter sur cette fête une teinte sombre qui l'eût attristée. Mais, comment le général a-t-il su?

— La victime a parlé, monsieur, reprit le feld-maréchal; avant de mourir, il a su dire qui était son meurtrier, et j'ai donné mes ordres en conséquence. Ils sont exécutés, continua-t-il en repliant la lettre qu'il froissa pour la cacher sous sa ceinture. Ah! messieurs les Français, vous faites des capitulations pour les violer en détail, reprit-il amèrement; eh bien! nous saurons sans doute ce soir d'où partent ces coups invisibles. Je fais serment d'en prendre les auteurs vivans comme nous prenons les ours dans le Nord. Je dois vous dire aussi qu'il y aurait eu danger pour sa majesté l'empereur Alexandre, et qu'il ne viendra pas ce soir comme il l'avait promis.

En entendant cette menace, faite d'une voix que l'âge n'empêchait pas de vibrer avec force, Alexandrine, sans savoir pourquoi, eut froid au cœur. Peu lui importait à elle que le czar ne vînt pas.

— Le bois de Boulogne, reprit Blücher, est, à ce qu'il paraît, l'endroit qu'on choisi les assassins, c'est là que je vais les faire traquer.

Les convives se regardèrent étonnés.

— Allons, messieurs, dit le feld-maréchal, en selle, la chasse va s'ouvrir. Le comte de Vauvrecy et ces dames ont leurs voitures, elles suivront la chasse; la nuit est belle, et nous pourrons encore arriver à temps à St-Cloud ce soir, après ce divertissement.

Il n'y avait rien à répondre à cette impérieuse invitation. Les ordres furent aussitôt donnés pour atteler, et le repas s'acheva dans un mortel silence: chacun pressentait que de sinistres événemens allaient s'accomplir.

Pendant ce temps, le colonel de Vauvrecy, au sommet du Mont-Valérien, essayait, ainsi qu'on l'a dit, de percer les ténèbres qui lui dérobaient le théâtre de cette dernière scène; mais, comme on l'a dit aussi, il ne pouvait apercevoir que le rideau noir des peupliers qui cachaient la maison, et dont les cimes touffues se balançaient tristement sous le vent du soir.

Une heure se passa encore silencieusement pendant laquelle les bruits de la plaine montaient lentement jusqu'au groupe d'aventuriers cachés sur le sommet du Calvaire, et bientôt après le sifflement d'une seconde fusée se fit entendre. Cette fois un sillon de feu raya l'horizon et un bouquet d'étincelles retomba presqu'aux pieds de Vauvrecy.

C'était le signal qui annonçait aux chasseurs que le czar et son escorte allaient traverser les allées sombres du bois de Boulogne pour se rendre à St-Cloud. Puis, comme il arrive souvent, mais par une coïncidence qui semblait alors bizarre, les chasseurs mettaient le pied à l'étrier quand le son de plusieurs trompes jetèrent aux échos les notes retentissantes d'une fanfare de chasse.

— En selle, en selle! cria Vauvrecy, le cerf a débûché!

CHAPITRE X.

L'Affût.

La distance qui sépare le Mont-Valérien de la porte de Longchamps est à peine l'espace de quelques minutes à franchir à cheval; peut-être cependant la troupe du feld-maréchal et son cortége de voitures eussent-ils gagné sur les trois chasseurs une avance préjudiciable à leurs projets, sans un incident qui retarda la marche du général prussien.

Au moment où il achevait de traverser le pont de Suresnes avec toute sa suite de cavaliers et de voitures, du haut d'un saule incliné sur l'eau, s'élançait la fusée de signal dont l'éclat et la détonation avait averti Perce-Neige du départ de Blücher. Il marchait en tête; son cheval, effrayé par le bruit et la lueur de la fusée, se cabra et fit un violent écart. Après avoir maîtrisé l'effroi de son cheval, le général jeta autour de lui un regard irrité et soupçonneux tout à la fois; mais le bord de la rivière était désert.

—Voyez donc, s'écria-t-il brusquement, quel est le drôle caché au haut de cet arbre.

Et il désignait le saule incliné, dont la cime touffue et ensevelie dans l'ombre, ne laissait voir que des branches et des feuilles pressées. L'officier n'avait pas attendu les ordres du général pour piquer de ce côté, mais ce ne fut pas sans peine qu'il aperçut tapi à la naissance des hautes branches un jeune garçon en blouse bleue. L'enfant, loin de montrer quelqu'effroi à l'aspect de l'officier étranger, jetait sur lui un de ces regards effrontés particuliers aux moineaux et aux gamins de Paris.

—Que fais-tu là, drôle? s'écria l'officier.

—Tiens! cette bêtise; je prends le frais, donc. Je suis dans ma chambre à coucher, d'où j'inspecte les goujons.

— Pourquoi tires-tu des pétards à ces heures-ci? reprit le Prussien; où les as-tu pris?

— C'est un particulier qui me les a remis en disant: Je porte le général Blücher dans mon cœur; tiens, voilà deux fusées; tu en tireras une quand il entrera dans cette maison là bas, une seconde quand il en sortira, histoire de célébrer ce grand homme. Ça va, que je dis; c'est dommage qu'il n'y en ait que deux. Et alors j'ai célébré le grand homme. Et voilà.

— Descends au plus vite, s'écria le feld-maréchal irrité de la longueur de ce colloque, si tu ne veux que je donne l'ordre à l'un de mes hommes de t'apporter au bout de sa lance.

— Comprends pas, mon général, dit l'enfant qui comprenait très bien, puis à l'aspect du Cosaque qui s'avançait la lance à la main:

— En voilà une lardoire! Ah! c'est comme ça! Je sors d'en prendre, faites excuse, eh bien! alors...

Le gamin écarta doucement les branches du saule, et faisant au général le signe irrévérencieux si usité parmi ses pareils, il s'écria:

— A bas Blücher! Vive l'Empereur!

Sur un signe du général, le Cosaque pointa brusquement sa longue lance en l'air, mais il était trop tard, l'inspecteur des goujons avait plongé la tête la première dans la Seine, dont l'eau noire se referma sur lui. La nuit était trop sombre pour qu'on pût le découvrir, et le cortége reprit sa marche, tandis que Blücher se disait tout bas:

— Ah! si cette France qui produit de pareils enfans l'avait voulu, nous ne serions pas dans sa capitale, mais pendant que nous y sommes, nous devrions anéantir ce foyer d'héroïsme et de révolutions.

A l'arrivée du feld-maréchal à la porte de Longchamps, deux cavaliers porteurs de torches allumées qui l'attendaient à l'entrée du bois, prirent les devans au grand trot. Le général les suivait immédiatement escorté de ses cinq officiers, puis venaient les deux voitures découvertes aux lanternes allumées; enfin douze cavaliers cosaques dont les lances reflétaient parfois la lueur des torches fermaient la marche. Comme l'avait prévu le colonel de Vauvrecy, la cavalcade prit l'allée des Gravilliers, au moment où suivi de Curtius et de Macaron, le premier arrivait à son tour au pont de Suresnes, c'est-à-dire à quelques centaines de pas de distance du feld-maréchal et de sa suite.

Comme son cheval allait mettre le pied sur le pont, une voix sembla sortir du fond des roseaux qui bordaient la rive:

— De la prudence! le vieux se méfie! — s'écria la voix, et en même temps qu'elle se fit entendre, le jeune garçon tout ruisselant d'eau, que nous avons vu tout à l'heure se jeter à la Seine, grimpa la berge à pic et s'approcha du colonel que la surprise arrêtait à sa place.

— Qui es-tu, mon enfant? — lui demanda-t-il avec douceur — et qui est ce vieux qui se défie, de qui ou de quoi?

— Dam! le vieux c'est Blücher. Quant à sa méfiance j'en parle parce qu'il a trouvé drôle que j'aie tiré deux pétards pour célébrer son arrivée et son départ.

— Ah! c'est toi qui as tiré les deux fusées?

— Oui, mon officier. Un homme m'a dit comme ça : « Tiens, voilà deux fusées, quand tu verras un vieux général prussien arriver à cette maison là-bas—et le particulier me montrait celle que vous voyez d'ici— tu tireras une fusée, et quand il en sortira, une deuxième. » Puis, il a ajouté : « Lorsqu'un officier russe et deux cavaliers arriveront au pont, tu leur diras la route qu'aura suivi le vieux Prussien. » Maintenant, poursuivit le jeune garçon, avec cette intelligence qui distingue les enfans de Paris, pourquoi tenez-vous à le suivre? ça ne me regarde pas, mais vous m'avez l'air tout de même d'un Russe de contrebande. Ces gueux-là n'ont pas cet air-là, vous me faites plutôt l'effet d'un crâne de la vieille que d'un kalmouck.

Vauvrecy ne put s'empêcher de sourire.

— Dis-moi, mon enfant, reprit-il, la suite du feld maréchal est-elle nombreuse? Sont-ce des cavaliers seulement qui l'accompagnent? Alexandre n'y est donc pas?

— Non, mon officier, il y a avec le vieux seulement cinq officiers, douze Cosaques d'escorte, en tout dix-huit cavaliers, et deux voitures découvertes qui suivent avec des hommes, des jeunes filles et des vieilles dedans.

Le colonel tressaillit; Alexandrine était là dans ce bois, un bond de son cheval pouvait le porter jusqu'à elle; mais il fit un effort pour contenir les mouvemens tumultueux de son cœur. Puis, il y avait autre chose encore. Le czar avait manqué à sa promesse; avait-il eu vent du complot tramé contre lui?

Les trois cavaliers se consultèrent un instant à ce sujet

— Puisque le czar ne vient pas, nous ne pouvons laisser échapper ce vieux sabreur de Blücher, dit Macaron. Eh bien! donc, en chasse. Blücher ne vaut pas l'Empereur, mais nous pouvons le prendre à sa place.

— Je l'ai juré, répondit Vauvrecy; êtes-vous d'avis de continuer? demanda-t-il à Rollon,

— Sans doute, répliqua celui-ci, quoique je ne m'explique pas comment l'homme chargé des signaux nous a fait pour Blücher les mêmes que pour Alexandre.

— Il a pensé comme nous qu'il valait mieux prendre le vieux chien prussien que rien du tout, poursuivit le jéhuiste.

Les trois cavaliers se résolurent donc à ne faire que modifier leur plan sans y renoncer.

— Quelle route ont-ils prise? demanda le colonel.

— Je n'en sais rien, répondit l'enfant, j'étais perché sur ce saule, là bas, occupé à tirer mes feux d'artifice, quand le vieux a voulu me faire empoigner, puis larder par un de ses Cosaques. Alors j'ai préféré autre chose, un bain froid par exemple, et j'ai piqué une tête dans l'eau et me voilà!

Vauvrecy jeta à l'enfant une pièce de cinq francs et reprit sa marche avec Curtius et Macaron. Pendant ce temps l'enfant ramassait l'argent qu'il avait si bien gagné, en se disant :

— Tant pis, je les suis! J'ai idée qu'il y aura du drôle dans tout ça, et j'adore les drôleries, moi... et puis ça me séchera.

Le gamin se lança à toutes jambes derrière les trois cavaliers, au moment où il les vit entrer dans le bois par la porte de Longchamps.

La nuit était digne du jour qui venait de se terminer. C'était une nuit sereine, transparente, comme lorsqu'aucun nuage ne vient voiler un ciel étincelant d'étoiles; c'était une de ces nuits où la voie lactée arrondit sa courbe lumineuse, où, de la terre desséchée, nulle vapeur ne s'élève entre l'œil et le firmament. Chaudes brises, senteurs nocturnes, feuillage immobile sous un ciel clair, tout faisait de cette nuit une de celles, en un mot, qu'eussent choisies un amant ou un poëte pour rêver.

Sous la voûte sombre que dessinait la longue et droite allée des Gravilliers, l'œil des chasseurs put apercevoir encore les torches lointaines de l'escorte du général s'abaisser et s'élever tour à tour, comme les feux flottans que berce l'Océan, et parfois la brise leur apportait le bruit des fers des chevaux retentissant contre les cailloux que cachait le sable des allées, ou le son des fourreaux de fer heurtés par les cavaliers.

Le colonel, Macaron et Curtius, l'œil brillant d'ardeur, les lèvres frémissantes comme les limiers qui éventent l'odeur d'un noble cerf, prêtaient l'oreille au bruit de la marche de leurs ennemis, quand les trompes de chasse jetèrent de nouveau à l'écho du bois leurs fanfares éclatantes. Ce fut comme un coup d'éperon que reçurent les chevaux des trois amis, qui bondirent impatiemment sous leurs cavaliers.

— Corbleu! s'écria Macaron, ceci va être une chasse royale, rien n'y manquera.

— Il est temps, dit Vauvrecy; allons rejoindre notre embuscade, et couper le chemin de St-Cloud. Au galop!

Il y a à la porte de Longchamps une espèce de chemin de ronde qui suit le mur d'enceinte, et fait avec l'allée des Gravilliers un arc dont cette dernière est la corde. On nomme ce sentier Route de l'Espérance. Sur cette route s'embranche plus loin une étroite allée, la Route des Saules qui vient tomber à angle aigu dans l'allée des Gravilliers, juste au milieu de la base du fourré triangulaire où Vauvrecy avait caché ses hommes.

Tous trois s'élancèrent au galop dans la route de l'Espérance avec l'impétuosité de chasseurs qui forcent un animal sauvage. Le sable fin dont l'allée est couverte assourdissait le bruit de leur course, mais du reste le détour qu'ils décrivaient les écartait assez pour que rien ne pût les trahir.

Les trompes résonnaient toujours, et les chevaux dévoraient l'espace.

En un clin d'œil, la distance jusqu'à l'embranchement de la Route des Saules fut tranchie. Là, les cavaliers s'arrêtèrent pour laisser souffler leurs montures, et surtout pour écouter si le cortége était encore loin. Vauvrecy, comme le plus exercé des trois chasseurs, mit pied à terre, jeta la bride de son cheval à Macaron et colla son oreille sur le gazon.

Une longue habitude des steppes de l'Ukraine avait développé chez lui la finesse de l'ouïe; le capitaine perçut par les pulsations sourdes et lointaines de la terre que le cortége était encore à une assez grande distance, mais qu'il n'y avait pas une minute à perdre pour conserver l'avance qu'ils avaient gagnée.

Cette exploration n'avait duré qu'un instant. Tous trois gardaient le silence le plus profond, pendant lequel on n'entendit plus que le souffle des chevaux et le murmure sourd des feuilles que secouait une brise passagère.

Vauvrecy se releva :

— Tout va bien, dit-il à voix basse. Puis il se remit en selle aussi lestement qu'il en était descendu, et les trois cavaliers, se jetant brusquement dans la Route des Saules, repartirent au galop.

— C'était par une belle nuit de printemps semblable à celle-ci, — dit Macaron après quelques instans d'une course rapide et silencieuse, — qu'il y a dix-huit ans je galopais ainsi sur les bords du Rhône, moi troisième comme aujourd'hui, pour aller attendre une chaise de poste dans laquelle essayait de s'évader un des plus chauds partisans de la Convention. Nous avions aussi l'avance sur la voiture, lorsqu'au détour d'une route j'aperçus les chapeaux galonnés de deux gendarmes...

— Chut! — interrompit Perce-Neige en s'arrêtant brusquement, — il me semble entendre le cortége s'approcher... mais non, je me trompe. En avant, messieurs!

Les cavaliers reprirent de nouveau leur course à toute bride.

— Ma foi, reprit Macaron, qui semblait tenir à achever son histoire, nous fûmes obligés de jeter à l'eau les deux gendarmes avec le conventionnel, le tout pour ne pas faire de jaloux. Comment s'appelait-il donc ce drôle-là? Sacrédié! je ne me rappelle plus son nom.

— Vous en avez tué tant, dit le Philadelphe, que vous vous brouillez dans le compte.

— En tout cas, je n'ai vu personne brailler autant que lui, je crois qu'il criait encore au fond du Rhône. Heureusement qu'à cette époque, quand on entendait des cris la nuit sur le bord du fleuve, on avait l'excellente habitude de se sauver à toutes jambes. Ah! c'était le bon temps! acheva l'ancien Jéhuiste avec un soupir de regret.

Une large bande de terrain moins sombre que l'allée des Saules, s'étendit tout à coup devant les cavaliers, c'était l'allée des Gravilliers. Telle avait été la rapidité de leur allure que bien qu'ils eussent à parcourir les deux côtés d'un triangle dont le cortége suivait la base, les torches de l'escorte du feld-maréchal ne brillaient encore au fond du bois que comme des étoiles dans un ciel nuageux.

Le massif épais qui bordait le côté de la route opposé à celui où les trois chasseurs avaient débouché, était aussi sombre, aussi tranquille que s'il n'y avait eu personne sous l'ombre des futaies; pas la moindre éclaircie par laquelle l'œil pût plonger dans le fourré. Le colonel siffla trois fois en sourdine; au bout d'une seconde les arbustes qui garnissaient l'intervalle des grands arbres craquèrent doucement; un homme parut sur la lisière du taillis.

— Vous êtes tous là? dit Vauvrecy.

— Tous, capitaine.

— Quoi de nouveau?

— Rien, dit l'homme à demi-voix. Puis s'approchant de Vauvrecy, il reprit d'un ton assez bas pour que le colonel seul l'entendît : — Je n'oserais pas dire qu'il n'y a pas quelques symptômes alarmans. Il y a eu aujourd'hui dans le bois un mouvement de troupes inusité ; des ordonnances ont galopé partout quelques instans avant le coucher du soleil. Bref, il y a quelque chose dans l'air, j'en réponds, mais je n'en ai rien dit.

— C'est bien, répondit Perce-Neige. Tout ce mouvement n'est produit que par les préparatifs du bal de Saint-Cloud. A l'œuvre maintenant.

Le colonel se dissimulait peut-être à lui-même la réalité des alarmes de l'homme qu'il interrogeait. Elles venaient confirmer ces paroles de l'enfant qui l'avait averti en route en lui disant :

— De la prudence, le vieux se méfie ! — Mais d'un autre côté, les préparatifs de la fête pouvaient à ses yeux être pour beaucoup dans le mouvement qu'on lui signalait, et puis d'ailleurs ce n'était pas le moment de reculer.

Le colonel demeura un instant pensif ; son cœur ne bondissait plus à l'idée du carnage. De plus doux instincts s'y faisaient jour malgré lui ; l'air tiède chargé du parfum nocturne des bois bruissait à ses oreilles comme un soupir d'amour, et l'énervait. Cependant de tous côtés le massif s'ouvrait pour donner passage à l'un des hommes qu'une longue attente impatientait, et des groupes entouraient Rollon et Macaron, et demandaient des ordres.

— Qu'attendez-vous ? demanda Macaron, le cortége s'approche.

En effet, la clarté des torches de l'avant-garde semblait devenir plus vive, le temps pressait.

— Je réfléchis, reprit le colonel dont la voix de Macaron avait rappelé toute l'énergie, qu'il y a une chose qui me répugne horriblement, c'est de me cacher comme un loup qui épie sa proie, au lieu de tomber l'épée haute sur ces Cosaques.

— Il y a manière de tout concilier — reprit Rollon qui penchait instinctivement vers ce dernier parti — nous chargerons les officiers en faisant couper leur escorte, car à tout prendre nous sommes en nombre égal.

— Trêve de chevalerie, messieurs — interrompit Macaron — le rôle du loup a son bon côté, que diable ! du reste faites comme vous l'entendrez, seulement faisons vite, car le sang bout dans mes veines.

Une fois d'accord, grâces à l'esprit conciliateur de Macaron qui, pourvu qu'il pût exercer ses penchans sanguinaires, acceptait tous les moyens d'exécution comme bons, la troupe des Frères du Fer et du Plomb fut divisée en deux détachemens : le premier reçut l'ordre de se poster, le couteau à la main, à l'endroit où la route des Saules s'ouvrait sur l'allée des Gravilliers; le second, sur la lisière des taillis, vis-à-vis l'embranchement des deux routes, de manière à pouvoir se rejoindre toutes deux, et à séparer les officiers de leur escorte; le reste regardait les trois chefs.

— Aux chevaux ! d'abord, mes enfans, dit Perce-Neige, éventrez les chevaux, vous aurez bon marché ensuite des cavaliers démontés.

La manœuvre convenue fut exécutée à l'instant. Dix hommes furent placés à gauche du chemin, dix hommes à la droite, et les trois cavaliers, le colonel le sabre au poing, Curtius et Macaron le pistolet à la main, se placèrent à quelques pas plus loin des hommes embusqués à l'embranchement de la route des Saules.

Cette position leur permettait de laisser avancer le groupe d'officiers qui devaient nécessairement marcher en avant de l'escorte, dont ils allaient se trouver séparés par la jonction brusque des deux corps de droite et de gauche.

Cela fait, les uns cachés sous les taillis, comme des chasseurs à l'affût, les autres dissimulés sous l'ombre noire que projetait l'arcade de la route des Saules, les cavaliers, devenus invisibles derrière un bouquet d'arbres autour desquels s'arrondissait une petite clairière, tous attendirent, prêts à faire leur devoir, l'arrivée du cortége qui s'approchait.

Le silence était profond, les oiseaux de nuit se taisaient encore, le feuillage n'avait pas de murmures ; aucun de ces bruits, aucun de ces sons belliqueux qui précèdent la bataille ne venait exciter l'ardeur des hommes embusqués.

Le moment était solennel. Seulement de temps à autre un buisson craquait sous les futaies, le cuir des selles criait, gonflé par les flancs des chevaux. Celui de Macaron seul grattait parfois le gazon de son sabot ou secouait son mors ; Rollon et Vauvrecy semblaient deux statues équestres.

— Pour Dieu, Macaron, dit le colonel, laissez donc votre cheval tranquille, vos mouvemens nerveux l'impatientent. Rendez-lui donc la main.

— Vous êtes bon là, mon cher, répondit Macaron ; j'ai le sang aux yeux et mon cheval est comme moi.

On eût pu voir, en effet, s'il avait fait jour,

les yeux du Jéhuiste presque sanglans et sa pupille dilatée sous la taie blanche qui l'envahissait d'habitude à l'heure du meurtre.

— Un dernier mot, messieurs, dit le colonel, c'est à moi quand le moment en sera venu de m'avancer le premier. Mon uniforme trompera un instant le feld-maréchal et ses officiers. Ils feront halte. A notre ordre, nos hommes s'interposeront entr'eux et leur escorte. Alors, comme il convient à des gens de cœur, nous chargerons trois contre six. Surtout, Macaron, respectez le général, outre qu'on doit épargner un vieillard de soixante-douze ans, j'ai juré de le prendre vivant.

— Le prendre vivant, c'est un tort, dit Macaron ; il y a déjà quelque temps que j'ai rompu avec ces scrupules de conscience.

— C'est une faute de l'épargner, interrompit Rollon, c'est le bras droit du czar, l'ennemi de la France, le porte-étendard de la barbarie et du despotisme, un barbare lui-même. La vieillesse disparaît et n'a plus de privilége aux yeux de celui qui, comme moi, combat pour la civilisation et la liberté du monde.

— Enfin, messieurs, j'exige de vous ce sacrifice, ou je renonce à notre plan. Ferez-vous ce que je demande? Le reste est-il entendu comme je l'ai dit?...

— Oui, répondirent ensemble Macaron et le Philadelphe.

— Eh bien! que Dieu protége la bonne cause!

Le silence se rétablit, solennel encore, mais moins profond, car un murmure de voix confus, de piétinemens sourds commençait à se faire entendre, tandis qu'à la clarté grossissante des torches les uniformes ennemis brillaient dans une zone rougeâtre, qui gagnait de proche en proche, et teignait déjà le feuillage à peu de distance des cavaliers.

CHAPITRE XI.

L'Hallali.

Immobiles à leur poste, les trois cavaliers épiaient attentivement, nous l'avons dit, l'arrivée du cortége. Déjà, à la clarté des torches, on pouvait distinguer la figure du vieux général prussien, éclairée d'un reflet cuivré qui faisait ressortir encore la dureté de sa physionomie. Il avançait en ce moment au petit trot au milieu de ses officiers, dont la flamme résineuse faisait étinceler les brillans uniformes.

Plus maître de lui à mesure que le moment suprême approchait, le colonel de Vauvrecy n'était pas tellement absorbé par ce spectacle qu'il ne prêtât une oreille exercée aux autres bruits qui pouvaient se faire entendre au loin. Les avertissemens qu'il avait reçus se représentaient à son esprit. Or, avec l'audace qui brave et surmonte le danger présent, il avait au suprême degré la prudence qui sait le prévoir.

Quelques minutes encore, et le cortége allait se trouver en face de la route des Saules, quand un bruit vague lui parut gronder du côté opposé à celui d'où venait la cavalcade. Bientôt il ne lui fut plus permis de s'y méprendre, c'était le retentissement sourd de la terre sous un corps de cavalerie en marche, et en marche rapide, car le bruit grossissait de seconde en seconde. Mais, de ce côté où les torches ne brillaient pas, régnait une impénétrable obscurité.

Une minute plus tard, le galop cadencé d'un cheval domina la rumeur lointaine. Cette fois, le colonel put voir la silhouette noire d'un cavalier lancé à toute bride, s'approchant dans la direction du cortége.

— Nous sommes entre deux feux, dit froidement Vauvrecy, mais nous pouvons fuir encore ou nous faire tuer. Cependant je vous dirai : tuons d'abord et nous verrons.

— Pardieu! dit Macaron, nous ne sommes ici que pour ça.

Puis, se penchant à l'oreille de Rollon, il ajouta à voix basse :

— Blücher nous précédera, je m'en charge; Perce-Neige criera ensuite, s'il le veut.

Le colonel mit l'éperon au flanc de son cheval qui bondit au milieu de la route, précisément à l'instant où l'officier étranger allait les dépasser, et lui barra le passage. A l'aspect de ce cavalier gigantesque qui semblait surgir de terre, l'étranger s'arrêta surpris, mais à la vue des plumes de coq qui ondoyaient sur le chapeau de Vauvrecy, il se remit promptement.

— Laissez-moi passer, monsieur! — s'écria l'officier qui était Allemand, et en employant un mauvais français pour se faire comprendre de celui qu'il prenait pour un Russe ; — je suis pressé de rendre compte au feld-maréchal, que je vois d'ici, de l'exécution de ses ordres.

— Un instant! — s'écria impérieusement Vauvrecy, — j'ai aussi des ordres à vous transmettre, et vous les écouterez.

— Parlez donc.

— Rebroussez chemin au plus vite, monsieur, vous et l'escadron que vous précédez;

le général le veut, il y va de la vie ou de la mort !

Plus étonné encore de cet ordre contradictoire que de la subite apparition du faux officier russe, l'Allemand hésitait, quand une voix rude fit entendre ces mots :

— Qui donne des ordres ici ?

C'était le feld-maréchal qui avait entendu le colloque et s'était approché soudainement des deux interlocuteurs.

— Ah ! dit-il à l'aspect de Vauvrecy, l'officier russe dont on m'a donné le signalement, l'assassin de tantôt...

Le vieux général n'acheva pas. Macaron venait de s'élancer avec tant d'impétuosité, que le cheval du feld-maréchal, pris en flanc par le choc du poitrail de celui du jéhuiste s'abattit avec son cavalier. Cette chute sauvait sa vie, et la balle que lui destinait Macaron siffla au-dessus de sa tête. Un assez large intervalle séparait Blücher et sa suite de l'escorte des Cosaques.

— En avant le fer et le plomb ! s'écria Vauvrecy d'une voix tonnante, tandis que d'un coup du pommeau de son épée dans la poitrine, il renversait l'Allemand près de lui. A la voix du colonel, l'intervalle laissé entre Blücher avec sa suite et les douze Cosaques d'escorte fut comblé comme par magie. La mêlée était commencée.

Des cris confus, des blasphèmes, des chevaux qui s'abattaient et se relevaient, des hommes qui se glissaient sous les cavaliers, se roulaient et se tordaient par terre, des éclairs qui brillaient et s'éteignaient, des détonations multipliées : voilà ce qu'on put voir et entendre pendant un court moment. Pendant ce temps aussi les officiers de la suite du feld-maréchal le protégeaient de leurs corps. L'un d'eux tombait sur son géral, la tête fracassée d'un coup de pistolet de Vauvrecy.

— Au général ! au Prussien ! hurlait Macaron ; mais les porteurs de torches venaient de prendre la fuite, et dans l'obscurité, il n'était plus possible de le distinguer, Vauvrecy, tirez par terre.

Vauvrecy tira au hasard, mais à la lueur qui précéda le coup, il ne put voir s'il avait bien visé ; il aperçut seulement Curtius et Macaron aux prises avec deux officiers, puis il entendit ses deux compagnons jeter ensemble un cri de triomphe ; chacun d'eux venait de poignarder son ennemi.

En y comprenant l'officier porteur de dépêches, désarçonné si rudement par Vauvrecy qu'il gisait sans mouvement sur le sable, et le feld-maréchal qui avait pu se débarrasser sain et sauf du poids de son cheval et gagner en rampant un abri sous les arbres, cinq ennemis avaient été mis hors de combat. Les deux qui restaient s'étaient jetés de côté dans le bois, et les trois amis étaient demeurés maîtres du terrain ; mais il arrive souvent qu'un instant suffit pour changer la face des choses.

Tout s'était si rapidement accompli, que nulle intervention humaine n'avait pu empêcher la chute du feld-maréchal, le meurtre de quatre de ses officiers et la fuite des deux autres. Tout à coup le bois s'éclaira de tous côtés, des torches brillèrent dans l'interstice des arbres, et des feux s'allumaient comme par enchantement au point d'intersection de toutes les grandes allées de la forêt.

Puis deux corps de cavalerie, qui s'avançaient en grondant comme deux torrens qui vont se rencontrer, l'un d'un côté, l'autre du point opposé de l'allée des Gravilliers, devinrent visibles à la clarté qui envahit tout d'un coup la voûte jusque-là si sombre des routes.

Un clin d'œil suffit pour faire voir aux trois cavaliers français que leurs hommes avaient été écrasés, tués ou mis en fuite par un escadron d'arrière-garde qui s'était joint au cortége pendant sa marche, et qu'ils allaient se trouver pris eux-mêmes par l'escadron de réserve, qui venait opérer sa jonction avec le premier.

— La partie est perdue ! s'écria le Philadelphe ; nous sommes comme le grain entre deux meules.

—Ah ! dit Macaron en se frappant le front de son poing, dire que j'ai tenu dans ma main la vie de ce vieux coquin de Blücher. Tenez, le voilà sain et sauf.

En effet, dans la zone de lumière qui éclairait le front d'une des colonnes de cavalerie, apparut le général prussien, pâle encore et les vêtemens souillés de poussière.

— Fermez cette issue à droite ! s'écria-t-il en montrant la route des Saules.

Mais avant que l'ordre fût exécuté, le colonel et ses deux compagnons, voyant que leurs gens étaient tués ou dispersés sans qu'ils pussent leur porter secours, s'élançaient avec la rapidité de l'éclair par cette seule voie de salut et se perdirent dans les ténèbres.

— Nous chasserons les assassins aux flambeaux, messieurs, s'écria le feld-maréchal d'un ton ironique. Qu'on sonne une fanfare, et en chasse !

Les fugitifs purent entendre les instrumens de cuivre de la cavalerie prussienne jeter à tous les points de l'horizon cette fanfare que les chasseurs appellent l'*Hallali*, et qui précède dans la chasse à courre la fanfare sonnant *la mort*.

— Allons, messieurs, êtes-vous prêts? s'écria de nouveau Blücher se frottant les mains, puis il s'informa si la voiture du comte de Vauvrecy et celle de l'hetmann des Cosaques suivaient toujours. Mais on lui apprit que, dans le premier moment de la mêlée, les cris des femmes avaient forcé les deux officiers à s'éloigner avec elles du théâtre de ces scènes sanglantes. Le général haussa les épaules.

— Ces femmes perdent là un beau spectacle, dit-il, mais du reste elles le verront sans le vouloir; qu'on cerne tout le bois, ajouta-t-il, qu'on forme un cercle qui, en se resserrant, batte toutes les allées, tous les taillis, tous les fourrés, mais qu'on ne prenne les assassins que vivans. Il importe de remonter à la source de tous les meurtres dont nos soldats ont été victimes. Qu'on transmette cet ordre partout.

Ces mots s'adressaient à quelques officiers qui l'entouraient de nouveau et dont chacun prit au galop une direction différente.

— Avant deux heures, continua le feld-maréchal, ces misérables seront entre nos mains. Ma foi! Son Altesse le prince de Schwartzenberg aura la bonté de m'attendre deux heures de plus.

Pendant que le vieux général prend ainsi ses mesures pour une battue formidable, nous suivrons les trois fugitifs qui semblaient seuls rester vivans de tous les Frères du Fer et du Plomb. Mais il importe de dire avant comment le feld-maréchal avait été amené à déjouer le plan du colonel, plan à la fois si simple et si bien combiné, qu'en dépit de ses précautions, la vie ou la liberté du vieux sabreur n'avait tenu qu'à un fil.

On se rappelle que quelques heures auparavant le colonel et son faux Cosaque suivaient le landau d'André, avec le double but de savoir au juste la maison où le jeune officier qu'on supposait russe allait descendre, et de s'approprier les oreilles du Cosaque véritable qui lui servait d'ordonnance.

Pendant la dernière partie du trajet dans l'allée de la Vierge-des-Berceaux, il arriva que le Cosaque eut besoin de mettre pied à terre pour resangler son cheval.

Vauvrecy déguisé comme on l'a vu, ne tarda pas à le dépasser, puis à ralentir le pas, et quand il eut vu le landau disparaître derrière un coude du chemin il attendit le cavalier. Quelques instans se passèrent et la distance qui séparait le landau de l'endroit où il se tenait s'augmenta de plus en plus, la route était complètement déserte, et quand le Cosaque se montra de nouveau, ses cris ne pouvaient plus même donner l'alarme à son officier.

Dans les expéditions nocturnes des Frères du Fer et du Plomb, ils ne se faisaient pas scrupule de surprendre et de dépêcher celui de leurs ennemis que sa mauvaise fortune jetait sur leur passage; mais ces sortes de guet-apens étaient plus dangereux peut-être qu'une rencontre loyale avec un homme isolé, car ils s'exerçaient presque à portée des bivouacs.

Dans cette occasion, Vauvrecy dédaigna d'user de ruse, et il prit la lance dont son compagnon était armé, et lui ordonna de se mettre en vedette pour surveiller les abords de la route, au cas où quelque promeneur viendrait à se montrer.

Le Cosaque avait remis son cheval au galop pour rattraper le temps perdu; Vauvrecy lui cria de s'arrêter.

— Défends ta vie, chien, lui dit-il en russe.

Mais le Cosaque n'avait garde d'obéir; mettre la lance en arrêt contre un officier lui paraissait un crime impardonnable.

— Je ne suis pas de ta race, cria Vauvrecy; je suis Français, l'ennemi de tous tes pareils, allons fais vite. J'ai hâte d'en finir.

En disant ces mots face à face d'un de ces Tartares qui l'avaient jadis fouetté au visage, le souvenir des outrages dont il avait été abreuvé, donnait à la physionomie du terrible colonel une si formidable expression, que le cœur du Cosaque sembla mourir dans sa poitrine.

Il se mit en garde, mais le poids de sa lance semblait trop pesant pour son bras, tandis que celle de Vauvrecy n'était qu'un roseau léger dans sa main puissante. La terreur avait déjà vaincu le Cosaque à moitié, la lance du colonel acheva le reste. Le soldat vida les arçons d'un coup en pleine poitrine qui le perça de part en part, et roula sur le sable.

— Coupez ses oreilles et achevez-le, dit Vauvrecy à son affidé.

Celui-ci n'exécuta que le premier ordre, car le Cosaque lui semblait si parfaitement mort, qu'il jugea inutile d'accomplir le second. Ce fut ce qui les perdit.

On a vu dans la remontrance adressée par Blücher au comte de Vauvrecy, que le Cosaque avait parlé avant de mourir. Il avait donné le signalement exact de l'homme dont sa mémoire conservait un cruel et minutieux souvenir. Ce meurtre nouveau, ajouté à celui de la veille, à tous ceux des jours précédens, rendit la surveillance plus sévère.

Pendant le courant de la journée des hommes suspects, c'étaient les Frères du Fer et du Plomb qui se rendaient à leur poste, avaient été vus, l'apparition de Vauvrecy avait été de nouveau signalée dans le bois de Boulogne, bref la défiance de Blücher avait été excitée au plus haut point. Vainement il avait passé une partie de la nuit précédente à battre le bois. Il résolut cette fois de prendre des mesures plus énergiques.

Nous pouvons maintenant rejoindre les trois fugitifs qui galopaient de nouveau en remontant la route des Saules.

Le sang encore allumé par le feu de la lutte, les cavaliers couraient en silence, comme trois lions qu'une tribu d'Arabes force à lâcher leur proie sans qu'ils aient pu assouvir leur faim. Ils rugissaient intérieurement, si l'on peut le dire, tandis que les trompettes prussiennes faisaient retentir les échos du bois de leurs notes perçantes, c'était comme un ironique défi que répétaient au loin les anfractuosités du terrain.

Cependant tous trois étaient trop habitués aux vicissitudes de la guerre pour ne pas se consoler par l'espoir d'une revanche prochaine. La veille au soir Macaron n'avait-il pas fui lui-même pour redevenir agresseur le lendemain ?

Le Philadelphe fut le premier à recouvrer son égalité d'âme.

— Eh bien ! Macaron, comme vous le disiez : c'est une chasse royale, rien n'y manque. N'est-ce pas l'*hallali* qu'ils sonnent à tout rompre, Dieu me pardonne ?

— Sans doute, nous en valons bien la peine, corps-dieu ! répliqua Macaron : pour être devenus le gibier que ces drôles poursuivent, la chasse n'en est pas moins royale que je sache.

— Au contraire, mais nous en voyons le mauvais côté.

— Bah ! dit Macaron, dans cinq minutes nous serons hors de l'atteinte des chasseurs. Mais tenez, Curtius, je ne mérite pas que vous me parliez. Ah ! triple buse, quintuple oison que je suis ! avoir manqué, à bout portant, cette vieille culotte de peau ! C'est au marais, à la plume, et non à courre et au poil, qu'on devrait chasser un animal de mon espèce !

— Corbleu ! vous courez cependant comme un cerf, Macaron.

— Raillez à votre aise, Curtius, je l'ai mérité, dit le jésuiste.

Vauvrecy seul ne disait rien, il galopait en tête poursuivi par de sombres pressentimens qui sonnaient à ses oreilles plus haut que les fanfares prussiennes.

Il écoutait, sans les entendre, les plaisanteries de ses deux compagnons, tous deux de trempe assez vigoureuse pour braver la mort en riant. Comme eux, Vauvrecy l'avait cent fois affrontée de sangfroid ; mais quoiqu'aussi courageux que Macaron et Curtius, il avait, en retrouvant Alexandrine, retrouvé l'amour de la vie. Peut-être parce qu'il y tenait plus avait-il moins d'espoir de la conserver.

— Vous êtes silencieux comme un fantôme, mon cher Perce-Neige, dit Macaron, qui peu à peu oubliait aussi la déconvenue pour reprendre le caractère d'insouciance qui lui était naturel.

— C'est ainsi qu'il convient de marcher par une nuit qui cache des dangers à chaque pas, reprit gravement Vauvrecy ; nous sommes aujourd'hui tout ce qu'il reste de notre récente association, ne l'oublions pas.

— Le fait est que vous n'avez pas porté bonheur à ladite association. Tudieu ! quelle consommation nous avons faite, ajouta Macaron ; je l'avais bien dit au pauvre Pelure-d'Oignon, que je viens de voir tomber la tête fracassée ; et quant à vous deux, je m'étonne que vous viviez encore. Quoi qu'il en soit, c'est une affaire à recommencer sur de nouveaux frais.

— Tâchons d'échapper d'abord, puis nous verrons ensuite, répondit le colonel.

— Mais vous êtes lugubre ce soir, Perce-Neige, comme une chouette sur un clocher, dit Macaron.

— Ne voyez-vous pas que nous sommes traqués, cernés de tous côtés ? N'entendez-vous pas ce bruit d'armes qui résonne dans le bois ? N'avez-vous pas vu des feux s'allumer subitement dans toutes les directions ?

— Je n'entends que le bruit de nos chevaux et ces fanfares maudites qui m'agacent l'oreille.

— Eh bien ! écoutez...

Les fugitifs étaient arrivés à l'endroit où ils avaient déjà fait halte quelques instans auparavant, c'est à dire au point où la route des Saules rejoint celle dite de l'Espérance.

Ils y firent halte de nouveau, mais au souffle des chevaux, au murmure sourd des feuilles, seuls bruits qu'ils entendissent alors, se joignirent cette fois d'autres bruits plus alarmans : la brise apportait par intervalles de lointaines rumeurs de fusils sonnant dans leurs capucines, des voix qui transmettaient et répétaient des ordres ; tout, en un mot, indiquait l'intention d'enlacer les cavaliers fugitifs dans un cercle infranchissable.

— Qu'en dites-vous, Macaron ? demanda Vauvrecy.

Mais au lieu de répondre, Macaron se mit à répéter machinalement en sifflant la fanfare de chasse dont il avait encore l'oreille pleine, quoiqu'elle eût cessé de se faire entendre.

— Nous perdons un temps précieux — interrompit le philadelphe — dans cinq minutes nous pouvons être à la porte de Longchamps, et de là gagner la campagne.

Le colonel secoua la tête d'un air de doute mélancolique.

— Allons-nous assurer si elle n'est pas fermée, dit-il.

Il lâcha la bride à son cheval, et tous les trois reprirent le galop, en se modérant toutefois, car la portion de la route de l'Espérance où ils étaient arrivés, conduit, depuis son embranchement avec celle des Saules, en ligne droite à la porte de Longchamps ; et au cas où elle fût gardée ils pouvaient être aperçus de la sentinelle.

Cependant en marchant l'un après l'autre et en suivant la lisière de la route, grâces aux ténèbres et aux branches inclinées des arbres, il était permis d'espérer d'arriver sans être vus assez près de la porte du bois qu'ils cherchaient à gagner.

Sur l'invitation du colonel, ils suivirent donc au pas et à la file l'étroit sentier dont il ne restait plus qu'un court espace à parcourir. Puis à l'endroit où les taillis que bornent d'un côté la route des Saules, et de l'autre l'allée des Gravilliers viennent aboutir au Rond-Point de Longchamps, ils quittèrent le sentier pour avancer à couvert, autant toutefois que la végétation le permettait.

Vauvrecy mit pied à terre après quelques secondes de cette marche difficile, et laissant son cheval au soin de Rollon, il recommanda à ses compagnons d'attendre son retour, et s'avança avec précaution vers le Rond-Point.

Quelques instans s'écoulèrent avant qu'il ne revînt.

— Ne vous semble-t-il pas, dit Macaron, que le colonel n'est plus le même depuis tantôt ?

— Je l'ai remarqué, en effet, depuis tantôt, comme vous dites, il m'a semblé en proie à des idées sombres.

— Quand il y a un dérangement quelconque chez un homme, je l'attribue toujours à l'influence cachée de quelque Philis, dit philosophiquement Macaron, l'homme ne vaut quelque chose que du moment où les femmes ne sont pour lui qu'une distraction, et non plus une affaire.

— Vous êtes un grand homme, vous, Macaron, — dit le Philadelphe d'un ton railleur, — et cependant j'imagine qu'une tendre liaison doit être pour vous une lourde affaire, et non pas une distraction.

— Que le diable vous emporte, avec vos imaginations ! reprit le Jéhuiste offensé.

Un cri d'alarme dont Macaron et Rollon ne comprirent pas le sens, vint interrompre leur conversation.

Peu d'instans après, Vauvrecy se glissait à travers les fourrés jusqu'à eux, en disant :

— Impossible de passer ; la grille est fermée et un diable de Cosaque en sentinelle vient de m'apercevoir.

Le colonel remonta précipitamment à cheval.

— Vite, dit-il, reprenons le chemin par lequel nous sommes venus ; peut-être pourrons-nous escalader encore le mur d'enceinte, et encore qui sait ? Entendez-vous ?

Le signal donné par le factionnaire cosaque était répété de distance en distance et si loin, qu'il ne résonna plus bientôt que comme les dernières vibrations du vent dans le feuillage.

Les trois fugitifs mirent aussitôt l'éperon au ventre de leurs chevaux et reprirent à toute course la route de l'Espérance. A mi-chemin à peu près de la porte de Longchamps et de l'allée des Saules, ils firent halte de nouveau.

Le colonel et ses deux compagnons traversèrent avec quelque peine le taillis qui remplit l'espace entre la route et le mur, puis accôtant son cheval à la muraille, il mit les deux pieds sur sa selle, de manière à s'exhausser pour plonger son regard au delà du bois.

La lune se levait ; ses clartés commençaient à blanchir la campagne, et laissèrent voir à Vauvrecy une longue file de sentinelles échelonnées en dehors et dont les canons de fusils lançaient de pâles éclairs.

— Nous sommes cernés ! s'écria le colonel ; nous n'avons pas même la ressource de franchir ce mur.

— C'est fâcheux, dit Macaron, mais c'est égal. On se sent vivre au milieu de pareils dangers.

— Jusqu'à ce qu'on y meure, reprit Vauvrecy, en se remettant en selle.

CHAPITRE XII.

La halte.

Bien convaincus qu'il n'y avait nulle chance de s'échapper, soit par dessus le mur, soit par la porte de Longchamps, les trois fugitifs quittèrent le fourré, traversèrent de nouveau le sentier, et s'engagèrent dans le fourré opposé.

En marchant droit devant eux, ils devaient gagner l'allée des Gravilliers, mais assez loin de l'entrée du bois du côté de la Seine pour n'être pas aperçus des gardiens de la porte. Une fois dans l'allée des Gravilliers, qui est une des voies principales, ils auraient du moins la chance de ne pas être pris comme dans un piége.

Cette détermination fut chez les Français le résultat d'une courte consultation, qu'ils se mirent en devoir d'exécuter. Malheureusement, le taillis à traverser était presque infranchissable pour des hommes à cheval, ou du moins offrait à chaque pas le danger de s'éborgner aux branches. Les cavaliers mirent pied à terre, et en tirant leurs chevaux par la bride, ils purent avancer, quoique avec lenteur, dans ce dédale de troncs d'arbrisseaux et de branchages.

La lune laissait tomber quelques rayons dans le fourré, et ces rayons servaient à guider leurs pas.

— Regardez à vos pieds autant que possible, dit Perce-Neige en s'adressant à Macaron. Vous faites, en écrasant les branches sèches, un vacarme qui s'entend de loin dans la nuit. Est-ce ainsi que vous avez appris à marcher parmi les Indiens?

— C'est facile à dire, reprit Macaron, mais j'aime mieux regarder devant moi pour ne pas me heurter le nez contre un tronc d'arbre ou me crever un œil, ce qui me défigurerait affreusement. En Amérique je n'y tenais pas, ici j'y tiens beaucoup.

— Ce serait dommage, dit Rollon, qui allait recommencer sans doute quelque plaisanterie au sujet des agrémens physiques de son ami, quand il fut interrompu par le colonel.

— Chut donc! lui dit-il : n'entendez-vous pas qu'on parle et qu'on marche dans l'allée que nous venons de quitter?

En effet, ils étaient encore trop près de la route de l'Espérance, pour ne pas voir à travers le rideau des arbres et des buissons qui les cachaient, briller des torches à peu de distance. Des voix confuses, des bruits de chevaux frappèrent aussi leurs oreilles. Bientôt une voix fit taire toutes les autres, et donna des ordres assez haut pour que les sons arrivassent distinctement jusqu'aux fugitifs.

— Que diable baragouinent-ils là? — demanda à voix basse Macaron, qui ne savait que quelques mots russes; — le comprenez-vous, Perce-Neige?

— C'est un officier russe qui donne l'ordre à cinquante cavaliers cosaques de parcourir incessamment, dix par dix, et en se croisant, la route de l'Espérance, depuis la porte de Longchamps jusqu'à celle de Boulogne, et d'y allumer des feux de cent pas en cent pas; il n'y a donc pas de chances d'échapper de ce côté.

— Je vois, dit le Philadelphe, que de ce train-là, il n'y aura bientôt pas plus d'espoir des autres côtés que de celui-ci.

Comme l'avait annoncé le colonel, la lueur des torches brilla bientôt de deux côtés opposés, car les cavaliers cosaques s'étaient séparés pour remonter la route de l'Espérance chacun en sens inverse et se croiser de nouveau; puis d'autres soldats s'occupaient d'empiler des branches sèches pour en faire autant de foyers de lumière.

Si le lecteur considère que, dans son trajet de la porte de Longchamps à celle de Boulogne, la route de l'Espérance décrit, parallèlement au mur d'enceinte, une immense courbe qui embrasse dans son arc à peu près le quart du bois, il se rendra compte du danger que faisait courir aux fugitifs l'ordre qu'ils venaient d'entendre donner.

— Allons voir ce qui se passe à l'allée des Gravilliers, dit le colonel.

La marche fut reprise avec autant de précautions que possible, et au bout d'un quart-d'heure environ, les trois amis gagnèrent les derniers arbres qui bordaient le taillis du côté de l'allée en question.

Vauvrecy avança doucement la tête; la route était déserte, seulement une vive lueur à chacune de ses extrémités indiquait que la porte de Longchamps et celle de Boulogne, auxquelles aboutit l'allée des Gravilliers, étaient soigneusement gardées. Une obscurité complète régnait du reste au point où ils étaient parvenus, et ils purent sans danger traverser l'allée et gagner le taillis du côté opposé.

Le colonel avait marché jusqu'alors avec une certitude qui résultait chez lui d'une connaissance approfondie du terrain et de tous les détours du bois.

— Avançons encore, dit-il, et nous n'allons pas tarder à tomber dans l'allée de la Vierge-des-Berceaux que nous avons déjà parcourue ce matin.

— Soit, répondit le Philadelphe ; mais je ne vous dissimule pas que le rôle de gibier que nous jouons depuis quelques instans me paraît avoir mille inconvéniens que je ne soupçonnais pas. Au diable ! quand le sanglier est forcé dans sa bauge, il prend son parti et revient sur les chasseurs. Ne pourrions-nous pas faire comme le sanglier au lieu d'imiter le cerf qui ne sait que fuir et pleurer ?

— Mais nous ne sommes pas encore forcés, interrompit Macaron. Il est humiliant de fuir, j'en conviens ; mais il est plus humiliant encore de se trouver pris.

— Patience, reprit à son tour le colonel ; quand il s'agira de mourir, je ne serai pas le dernier à vous apprendre comment on s'y résigne. Je vous disais donc, continua-t-il, que nous allons tomber dans la route de la Vierge-des-Berceaux. De là nous gagnerons sans obstacles, je l'espère, un carrefour d'allées sombres et désertes, où nous pourrons, selon les circonstances, fuir de nouveau ou faire face à nos ennemis.

Sans attendre la réponse du Philadelphe, le colonel, la bride de son cheval à la main, entra résolûment dans le taillis ; ses deux compagnons n'eurent rien à faire de mieux que de l'imiter.

Ce fut avec les mêmes précautions que les fugitifs traversèrent encore un massif de quelques centaines de toises, mais plus clairsemé que le premier, quoique les inégalités du terrain ne rendissent pas la marche plus facile. Plusieurs fois ils purent cependant hâter le pas dans de larges clairières que les rayons de la lune faisaient ressembler à des lacs au milieu de la verdure sombre des arbres. A peine dans ces espaces vides quelques bouleaux élevaient-ils leur tronc argenté. Là, rien n'avait pu faire croire aux trois fugitifs que le bois était plein d'ennemis, car le silence y était aussi profond que la solitude.

Excepté le frissonnement du mobile et pâle feuillage des bouleaux ou le souffle du vent dans les bruyères qui tapissaient un sol aride, nul bruit ne se faisait entendre. Puis bientôt aux bouleaux succédèrent les sapins et les mélèzes qui tachaient d'ombres noires le sol blanchi par la lune.

— A cheval, maintenant ! dit Vauvrecy, ces sapins nous indiquent le voisinage de l'allée de la Vierge-des-Berceaux.

En effet au bout d'une minute les trois cavaliers galopaient de nouveau sous les arcades de l'allée, aussi désertes qu'ils pouvaient le désirer.

Mais par une douloureuse coïncidence le hasard de la fuite amenait Vauvrecy à l'endroit même où il avait le matin rencontré Alexandrine la tête penchée sur l'épaule de l'officier russe.

C'était le même silence, la même brise parfumée de résine et de feuilles nouvelles ; seulement au lieu des rayons ardens du soleil, les pâles clartés de la lune filtraient mélancoliquement à travers les branchages, et changeaient çà et là les troncs noirs des mélèzes en pilastres d'argent.

Le colonel pencha un instant la tête sur la poitrine comme si tout à coup il fléchissait devant un inexorable destin, puis il poussa plus vivement son cheval pour laisser derrière lui les fantômes éplorés de ses illusions détruites qui surgissaient devant ses yeux ; mais quelque rapide que fût son coursier, les fantômes couraient plus vite que lui.

Dès ce moment son parti fut pris, car la vie lui semblait odieuse.

Quelques instans conduisirent les fugitifs à l'endroit où la route qu'ils suivaient se coupant avec celle dite de St-Denis et l'allée des Mares, forme une étoile à six rayons. Ces rayons en se prolongeant s'entrelacent plus loin avec d'autres sentiers en un réseau de chemins couverts qui parcourent dans toutes les directions la large trapèze de taillis, de futaies et de halliers que bornent les quatre grandes routes appelées allées Royale, du Pavillon de Boufflers, de la Reine-Marguerite et de la Muette. Il était donc impossible de choisir, stratégiquement parlant, une plus heureuse position pour lutter avec quelque avantage contre de si nombreux ennemis.

— Entrons ici, dit le colonel en mettant pied à terre, et en pénétrant dans un des massifs voisins assez large pour les dissimuler aux yeux et assez étroit pour qu'en une minute ils pussent regagner, en cas de besoin, le centre du carrefour, ou pour mieux dire de l'étoile ; nous sommes à peu près au centre du bois, continua-t-il, et nous avons quelque temps pour délibérer. Je n'entends nul bruit, et vous ?

— Moi je n'entends rien, dit le Philadelphe ; et vous, Macaron ?

— Ni moi non plus, mais j'envoie à tous les diables les Russes, les Cosaques et les Prussiens, et je me repose, fussent-ils à cent pas d'ici, car je suis excédé !

Macaron, sans se soucier davantage du danger qui le menaçait, s'étendit voluptueusement sur la mousse, le visage tourné vers le ciel. Ses deux compagnons, après avoir attaché les trois chevaux près d'eux, s'assirent à leur tour adossés au tronc d'un charme.

Le bois continuait à être silencieux comme aux jours où les troupes étrangères ne l'avaient pas encore envahi, et où, au lieu des refrains cosaques ou des chants de l'Allemagne, son enceinte ne retentissait que des soupirs des amans ou des chansons françaises.

Mais ce silence trompeur n'était que celui qui précède la tourmente.

—Macaron, comme le plus vieux, préside le conseil, dit Rollon, que rien ne pouvait empêcher de plaisanter aux dépens de l'ancien Jéhuiste.

—Vous pourriez bien dire le plus âgé..., le plus mûr, reprit Macaron, choqué du mot employé par son ami. Nous ne sommes vieux ici ni les uns ni les autres, Dieu merci.

— Moi, continua Rollon, je m'en tiens à ce que j'ai dit; je trouve qu'il est humiliant de fuir plus longtemps, et puisque notre mort semble décidée d'après les mesures qu'on a prises contre nous, je suis d'avis que nous donnions à nos ennemis cette satisfaction le plus tôt possible. Nous avons chacun une paire de pistolets, des cartouches, un poignard, et nous tenons entre nos mains la vie de dix Cosaques ou Prussiens tout au moins; dix que nous tuerons, cinq que nous avons tués tout à l'heure, le Cosaque de Perce-Neige, en tout seize. Corbleu! nous n'aurons pas mal employé notre dernier jour.

— Qu'en pensez-vous, Perce-Neige?

Le colonel, le cœur tout plein encore du souvenir de la route de la Vierge-des-Berceaux, soupira et répondit :

— Je pense comme vous; mais j'ai versé assez de sang, je n'en veux plus répandre, le mien excepté. Que ferais-je désormais de la vie? Je me résigne donc, et j'attends ici la mort, sinon sans reproche, du moins sans peur.

— Que feriez-vous de la vie? — répéta Macaron avec étonnement. — Ah! çà, mais vous ne disiez pas cela tout à l'heure. Parbleu! vous en ferez demain ce que vous comptiez en faire hier.

— J'ai changé d'avis, dit froidement le colonel.

— Et vous, Curtius, vous vous obstinez aussi à vouloir mourir?

— Oui, reprit le Philadelphe, depuis un mois, la vie commence à me peser. Je trouve une belle occasion de m'en défaire avantageusement, j'en profite.

— Vous êtes singuliers, ma pa'ole d'honneu', dit Macaron en se retournant sur son lit de mousse; moi, je traite la vie comme une femme. On m'en laisse paisible possesseur, je m'en rassasie; on me la dispute, j'y tiens énormément.

Cette argumentation imprévue fit tressaillir le colonel, Macaron venait de mettre le doigt sur une plaie douloureuse.

— C'est possible, dit-il; mais si vous n'aviez aimé qu'une seule femme dans votre vie, si cette femme, seul objet au monde qui pût vous faire attacher du prix à l'existence, non seulement ne vous aimait pas, mais donnait à un autre l'amour que vous eussiez payé au prix de votre sang, une vie désormais sans but ne vous semblerait-elle pas odieuse?

—Ça dépend, répondit Macaron. Mais est-ce là que le bât vous blesse? Eh bien! je m'en doutais, sur mon honneur.

Vauvrecy, la tête renversée contre le tronc de l'arbre auquel il s'adossait, ne répondit rien.

—Allons! dit Macaron, n'en parlons plus. Vous êtes deux contre un, je m'incline devant votre avis : mourons donc avec toute la philosophie dont nous sommes susceptibles.

Le Jéhuiste mit son chapeau sur ses yeux, croisa ses mains sous sa tête, pour se faire une position plus commode, et resta aussi muet qu'immobile, couché tout de son long sur la mousse.

La lune éclairait de paillettes d'argent le groupe silencieux. L'énergique et mâle figure du colonel se dessinait sous ces clartés pâles comme l'un de ces chevaliers de marbre blanc que la statuaire gothique inclinait sur les tombeaux.

Le Philadelphe, le front haut et fier comme un Indien prêt à entonner son chant de mort et de triomphe devant le poteau du supplice, regardait le ciel étincelant d'étoiles.

Près d'eux les chevaux broyaient les pousses tendres des arbres avec un bruit sourd que le vent de la nuit accompagnait de ses soupirs plaintifs. Les grillons commençaient à chanter sous l'herbe et les ramiers roucoulaient de temps à autre entre deux sommeils sur la cime des arbres.

Macaron seul, par de brusques mouvemens, indiquait une résignation forcée; néanmoins il gardait un silence aussi profond que ses deux compagnons.

— C'est égal, dit-il après un quart-d'heure de ce silence involontaire, je soutiendrai toujours qu'il est absurde de se résigner ainsi à se laisser prendre comme des loups au fond d'une fosse. Moi je déclare qu'outre le ridicule que je me donne par déférence pour vous, je m'ennuie prodigieusement. Voyons, Perce-Neige, continua-t-il en s'adressant au colonel, contez-moi du moins vos affaires de cœur, cela me distraira; vous pouvez être sûr de ma discrétion, car nous ne verrons pas l'aube se lever demain.

Il y a des momens où l'âme la plus fortement trempée éprouve le besoin de s'épancher. Le colonel était arrivé à l'un de ces instans solennels de la vie où l'on devient indifférent sur le choix du confident. Mais cette pudeur qui étouffe les aveux de l'homme fort, comme elle les contient sur les lèvres de la femme faible, le scepticisme incurable de Macaron, chassèrent loin du colonel cet instant de faiblesse passagère.

— Je n'ai rien de plus à vous dire, répondit-il. Un homme doit savoir mourir sans se plaindre. Depuis ce matin la vie m'est odieuse ; je me serais tué sans doute, j'aime mieux laisser ce soin à d'autres.

Et le colonel se renferma dans le silence morne qu'il n'avait rompu qu'un instant.

Macaron désappointé changea de posture et se coucha à plat ventre.

— Et vous, Curtius, êtes-vous toujours dans vos mêmes intentions funèbres ?

— Toujours. Vous savez à quelle cause j'ai voué ma vie, cette cause est perdue. Dieu a trop évidemment protégé ce soir ce vieux Blücher, que le diable emporte, pour que j'en doute. Le Nord l'emporte encore une fois sur le Midi. Le vieux monde ne peut pas sortir de ses langes; la vieille société va se reconstituer sur ses fondemens pourris, je désespère de son avenir. Laissez-moi donc penser en paix à ces milliers de monde qui roulent au dessus de nos têtes; j'espère que parmi eux il y en a un meilleur que celui-ci.

Et comme le colonel, le Philadelphe rentra dans un mutisme obstiné, les yeux fixés sur les étoiles,

—Ils sont fous, ma pa'ole d'honneu', murmura Macaron en se recouchant sur le dos.

Le silence régna de nouveau parmi les trois personnages. Cependant il commençait à être moins profond.

Une sorte de murmure vague comme la voix lointaine de l'Océan, grondait aux quatre points de l'horizon. Peut-être le colonel l'entendit-il, mais il garda toujours son immobilité de statue.

— Le vent fraîchit, reprit Macaron, et qui pis est, je commence à m'apercevoir que l'heure du souper est depuis longtemps passée. Dame Marguerite m'attend ; je suis sûr du reste qu'elle a encore mis trop de fleur d'oranger dans mon riz au lait.

Mais les plaintes mélancoliques de Macaron n'arrachèrent à ses deux compagnons ni un mot ni un geste, et le Jéhuiste se vit forcé de continuer son monologue.

— Il y a un proverbe qui dit, reprit-il, la faim fait sortir le loup du bois. Si celle que j'éprouve pouvait du moins me faire sortir de ce bois maudit. Quelle heure est-il donc ?

Macaron fit sonner sa montre dont le timbre argentin frappa dix coups.

— Dix heures !... Eh ! qui va là ? s'écria-t-il en entendant les buissons remuer à quelques pas de lui.

— Chut ! dit une voix. C'est moi.

Et les branches en s'écartant donnèrent passage au jeune garçon qu'on n'a sans doute pas oublié.

— J'ai entendu votre *tocante*, dit l'enfant, et j'ai pensé que c'était vous.

— Par quel hasard est-tu enfermé dans ce bois ? demanda le colonel étonné.

— J'ai soupçonné qu'il devait y avoir anguille sous roche d'après ce qui s'était passé entre moi et le vieux, que j'allais probablement voir de drôles de choses, et comme j'adore les drôleries, je me suis glissé derrière vous dans le bois, et me voilà... bloqué comme vous.

— Mais, mon enfant, tu cours risque de la vie si l'on te prend, le sais-tu ?

— Parbleu ! et vous donc ! Excusez, plus que ça de courage, cinq officiers à l'ombre, sans compter un tas de Cosaques et de chevaux éventrés. J'ai entendu dire ça tout à l'heure par des dames qui étaient dans une voiture arrêtée près d'un arbre sur lequel j'étais caché ; car il paraît que personne, pas même les Prussiens, ne peuvent sortir du bois, c'est l'ordre du vieux. J'ai appris aussi qu'on nous cherche partout et qu'on a donné l'ordre de ne nous prendre que vivans.

L'enfant appuyait sur le *nous* avec une sorte d'emphase, orgueilleux qu'il était de se comprendre parmi ces terribles ennemis les alliés.

— Toutes les portes sont gardées, continua-t-il, il y a une haie de soldats tout autour du bois, ça me semble difficile d'y échapper.

Mais Vauvrecy n'écoutait plus l'enfant ; cette voiture arrêtée, dont il lui parlait, devait être celle d'Alexandrine. Son cœur, aux battemens duquel l'énergie de sa volonté semblait avoir imposé silence, bondit de nouveau dans sa poitrine, et sa voix trembla comme il disait à l'enfant :

— Tu parles d'une voiture, dis-tu ? Ne

contenait-elle pas une jeune fille... vêtue de blanc... sa mère... et un officier étranger ?

— Il y avait deux voitures, mais pas d'hommes dedans. Le vieux avait fait monter les hommes à cheval, — reprit le jeune garçon, — elles contenaient deux dames toutes les deux, mais je ne pouvais bien en voir qu'une, c'était celle au-dessous de l'arbre qui me cachait.

— Et dans celle-là ?

— Il y avait une jeune fille vêtue de blanc que sa mère enveloppait d'un grand châle, car elle paraissait souffrir beaucoup. Parfois j'entendais les frissonnemens que lui arrachait le froid ou la fièvre, car de temps en temps aussi elle se jetait dans les bras de sa mère, en s'écriant : Ils le tueront, mon Dieu ! ils le tueront... puis je l'entendais qui murmurait à ses oreilles : Oh ! ma mère, s'ils le tuent j'en mourrai, car pourquoi le taire, je... l'aime ! ma mère, je l'aime !

Le jeune garçon s'arrêta.

Pâle, haletant, le rude colonel écoutait l'enfant comme si le ciel venait de s'ouvrir à sa voix ; puis l'attirant sur sa poitrine et l'étreignant dans ses bras nerveux au risque de l'étouffer :

— Merci, s'écria-t-il, enfant, merci ! Mais tais-toi, ne dis rien de plus.

— Je n'ai plus rien à dire, murmura l'enfant, tout froissé de cette formidable étreinte.

Vauvrecy se leva fort comme Antée quand il avait touché la terre.

— Macaron ! s'écria-t-il impétueusement, je suis comme vous, je ne veux pas mourir encore. Rollon, vous vivrez pour l'amour de moi. Nous sommes trois, intrépides, robustes, nous franchirons un triple rang de baïonnettes ou de lances ; et toi aussi, messager de bonnes nouvelles, enfant que le ciel m'envoie, je te prendrai en croupe sur mon cheval, je te sauverai avec moi, va ! tu seras mon fils ! n'aies pas peur.

— Je n'ai pas peur, reprit fièrement le jeune garçon.

— Diable ! dit Macaron, ça me contrarie. J'avais si bien pris mon parti d'en finir cette fois.

— Allez, Rollon, reprit le colonel avec exaltation, le ciel n'est pas si sombre, l'avenir n'est pas si noir que vous le pensez. Ces hordes barbares rapporteront chez elles ces germes de liberté que le vent révolutionnaire sème sur sa route, comme le vent emporte sur ses ailes la poussière qui féconde des champs lointains. La civilisation suivra le cours du soleil, elle continuera à épancher ses rayons du Sud au Nord, et nous vivrons assez pour le voir !

— Dieu vous entende ! dit le Philadelphe, marchons donc !

— A cheval ! s'écria Vauvrecy.

Un mot échappé de la bouche d'une jeune fille avait ranimé son énergique nature ; sa voix à son tour avait électrisé ses deux compagnons ; tous trois rassemblèrent leurs chevaux prêts à se remettre en selle.

Tout à coup un hourra formidable troubla le silence du bois, ce cri fut répété dans toutes les directions, puis le son des clairons éclata aux quatre coins de l'horizon comme la trompette de l'archange au Jugement dernier ; enfin une ceinture de feux traça à travers les arbres un triangle rougeâtre.

— Il est trop tard, dit le colonel consterné, il est trop tard, il nous faut mourir, alors qu'il eût été si doux de vivre !

CHAPITRE XIII.

La chasse aux flambeaux.

L'étoile aux six rayons dont il a été question dans le chapitre précédent, et dans le centre de laquelle venaient de se passer les dernières scènes de ce récit, occupe à peu près le milieu d'un large triangle.

Trois des principales avenues forment ce triangle, ce sont celles de Longchamps, du pavillon de Boufflers et des Princes. La porte de Longchamps est au sommet à l'Ouest, et les deux autres angles, celui du sud et celui du nord, s'appuient le premier au Rond-Mortemart, le second au Rond-Royal, deux vastes cercles d'où rayonnent toutes les autres grandes voies de communication tracées dans le bois de Boulogne.

Cette explication, que nous prions le lecteur de ne pas oublier, est nécessaire à l'intelligence des faits qui vont suivre, et pour se faire une idée de la position désespérée des fugitifs.

— C'en est fait des derniers débris de feu l'Ordre des Frères du Fer et du Plomb, dit Macaron, quand le premier moment de stupeur fut passé, et cette fois je crois que c'est définitif.

— En tout cas — interrompit le colonel — ces barbares ne doivent pas nous prendre vivans.

— Ça va sans dire — reprit à son tour le Philadelphe — nous avons du fer et du plomb, et chacun de nous choisira le genre de mort le plus de son goût. Eh bien ! qui nous empêche de reprendre la place où tout à l'heure nous attendions le moment fatal avec tant de résignation ?

— Je veux essayer de ne pas mourir, mon ami, dit tristement le colonel. La vie qui me paraissait odieuse tout à l'heure, me semblerait si douce à présent ! Je vous répète ce que je vous disais il y a un instant : Quand le temps sera venu, je saurai vous montrer comment on meurt, mais pour Dieu ! messieurs, faisons d'abord notre devoir en gens de cœur, je vous le demande comme une grâce. Puis, quand nous aurons tenté tout ce que peuvent faire l'audace, l'énergie, le mépris de la vie, ou quand nous aurons reconnu que toute chance humaine s'est évanouie, alors comme les gladiateurs des cirques romains nous n'aurons plus qu'un souci, celui de bien mourir.

— Mais que faire ? demandèrent à la fois Macaron et le Philadelphe.

— Juger d'abord par nous-mêmes du danger que nous courons, puis calculer froidement les chances d'y échapper, repartit le colonel.

Les clairons s'étaient tus sitôt que de tous côtés le son perçant des instrumens de cuivre avait annoncé que chaque corps était à son poste ; mais la clarté rougeâtre du triangle de feu, le dais de fumée noire constellée de flammèches enflammées qui planait au-dessus, indiquaient assez clairement tout le développement de la ligne ennemie.

— Il s'agit, dit Vauvrecy, de pousser chacun une reconnaissance dans une direction différente et de voir s'il n'y a pas quelqu'endroit mal gardé par lequel nous puissions passer inaperçus. Vous, Curtius, vous allez de ce côté — et Vauvrecy montrait le côté du Nord ; — vous, Macaron, vers le Sud, moi je m'avancerai vers Passy. Le rendez-vous sera dans le rond-point que forme l'intersection de l'allée de la Muette et de la route royale. Si à notre retour, chacun de nous apporte la nouvelle qu'il a été arrêté par une ligne non interrompue de feux et d'ennemis, alors nous n'aurons plus qu'à attendre le sort que nul de nous ne pourra conjurer.

Chacun se prépara pour partir.

— Et toi, mon enfant, que vas-tu devenir ? demanda Vauvrecy au jeune garçon.

— Moi, dit-il, j'irai vous attendre au Rond-Point, puis je verrai ce que j'aurai à faire.

Perce-Neige monta à cheval et prit l'allée de la Vierge-des-Berceaux, Macaron tourna la bride du sien vers la route de Saint-Denis, Rollon partit au trot en suivant le même chemin, mais en sens inverse.

Quant à l'enfant, sur les indications données par le colonel, il se dirigeait en biais à travers les taillis vers le lieu fixé pour le rendez-vous.

Macaron avait eu le moins de chemin à parcourir. Ce fut lui qui arriva le premier au Rond-Point. Le jeune garçon y était déjà ; le Jéhuiste le trouva blotti derrière un buisson.

— Qu'avez-vous vu ? — lui demanda l'enfant.

— Rien de bon, l'allée du pavillon de Boufflers depuis la porte de Longchamps jusqu'au Rond-Mortemart est tout entière occupée par un détachement de cavalerie. J'aurais pu les compter à la lueur des feux que ces diables ont allumé partout. De ce côté là, la fuite est impossible.

— Et de celui-ci ? dit l'enfant en précédant Macaron jusqu'à la lisière d'un des taillis qui formait un des côtés du rond-point, à l'angle de l'allée de la Muette.

Au point d'intersection de cette allée avec celle des Princes, on pouvait, à la lueur incertaine d'un brasier caché par les arbres, voir un groupe de cavaliers cosaques projeter sur la terre des ombres gigantesques.

— Bon ! dit Macaron, nous sommes encore cernés par là ; je prévois le rapport de Perce-Neige, il ne sera pas plus favorable que le mien.

Au même instant, en effet, le colonel rejoignait Macaron.

La clarté de la lune laissait voir son visage soucieux. Le Jéhuiste lui rendit compte de ce qu'il avait vu.

— Du Rond-Mortemart jusqu'ici, dit Vauvrecy en montrant du doigt l'allée de la Muette, tout est plein de troupes à pied et à cheval, comme par là-bas..... Attendons maintenant Curtius.

Au bout d'un quart d'heure environ, le Philadelphe débouchait dans le Rond-Point par la route de Bagatelle. Les flancs haletans de son cheval indiquaient que le cavalier venait de faire une longue course.

— Eh bien ! demanda anxieusement le colonel.

— Depuis la porte de Longchamps jusqu'à la porte Maillot, j'ai vu partout une ceinture de cavaliers ; et vous, messieurs ?

Le colonel et Macaron lui redirent ce qu'ils avaient vu de leur côté.

— Du diable si nous sortons d'ici ! dit Rollon. Cependant il nous reste une ressource pour complaire à Perce-Neige, c'est de gagner d'ici le Rond-Royal, dont nous ne sommes pas éloignés.

En effet, une portion de la route Royale joint le Rond-Point, où se trouvaient les fugitifs, au Rond-Royal.

— C'est une chance, dit le colonel avec vivacité; profitons-en.

Mais à peine avait-il parlé que le Rond-Royal, invisible jusqu'alors dans les ténèbres, se dessina à l'extrémité sombre de la route en une circonférence enflammée, qui envoyait mourir presque jusqu'aux pieds des fugitifs ses rouges clartés. Des silhouettes de cavaliers se dessinaient en noir sur le fond éblouissant.

La dernière chance de salut échappait aux fugitifs entourés par les trois côtés d'un triangle de feux et de cavaliers.

Si l'on a présent à l'esprit que les avenues de Longchamps, du pavillon de Boufflers et des Princes successivement visitées, avaient toutes offert le même aspect, et si l'on se rappelle la position respective de ces trois routes, on se rendra compte d'un danger auquel nulle puissance humaine ne pouvait arracher les fugitifs.

— Vous parliez des cirques romains, Perce-neige— dit Macaron —voilà un Rond-point qui ne figure pas mal une arène de gladiateurs.

— Où les chrétiens livrés aux bêtes vont mourir! — ajouta le Philadelphe.

Le colonel seul gardait un sombre silence; c'est qu'il lui semblait si dur de mourir maintenant qu'un mot rapporté par le jeune garçon qui se tenait à ses côtés lui avait ouvert une si radieuse perspective de bonheur, car devant l'amour d'Alexandrine il ne se sentait plus la force de continuer, en faveur de son frère, un douloureux sacrifice dont André ne profiterait pas.

Le cours des idées du colonel le reportait tout naturellement vers le jeune garçon qui, sans prévoir le danger pour lui-même, regardait avec une respectueuse terreur ces trois hommes que de si terribles circonstances semblaient ne pas émouvoir.

— Comment t'appelles-tu, mon enfant, lui demanda Vauvrecy, toi qui m'as apporté la dernière bonne nouvelle que j'aurai reçue ici bas?

— Julien, répondit l'enfant.

—Eh bien, Julien, reprit affectueusement le colonel, tu ne dois pas partager notre sort; va, mon enfant, qu'attend ta mère, va la rejoindre et ne la quittes plus. Tiens, — Vauvrecy indiqua du doigt la zône lumineuse où se mouvaient dans le Rond-Royal des figures fantastiquement éclairées d'officiers et de soldats, — tu vois cet officier aux plumes de coq comme celles que je porte, eh bien, va lui dire que tu peux lui livrer ceux qu'il cherche. Nous ne te ferons pas mentir; où tu diras que nous sommes on nous trouvera, et non-seulement tu auras la vie sauve, mais une récompense qui peut-être fera vivre ta mère une année; va, mon enfant, fais vite.

— Moi, vous vendre! — s'écria Julien.

— Mais tu ne nous vends pas, enfant — dit Vauvrecy — tu vois que nous ne voulons pas fuir.

— Qu'importe? — reprit le noble garçon —j'aime mieux m'échapper comme je pourrai. Ma mère maudirait le prix du sang.

— Eh bien, que Dieu te conduise, mon enfant; mais éloigne-toi, ton enfance n'a rien à faire près de trois hommes qui vont mourir.

L'enfant s'éloigna pensif et en murmurant :

— Cré coquin, c'est des braves tout de même!

Mais revenant sur ses pas, il se blottit non loin d'eux dans un fourré qui le cachait complétement à tous les yeux.

Quand il eut disparu, Vauvrecy débrida son cheval, ôta la selle de dessus son dos, puis frappant affectueusement sa large croupe :

— Va aussi, toi, noble animal, fidèle et robuste coursier qui m'assi longtemps porté, puisses-tu rencontrer un bon maître!

Mais le cheval fit comme l'enfant, et sans s'éloigner de son cavalier il se mit à broyer les feuilles tendres des arbres près de lui. Puis le colonel ôta les pistolets de ses fontes et les jeta dans un fourré. Il dégaîna d'une main ferme un long et large poignard.

— Je ne tuerai plus personne, se dit-il à lui-même, et pour moi ce couteau suffira.

Cela fait, il ôta le chapeau à plumes qu'il portait, il dépouilla l'habit d'uniforme russe qui le couvrait, et jeta aussi loin de lui ce costume d'une nation abhorrée, dans lequel, se dit-il, un cœur français ne devait pas s'éteindre.

Tous ces préparatifs suprêmes terminés, le colonel s'assit sur la mousse contre un tronc d'arbre, mit son poignard près de lui, et attendit immobile comme un bloc de granit.

Macaron l'avait regardé faire en silence.

— Ecoutez, Perce-Neige, dit-il, vous ne m'en voudrez pas si plus tard je cherche à m'échapper. J'ai la vie dure comme un chat; je me suis tué déjà une fois et je vis encore, on veut ma vie, on ne l'aura pas.

— Faites comme vous l'entendrez, répondit le colonel. Quant à moi, je ne me laisserai pas prendre vivant, et je ne vois pas de chance d'échapper. La main d'un Cosaque ne me souillera plus.

— Ni moi non plus; mais c'est par esprit de contradiction que j'agis ainsi, puis par une voix qui me crie que je ne dois pas encore mourir. Dans ma première jeunesse,— continua le Jéhuiste,—je ne songeais à tuer personne. Mais depuis que de cette main j'ai tenu la tête sanglante de mon père — je le répète encore — une force irrésistible l'a toujours fait lever pour frapper, pour frapper encore. Quand je n'aurai plus personne à tuer, je me tuerai moi-même à mon tour, mais pas auparavant.

— Soit, dit Vauvrecy; chacun maintenant est ici pour son compte, car tous nos efforts réunis ne peuvent plus rien.

Le Philadelphe s'approcha de ses deux amis.

— Si les fers des chevaux cosaques, dit-il, foulent à leurs pieds la liberté du monde, si les fils d'Attila doivent étouffer encore, comme jadis, la nouvelle civilisation qui commence à peine à jeter ses premières clartés, du moins je ne me verrai pas attaché à la queue de leurs chevaux comme les vaincus du bas-empire. Je mourrai avant, comme vous, Perce-Neige; seulement je me ferai sauter la cervelle, j'aime mieux ça.

— Ma foi, reprit alors Macaron, peut-être ferai-je comme vous; l'exemple est si contagieux! En tous cas, j'agirai selon les circonstances, car j'aurai toujours le temps d'en venir à cette extrémité.

Et tandis que ses deux compagnons s'étaient assis en gens dont la résolution est bien arrêtée, le Jéhuiste allait et venait près d'eux, semblable au tigre acculé dans les Jungles de l'Inde quand il désire et redoute à la fois l'arrivée des chasseurs; mais cette fois il se taisait, car il sentait que les circonstances étaient plus graves qu'une heure auparavant, quand il taxait de caprice absurde les idées funèbres de ses amis.

La lune avancée déjà dans sa course jetait ses clartés sur le Rond-Point où étaient cachés les fugitifs.

Autour du cercle lumineux qu'il formait comme un lac circulaire, s'ouvraient six allées sombres à la gueule béante comme les cavernes creusées au flanc des falaises à pic. Çà et là, sous ces voûtes noires, quelques rayons égarés blanchissaient les troncs des chênes ou des érables. Les poteaux des routes s'élevaient comme des fantômes aux bras étendus. La brume nocturne commençait à étendre son voile à la cîme des arbres sous lesquels Rollon et le colonel étaient assis immobiles comme l'ombre des guerriers de Fingal qu'évoquait jadis la harpe d'Ossian.

Ni l'un ni l'autre, absorbés par leurs pensées, ne daignaient jeter un regard sur le Rond-Royal où dans le cercle de lumière tracé par les brasiers allumés, apparaissaient les silhouettes des cavaliers cosaques aux longues lances, aux coursiers à tous crins que la fortune de la guerre amenait à Paris du fond de l'Ukraine.

Parfois, de ce centre embrasé, une traînée lumineuse venait mourir comme un éclair lointain jusqu'à la lisière du Rond-Point.

Peu à peu, au lieu de ces clartés intermittentes, ce fut une lueur faible, mais continue. Un bruit de voix se fit entendre accompagné du roulement des tambours, bientôt suivi du retentissement des clairons, qui vibraient au dessus des arbres et s'engouffraient en mugissant par les allées comme par autant de tuyaux d'orgue.

A ces bruyantes fanfares qui éclataient de tous côtés, succédèrent, au bout de quelques instans, des notes plus plaintives, comme celle que fait entendre la trompe des chasseurs à la mort du cerf.

— C'est une plaisanterie mortuaire du vieux Blücher, dit Rollon, mais elle s'adresse à des nerfs trop forts pour les ébranler.

Un sourire d'amertume effleura la bouche du colonel pour toute réponse.

— Je n'en dis pas autant, reprit Macaron, ces chiennes de fanfares m'agacent horriblement les oreilles. J'ai ces instrumens de cuivre en horreur, et si ce qu'on raconte de la vallée de Josaphat n'est pas un mensonge, je me réveillerai de fort mauvaise humeur aux sons de la trompette de l'archange.

Le Rond-Point qui servait d'asile momentanément aux fugitifs, — si l'on doit encore les appeler de ce nom, — est situé au centre à peu près de la base du triangle occupé par les troupes étrangères. Les soldats échelonnés au sommet de l'angle dont l'allée du pavillon de Boufflers et celle de Longchamps forment les deux côtés, avaient reçu l'ordre de se rejoindre à travers les massifs et les allées, de manière à exécuter une battue sur une échelle gigantesque. On se rappelle que l'ordre du feld-maréchal était de ne laisser aucun buisson sans l'avoir exploré.

Tout à coup le son des clairons cessa de se faire entendre. Aux notes aigues qui déchiraient les échos succéda un solennel et lugubre silence, bientôt troublé à son tour par un murmure sourd et lointain ; c'étaient les troupes qui s'ébranlaient pour commencer la battue.

Le bruit ne tarda pas à grossir, semblable à celui de la mer, à mesure qu'on s'en approche sans la voir encore. Des torches brillaient en même temps à travers les taillis et les troncs d'arbres, nombreuses comme les mouches à feu des forêts d'Amérique pendant la nuit. Ainsi que l'avait dit Blücher, c'était une chasse à courre et aux flambeaux, mais la noble proie qu'il poursuivait ne fuyait plus.

— C'est fort original, ma pa'ole d'honneu ! grasseya Macaron. Je voudrais bien pouvoir en faire mes complimens à bout portant à cette vieille culotte de peau. Dites donc, Curtius, que dira Bérénice demain, si elle ne me voit plus?

— Elle s'en consolera; mais comme vous êtes un homme de mérite, elle en prendra dix autres pour vous remplacer.

Ce devait être la dernière des épigrammes dont le Philadelphe avait fait tant de fois gémir l'ancien jéhuiste.

Au murmure sourd succédait distinctement le craquement des buissons et des branches brisées; les torches, jusqu'alors disséminées, commençaient à former les tronçons d'une guirlande de feu qui ne devait pas tarder à se réunir en une ligne continue. Les appels des batteurs qui se croisaient et se répondaient, devenaient aussi plus distincts à mesure qu'ils se rapprochaient de la base du triangle formée par l'allée Royale, seul endroit où les cavaliers restassent immobiles et la lance haute.

Le moment suprême approchait ; cependant un assez long espace de temps s'écoula avant que le Philadelphe et le colonel ne changeassent de position.

Tous deux restaient assis, et, prêtant l'oreille au bruit croissant du flot d'ennemis qui montait jusqu'à eux :

—Nous avons chassé au Cosaque ; le Cosaque chasse aux Français, c'est la peine du talion.

Ce devait être aussi ce soir-là la dernière réflexion philosophique de Macaron.

D'arbre en arbre, de sentier en sentier, de buisson en buisson, le cercle s'était resserré, puis bientôt le Rond-Point, dernier asile que le flot n'eût pas envahi, fut bientôt lui-même entouré d'une ceinture de feu.

Devant ces clartés rougeâtres la splendeur de la lune s'éteignit, un éclair vint briller jusque sur la figure de Vauvrecy; il se leva comme le lion qui se voit traqué, mais calme et fier aussi comme lui.

— Il est temps, dit-il.

— Allons, dit Rollon qui se leva à son tour.

Les premiers soldats venaient d'entrer dans le Rond-Point. Un d'eux aperçut la chemise blanche du capitaine. On n'oublie pas qu'il s'était dépouillé de son uniforme. Le soldat poussa un cri, un hourra de triomphe retentit dans tout le bois, en un clin-d'œil une ceinture éblouissante de torches envahit le Rond-Point.

Toute obscurité avait disparu, et le cirque se trouva subitement éclairé comme pour une solennité de nuit.

En même temps, par l'allée de la Muette, débouchait à cheval le vieux feld-maréchal.

— Qu'on les prenne vivans ! dit-il, que pas un cheveu ne tombe de leur tête; il faut que justice ne soit faite que lorsque j'aurai ces tigres en cage.

Mais la justice se faisait plutôt que ne l'avait prévu le vieux général. Une explosion retentit ; c'était Rollon qui venait de se brûler la cervelle.

Un juron terrible s'échappa de la bouche du feld-maréchal.

— Désarmez l'autre, cria-t-il.

Vingt soldats s'élancèrent vers le colonel, et aucun d'eux ne vit Macaron ramper comme un serpent, de buisson en buisson, et se perdre dans la nuit.

Vauvrecy s'avança vers les soldats.

Il marchait droit et la tête haute, et cependant, sur sa chemise sanglante, on voyait sa main tourmenter le manche d'un poignard, dont la lame tout entière plongeait dans sa poitrine.

Sa vigueur herculéenne le trahissait ; cet homme était de cette forte race qui ne peut mourir que debout.

— Tonnerre! dit le colonel d'un ton de rage ; il arracha le poignard de sa blessure, se frappa de nouveau, puis il marcha encore.

— J'y renonce, messieurs, dit-il, mais cependant j'ai bien avancé votre besogne.

Et il jeta aux pieds des soldats stupéfaits le couteau sanglant. Le colonel tomba dans leurs bras comme un chêne qui écrase le bûcheron dans sa chute.

—Enfin ! s'écria-t-il.

En ce moment, trois femmes s'élançaient dans l'arène rouge de sang et de feu.

—Pierre ! mon fils ! mon frère ! s'écrièrent deux d'entre elles d'un ton de voix déchirant.

La troisième ne disait rien, mais le lys n'est pas plus blanc que n'étaient ses joues, mais son œil bleu démesurément ouvert, ses cheyeux blonds déroulés et ses traits bouleversés indiquaient une douleur pour le moins égale à la douleur d'une mère.

On a deviné que c'était Alexandrine.

Le feld-maréchal leur avait promis le spectacle de la chasse à courre, il avait tenu parole. A quoi bon s'appesantir plus longtemps sur ces scènes douloureuses? Soutenu dans les bras de sa mère et de sa sœur, une main dans celle d'Alexandrine, le colonel achevait enfin de mourir. La jeune fille murmurait à ses oreilles des mots qu'il entendit, comme le souffle d'un ange, et ce souffle vivifiait sa figure pâlie, et parfumait ses derniers momens.

— Non, non, dit-il, pas à moi seul! André!... aimez-le... il est digne de tout votre amour... Je mourrai content... si vous l'aimez...

Il y eut une pause dont des sanglots étouffés marquaient les solennelles secondes.

— Et cependant, reprit le colonel, il eût été si doux de vivre!

Il expira. Non loin de là, un homme debout entendit les dernières paroles du colonel. C'était André.

Sous son costume russe, il n'avait pas osé se montrer à son frère mourant. Ce fut là son plus cruel châtiment.

CHAPITRE XIV.

Le dernier Jéhuiste.

Plus d'un mois après les derniers évènemens qu'on vient de lire — c'était le 2 juin 1814 — Macaron se trouvait encore assis un matin, vers huit heures, dans la salle du Café de la Réunion au passage Feydeau, où nous l'avons trouvé pour la première fois.

Le café, au milieu de son obscurité habituelle, présentait la même solitude, le même silence que jadis, solitude et silence que ne rompaient plus les Frères du Fer et du Plomb, tous tués ou dispersés. Mais si les vitres du café étaient aussi sales, ses rideaux aussi roux, ses deux pousses de pins, unique ornement de son entrée, aussi jaunes, aussi étiolées, l'ancien jéhuiste, en revanche, avait subi un prodigieux changement. Hâtons-nous de dire que ce changement ne s'était pas opéré à son avantage.

Comme ces santés factices qui ne peuvent se soutenir que par les poisons, et qui tombent en ruines dès qu'elles en sont privées, le corps et l'âme de Macaron, en l'absence de tout aliment à ses instincts sanguinaires se délabraient à qui mieux mieux.

Il était redevenu tel que jadis le Philadelphe l'avait trouvé lorsqu'il lui avait rendu la santé dans la tour de Halto. Il était retombé dans un marasme effrayant, voisin de l'hébétement le plus complet.

Ses cheveux blanchis tombant sur ses joues creuses, ses yeux ternes nageant dans une orbite sanglante, et sa mise plus que négligée, achevaient d'en faire l'ombre à la fois effrayante et grotesque de son passé.

La maîtresse bossue du café de la Réunion jetait sur la seule pratique qui lui fût restée un regard de compassion, et cependant, le matin en question, une pâle lueur de ce qu'il avait été jadis se reflétait sur le visage de Macaron.

— Chère madame Marguerite, dit le Jéhuiste qui déjeunait d'une tasse de chocolat au lait, auriez-vous l'extrême bonté de me rechercher le journal du 25 avril dernier, celui où il est question... vous savez... de notre dernière affaire, du 25 avril, ai-je dit, continua Macaron d'une voix sourde; ai-je donc tant vieilli dans un peu plus d'un mois?

Et le Jéhuiste jeta un regard attristé sur sa figure cadavéreuse, ses cheveux blanchis, que répétaient une glace voisine.

— Oui, c'est bien cette date, reprit la bossue, celle du jour où M. Perce-Neige et M. Curtius sont morts si déplorablement.

— Il me semble qu'il y a cent ans de cela, dit Macaron. J'étais jeune alors; un instant je m'étais senti renaître, et voilà que je ne sens plus circuler dans mes veines que le sang glacé d'un vieillard! — Puis il ajouta en se parlant à lui-même, sans faire entendre autre chose qu'un murmure inintelligible: — Pourquoi faut-il que de ma vigueur passée je n'aie conservé que cette soif inextinguible, insatiable de sang qui me dévore!...

En effet, la main de Dieu était plus visible que jamais sur ce malheureux, qui, semblable au tigre vieilli, n'avait conservé que le feu dévorant de ses instincts sanguinaires.

La bossue remit à Macaron le journal qu'il demandait, il le parcourut d'un air distrait, et n'arrêta ses yeux que sur le passage suivant, que nous transcrivons, car il faisait allusion à la catastrophe du bois de Boulogne.

« Hier, c'était le lendemain, un événement
» mystérieux sur lequel nous manquons de
» renseignemens, s'est accompli au bois de
» Boulogne. Les grilles en avaient été fer-
» mées on ne sait pourquoi. Il s'agissait,
» dit-on, de capturer des assassins qu'on
» recherchait depuis longtemps. On parlait
» vaguement à ce sujet de l'assassinat de

» plusieurs officiers de l'armée des alliés, » mais nous sommes convaincus que la » France n'a pas d'enfans assez ingrats pour » s'attaquer ainsi à nos libérateurs, et nous » sommes portés à croire que cet événement » se rattache à quelque arrestation politi- » que. »

— Lâches et sots! murmura le Jéhuiste.

On devine que Blücher avait eu intérêt à envelopper d'un profond silence l'embuscade dont il avait failli être victime, ainsi que le meurtre de ses officiers, de peur de susciter des imitateurs et d'encourager par la publicité de pareilles tentatives contre les alliés.

Macaron relut encore cet article. Une lueur de vie passagère sembla briller sur sa figure flétrie.

— J'ai besoin de me souvenir que j'ai été jeune et fort, se dit-il; aujourd'hui, je ne suis plus bon à rien. Ah! j'aurais dû mourir alors, car j'avais assez de vigueur pour abattre encore quelques hommes; à présent, je ne pourrais plus l'essayer. Puis, il ajouta tout haut: Ne sommes-nous pas au 2 juin?

— Oui, dit la Bossue, à telle enseigne que c'est aujourd'hui que les alliés quittent Paris, et que l'empereur Alexandre fait dire une messe solennelle sur la place de la Concorde.

— J'irai, dit Macaron. Julien, je pense, viendra ce matin comme d'habitude, et je l'y conduirai.

— Pauvre enfant! si jeune et si brave, dit dame Marguerite.

— Quand j'échappai aux Cosaques et que je le rencontrai, ce fut lui qui me sauva. Sa blouse qu'il me donna était un peu petite, mais enfin elle pouvait à la rigueur passer pour un bourgeron, et ce fut encore lui qui m'inspira l'idée de me donner pour son père, accouru à la recherche de son vagabond de fils. On nous ouvrit les portes. Vous savez le reste, Et cependant, c'est un triste service qu'il m'a rendu ; mais qu'importe, cet enfant sera riche un jour... et peut-être n'attendra-t-il pas longtemps.

— Que voulez-vous dire? demanda la bossue.

—Je m'entends, reprit Macaron.

Comme Macaron achevait cette réponse ambigue, la tête effrontée et espiègle de Julien se montra par la porte entrebâillée.

— Est-il là mon vieux Cosaque? dit-il en s'adressant à la bossue. Ah! pardon excuse — ajouta-t-il à la vue de Macaron qu'il traitait si irrévérentieusement de vieux Cosaque. — Je ne vous croyais pas encore arrivé. Je venais en tout cas m'informer de votre santé; j'espère qu'elle est bonne, la mienne aussi, tant mieux, alors serviteur! Je vais reprendre ma partie de bouchon.

— Doucement, mon garçon, doucement. J'ai besoin de toi, dit le Jéhuiste, j'entends que tu passes la journée entière avec moi.

— Excusez! ce sera amusant, murmura Julien, puis tout haut : et mon bourgeois qui m'attend...

— Pour la partie de bouchon, dit Macaron : reste avec moi, te dis-je, et tu ne t'en repentiras pas, sois tranquille.

— Tranquille comme Baptiste, vieux, reprit Julien. Je sais que quand vous promettez quelque chose, vous avez toujours celui de la tenir. C'est-y pour flâner que vous avez besoin de moi? oui, alors je suis votre homme; mais pour flâner crânement je voudrais bien quelque chose avant.

— Une bavaroise?

— Connais pas! J'aime mieux autre chose de plus délicat, de la vinaigrette ou du petit salé.

La bossue put satisfaire la première des fantaisies gastronomiques de Julien, qui se mit à l'œuvre avec une vigueur exemplaire.

Le temps qui avait opéré chez Macaron un si déplorable changement n'en avait apporté aucun chez Julien, et cela se conçoit.

L'ex-inspecteur des goujons de la Seine était toujours le type du gamin de Paris tant de fois décrit. Seulement Macaron s'était attaché à lui à peu près comme le lion à un épagneul. Mais le vieux lion n'avait plus ni griffes ni dents, et Julien ne se faisait pas scrupule, malgré la générosité de sentimens dont on a vu des preuves, de le traiter sur un pied d'égalité souvent fort peu respectueux.

Le déjeuner de Julien une fois achevé, le Jéhuiste le prit par le bras et tous deux se dirigèrent vers la place de la Concorde.

Nous n'avons pas besoin de décrire leurs tours et détours, et nous les précéderons vers l'endroit de Paris où devait avoir lieu un spectacle dont les annales françaises n'avaient pas encore fourni l'équivalent. Deux fois Attila avait reculé devant Rome, et dans Paris, la Rome d'alors, les descendans d'Attila, venaient rendre grâce au dieu des armées de la victoire qu'il leur avait donnée sur une nation qui semblait jusqu'alors avoir été son élue.

Au milieu de la place de la Concorde tendue et pavoisée, à l'endroit où s'élève aujourd'hui l'obélisque, un autel qui remplaçait lui-même l'échafaud de Louis XVI, s'élevait pour le sacrifice religieux. Au lieu de décrire cette solennité, qu'on nous permette de nous borner à transcrire ici les lignes suivantes des *Mémoires d'Outre-Tombe :*

» Sept prêtres moscovites célébrèrent l'of-
» fice, et les troupes étrangères défilèrent
» devant l'autel. Le *Te Deum* fut chanté sur
» un des beaux airs de l'ancienne musique
» grecque. Les soldats et les souverains mi-
» rent un genou en terre pour recevoir la
» bénédiction. La pensée des Français se
» reportait à 1793 et 1794, alors que les
» bœufs refusaient de passer sur des pavés
» que leur rendait odieux l'odeur du sang.
» Quelle main avait conduit à la fête des
» expiations ces hommes de tous les pays,
» ces fils des anciennes invasions barbares,
» ces Tartares dont quelques-uns habitaient
» des tentes de peaux de brebis au pied de
» la grande muraille de la Chine? Ce sont
» là de ces spectacles que ne verront plus
» les faibles générations qui suivront mon
» siècle. »

Un de ces hommes que, il faut l'espérer, les générations prochaines ne reproduiront plus, le dernier peut-être de ces *fléaux de Dieu* chargés de faire expier aux bourreaux de 93 le sang qu'ils avaient versé, comme les descendans des Huns suscités du fond de leurs déserts pour châtier l'orgueil de la France victorieuse, un homme était caché dans la foule. C'était le Jéhuiste.

L'œil de Macaron brillait d'un éclat inaccoutumé.

Après la cérémonie, quand les chevaux et les cavaliers barbares prirent le chemin qui devait les conduire hors de Paris, il sentit qu'il n'appartenait plus au siècle qui recommençait, que la *fête des expiations* était aussi finie pour lui.

— Mon rôle est achevé comme le leur, pensa-t-il. Curtius, Perce-Neige ont achevé le leur aussi. Que ferais-je plus longtemps sur la terre? Je n'ai plus de motifs pour tuer personne, quand j'en aurais encore la force. C'est à mon tour de disparaître aussi.

Un quart d'heure après, en se séparant de Julien :

— Je rentre chez moi, dit-il. Demain je n'irai pas au café; tu viendras chez moi pour une affaire urgente dont j'ai à t'entretenir. Me promets-tu d'être exact? Si tu le fais, ta vie pourra n'être plus qu'une longue partie de bouchon, si cela te convient.

— Cré coquin! j'accepte, répliqua Julien, enchanté d'être quitte de la compagnie de Macaron pour le reste du jour, et surtout ravi de la perspective de plaisir ouverte à ses yeux, je n'y manquerai pas.

Le lendemain, en effet, à dix heures précises, Julien sonnait chez Macaron; mais personne ne répondit. Le portier n'avait pas vu sortir son locataire. Après mille conjectures, on se décida à forcer la porte. On devine le spectacle qui s'offrit aux yeux des spectateurs.

Le dernier Jéhuiste était étendu sur son lit sanglant.

Il n'avait plus personne à tuer, et il s'était tué lui-même, et pour sentir encore une fois l'horrible volupté du sang sur sa main, Macaron s'était poignardé.

A côté de lui un testament en règle assurait toute sa fortune à Julien, à la charge de payer une pension viagère aux propriétaires du café de la Réunion désormais sans cliens.

Julien est riche aujourd'hui. Il a conservé contre les Cosaques une haine invincible, et comme il les a vus deux fois à Paris, la crainte qui trouble son bonheur est que, si les principes dévastateurs qui menacent l'existence de la société continuent à se propager, ils n'y reviennent une troisième fois. A-t-il tort, à-t-il raison? Nous ne dirons qu'une chose : le monde tourne dans un cercle éternel, dans lequel les mêmes causes produisent toujours les mêmes effets.

Quant à ceux qui demanderont ce que devint Alexandrine, nous leur dirons : que ceux qui se plaisent à penser que l'ange des éternelles amours n'est pas remonté depuis longtemps vers le ciel, la supposent en proie à des regrets sans fin, la fassent vieillir dans les larmes. C'est un bien triste dénoûment.

Maintenant, ceux qui pensent — et peut-être sont-ils plus dans le vrai — que l'homme n'a pas reçu de courtes joies du ciel sans la compensation des douleurs passagères; que Dieu a donné à la femme la jeunesse et la beauté, comme le parfum à la violette, l'azur, l'opale ou la pourpre au ciel, et la transparence à l'océan, pour charmer ou consoler l'humanité par le spectacle de ses sublimes harmonies; ceux-là se diront que puisque Dieu a ordonné à la brise de disséminer au loin le parfum de la violette, au nuage d'aller se teindre des couleurs du couchant ou de l'orient, à l'océan de répéter la pourpre et l'azur du ciel, et que la brise, l'Océan, le nuage obéissent à la voix du créateur, la jeunesse et la beauté ne doivent pas être plus rebelles à cette loi du monde. Pourquoi ne croirions-nous pas, en effet, qu'à la longue un autre Vauvrecy, moins héroïque, mais non moins dévoué, remplaça dans le cœur d'Alexandrine celui qu'elle pleura longtemps; ne l'avait-elle pas promis au colonel mourant?

Ceux-là donc qui préfèrent pour la jeune

fille, qui n'a fait qu'apparaître dans ce récit, une jeunesse et une maturité moins tristes, un dénoûment plus conforme aux lois de la nature, nous les renverrons à l'histoire de la *Matrone d'Ephèse*. Les femmes se consolent toujours... André, toujours triste et taciturne depuis l'horrible drame du bois de Boulogne, mourut à la fleur de l'âge ; inutile d'ajouter qu'il n'appartenait plus à l'armée russe.

FIN.

www.ingramcontent.com/pod-product-compliance
Ingram Content Group UK Ltd.
Pitfield, Milton Keynes, MK11 3LW, UK
UKHW031857260826
14628UKWH00002B/838

9 782014 075847